睡懒觉的喵

/著

我的砍价女王

My Bargain Queen

四川文艺出版社

图书在版编目（CIP）数据

我的砍价女王 / 睡懒觉的喵著. —— 成都：四川文艺出版社，2021.9

ISBN 978-7-5411-5944-2

Ⅰ. ①我… Ⅱ. ①睡… Ⅲ. ①言情小说—中国—当代 Ⅳ. ①I247.5

中国版本图书馆CIP数据核字(2021)第015119号

WO DE KAN JIA NÜ WANG

我的砍价女王

睡懒觉的喵 著

出 品 人	张庆宁
出版统筹	赵丽娟　杨　琴
选题策划	木本水源　众和晨晖
责任编辑	彭　炜
特约编辑	陈乐意　孙一民
责任校对	汪　平
封面设计	陈　梅
版式设计	唐　昊

出版发行　四川文艺出版社（成都市槐树街2号）
网　　址　www.scwys.com
电　　话　028-86259287（发行部）　028-86259303（编辑部）
传　　真　028-86259306

邮购地址　成都市槐树街2号四川文艺出版社邮购部　610031
印　　刷　大厂回族自治县德诚印务有限公司
成品尺寸　145mm×210mm　　开　本　32开
印　　张　11.5　　　　　　　字　数　330千
版　　次　2021年9月第一版　　印　次　2021年9月第一次印刷
书　　号　ISBN 978-7-5411-5944-2
定　　价　58.00元

版权所有·侵权必究。如有质量问题，请与出版社联系更换。028-86259301

从前有一头猪,后来她笨死了。

嫁给你? 下辈子吧!

这是朕第一次求婚你看着办如果你敢拒绝我你就要有承担后果的勇气。朕是绝对不会放过拒绝我的人的嗯就这样你好好考虑不要着急我不勉强。

山穷水尽，穷途末路，走过路过，不要错过。

目录

第一章 "想象中"的婚礼 001

第二章 不是冤家不聚头 012

第三章 渣男配绿茶,天造地设 024

第四章 人家是酒后乱性,你是酒后撒泼 032

第五章 一不小心,相了个亲 038

第六章 果然是亲兄妹 047

第七章 山重水复,穷途末路 057

第八章 那个家伙还需要相亲? 066

第九章 报复计划成功 076

第十章 每逢佳节被逼亲 090

第十一章 签署不平等条约 099

第十二章 一切尽在不言中 111

第十三章　我就是看上了他，怎样？ 123

第十四章　他其实没那么讨厌 134

第十五章　遵命，女朋友 149

第十六章　闹别扭 160

第十七章　从前有一只猪，后来她笨死了 171

第十八章　来自男朋友的「求婚」？ 183

第十九章　新年礼物可以，求婚钻戒收回！ 193

第二十章　意外受伤的小可怜 203

第二十一章　吃竹马的醋 214

第二十二章　相爱没有那么容易 223

第二十三章　第一口蛋糕的滋味 231

第二十四章　嫁给你？下辈子吧 247

第二十五章 旺夫体质	258
第二十六章 烫手山芋	265
第二十七章 与天斗与地斗都不让与婆婆斗	273
第二十八章 阴晴不定的他	284
第二十九章 欢迎加入已婚妇女的队伍里	295
第三十章 不欢而散的饭局	303
第三十一章 我的砍价女王	312
新年番外集	327
婚后甜蜜番外集	332
生子番外集	345

第一章 "想象中"的婚礼

夏浅想象过无数次自己参加何之隽婚礼的画面。

她要么牵个小正太去喊"爸爸";要么送新娘一根黄瓜,然后再用无比沉痛的语气告诉对方:"一切都会好的,祝福你们!还有,如果在张医生那一直瞧不好的话,还是换个泌尿科大夫吧。"

但事实证明,现实往往更狗血、更离奇。夏浅千算万算怎么也没算到会在这种场合、以这样的方式听闻何之隽结婚的消息——

此时此刻,夏浅就正坐在何之隽对面,听他老婆宁萌喋喋不休地说着:"……我们婚宴总共八十桌,时间定在下个月八号。长盛酒店的环境、菜品、服务我都很满意,可就一点,在价格上他们死活都不肯让步。按理说,我们定那么多桌,宴席套餐也是选的他们那儿最好的,可他们一点折扣都不肯给我们,夏小姐你说,他们是不是很过分?"

夏浅望着宁萌那双晶莹透亮的大眼睛,面上端着笑,心里却默默腹诽:哪里过分了?要换成是她,直接就将这对狗男女踹出去了,还想打折?呵!

宁萌见夏浅不说话,只对着自己皮笑肉不笑,轻咳一声,话锋一转娓又道:"我以前也没接触过砍价师,不太清楚夏小姐你们的操作模式和收费标准,如果……夏小姐有什么要求或者想法可以直接说。"

夏浅只觉太阳穴突突跳得疼,偏偏在宁萌面前还不能显露半分。

没错,她是砍价师,顾名思义主要工作就是帮人砍价。因为熟悉婚庆行业,夏浅大部分业务都围绕着婚宴、婚纱、婚庆几大块展开。前两天闺蜜乐颖说她老公有个客户想请夏浅帮忙杀价,有生意送上门岂有不接的道理?夏浅欣然应允,在约定的时间到了对方约定的咖啡厅,这才发现冤家路窄。

不过唯一让夏浅满意的是,眼下最如坐针毡的不是自己。

夏浅抿了抿唇,转睛看向何之隽。他今天穿着做工考究的应季西装,里套雪白熨帖的衬衫,衬得整个人清贵俊朗。不过,比衬衫更雪白的还是何之隽的脸，只见其神情恍惚，坐立不安，一双黑眸东瞟西晃，却始终不敢朝夏浅的方向看一眼。

何之隽，你也会有心虚的一天？

这头宁萌看不懂两人之间的暗潮涌动，只当夏浅稳坐钓鱼台是为了自抬身价，干脆亮明底牌道："其实我们的要求很简单，让长盛酒店给我们打八折。如果能谈成，我给夏小姐差价的70%作为佣金。"

哟呵，夏浅挑眉，还是个不差钱的主儿啊！

"萌萌……"何之隽当然明白问题的关键不在于出多少佣金，开口正想阻拦，就听对面传来清冽如泉水的声音。

"佣金的事咱们下一步再谈。现在最主要的，还是我需要了解长盛酒店的婚宴价格体系以及他们酒店本身的定位。只有了解清楚商家的情况，我才敢说能否砍到你们想要的价格。唔，两位看这样行不行，我先回去做功课，最迟明天上午给你们答复？"

宁萌闻言当即笑逐颜开："专业的就是不一样，那我们就等夏小姐的好消息啦。"话毕，宁萌的手机铃声也恰好响起，宁萌看了眼手机屏幕，就笑眯眯地跑出去接电话。

霎时，座位上只剩下何之隽和夏浅，气氛凝结。

"真爱啊。"夏浅打破沉寂，一开口就满是讥讽，"刚听说你们俩在一起那会儿我没少诅咒你们俩，乐颖也说像你这样的渣男能出轨一次就能出轨第二次，可事实证明，你们俩是真爱，这不都喜结良缘了嘛，恭喜恭喜！"

一时间，何之隽的脸色更加难看，挣扎良久这才道："夏浅，我不知道今天的砍价师是你，不然我不会……萌萌那边，她也不知道你的名字，更没见过你，所以才会有今天的乌龙，你别往心里去。"

听了这话，夏浅的火气噌噌往头顶蹿，拳头也在不觉间攥紧。宁萌和何之隽暧昧不清、互认哥哥妹妹的时候是知道他有女朋友的！可让夏浅万万没想到的是，何之隽居然从来没在宁萌面前提过她的名字，就更别说她的照片——所以今天宁萌才会认不出她！而自己当年却像傻子似的，在看到两人亲密合照时哭得肝肠寸断。

何之隽啊何之隽，你到底是有多厌恶我才会连我的名字都不愿意在人前提起？！

夏浅愤然抬头，刚好撞进何之隽乌黑清澈的眼眸里。

转瞬间，夏浅犹如被浇了一桶冰水——彻彻底底地清醒过来。曾几何时，她是那样迷恋这双眼睛，就像他的名字：清隽透彻。可当初，也正是这双眼睛冷冷地看着她站在雨里，任她哭得死去活来依旧不闻不问。

斯人已逝，又何必因为曾经不小心踩过的一坨狗屎而生气长眼角纹呢？

夏浅深呼吸再深呼吸，待调整好情绪这才弯眼冲何之隽甜笑道："何先生，按照不成文的规定，这顿下午茶应该由你们来付。您不介意我再点五十份提拉米苏打包吧？"

何之隽："……"

最终，夏浅因为要等五十份提拉米苏慢慢打包留在了咖啡厅，而何之隽则在付款后，拽着一脸莫名其妙的宁萌离开了。目送着两人离去的背影，夏浅忍不住勾了勾嘴角。五十份提拉米苏是值不了几个钱，更解不了当年的恨，但何之隽要跟宁萌解释清楚这其中的来龙去脉，还是需要费些口舌的。

不过还好，他最擅长的就是撒谎，根本无须替他操心。

等待打包的过程漫长又无聊，夏浅索性给乐颖去了个电话。手机接通的瞬间，那边就被接起，接着便传来乐颖爽朗清脆的笑声："夏大砍价师这个时候来电话，那肯定是我家亲爱的给你介绍的生意谈成了，你要请我们两口子吃饭。"

夏浅哼哼："饭没有，提拉米苏管饱。"

"提拉米苏？"

夏浅"嗯"了声，道："五十份。"

"你买那么多？"乐颖惊讶至极，"不怕胖啦？"

夏浅望着窗外行人幽幽舒一口气，换了只手拿手机，撇嘴："知道你家亲爱的把谁介绍给我了吗？"

乐颖微微迟疑："你认识的？"

夏浅笑："不仅我认识，你也认识。"她顿了顿，这才说出那个深恶痛绝的名字，"何之隽。"

话音刚落，夏浅就听电话那边传来阵阵抽气声。乐颖弱弱道："不会那么巧，新娘是那个……"

夏浅又"嗯"了声，一字一句道："就是那个宁萌。"

话筒那头静默下来，三秒过后夏浅才听那边传来一声高过一声的惊呼："妈呀妈呀！这盆狗血真是淋得我……哎呀，我都找不准形容词了！不行不行，我必须把这个情节记下来，回头写进我的新坑里。"

面对全职作家的敬业，夏浅哭笑不得："大姐，你是不是先安慰安慰我，再想你的新坑？"

乐颖"呃"了声："亲爱的，你等着，我这就给我家陈浚打电话，让他帮你把这事推了。你不用再亲自出面——"

"推了？"不等乐颖说完，夏浅就截住话头，"好端端的为什么推了？"

"那你的意思是？"

夏浅垂下眼眸，用银勺将面前的芝士蛋糕戳成一小块一小块的碎渣，直至其彻底看不出原来的模样，她才抬眸笑开："百分之七十的抽成呢，我得攒多少运气才能遇到这么一对冤大头？干吗不接？"

……

夏浅和乐颖讲完电话，服务员也刚好过来，告知她提拉米苏已打包完毕，夏浅便起身跟随服务员去取。谁料刚走到走廊，一熊孩子就猛地从后面蹿出来。霎时，夏浅只觉身后被用力地推了一掌，身体陡然失去平衡，微微摇摆间就见一小男孩嘻嘻哈哈地从自己身边一晃而过。

"嗳！"夏浅刚出声，身体就已往前倾。她下意识地伸出手，却只抓到一大把空气，眼见自己就要这么硬生生地摔下去，夏浅却觉腰间陡然一沉——她被一只强有力的手臂捞住了。

怔忪半秒，夏浅回头，可还来不及看清对方的模样，斜立在地面上的细高跟就又是一滑，她的身体再次往右倾倒。对方亦是猝不及防，就这么半搂着夏浅一块摔了下去。

顿时，咖啡厅内只听清脆声一片。

——不幸中的万幸，两人被走廊中间的置物架挡住，这才幸免于难没有真的摔下去。

——万幸中的大不幸，因两人这么一扑，摆放在置物架上的花瓶、小绿植、各色摆件碎了一地。

夏浅站定，盯着满地狼藉还有些反应不过来，领班就已神速而至，焦急询问道："两位没事吧？"

夏浅瞥了眼眉头紧皱的领班,微微呼出口气,释然。其实,他们有事没事不重要,重要的是这一地损失怎么算。念及此,夏浅轻启红唇正欲说什么,身后就传来低沉而富有磁性的男声:"多少?"

夏浅循着领班的目光回头,这才终于有机会看清"恩公"的样子。乌黑修长的眉,深邃漆黑的眼,高挺俊朗的鼻梁以及棱角分明的下巴。

夏浅只看了对方一眼就迅速做出总结:嗯,这一定是老天爷可怜她今天踩到何之隽这坨狗屎送来的大福利。这帅哥模样、身材、打扮都不错,就是现在的脸色实在太难看——黑得都能直接当墨汁使了。

这头,领班显然也为男人的样貌所惊艳,红脸结巴道:"您、您说什么?"

男人皱眉,低低又说了两个字:"赔偿。"

夏浅心里忍不住"扑哧"一声笑,这人倒直接,明白领班的用意,干脆连弯子都懒得绕了。奈何领班还是不太明白对方的意思,愣了半天只茫然地"啊"了声。

男人终露出不耐烦的神情,指了指地上,又道:"算账。"

夏浅狐疑地盯着对方,这人什么毛病,怎么两个字两个字地往外冒?

这边,领班终于反应过来,眼眸陡亮道:"这个啊……麻烦两位稍等下,因为每样东西的价钱不一样,我需要算一下。"一边说,领班一边就了蹲下来,"这个玉蝶80,老爷车模型800,咖啡壶1200……"

夏浅听到一半就听不下去了,拦住领班道:"等等等等,你再说一遍,这个多肉玉蝶多少?"

领班面不改色心不跳,重复道:"80。"

"80?!"夏浅提声,莞尔道,"大姐,你在跟我开玩笑吗?这种多肉植物我在青石桥一抓一大把,都不超过30元一盆。"

领班露出为难的神情:"多肉也分很多品种的,而且这个玉蝶我们确实买的80一盆……"

夏浅双手抱胸,拿出十足的砍价范儿来:"那是你们的问题,跟我没关系。我撞坏你们的东西,的确该赔偿,但我只赔偿符合市场价的价格。玉蝶加上摔碎的盆,我只能给到80。还有这个老爷车模型,我记得是A家出的新品吧?官方售价……你等等,我立马查查。"

夏浅突然发难,领班始料未及,只能傻呆呆地僵在原地,但她没想到的是，这还只是一个开始。评估完一堆碎片的价值后，夏浅又转眼看向领班："还有，麻烦你找到刚才那孩子的家长。"

领班咋舌："啊？"

夏浅挑眉："刚才这里所有的人都看见了，我是因为那孩子突然撞上来才摔倒的。所以如果要赔偿的话，就应该三方一同赔偿，而且他们才应该是主要承担方。另外，你们身为店家，居然纵容小孩在走廊上乱奔乱撞，也有不可推卸的责任。"

一席话，说得领班哑口无言。

按照夏浅这说法，她不仅不应该赔偿，孩子家长和咖啡厅还应该倒给她钱才对。一时间，领班急得汗都下来了，偏偏又找不到反驳的理由，正手足无措，就听身后"嘀"的一声响。

一直沉默不语的男人扫完店里的二维码付完款后，这才又道："三千，不找。"话毕，潇洒转身。

见状，夏浅亦是一愣，想要开口阻拦，男人却已大步流星地出了大门，只剩夏浅和领班留在原地面面相觑。

所以，这男人的意思是……

夏浅想了半天，依旧无法理解对方的行为，最后只能摇头感叹：有钱人，任性！

翌日一大早，夏浅就给宁萌打了个电话，表示长盛酒店的砍价案她接了。

宁萌闻言欣喜若狂，一再表示若是事成，她会再封个大红包给夏浅。约定好两人下午见面的时间和地点后，夏浅挂断电话，简单装扮一番就出了门。

此时正值初秋，暑威尽退，天朗宜人，漫步街头真是要有多舒服就有多舒服。夏浅住的这栋单身公寓就在二环边上，离长盛酒店仅隔一条蜿蜒绿道，她偶尔空闲时，也会去长盛酒店对面的"慢时光"书吧坐坐。

现在离约定时间尚早，但夏浅习惯了早一点到"战场"备战，于是乎干脆先去"慢时光"喝杯咖啡。

因为是早上，夏浅到书吧时，店里还没什么客人。她随意找了个靠窗的座位坐下，卡布奇诺刚上上来，手机铃声就大响。看见是陌生号码，夏浅也没在意，接起电话来不及出声，就听那边低低喊了句："夏浅。"

一听这声音，夏浅心里当即"咯噔"一下。饶是已分手几年，但对于何之隽的声音她还是能一下就辨认出来。不知道为什么，夏浅面对何之隽的声音，反而比面对他本人更紧张三分，咬牙再咬牙，这才稳定情绪道："干什么？"

何之隽静默片刻，似乎在思索着该如何措辞。"我听萌萌说，你已经答应接我们的砍价案了。"

"是啊。"夏浅假装听不懂何之隽的言外之意，公事公办道，"何先生请放心，我一定会尽量杀价。不过我也已经和你老婆说过了，不论成功与否，我两百块钱的出场费都是不会退的。"

何之隽的声音略显压抑："你知道我打过来不是要跟你说这个。"

夏浅冷笑："那你要跟我说什么？"

这次，何之隽沉默的时间更长了。过了许久，夏浅才听那头音色沉沉："你能不能不接这个案子？"

夏浅嗤地笑出声。呵！这是嫌看着她膈应吗？多好笑，明明自己就是坨狗屎，他居然还敢嫌别人膈应！

"这样啊，"夏浅挑眉，继续装傻充愣，"可我已经和你老婆约好下午签协议了，我总不能失信于人吧？要不，何先生你自己和你老婆说说这事？"

话毕，电话那头彻底没了声响，只剩下何之隽若有似无的呼吸声。夏浅没工夫和他玩沉默游戏，皱眉道："何先生没别的事了吧？那我挂了——"

"夏浅，"何之隽蓦地开口，声音喑哑，"我们一定要这样吗？"

刹那间，夏浅的心像是被谁狠狠捏了一把，紧得发疼。可还来不及开口，那头何之隽话锋一转，又道："如果你以为这样就能报复我的话，那你就大错特错了。"

夏浅："……"

心被高高抛起，又重重落下，夏浅似乎听见胸口传来"啪叽"一声响。望着窗外来来往往的行人，夏浅深深地呼出一口气，嘴角情不自禁地上扬。

不该对狗屎抱有希望的，这种人一辈子都自私自利，她又何必跟这种三观扭曲的人多费口舌？

夏浅清了清嗓子，正声："我接这个案子，是因为你老婆开得起价，而我根据自己的专业评估，也觉得这个砍价案我搞得定，所以才应承下来。至于你意淫的报复什么的——"

话至此，夏浅轻轻冷笑一声，这才一字一句接着道："何之隽，你！也！配？！"

说罢，不等那边回应，夏浅就干净利落地掐断了电话，直接拉黑名单。做完这一系列动作后，夏浅抬头，这才赫然发现店里不知何时又多了几名客人，而她手边的卡布奇诺也早已冷掉。

一天的好心情就此被毁得七零八落。

拍了拍脸，夏浅一再提醒自己不要去想何之隽那坨狗屎，又将注意力转移到邻座的两个小姑娘身上。两个小姑娘一个梳着爽利的马尾，一个卷着俏皮的梨花头，看穿着打扮应该都是在校大学生。此时此刻，两人正挤在一块，叽叽喳喳地分享着彼此的秘密。

马尾道："都快十点半了，他到底来不来啊？别害我白逃两节课。"

梨花头安抚："淡定淡定，他每周二、四的这个时候都会来买乌龙茶，不会有错的。"

马尾哼哼："我倒要看看你这个男神长啥样，瞧把你迷得神魂颠倒的。"

正说着，梨花头突然就拽住马尾道："啊啊他来了，快看！"

夏浅下意识抬头，果然见一高大男子站在吧台，正背对着这边点单。夏浅摸了摸下巴，微微眯眼审视眼前这个男人：身上穿的是阿玛尼最新款的纯黑色手工西装，样式简约低调，细节精致到位，脚下是芬迪的平底皮鞋，品味了解。此刻男人正低垂着头，右手插在右边裤兜里，状似随意的站姿却反而使得整个背部曲线展露无遗——宽肩、窄腰，而且从这个角度看过去，嗯，臀部也很结实紧翘，身材了解。

与此同时，男人似乎也已经点完了单，掏出手机来付款。夏浅扫了眼其腕上的手表，哟！Patek Philippe，腕表中的蓝血贵族啊。而且如果她没记错的话，这款手表还是全球限量版。夏浅在脑子里迅速计算了下男人全身上下行头的总价，末了忍不住感叹：土豪啊！身价和消费水平也都了解得差不多了。

不得不说，梨花头选男神的眼光真是比她好太多了，就是不知道长得怎么样。像是知道夏浅想什么，转眼间男人就回过身来，夏浅不经意地瞥了眼对方,霎时僵住——

这不是昨天的"恩公"吗!

另一边,两个小女生还在咬耳朵。

梨花头一边偷瞥男神,一边红脸小声问:"怎么样?"

马尾故弄玄虚地"嗯"了声:"禁欲系啊……果然是你喜欢的类型。"

"那到底是好,还是不好?"

"什么好不好的,"马尾扬声,"我觉得怎么样都不重要,重要的是你喜不喜欢。要是真喜欢,就上去要微信啊!"

梨花头被闺蜜的话吓到,低低"啊"了声。

"啊什么啊?"马尾怒其不争地推对方一把,"难不成你打算这么偷窥他一辈子?嗳,你倒是快去啊!他乌龙茶打包好要走了!"

梨花头还有些犹豫:"还是不要了吧,他都不认识我……"

马尾气极:"你就磨叽等着吧,这种男人,你要不去迟早被别的女人——""抢"字还没说出口,两人就见邻座的女人跳起来,哧溜一下蹿到了男人跟前。

登时,两人呆若木鸡。

这头,夏浅一下蹿到"恩公"面前,眼见对方不悦退步,这才反应过来自己太唐突了。

理了理头发,夏浅及时补救道:"先生,您好!"

对方微微眯眼:"你是?"

夏浅满脸黑线,这人什么破记性!明明他们昨天才见过!无奈何,夏浅只得解释道:"我们昨天见过,您不记得了?罗曼咖啡厅。我摔倒,您还扶了我一把呢。"

男人紧蹙的眉头缓缓舒展开,应该是想起来了。

"有事?"

闻言,夏浅脸上的黑线已经多得没地方挂了。这人到底什么破毛病,怎么说话都是两个字两个字地往外蹦?练二字箴言吗?

夏浅:"是这样的,昨天那个损失最后算下来是八百块钱。罗曼咖啡厅答应承担60%的责任,我自己就把另外40%的赔偿款付了。至于您当时付的钱……唔,您当时也是因为扶我才不小心撞上置物架的,没有让您掏钱的道理,咖啡厅那边也答应退还您的三千块钱。所以您看看什么时候有空，咱们再一块去趟罗曼咖啡厅，把那三千块钱要……"

不等夏浅把话说完，对方就冷冷打断道："不必。"

夏浅怔忪之际，男人已越过她离开书吧。与此同时，旁边也响起阵阵讥笑声，马尾悄声对梨花头道："这搭讪的方式也太老套了点吧？怪不得被拒绝。"

夏浅深呼口气，站在原地拳头握紧再松开，松开再握紧，还是死活咽不下这口气，一转身，干脆也出了"慢时光"。踩着八厘米的高跟鞋三步并两步地追上西装男，夏浅直接就挡在了对方面前。

西装男显然很意外夏浅还会追上来，幽深清亮的黑眸里写满了疑惑。

夏浅叉腰，一副女流氓语气："喂，你什么人啊！给你钱都不要！这样，你如果实在没空，我现在就先把钱转给你，你帮我录个证明视频。回头我再跟咖啡厅说明情况，把那三千要回来。"

谁料对方依旧不买账，丢下一句"不用"，绕过夏浅就又要离开。闻言，夏浅的怒气值终于到达顶点，一欠身就又拦住了对方的去路。

"什么不用，你这人到底怎么回事？有钱了不起啊！有钱就能随便糟蹋人民币吗？有钱就能不顾人民币的感受吗？那一分一厘也都是辛苦赚来的，不能浪费，你懂不懂？！"

话毕，夏浅抬头，这才发现对方的脸色已黑如锅底。

夏浅下意识地往后退了步，正琢磨着再说些什么缓和缓和气氛，就听对方冷不丁道："你在浪费大家的时间。"

夏浅眨眼再眨眼，确定自己没有幻听后咋舌道："你会说人话？"

所以……刚才两个字两个字地往外蹦只是在蓄力？等冷却时间过了才能发大招？

果不其然，不等夏浅反应，西装男已迈前一步，开始发大招了："其一，我从来没有糟蹋过人民币，相反我现在所做的正是尊重它爱惜它的表现。你知道我一天的薪酬是多少吗？知道耽误我一小时可能造成多大的经济损失吗？我与其有时间在这里和你胡搅蛮缠或者听你和服务员叽叽歪歪不如回公司多看两份文件，所以我并不觉得我留下这笔钱作为赔偿款有什么不妥。相反一直都是小姐你在耽误和糟蹋我的人民币。

"其二，昨天我在咖啡厅已经说得很清楚了，那三千是给咖啡厅的赔偿款。不管这个决定合理与否，你都无权干涉。

"其三,我不知道你是怎么找到这里的,也没有兴趣知道,但如果你再这样跟踪或者骚扰我,不要怪我不客气。

"最后,算我给小姐你最真诚的建议,你该减肥了。如果不是你BMI指数超标,我昨天根本不会承受不住你的体重和你一起摔下去。

"就这样,别再跟上来。"

说完长长、长长一段几乎不带停顿的话后,西装男掉头走掉,只剩下夏浅定在原地目瞪口呆。

半晌,终于消化完所有话的夏浅顿悟,朝着对方离去的方向跳脚道:"王八蛋,你骂谁胖?!"

第二章 不是冤家不聚头

下午,夏浅和宁萌签订好砍价协议后就直奔长盛酒店。按照事先商量好的,夏浅假扮成宁萌的表姐,今天来酒店的目的就是陪妹妹交婚宴定金。

到酒店后,一位姓秦的营销经理接待了两人。秦经理微胖,三十来岁,一笑起来脸上就只剩下两条缝,看起来亲和有加。秦经理陪着两人看了婚宴场地以及配套茶坊后,这才将两人迎进了会客室。

三人一坐定,秦经理就开门见山道:"两位看还有没有什么问题?如果没问题的话,我就去准备宴席合同了。"

宁萌撑起身来就要说话,夏浅悄悄拍了拍她的手背,以示少安毋躁。秦经理弯成月牙的小眼闪了闪,敏锐道:"怎么?还有什么疑问吗?"

夏浅嚯笑:"哦,是这样的,我们家亲戚爱打麻将的比较多,刚才我和表妹就在说,你们送的包间肯定不够。像这种情况的话,我们还能另外订包间吧?怎么收费的?"

砍价最大的忌讳,就是一来就和对方杀价。这样往往让卖家觉得你只是砍着玩玩,未必真的想买。所以正确打开的方法应该是先表现出极大的诚意,让卖家相信你是真的对产品感兴趣,真心实意地要买。而表达这种诚意的最好方式,就是认真挑剔产品的细节,你挑得越细,卖家越觉得有戏。

果然,夏浅这么一挑,秦经理就上钩了。复将小眼眯成一条线,秦经理不厌其烦地解释道:"这个当然可以。我们的小包一天包断的话,是680元;中包880元;大包1080元。"

夏浅装作一副释然的样子,又咨询了几个小细节,秦经理都一一耐心作答。觉得差不多了,夏浅见好就收,粲然道:"原来是这样,那我没什么问题了。"

秦经理道:"那我去准备合同了?"

听了这话,宁萌急得直扯夏浅衣袖,夏浅只当不知道,含笑点头道:

"好。"

……

秦经理前脚出了会客室，宁萌后脚就跳了起来，嚷嚷道："你怎么就答应他了？说好的八折呢？这价钱还没谈呢，怎么就要签合同了？"

相比起宁萌的十万火急来，夏浅简直悠闲到不能再悠闲，轻轻呷了口清茶，这才缓缓道："少安毋躁。看我怎么杀他个片甲不留。"

秦经理再回会客室时，手上已多了两份合同。夏浅虚张声势地看了会儿合同，这才敛眉惊呼："一桌一万两千八百八？"话毕，夏浅就夸张地坐直身子，瞪圆杏眼盯住"表妹"道，"你们之前谈的，是一万两千八百八一桌？"

"是啊。"宁萌按照夏浅事先吩咐的，也开始有板有眼地演戏，"我和之隽毕竟一辈子就结这么一次婚，所以想来想去还是选了这儿最好的宴席。姐你看，这个套系里有你最爱吃的烤北海道扇贝……"

宁萌一边说一边就将菜单递到夏浅跟前，谁料话刚说了一半，夏浅就"啪"的一声合上菜单。宁萌微愣，讶然道："怎么了，姐？"

夏浅望着宁萌那张茫然无措的漂亮脸蛋，面上不动声色，心里却早已佩服得五体投地。不得不说，宁萌不去演戏简直就是影视界的一大损失——这货实在是太会装了！

抬头冲秦经理笑了笑，夏浅启齿道："不好意思秦经理，我们临时有点事，签合同的事……咱们再约时间。"说罢，不等秦经理反应，夏浅牵着宁萌就往外走。

宁萌"咦"了声，脸上写满了莫名其妙："姐，嗳，这、这怎么回事啊？"

夏浅将宁萌拽到身边，以在场所有人都能听见的音量跟"表妹"咬耳道："你听我的！咱们先出去跟吴经理打个电话再说——"

话音落下，秦经理也恰到时机地走到了两人跟前。夏浅面上依旧波澜不惊，心里却忍不住微扬：嘻嘻嘻，鱼儿上钩了。这头，"秦肥鱼"端笑着："夏小姐，你看……这中间是不是有什么误会？我刚才好像听见您说……吴经理？是咱们这儿的吴恬恬吴经理？"

"没错，就是她。"夏浅装作一副犹豫的样子，咬唇想了想，这才道，"秦经理，有些话我本来不想拿出来说的，但你们也太没诚信了吧？怎么价钱一天一个变?"

被夏浅质问,秦经理脸色骤然一变,转瞬间又恢复常态地笑开。

"来来来,"秦经理将两人重新请回座位上坐定,又斟好茶,这才幽幽开口,"夏小姐先别急,有什么误会咱们先坐下来再慢慢说。"

"没什么误会,"夏浅挑眉,"事实就摆在眼前。我上个月才来你们这吃过饭,就是这个一模一样的菜单,价格是9888元一桌。"

闻言,宁萌也颇为配合地惊呼出声:"怎么会便宜这么多?"

"你以为呢?"夏浅看向"表妹",满脸愤慨,"我当时就是觉得这家酒店的环境、菜色都不错,才推荐你来这订婚宴的,没想到这才几天工夫就涨了这么多,我当然不在你这订。"

夏浅故意咬重"你"字,又意有所指地看了眼秦经理。比起煮熟的鸭子飞了,其实卖家往往更在意煮熟的鸭子飞到同行嘴巴里。是以一听夏浅这话,秦经理立马急了。

"这么说,当时是吴经理接待的夏小姐咯?哈哈,我就说这中间有误会吧?我给两位解释下,我们这的菜系是分商务餐和婚宴餐两种的。商务餐,因为经常有一些合作伙伴过来,所以偶尔会打一些小折,夏小姐当时来吃的,应该就是这种折扣商务餐。而我们的婚宴餐,更注重品质和服务,所以是没有折扣的。

"另外,虽然两个套餐看起来菜单差不多,但其实是有些微差别的。比如咱们这个婚宴套餐就有免费的头菜赠送,商务套餐则没有。然后甜品两位也可以比对下,婚宴套餐的甜品……"

不等秦经理比较完,夏浅就不耐烦地打断道:"那你们酒店的政策很不合理啊!凭什么商务餐可以打折,婚宴就不能打折呢?再说了,从数量上来讲,我妹妹的婚宴桌数也不比小型商务活动的桌数少吧?咱们可有八十桌呢!"

"对,"宁萌附和道,"秦经理,你要不就给我打个折吧!"

"这个……"秦经理额头满是细汗,为难道,"两位,确实不是我不肯打折,是我们上面真的有规定。这个就算换成吴经理来谈,也是一样的。"话末秦经理又想了想,咬牙一副忍痛割爱的样子道,"这样吧,如果你们今天能定下来,我把你们的酒水服务费全免了,另外再加送十个小包,怎么样?"

夏浅轻挑眉眼,唇角上扬。哟嚯,刚才他们还在说包间不够,这就免费送十个。投其所好,这秦经理挺会来事的嘛!

老!狐!狸!这样就想打发他们?没那么容易!

夏浅清了清嗓子:"酒水服务费本来就是不合法的,什么全免不全免?根本就不该有!至于那十个小包,也是羊毛出在羊身上。秦经理,你这样就是你的不对了。我们是真心实意来订婚宴的,嗳,我妹妹连婚庆公司那边都谈好了,就准备过来比尺寸设计场地了,可你却一点折扣都不肯给,真是好伤我们的心啊!"

一时间,秦经理只觉一个头两个大,他干这行七八年了,还是第一次遇到这么能说会道的女人,可上面的政策又确实——想到酒店内部的烦心事,秦经理脑袋疼得嗡嗡直响。揉了揉太阳穴,他摆手道:"夏小姐、宁小姐,这样,我加送你们十二个小包,一个蜜月套房,另外每桌再多加一道凉菜一道热菜,酒水服务费全免,婚庆入场费全免,行了吧?"

话音落下,夏浅本来张合个不停的嘴突然停了下来,若有所思地看向旁边的宁萌。秦经理唯恐夏浅再发难,半开玩笑半认真道:"姐姐,我能给的真就这么多了。"

宁萌拧眉,泄气地靠在沙发椅上,似有些失望,又似有些动摇。

这头,夏浅转了转眼珠,柔下三分语气道:"秦经理,我就想不明白了,你送这么多,算下来价值也不低了,干吗就不肯给我们打个折呢?"

秦经理一噎,说不出话来。

夏浅朝秦经理的方向靠了靠,又道:"我们本来就有十来道菜了,再加菜也是浪费,现在不都提倡勤俭节约嘛,所以打个折啦!咱们要的不多,八折!你要点头,我们立马签合同刷卡!"

此话一出,秦经理算是彻底明白了——今天他是真真正正遇到对手了。秦经理愁眉苦脸地摇了摇脑袋,道:"说了这么多,您老还是不信,我是真没权利给您打折。不然就像您说的,我怎么会送您这么多东西?光是咱们酒店的蜜月套房,都是2888元一晚的。"

闻言,夏浅暗地里舒出老长一口气来:磨了这么久嘴皮子,总算是说到重点了!

跷起二郎腿,夏浅往沙发椅上轻轻一仰,女王范十足:"既然你没权利打折,那就找个有权利打折的人来谈!"

话音落下，秦经理和宁萌齐齐被夏浅震住。

谁料夏浅话锋一转，居然又软下语气来："秦经理，其实不瞒你说，我在来之前做了些功课。你们长盛酒店呢，是高端大气上档次、低调奢华有品位，但你们大部分业务都来自商务和旅游两个渠道，我没说错吧？婚宴市场也是今年才新开辟的，对吧？所以换句话说，你们在婚宴这块根本就没有什么优势，菜系也是偏粤味，一点都不符合本地人的口味。我们来你们这订婚宴，图的就是个环境和你们五星级的招牌，你们在饭菜价格上给我们让点利，也不过分吧？"

秦经理咋咋舌："可是——"

夏浅抢过话头，继续："另外你大概还不知道，我妹夫是电视台主持人，虽然名气的确比不了歌星明星，但他认识的明星朋友多啊！你想想，到时候如果我们真在你们这办婚礼，来几个演员、歌星参加婚礼，哎哟喂，简直给你们酒店做免费宣传了！"

"但是我——"秦经理还想据理力争，夏浅却拍了拍他的肩，潇洒道："好了，你就照我刚才说的，把话带给上面的人，让他下来跟我谈。"

一席话说完，本来已经死心的宁萌眼眸闪耀，无比崇拜地看向夏浅。

专业的果然不一样！听夏浅刚才那么利弊权衡地一分析，别说是人了，就是石头也该被她打动了。只是，这个夏浅是怎么知道之隽是电视台主持人的？难道她也看过他那档节目？

宁萌正纳闷，就听身后传来一个熟悉低沉的男声道："不必带话。"

宁萌背脊陡僵，转瞬间就听头顶悦耳沉稳的男声接着道："我已经全部听到了。"

"我已经全部听到了。"伴随着男人清冷的声音，整个会客室遽然安静下来。没有人说话，甚至没有人做出任何反应，屋内的三人就这么定睛看着突然闯进来的男人——各怀心事。

夏浅微微眯眼凝视对方，在脑子里搜索良久也没搜索到合适的词汇形容现在的心情。什么叫孽缘？这就是了！在恩公大人严明禁令不想再见到她的几个小时后，他们又见面了。

冤家路窄啊冤家路窄……

这头，秦经理怔忪少时也站了起来，讷讷喊了句："盛总。"话毕又向夏浅、宁萌介绍道，"这位是我们长盛酒店的董事长，盛哲宁盛总。"

盛总？夏浅柳眉轻蹙，这么小的事居然需要董事级别的人出面？而且……这货怎么说话这么利落，不两个字两个字地往外蹦啦？

夏浅正思忖，秦经理又道："盛总，这位是宁小姐。这位是宁小姐的表姐，夏小姐。"

盛哲宁几不可闻地哼了声，挑眉道："表姐？"

像是知道夏浅这个表姐是假冒的，盛哲宁这个表情既挑衅又耐人寻味，黑曜石般的眸子直勾勾地"咬"着她，像是要将她看穿。奈何夏浅死猪不怕开水烫，落落大方地迎着盛哲宁的目光，勾唇道："盛总，你好。"

盛哲宁眸光微闪，没有回应，转头又看向宁萌。夏浅顺着盛哲宁的目光看过去，这才发现宁萌不太对劲。宁萌忸怩着身子，以极其不自然的姿势侧坐在沙发椅上，蝼首低垂，显而易见是在躲避盛哲宁的目光。

察觉到夏浅看自己，宁萌轻咳一声，附耳夏浅道："我有点不舒服，去趟洗手间，你和他们接着谈。"说罢，宁萌拎起手提包就往外走，与此同时，盛哲宁也坐了下来，悠悠说了三个字："我拒绝。"

闻言，已拉开木门的宁萌蓦地一僵，回头震惊而愤怒地瞪住盛哲宁。另一边，夏浅过了好一会儿才反应过来盛哲宁指的是打折的事情。她正欲力挽狂澜，就听盛哲宁又说了两个字："请回。"

夏浅："……"

离开长盛酒店时，夏浅的脸色异常难看。其实做砍价师以来，夏浅也不是场场都能谈判成功，但像今天这样没有转圜、没有商量余地地被"请"出来，还真是头一次。

而旁边宁萌更是小脸煞白，蔫得像霜打的茄子。刚才的情景，就是瞎子也能看出来盛哲宁和宁萌关系不一般，一想到何之隽还没结婚，头顶可能就已经戴了顶硕大无比的绿帽子，夏浅的心情瞬间舒畅多了。

轻咳一声，夏浅装出副惋惜的模样："抱歉，宁小姐，到最后还是没能帮到你。"

"不关你的事。"宁萌疲惫摆手，"是我……呃，是那个盛哲宁不讲道理，明明秦经理都已经动摇了。"

见宁萌一副欲哭不哭的样子，夏浅又有些心软，宽慰道："其实除了长盛酒店，五星级环境好菜品好的酒店还有很多，洲际、希尔顿、喜来登……这些酒店我都认识人。如果你有兴趣，我可以打电话帮你问问

·017·

他们下个月八号还有没有场地。"

宁萌紧抿唇瓣,不言语。

"夏姐,我就是想不通。就像你说的,我们有八十桌,之隽又是电视台的主持人,还能帮酒店宣传,这么好的单子,他们干吗不接?"

夏浅翻白眼,得,她刚才劳心费神说了一大堆,结果别人连半个标点符号都没听进去。

"别人就是不肯打折能有什么办法?"夏浅敷衍,"要不你实在喜欢这家,就按原价定呗。"

"不行!"宁萌咬牙,"我一定要拿到折扣。"说罢,宁萌就又攀住夏浅的胳膊,换作一副可怜兮兮的模样卖萌哀求,"夏姐,你看你那么厉害,又专业,就再帮我想想办法,好不好?"

夏浅摇头,正欲拒绝就听宁萌道:"只要砍价成功,我给你百分之百的提成!不……不论事成或者失败,我再给你加两千的出场费。只要你同意,我现在就给你转钱!"

这次,换夏浅抿唇不说话了。

其实,从接触宁萌开始,有件事夏浅就一直想不通。自己往常接的婚宴案子,大多数还是跟中低档次酒店在掰扯。像宁萌这种相中五星豪华婚宴的,一般反而对价格没那么执着。再看她这通身的奢侈品、不差钱的派头,似乎对钱也没那么看重。既然如此,宁萌又干吗死乞白赖地非让对方打折?现在,更是提出亏钱让酒店打折的方案来……

如果不是人傻钱多速来,那就只剩感情纠葛一个选项了。等等,这么说来,自己第一次见完宁萌后,就又在罗曼咖啡厅碰到了盛哲宁。现在想想,似乎也巧合得过了头……

回忆起宁萌刚才对盛哲宁暧昧不清的态度,夏浅瞬间脑补出一场玛丽苏狗血大剧。由此联想到之隽头顶的青青大草原,夏浅差点乐出声。

这头,宁萌还等着夏浅的答案:"怎么样,夏姐?"

"也不是完全没办法,后天,等我的好消息。"

初秋的早晨,风和日丽,鸟语花香。

盛哲宁跟往常一样,踩着十点的钟声离开酒店,围着绿道走上一圈,然后再慢慢踱步来到"慢时光"。进入书吧后,盛哲宁就径直来到收银台。

他是这里的老主顾,每周二、四的这个时间他都会来买这里的乌龙茶,所以不用他开口,对方就知道他需要什么。可今天,服务员小哥却没有像往常一样替他打包乌龙茶,反倒是满脸为难地开口:"先生……"

盛哲宁讨厌为不必要的小事浪费口舌,是以在脑海里搜索了一番,用两个字准确表达了自己的意思:"乌龙。"

——我要乌龙红茶一杯,不加糖打包带走,微信支付,不要向我推荐新品精品以及折扣卡、会员卡、现金卡,我什么都不需要,麻烦快点,我赶时间,谢谢。

嗯,大概就是这个意思,这么浅显易懂,对方应该能理解吧?

谁料服务员却摇头苦笑道:"不好意思先生,今天的乌龙茶已经卖完了。"

闻言,盛哲宁隽黑的眉瞬间拧起,卖完了?他平常这个时候来,乌龙茶都还剩很多,怎么今天会卖得这么快?正思忖,服务员就解释道:"今天一大早,那边那位女士就包了我们店里所有的乌龙茶,现在我们制作间都还忙着打包呢。"

盛哲宁顺着服务员手指的方向望过去,一眼就看到坐在角落里眉清目秀的长发女人。此时此刻,女人正捧着乌龙茶慢慢喝着,一双狡黠乌黑的眸子正滴溜溜地看着他这边。见他看过来,女子冲他眨了眨眼,满是戏谑调侃。

盛哲宁微微眯眼,这个女人他记得,叫夏浅。她故意选在自己绝对会出现的周四早上买光店里所有的乌龙茶,目的再明显不过。

念及此,盛哲宁转身就往店外走。

这头,夏浅见盛哲宁往外走,也不疾不徐地站起来,一边捧着热气腾腾的乌龙茶暖手,一边嬉皮笑脸地打招呼:"盛总早啊!"

盛哲宁不理,绕过夏浅,拉开玻璃门就出了"慢时光"。夏浅不急不恼,也跟着出了"慢时光"。

走在盛哲宁后面,夏浅喝了口手上的乌龙茶,这才悠悠道:"我听说盛总每周二和每周四的这个时候都会来'慢时光'买乌龙茶喝,所以就跑来撞撞运气,哎呀,没想到居然是真的!"

盛哲宁倏地停下脚步,回头。见状,夏浅亦是一顿,定在原地心里微微打鼓。原本以为盛哲宁又会发大招,谁料他盯着夏浅看了老半天,只说了两个字:"无聊。"

夏浅"噗"的一下喷茶，露出灿烂笑容道："还有更无聊的盛总有没有兴趣听听？比如……以后每周二每周四早上，我都提前您一步买光'慢时光'的乌龙茶。"

闻言，盛哲宁黑眸沉沉地凝视着夏浅，良久才"呵"的一下笑出声。夏浅当然明白盛哲宁这声冷哂的意义，却不怒反笑道："当然当然，您猜得对！像我这样的穷鬼哪儿有那个闲钱跟您对砸啊，我也是受人所托。"

盛哲宁神情陡变，轻敛目光："宁萌？"

夏浅打了个响指，弯眼："盛总就是盛总，我轻轻一点，您就知道怎么回事了。您这么聪明，相信也已经猜到了，我呢，是宁萌雇来的砍价师，目的就是长盛酒店婚宴——"

"不可能。"不等夏浅说完，盛哲宁就干脆果断地拒绝。可这话落在夏浅耳朵里，却是精神一振。

水滴石穿有没有？磨铁成针有没有？绳锯木断有没有？就在刚才，盛哲宁居然对她说了三个字！

经过几次接触，夏浅算是整明白了，盛哲宁惜字如金不是因为不爱讲话，而是在他觉得没必要的事情上懒得浪费时间和唇舌，所以，当盛哲宁对你讲的字数越多，就说明你提及的事情他越在乎。

很好很好，虽然现在她只进步了小小的一个字，但绝对是成功道路上的一大步！

定了定神，夏浅开口："您先别急嘛，我话还没说完呢。其实呢，在来见你之前，我也有做过准备功课。根据秦经理给的线报，您家婚宴的确不能打折，而下达这个政策的决策人，正是盛总经理您。"

盛哲宁斜睨夏浅眼，一副"那又怎么样"的神情。

夏浅摆出副狗腿模样道："容小的斗胆揣摩下陛下的圣意，您之所以这么干，就是为了提高酒店婚宴的档次，对吧？不打折不团购，这样才显得高端大气上档次嘛。您看别人奢侈品牌就从不打折，对吧？"

"可！是！"说着说着，夏浅蓦地话锋一转，托腮道，"我怎么听说上个月威远集团的千金在你们酒店办婚宴是九千九百九十九元一桌呢？亲，说好的不打折？"

"那场婚礼我们没有打折。"盛哲宁清亮的黑眸攫住她，一字一句道，"威远集团一直就是我们的集团客户，他们吴总手上有我们酒店的折现卡。他凭借这张卡抵消了部分消费金额，所以婚宴算下来才便宜了一部分，但其实我们一分也没少要，还是一万两千八百八十八元一桌。"

夏浅挑眉，很好，果然一旦说到公事，这货就能正常说人话了。既然鱼儿已经上钩，那么她也该收网了。

"那对啊，"夏浅耸肩，"这样不就好办了嘛，您就对外说宁萌手上也有你们酒店的折现卡，然后悄悄给她打个折。"

"不可能！"盛哲宁义正词严地拒绝。

"为什么不可能？"夏浅瞪大眼睛，"就因为您和宁萌的关系？"

话音落下，盛哲宁的眸光骤然一冷，神色也变得捉摸不定。

见状，夏浅悄悄抿唇，拳头也在不知不觉间攥紧。这是一步险棋，也是唯一一步制胜之棋，但凡盛哲宁对宁萌有半点厌烦，那她就彻底败了。

稳了稳心神，夏浅接着把备好的台词念完："宁萌不缺钱，这您也知道，可她为什么非要长盛酒店打折，您不知道？女人嘛，都是感性思维动物，她要您给她打折，无非就是想要证明您对她的感情。"

听了这话，盛哲宁静静凝视着夏浅。四目交接，夏浅只觉心扑通扑通跳得飞快，赌赢了？还是输了？这一招真的就看宁萌的造化了。

静默片刻，盛哲宁才沉沉道："她这么跟你说的？"

夏浅咬紧牙关，正踌躇该点头还是摇头，盛哲宁就道："你回去告诉她，公私分明。"

霎时间，夏浅只听脑子里"叮"的一声，这局她赢了！

"对，就是公私分明！"夏浅眼眸陡亮，"公的是长盛酒店的政策，私的是您和宁萌的感情，一点都不冲突。"

盛哲宁蹙眉："什么意思？"

"字面上的意思，"夏浅笑若三月桃花，"对于盛总个人而言，这折扣下来的钱还不够您老买只表，拿来做个顺水人情什么的，不就公私分明了吗？"

言毕，夏浅递给盛哲宁个"您老自行体会"的眼神，转身离开。走了两步，她又像想起什么似的回头，"哦对了，如果盛总还是想喝乌龙茶的话，可以倒回去买。"

倒回去买？什么意思？不是卖光了吗？

盛哲宁莫名其妙地看向夏浅，就见对方夸张捂嘴道："您不会真信了吧？我怎么可能真的砸钱买光所有乌龙茶嘛。我是给了服务员一点小费，和他一起跟您开了个小玩笑啦。那么，再见啦！"

"……"直至夏浅走远，盛哲宁俊俏的脸上才终于露出丝丝愠色：这个该死的女人！

两天后，宁萌果然打来电话，称长盛酒店改变主意，同意打折了。

电话里，宁萌欣喜若狂，语气轻快道："酒席不仅打了八折，其他东西也还按我们原来谈的来定——加送十个小包间、一个蜜月套房、酒水服务费全免、婚庆入场费全免……哎呀夏姐，你真是太厉害了，我都不知道该怎么感谢你了。"

叽里呱啦说完一大堆，宁萌话锋倏地一转，又变得犹犹豫豫起来："可是……有一件事很奇怪，秦经理说到时候给我开发票还是按原价来开，但我只用给折扣后的价格就行了。夏姐，你说这个不会有什么问题吧？"

夏浅当然明白其中蹊跷，这是盛哲宁在她的指点下，自掏腰包付了差价部分的钱。但当着宁萌的面，夏浅只说这是她事先和盛哲宁商量好的，让她不用担心。

原本事情告一段落，夏浅也可以功成身退了。但不久后，事情又出现了转折。

因为宁萌和夏浅约定的砍价提成有变，事后，夏浅就又寄了份补充协议给宁萌。可一直到夏浅把这桩案子谈完，宁萌那边都没有寄回协议。

夏浅又耐着性子等了一个星期，见对方依旧没有任何动静后，直接给宁萌发了条微信。

问询微信发出去没几分钟，宁萌的电话就来了。夏浅刚接起电话就听那头传来一连串的"对不起"。

宁萌声音微微着急："真的不好意思夏姐，因为一直在忙婚礼，我就把协议这事给忘了。要不这样，夏姐你看你现在方不方便？如果方便的话，你带两份协议去长盛酒店，我老公现在在那边，我让他跟你签。"

一想到何之隽那张脸，夏浅就倒胃口，正想和宁萌另约时间，就听那头传来某某航班即将起飞的语音。

宁萌歉意道："我有事要飞一趟伦敦，下周才能回来。"言下之意，如果夏浅不想和何之隽打交道，那就得等上七天。

夏浅闻言正想再说什么，那头就又补充了句："如果你现在有空过去，我顺便让他把你前面的款都结一下。"

　　思忖片刻,夏浅终于咬牙道:"那就麻烦宁小姐给你老公打个电话,说明下情况。"

第三章　渣男配绿茶，天造地设

夏浅到酒店时，刚才还碧蓝如洗的天空已阴沉沉一片。

她心情异常烦躁，慢慢挪步到酒店大厅，还在做最后的垂死挣扎。大厅中央的水池里，一个戴口罩的男保洁正挽高裤腿站在水里，用手上的拖把一点点地清理池塘底部的苔藓。因为怕滑，他每走一步都小心翼翼，唯恐摔下去。

夏浅盯着这幕呆呆看了良久，这才仰头叹息：行行都不容易啊！

念及此，夏浅终于痛下决心——给何之隽打电话。

摸出手机，夏浅正说把何之隽从黑名单里拉出来就觉肩上被人重重拍了下。夏浅下意识地抖了抖，回头，还来不及表达自己的惊讶之情，对方就已操着浓浓的口音喊道："夏浅！"

夏浅怔了怔，再怔了怔，这才亮眼甜笑开："姐！姐夫！你们怎么来了？"

话一出口，夏浅就后悔了。她这不是废话吗？何之隽结婚，他姐姐姐夫肯定是要从老家赶过来的。这么一琢磨，夏浅就骤然明白过来了。难怪何之隽今天会在长盛酒店，肯定是因为姐姐何之秀要来，所以他干脆把两人安排在了办婚宴的酒店下榻。

不过好巧不巧，先遇上了她。

思及此，夏浅又忍不住叹了口气。所谓"年年岁岁花相似，岁岁年年人不同"，还真是这个理儿，记得上次何之秀两口子来蔺安市还是她帮忙接待的。彼时她还是何之隽的女朋友，借着未来弟媳的身份，带着两口子去了不少地方观光旅游。

何之秀夫妇虽然文化程度都不高，但为人淳朴热情。当时何之秀离开蔺安市前，还硬是塞了只玉镯子给夏浅，说是已亡老母亲生前专门为未来儿媳妇置办的。后来夏浅和何之隽分手，自然将玉镯子退还给了何之隽，只是不知道，那东西何之隽后来有没有给宁萌。

一回忆起来，夏浅就有点没完没了。最后还是何之秀出声，将她拉回了现实。

"我们来参加小隽的婚礼啊！正说找不着人呢，就看到你了！哎呀这可好——"何之秀一面说一面就拉住夏浅的手，满眼的欢喜欣慰，"当初你和小隽闹，额就跟他说，可不敢欺负别人姑娘，多好的姑娘你还不珍惜！到时候有你哭的！看额说的中不中，转了一大圈，吃了亏，知道还是你好，哎呀！你们俩这事成了，额当姐的，还有地下的爹和娘，也都放心了。"

夏浅一听，就知道何之秀误会了，正纠结该怎么跟她解释，旁边何之秀的老公就率先拽住老婆的衣袖，尴尬道："不对不对！隽弟在电话里说的……好像不是这个，那闺女叫、叫……"

夏浅接过对方的话茬："叫宁萌。"

此话一出，何之秀的脸色顿时白上三分。

一皱眉，一跺脚，何之秀又道："你也知道那个啥柠檬橘子了？哎，夏浅，这事姐知道，是咱隽弟不对，但你别往心里去，啊！男人嘛，知错就改就中！姐和姐夫，还有地下的爹妈，从头到尾都是支持你的。那个柠檬橘子，一看就不是好东西！"

何之秀老公见老婆越说越过，急得直嚷嚷："可不敢乱说！不敢乱说啊！"

"我咋乱说了？"何之秀越说越激动，甩开老公的手，又反过来拍了拍夏浅的手背，"还是你好，你是个好东西。"

一时间，夏浅哭笑不得。正盘算着该怎么解释，就听身后传来一声清脆的男声："姐！"

夏浅不用回头，也知道正主来了。果不其然就见何之隽小跑到三人中间，以颇为芥蒂的眼神盯住夏浅。夏浅白何之隽一眼，只当看不见。

这头，何之秀见到弟弟，高兴得直合不拢嘴，亲密地捶了捶弟弟的胸口，这才道："哎呀你咋才来，刚才要不是夏浅，我们都不知道上哪儿。"

何之隽又瞥了眼夏浅，神情里说不出的诡谲。揽住何之秀，何之隽一边将姐姐姐夫往前台引，一边柔声道："哦，我刚才接了个电话，所以没看到你们俩。这样，我先带你们去登记房间。"

说罢，何之隽又扭头对夏浅道："在这等我。"

语气说不出的冰冷,夏浅用鼻子哼了声,只当回应。

少时,何之隽将姐姐姐夫送进房休息后,这才又回来,一开口就劈头盖脸地问:"你刚才对我姐说了什么?她为什么一直管你叫弟妹?"

夏浅将两份空白协议外带一支笔拍在桌上,伸手道:"十万三千一百零四,谢谢。"

何之隽一脸莫名其妙:"什么?"

此时此刻,夏浅算是有点明白盛哲宁二字箴言的心情了,对于何之隽这种厌恶的人,真的是多一个字都是浪费口舌。

深呼口气,夏浅耐着性子解释道:"何先生,你老婆在电话里没跟你交代清楚吗?我来除了签补充协议以外,还要收50%的款项。你看是微信还是银行卡转账?"

何之隽欲言又止,最终还是心不甘情不愿地签了协议,末了又摸出手机来操作转账。

见何之隽签完字,夏浅就拿起协议,一本正经地开始检查。奈何旁边一直有只苍蝇,嗡嗡嗡地叫个不停。

何之隽:"夏浅,我从没想过你会变成今天这样,你好可怕。是不是不彻底破坏掉我的婚礼,你就誓不罢休?"

我呸!你以为你谁啊,还誓不罢休?你要长成吴彦祖那样,和你"誓不罢休"耗耗时间也就算了,就你那垃圾样,也就只有当初没见过世面的自己和审美观奇葩的宁萌看得上!

"呵,不理我算是默认吗?你别以为我不知道,我去打听过,像你们这种砍价师,一般提成都在30%-50%,你倒好,收100%的提成,还找萌萌要了那么多出场费。看看你现在的样子,除了钱你眼里还有什么?"

喂喂,何狗屁你搞清楚,100%的提成可是你家萌萌自己提出来的!还有,这都要当乘龙快婿了,怎么还改不了当年死抠死抠的德行?

"你一直不回答是什么意思?你倒是说话啊!你到底要怎么样才肯放过我?!"

何之隽义愤填膺地吼完,这头夏浅的手机短信音也刚好响起。夏浅瞄了眼手机:"好了,到账了。还剩50%咱们就按协议来,等你们婚礼完了打给我。"

话毕,夏浅收好自己的东西,这才幽幽又道:"还有,何之隽,你我不管怎么说，也算朋友、同学一场，有句话，我想告诉你很久了。"

何之隽微愣，只听对方一字一句道："被害妄想症是病，得治！"

何之隽的脸"噌"的一下烧得通红，眼见夏浅转身就要走，又气又恼："你敢说你对我没有想法？如果没有想法的话，你怎么会接我和萌萌的砍价案？"

闻言，夏浅的脚步陡然一顿。

她回过身来，直视着何之隽的眼睛："你真的想知道理由？那好，我告诉你——因为我真的好怕你们俩因为打不了折而不结婚了，这样的话，万一你们俩分了，岂不是又要出去祸害别人？"

"你！"听了这话，何之隽气得一口老血吐不出来又咽不下去，只哽在喉咙里难受至极。

夏浅见状微微勾唇："渣男配绿茶，你们俩真是天造地设的一对。"

闻言，何之隽身体明显一震，僵在原地脸色煞白。夏浅也不怯，就这么直勾勾地瞪着他，等待回应。可等了良久，何之隽却只愤愤地说了句"懒得和你这种泼妇一般见识"就转身走了。

望着何之隽落荒而逃的背影，夏浅忍不住叹息。

如果换成她是男人，谁敢说自己老婆半句不是，她一定先上去狠狠扇对方两耳光再说。可何之隽这个男人——自私、懦弱、虚伪，面对别人的挑衅居然连半个不字都不敢说。

算什么爷们儿？！

这么转念一想，夏浅忽然觉得自己不仅不该恨宁萌，反而该反过来感谢她。要不是她当年挺身而出，或许到现在，自己还没看清何之隽的真面目。

夏浅勾了勾唇，正想说离开，一个穿酒店制服的年轻女人就领着两个保洁大妈急慌慌地从她身边跑过。

夏浅被吸引注意力，顺着几人小跑的方向看过去，只见几人已在池塘边站定。而池塘里，之前的男保洁还在专心致志地清理着苔藓。

年轻女子双手交握，急得直舌头打结，挣扎了好几次这才喊出声道："盛总……"

夏浅一听"盛总"两个字，瞬间被雷轰成渣渣。

呵呵呵，此"盛总"肯定非彼"盛总"，这么大个酒店，有个重名重总的也很正常。

呵呵呵，也有可能是自己耳朵出了问题，人家妹子叫的根本不是"盛总"，而是"盛宗"。

呵呵呵，对，就是这样，一定是这样……

这头夏浅正发挥阿Q精神自我安慰着，那边男保洁已摘掉橡胶手套和围裙，缓缓从池塘里出来。旁边年轻女子见状赶紧上前，将早准备好的西服外套递给男子。两个保洁大妈也没闲着，一个去找男子的皮鞋，一个去接男子手上的手套和围裙。

夏浅微微咬住下唇，这是什么级别的"总"啊，这么大的排场，换个清洁服整得就跟皇帝更衣似的。想到这，夏浅心里"咯噔"一声响，脑海里没由来地浮现出某张脸……

与此同时，男人也已摘下口罩，露出那张和夏浅脑海里一模一样的俊挺面容来。好死不死，居然真的是盛哲宁！

尘埃落定。夏浅定在原地还有点回不过味来。

——所以，向来高高在上的盛总刚才居然在洗池塘？

——所以，盛总大人无意间围观了她和何之隽之间的互撕大战？！

——所以……所以个头啊！谁来告诉她这到底是怎么回事？

夏浅风中凌乱之际，这边年轻女子也已害怕得满头是汗。

盛哲宁自上任以来，就一直行为诡谲，让人猜不透心思。今天这位主儿又不按常理出牌地跳进池塘洗起了池子来，也不知是个什么意思。要不是大堂经理跑来告诉他们保洁部，她还不知道这件事。

年轻女子正暗暗思索着，就听盛哲宁沉声道："告诉保洁部主管，如果以后池塘没有我今天清理得这么干净，他就不用来上班了。"

说完，不等对方回应，盛哲宁就转身离开。而从始至终，他都没往夏浅的方向看一眼。

傍晚时分，雨终于淅淅沥沥地下了起来。伴随着枯叶飘零，初秋就这么一去不复返。外面行人冻得瑟瑟发抖，喵屋拉面馆里却温煦如春。夏浅掀开暖帘进到店内，一眼就看到了坐在角落的盛哲宁。

他面前摆着碗热气腾腾的牛肉拉面，还有这里的招牌乌冬汤和一个半熟鸡蛋，看样子还挺滋润。夏浅跟店员指了指角落的盛哲宁，示意自己是来找人的，然后就径直走到盛哲宁那桌，一屁股坐了下来。

"盛总，好巧。"

盛哲宁就像没看见夏浅这个人似的，只埋头继续吃面前的拉面。别人吃拉面，多多少少都会发出一些轻微的声音，但盛哲宁吃起拉面来，却像关了静音的短视频——只有画面没有声音。

夏浅看了会儿，弯眼道："现在连小孩子都知道，吃东西发出声音是不礼貌的行为。但在日本，吃一样东西是必须发出声音的，那就是拉面。你发出的声音越大就越表示拉面美味，所以盛总你这样吃拉面是——"

不等夏浅把"不对的"三个字说出口，盛哲宁就突然抬起头，一边用纸巾擦嘴一边幽幽望着夏浅——就在夏浅叽里呱啦说个不停的时候，盛哲宁已经吃完了。

见状，夏浅也不觉得尴尬，厚脸皮地冲盛哲宁笑笑，转眼珠又道："盛总，其实我有个疑问，像你这种霸道总裁，吃饭不应该都在五星级酒店包个场什么的吗？你跑到这来吃拉面，是想体验民间疾苦呢，还是来换换口味？"

盛哲宁淡淡瞥了眼夏浅，说了两个字："无聊。"

"无聊？"夏浅托腮，"你是想说我问的这个问题无聊呢，还是说是因为无聊才跑到这来吃拉面？"

盛哲宁板着一张扑克脸，又说了两个字："无聊。"

又是"无聊"？夏浅瞪大眼睛，琢磨了老半天也没参透盛哲宁他老人家的意思。

眨了眨眼，夏浅道："陛下，咱能说人话不？"

盛哲宁抱胸，再次用两个字回应："无聊。"

夏浅倒吸口冷气，彻底无言以对了。

盛哲宁这样她还怎么继续往下聊？和这货说个话简直比和哑巴沟通还困难！至少哑巴还能比画，可这位除了两个字两个字地往外蹦，就什么都不会了！呃，不对，盛哲宁好像也不是什么都不会，除了二字箴言，他还会读条放大招——

念及此，夏浅下意识地看向盛哲宁，与此同时，盛哲宁也正好望向她。四目相交，夏浅的心突然慢下两拍，只见那双深邃幽黑的眸子里赫然闪过一道亮光。然后下一秒，夏浅再定眼去看，那道狡黠的光就已消失得无影无踪。

果然不出夏浅所料，盛哲宁微扬了扬下巴，开始放大招了："你刚才进来见到我说的第一句话是好巧，实际上一点都不巧。最近你一直在长盛酒店附近晃悠，今天又尾随我到这，明显是在蹲守我，这是第一个无聊。

"第二个无聊，你跟了我那么久，又是套话又是套近乎，无非是因为那天下午我看到了你和何之隽吵架的情景，你来探口风，想看看我对此事的态度。刚才我说的第二句话已经回答你了，对于整件事，我只有两个字的感想——无聊。

"其三，我的话说得这么清楚明白，你却听不懂，让我觉得你这个人本身很无聊。"

一席话毕，盛哲宁才抬眼复盯住夏浅："我都解释清楚了，如果你再听不懂那我建议你回去找找你的小学语文老师。另外如果听懂了的话，你可以离开了。"

闻言，夏浅气得头顶直冒烟，偏偏眼下有求于人，又不能对眼前这个混蛋翻脸。深呼口气，夏浅在心里一再告诫自己淡定淡定，就把盛哲宁当成一头会说话的猪。

冲着帅气的猪头笑了笑，夏浅道："只要盛总回答我一个问题，我立马就走。"

盛哲宁不语，算是默认了。

"那天的事，盛总会告诉宁萌吗？"

话音落下，气氛骤然凝结。盛哲宁目光微敛："我告诉她怎么样，不告诉她又怎么样？"

夏浅转了转眼珠，实话实说："宁萌邀请我去参加她的婚礼。如果您老当那天什么事都没发生，为了维持客户关系，这婚礼我肯定是要去参加的。但如果……您打算告诉她的话，还劳烦您老提前通知我一声，毕竟到时候在婚礼上闹开，不太好看嘛……"

一席话，说得既坦荡又无奈。这是夏浅在蹲守盛哲宁的几天时间里想到最好也是最坏的办法。可行为乖张的盛哲宁吃不吃这一套，那就真的只能听天由命了。

说完这番话，夏浅就默默盯住盛哲宁，只见对方唇瓣紧抿，少时才低声道："你和何之隽是什么关系？"

夏浅挑眉，半是认真半是戏谑地开口："我还以为盛总您不食人间烟火，是不会对这些乌七八糟的事情感兴趣的。嘶，刚才是谁说整件事无聊的？"

　　盛哲宁的脸色瞬间黑上三分。夏浅见状乐得直接弯了眼，痛快！总算是扳回一局了！看这货以后还敢不敢让她回去找小学语文老师，还有上次说她胖的仇，呵呵呵，她可都拿小本本记着呢……

　　夏浅正在心里默默盘算复仇大计，服务员就过来了，询问她是否需要点菜。夏浅盯着服务员推过来的菜单，转了转眼珠，直接道："麻烦给我们来四壶清酒。"

　　话毕，她这才转头看向盛哲宁，眼眸闪亮："盛总你看这样好不好，我们来拼酒？如果我输了，我就满足你的八卦之心，告诉你我和何之隽之间的所有事情；但如果你输了，你就当今天什么也没看见，怎么样？"

　　闻言，盛哲宁神色未变，抬头看向服务员，道："麻烦再帮我们加两份下酒的小菜，谢谢。"

第四章 人家是酒后乱性，你是酒后撒泼

一夜宿醉。

夏浅再醒来时，发现自己居然躺在自家床上。卧室的窗帘紧紧拉着，遮住从外面透进来的光，而吵醒自己的罪魁祸首——手机依旧响个不停。夏浅揉了揉隐隐作痛的太阳穴，花一秒做了决定：翻身继续睡。

奈何打电话的人异常执着，电话响过一通无人接听后，又接着打第二通。在手机第三次响起时，夏浅终于认输地接起，哑着嗓子"喂"了声。

"大姐，"电话那头传来乐颖夸张的叫嚷声，"你不要告诉我你还在睡觉。"

夏浅翻了个身摊平："你知道我在睡觉还骚扰我，这么早打电话来干什么？"

"早？！"乐颖怪叫，"拜托，大姐你看看钟，这都几点了！"

夏浅捂住被乐颖吼疼的耳朵，爬到床头柜瞥了眼闹钟：十二点四十五分。呃，还真是不早了。

那头乐颖还在叨叨："我敲了老半天的门没人理，还以为你出去了，结果你在家睡大觉！"

夏浅怔了怔，总算抓住了关键词，"等等，你是说……你现在在我家门口？"

"废话！还不快来开门！"

夏浅下床随便裹了件睡衣，就顶着鸡窝头去给闺蜜开门。原本以为现在这个造型铁定会被吐槽，谁料乐颖一见她，第一反应却是身体往后仰，一边仰一边还捂住嘴，满眼嫌弃地问："昨晚喝酒了？"

闻言，夏浅眼前骤然浮现出一幅画面：喵屋拉面馆里，已脸红得不像话的自己摇了摇眼前的白瓷酒瓶，见酒瓶已见底，她抬头看向对面面不改色心不跳的盛哲宁，嘟囔："这日本清酒不经喝，也不来劲儿，要不然……咱们再来点啤？"说罢，她就一招手，朝着服务员嚷嚷道，"老

板,再上一打啤酒。"

回忆起这一幕,夏浅惊得目瞪口呆,直定在门口挪不动步。没错,她昨晚喝酒了;不仅喝酒了,还是和盛哲宁喝的酒!

这么念想着,眼前就浮现出盛哲宁臭到极致的俊脸,与此同时,耳边也传来自己醉醺醺的聒噪声:"哈?你再说一遍,这顿饭多少钱?不就两碗面加几瓶酒吗?老板你收几百来块钱良心真的不会痛吗?你别以为我不知道,你这拉面汤底根本就不是什么猪骨汤熬的,都是用调味剂兑的味儿……收什么36,给个28发发发啦!"

夏浅掩面,简直不想再回忆盛哲宁是如何将她拽出拉面馆的。实在是太太太丢脸了!她虽然以砍价为职业,可她真不是女版葛朗台的人设啊!平时像这种正常开销她是不会跟人讨价还价的,可昨天……

还有,盛哲宁把自己拽出拉面馆后呢?后来又发生了什么?自己又是怎么回的家?

这边夏浅正努力回忆着,那头乐颖就用胳膊肘撞她道:"嘿,嘿!傻了啊?跟你说话呢,没听见吗?"

夏浅如机器人般一点点扭过头来,表情异常纠结:"我……好像喝断片儿了。"

乐颖一副怒其不争的表情,一边往里走一边啐道:"你没被别人卖掉我是不是该替你烧炷高香,算了,等着!"

进了屋,乐颖就轻车熟路地打开食品柜,又是现磨咖啡又是烧水,没一会儿,一杯香浓可口的美式咖啡就摆在了夏浅面前。

乐颖哑嘴:"用我们家陈浚的话说,就是咖啡治百病。你现在想不起昨晚的事,主要是因为大脑和身体都还醉着,喝吧,咖啡是解酒的。就算想不起昨晚的事,醒醒神也是好的。"

"嗯。"夏浅倾身去端咖啡杯,可手刚伸出去,一股钻心的疼就从关节处传来。夏浅猝不及防,疼得直龇牙咧嘴。乐颖见状吓了一大跳,忙问:"怎么了?"

夏浅试着活动了下身子,发现除了胳膊,腰和腿也有不适感。夏浅皱眉:"我怎么浑身都疼啊?"

话毕,夏浅只听啪的一声响,自己摔倒在地的画面就蓦地蹿进脑海里——

这次,情景从喵屋拉面馆店内转到了店门口,夏浅呈蛤蟆状地趴在地上,晕乎乎地抬头,就见盛哲宁俊俏的脸庞已黑了一大半。被拉面馆的店员扶起后,夏浅深一脚浅一脚地往外走,一边走还一边"咦"道:"奇怪……我摔跤怎么不觉得疼呢?"

话未毕,又是啪的一声摔倒在地。平躺在地上,夏浅不仅不喊痛,反而满足地喟叹道:"啊,真的不会疼呢。"

盛哲宁气急,大步流星地走过来,拽着夏浅的胳膊就要把她拎起来。谁料夏浅反抬起盛哲宁的下巴,细细端详对方一阵后,痞气十足道:"嘿嘿,小哥长得不错呀,要不要跟姐姐回家聊聊人生呀?"

……

夏浅扶额,夏浅捶胸,夏浅撞墙,但一切都为时已晚。回忆起昨晚自己躺在地上耍赖的种种情景,夏浅就抓狂。将咖啡当药一口气灌下去后,夏浅才原原本本地将事情都告诉了乐颖。

说罢,夏浅握住乐颖的手,眼泪汪汪道:"亲,快告诉我!这其实没什么的,这一点都不丢脸,一点都不失态。"

乐颖托腮,转了转眼珠道:"确实没什么丢脸的。"

夏浅闻言刚要松下一口气,就听乐颖继续补刀道:"因为这根本就不是你的极限。"

夏浅小心肝抖了抖:"什么?"

"你忘了?"乐颖眨眼,"当年毕业聚会,你喝醉后非说咱们辅导员是何之隽,拽着别人不撒手,又是骂又是哭的折腾了那老头子一晚上。后来学校里还传,说你和他有感情纠葛,还传你为他堕过胎。"

乐颖说到一半,像想起什么似的又拍脑袋:"哦对了!你昨晚不会又笑得停不下来了吧?"

听了这话,夏浅陡然怔住,几度张嘴也没说出话来。

这其中有个"典故",当年夏浅听闻何之隽和宁萌正式在一起后,郁郁寡欢,干什么都提不起兴趣来。为了帮闺蜜发泄,乐颖就带着夏浅去酒吧喝酒。原本以为喝了酒,夏浅哭上一场就没事了,谁料当晚夏浅却像被点了笑穴似的狂笑,怎么都停不下来,直折腾到第二天天亮才算完。

至此之后,乐颖发誓决不再和夏浅去喝酒。夏浅也狠下决心开始练酒量,到现在,虽不敢说千杯不倒,但干翻三五个爷们儿是不在话下的。

可昨天怎么就那么容易醉了呢？

夏浅纳闷，虽然心里也汗颜昨晚的事，但嘴上依旧不承认。

"开玩笑！我现在什么酒量？当年什么酒量，能相提并论吗？我肯定没有笑！"

乐颖不信，凑到夏浅跟前："真的？"

夏浅心虚点头："真的。"

——是的，是真的。但有一点夏浅没有跟乐颖说实话，昨晚她虽然没有笑得停不下来，但她撒泼了……

就在刚才乐颖回忆当年喝酒趣事的时候，她的记忆犹如开闸的洪水哗啦啦地涌进了脑子里。

昨晚盛哲宁送她回家的路上，她几度冲到马路中间，一边挥舞手上的空酒瓶一边怒号："何之隽你这个王八蛋！还有宁萌你这个贱人！我祝你们俩白头偕老，永无安好；天长地久，一起跳楼。"

盛哲宁将她强行拉回车上后，她就开始絮絮叨叨地讲述往事。

"你知道吗？何之隽以前对我可好了，为了追我，他每天都帮我打开水、占图书馆的位子。有一次我得了红疹，要忌口，只能喝粥，他就跑去学做饭，每天变着花样熬粥给我喝，什么广东的滑蛋牛肉粥、四川的皮蛋瘦肉粥、太湖的翡翠银鱼羹……我都喝过！就这样，吃人嘴软拿人手短，呵呵，我感动了，然后就成了他的女朋友。"

"然后呢？"

"然后？"夏浅半梦半醒间嘀咕道，"然后何之隽就在广播社团认识了宁萌。从哥哥妹妹到蓝颜红颜，从诗词歌赋谈到人生哲学，两人很快就勾搭上了。呵呵！当时很多同学都知道何之隽在外面勾搭了人，偏偏我就是打死都不信！谁跟我说我跟谁急！后来，还是乐颖拍到何之隽和宁萌手牵手逛夜市的照片，我才终于没办法自欺欺人了……

"其实作为女人，我怎么可能没感觉？那段时间，每晚给何之隽打电话都占线，约他吃饭他就说社团忙。忙？哈哈哈，一对狗男女忙着偷情才对吧？后来……我就拿着那张照片去找何之隽，可你猜他说什么？他说，他和宁萌是纯洁的友谊关系，牵手也只是怕她迷路，他还反过来训我，说我不够信任他还跟踪他，说就是因为对我太失望才会和宁萌这个朋友出去透透气。"

说到这，夏浅不可抑制地狂笑道："多好笑！他和宁萌是朋友？有手牵手一起逛街的朋友吗？有半夜给对方送夜宵的朋友吗？有每天打四五个小时电话互道晚安的朋友吗？何之隽你就是个懦夫！居然连承认在外面和人胡搞的勇气都没有！你根本就不是个男人！

"……分手是我提出来的，那时候他看我的眼神我一辈子都记得。那张脸，那个表情，啧，我怎么都没办法和那个替我熬粥、替我暖手的大男孩联系在一起。盛哲宁你说说，有没有可能我认识的那个何之隽已经死了。现在这个，其实是从平行空间穿越来的替代者？又或者，寄生兽侵占人类肉体什么的？"

……

从回忆里慢慢回过神来，夏浅忍不住叹了口气。昨晚到底还是她输了，不仅自己被灌得烂醉，丑态尽出，该说的、不该说的也都说了。怪只怪自己太轻敌，怎么也没想到那个盛哲宁那么能喝！现在她在盛哲宁眼里是个什么形象？怨妇？还是悲情原配？

念及此，夏浅的头又开始突突地疼，直嚷嚷着找风油精。

乐颖见状叹息："我上辈子欠你的。算啦，我去给你做点吃的，胃里有点东西也能好受点。"说完，乐颖就挽高袖子进了厨房。可一秒之后，夏浅就听乐颖在那边"爹呀""妈呀"地叫唤。

夏浅下意识地撑起身，与此同时，乐颖也已经重回客厅。

夏浅问："怎么了？是有老鼠还是苍蝇？"

乐颖摇了摇头，神色古怪地盯住夏浅："夏浅，你家是不是遭贼了啊？"

"遭贼？"夏浅莫名其妙，厨房遭贼的话，那他是偷了菜刀还是勺子？

"不对，真的不对。"乐颖连连摇头，"按照你的德行，如果家里不是遭贼的话——厨房怎么会这么干净？！"一边说，乐颖一边就打开了厨房门。夏浅跟着乐颖走进厨房，果然见厨房焕然一新。

流理台和水槽被擦得闪闪发亮，原本乱七八糟摆放的碗盘也被收拾得整整齐齐，按照大小、功能叠放在一隅。最可怕的是，原本已看不出本色的微波炉和电饭煲居然被擦拭得雪白，简直和新的没什么两样！

见此情景，夏浅的下巴直接掉在了地上，正不明所以，就听乐颖咦了声："冰箱上有张条子。"

乐颖走到冰箱前扯下条子,霎时,嘴角勾起暧昧的弧度。

"哦——"乐颖阴阳怪气地拖长音,"原来家里不是进了小偷,是来了田螺先生啊。"

乐颖将纸条递给夏浅,夏浅接过一看,只见纸条上赫然写着:

太乱,已扫。

盛哲宁

夏浅对着这张纸条眼角抽抽,一时半会儿根本回不过神来。所以说……昨晚盛哲宁送她回家后,实在受不了这么脏乱差的地方,于是顺手收拾了一番?

这人是有洁(shen)癖(jing)症(bing)吧?

【小剧场·海涵的真相】

喵屋拉面馆内,已喝得七荤八素的夏浅冲着对面盛哲宁一个劲儿傻笑,一边傻笑一边还操着北方口音道:"嘿,你个小人!咋这么能喝?!这么多……酒,呃!都灌不醉你个……呃!小人!"

盛哲宁稍顿,默默拾起旁边的湿巾纸,握在手里轻轻一拧,酒水就顺着手腕流了下来。原来从一开始,盛哲宁就借着擦嘴的工夫,将酒吐在了湿巾纸上。

见状,夏浅还是傻乐,指着盛哲宁骂道:"你个骗……嘭!"

不等"骗子"两个字说完,夏浅就体力不支地倒了下去,头磕在桌子上发出重重的响声。见状,盛哲宁微微挑了挑眉,不屑地哼出声。

骗子?这叫兵不厌诈——

第五章 一不小心，相了个亲

乐颖陪着夏浅吃过午饭，两人又去商场逛了一下午，直至华灯初上，乐颖也没有半点要回家的意思。

西餐厅里，乐颖一边捶着大腿一边嘟囔："哎呀，今天可累死我了！又是买裙子又是买鞋的，不过……总觉得如果穿我这身新的，还少了个手提包。嗳，亲爱的，我刚才看见迪奥正在打折，要不然待会儿咱们吃完饭继续？"

夏浅拎着勺子默默看乐颖的眼睛，冷不丁道："吵架了？"

乐颖愣了下，垂眼："什么吵架？我看你酒还没醒吧，前言不搭后语。"

"好。"夏浅放下勺子，舒出口气道，"那我就说得再清楚明白点，请问乐颖女士，你和你家陈浚又双叒叕吵架了吗？"

闻言，乐颖瞬间偃旗息鼓，灰溜溜道："你看出来啦？"

夏浅抱胸："你当我瞎啊？光今天下午，你自己算算你手机响了多少回？你又挂了多少次？喊，你个万年老宅，除了你家陈浚，还有谁能给你打那么多电话？还有——平时开口闭口都是'我家陈浚''我家陈浚'的，今天居然不虐狗了，事出有妖啊。"

乐颖叹息，将盘子里的土豆戳了个稀烂，这才哀怨道："夏浅，陈浚说……他要去参加何之隽和宁萌的婚礼。"

"所以？"夏浅眨眼，"你们是因为这个吵的架？"

乐颖咬唇挣扎一番，点头。

夏浅托腮，微一琢磨，就猜了个八九不离十。

乐颖家那口子是个婚纱设计师，在繁华地段开了家小小的工作室。工作室不大，陈浚的名气却是圈内响当当的。宁萌的秀禾服和敬酒服就是陈浚设计的，也正因此，陈浚才介绍了宁萌给夏浅。

宁萌结婚，既然连她这个砍价师都请了，那一并邀请陈浚也理所应当。

陈浚为了以后的生意，不愿得罪宁萌，要去参加婚礼也不足为奇。可到了乐颖这，就有点交代不过去了。

果不其然，乐颖闷闷不乐道："陈浚自己去也就算了，还非让我去！这真是……我想到何之隽那张脸就恨不得上去扇他两巴掌，居然还要我笑着对他说恭喜？简直气死个人！可你知道陈浚说什么吗？他居然说我公私不分，幼稚无理，我和他大吵了一架，然后……我就来找你了。"

乐颖噼里啪啦地说完，一抬头，就见夏浅古井无波地盯着她。乐颖猜不透夏浅的心思，开口正要再说什么，夏浅就平静道："你家陈浚说得对。"

"什么？"

"你没必要因为我阻止陈浚去参加婚礼，毕竟这是应酬，说不定酒席上谈得好，又能给你家工作室拉两笔业务呢。"

乐颖还有点不平："他档期早排到明年了，谁稀罕多两笔——"

夏浅拍手打断乐颖，展颜："好了，就这么定了！别婆婆妈妈的，烦死个人！不仅陈浚要去，你也去！"

"我也去？"乐颖瞠目结舌。

"是啊。"夏浅优哉游哉地点头，弯眼道，"我正愁婚礼上没有认识的人尴尬呢，你们两口子去我不就有伴了吗？"

乐颖闻言默了默，再默了默，这才消化完夏浅话里的意思："等等，你是说……何之隽的婚礼你要参加？你不怕那个盛哲宁告诉宁萌你和何之隽的事？"

"我怕什么？"夏浅"喊"了声，"所谓光脚的不怕穿鞋的，要是宁萌那么蠢要在自己的婚礼上闹，我也乐于奉陪把当年的事一件件、一条条说出来。还有——"

夏浅话锋陡转，转着眼珠道："直觉告诉我，盛哲宁不会把我和何之隽的事告诉宁萌。"

一周后，何之隽和宁萌的婚礼终于如期举行。

这日夏浅故意起了个大早，化上精致的淡妆，穿上早就准备好的紧身裙和高跟鞋，这才慢悠悠地出门。天公作美，初冬时分，太阳居然暖烘烘地挂在天上，照得树影斑驳。夏浅踩着地上明晃晃的影子，一步接一步地往前走，脑子里则不断闪过当年的事情。

她和何之隽第一次在班上相遇的情景；何之隽载着她在大学校园里骑自行车的情景；有人告诉她何之隽和另一个姑娘在一起的情景；何之隽冷着脸，斥责她过于强势不够温柔不够体贴的情景……

很意外，再回想起这些时，夏浅的心竟然是平静的，甚至回忆起当初自己歇斯底里的样子时，夏浅还有点点自嘲。果然，时间才是治疗失恋最好的良药。时至今日，夏浅才终于顿悟，自己是真的放下了。

思索之际，夏浅就到了长盛酒店，而里面早已是热闹非凡。除去夏浅进门签到时何之隽的脸色不太好看，一切都和谐到不能再和谐。和宁萌打过招呼后，夏浅就进入宴席厅找乐颖两口子。

到宴席厅后，夏浅四处张望，就见坐在角落的乐颖朝她招手。夏浅三步并两步地走过去，发现今天不仅乐颖打扮得美艳大方，就连她家陈浚也穿得西装笔挺。

夏浅正想打趣两句，一个穿白色短裙的卷发女就走了过来。陈浚见状忙站起来招呼，末了又向夏浅介绍道："这位是宁萌的朋友杨桦。杨小姐，这位就是夏浅了。"

话音落下，杨桦就热情地冲夏浅伸出了手："你就是夏小姐呀，久仰大名久仰大名。今天婚礼，我被萌萌派来招待客人，宴席上有什么问题尽管来找我。"

夏浅连连称是，杨桦自来熟地又道："待会儿婚礼结束你可不许走啊，我还有事问你呢。我实在是太太太好奇了，你是怎么说服盛大哥的。要知道我认识盛大哥二十几年，还是第一次听说他被谁说动。"

夏浅听这个杨桦一口一个"盛大哥"，心里也开始忍不住痒痒。听杨桦这口气，不仅自己和盛哲宁很熟，宁萌和盛哲宁也关系匪浅。还有……既然杨桦认识盛哲宁有二十年之久，而宁萌和杨桦又是朋友，有没有可能，盛哲宁和宁萌是青梅竹马？

哎呀呀，真是越想越狗血，越想越激动，这剪不断理还乱的关系呀。夏浅浑身的八卦之火正熊熊燃烧，周围灯光就遽然一闪，全场暗了下来——婚礼要开始了。

随着聚光灯缓缓移向宴会厅门口，夏浅也懒懒地转头看过去。她知道，此刻新娘子宁萌正站在门口，一边幸福娇羞地接受众人的注视一边忐忑地等待婚礼开始。

可夏浅这么不经意的一瞥却当场震惊，僵住好一会儿才揉了揉眼睛又望过去。可是，眼前的画面还是没有任何变化。

如果她没有眼花、如果不是幻觉，那谁来告诉她为什么盛哲宁会挽着宁萌站在大门口？！

临时换新郎了？何之隽逃婚了？不，还是不对，一般这种时候陪着新娘的，不都是新娘的爸爸吗？这到底哪里出了问题？

夏浅正无措，就听旁边杨桦感叹道："这两兄妹啊，简直就是一对冤家。"

这次，夏浅不仅怀疑自己眼睛有问题，连耳朵也出故障了。扭头看向杨桦，夏浅咋舌："你刚才说什么？两兄妹？"

"是啊。"杨桦一副理所当然的样子，反问道，"你不知道？"

夏浅嘴角抽搐，怎么也没办法接受这个事实。"不可能吧？怎么可能是两兄妹？他们一个姓宁，一个姓盛。"

杨桦"扑哧"一下笑出声，娓娓解释："这有什么好奇怪的？盛大哥随爸爸姓，萌萌则随妈妈姓宁。你看盛大哥名字里最后一个'宁'字，其实就是取妈妈姓氏得来的。"

闻言，夏浅只听头顶轰隆一声炸响，某些话没由来地蹿进脑子里——

"渣男配绿茶，你们俩真是天造地设的一对。"

"宁萌你这个贱人！我祝你们俩白头偕老，永无安好；天长地久，一起跳楼。"

……

所以，自己当着宁萌亲哥哥的面，又是骂别人绿茶又是唾弃别人是小三？亏得盛哲宁能忍，自己发酒疯那晚，还送她回家……

一时间，夏浅心里五味杂陈，连脸上该摆什么表情都不知道了。

抓住最后一丝丝希望，夏浅垂死挣扎："还是不对啊！如果盛哲宁和宁萌真的是亲兄妹，那这个长盛酒店，不就是他们盛家的产业吗！那还打什么折？请什么砍价师？"

"这你就不知道了。"杨桦压低声音道，"盛大哥什么都好，就是一根筋——死拗！当初萌萌办婚礼前，盛大哥就放出话来，说该给的嫁妆一分都不会少，但是要办婚礼打折，别说门儿了，连窗户都没有！还说什么公是公，私是私。可萌萌这边，又已经跟婆家打过包票了，说就在自家酒店办，又气派又方便还能打折。就这样，一个死拗着不肯松口，一个死要面子不肯跟婆家说实话，才闹到了请你出马的地步。"

夏浅张大嘴巴无言以对。

这误会闹得……

所以说，什么青梅竹马，什么因爱生恨，都是脑补过度的产物！

夏浅抓狂之际，何之隽正手握鲜花站在台上，兀自出神。他还在想前几天发生的事——

几天前，何之隽陪宁萌回老宅收拾东西，却与盛哲宁不期而遇。对于这位大舅子，何之隽向来是怯大于敬，但既然碰见了，就只能硬着头皮陪坐。宁萌在楼上收拾衣物，两人就坐在楼下客厅喝茶。

盛哲宁的脾气何之隽是知道一二的，原本以为这次会面会像以前一样沉默尴尬，谁料惜字如金的盛哲宁这次却率先开口打破沉寂："听说，你调节目了？"

闻言，何之隽一时之间竟不知该如何作答。

没错，他最近是被调了节目组。何之隽自毕业考进电视台以来，就一直主持着一档体育节目，节目不瘟不火，工资福利也比不上其他组，何之隽就一直这么赖着。不久前，台里突然传出风声，说翻年台里要办一档新的经济评论节目，主持人基本已经内定——就是他何之隽。

何之隽对此深信不疑，不为其他，只为这档节目的幕后赞助商正是长盛集团。可临到调任通知书下来，满面春风的何之隽却彻底傻了眼——他并没有被调到经济评论节目，而是去了《午夜新闻》。

《午夜新闻》，顾名思义，这档节目是在深夜零点播出的，收视率可想而知。

美梦破灭，何之隽气愤难当，台里同事也是明里暗里地冷嘲热讽。何之隽想让宁萌去问问盛哲宁怎么回事，却又开不了口，唯恐盛哲宁觉得自己正是因为这些虚名才会娶宁萌。

所以，他一直隐忍到今天，可没承想，盛哲宁此时此刻却主动提及此事。他葫芦里卖的什么药？台里调组的事情又到底是不是盛哲宁干预后的结果？兜转间，何之隽思绪万千，定了定神，才斟字酌句道："是……领导说《午夜新闻》的主持人要回家待产，台里临时缺人，我就服从组织安排过去了。"

盛哲宁几不可闻地应了声,又埋下头继续专注手上的杂志。何之隽正觉不知所措,就听盛哲宁蓦地又道:"以后,我不希望再听到任何人侮辱我妹妹。"

何之隽陡然睁大眼眸,冷汗也在不知觉间爬满了额头。

他知道了!

盛哲宁一定是知道了那天夏浅在酒店和自己大吵的事,所以才会这么说!果不其然,盛哲宁幽幽抬头,星眸审视着何之隽就又道:"何之隽,处理好你之前的感情关系。"

字字凿心!

盛哲宁说的每一个字都犹如一颗钉子,钉在他的心头。何之隽慌张解释道:"大哥……我不知道你是怎么知道这件事的,但其实……事情可能和你想象的有些出入。我和那个夏浅,我们——"

盛哲宁抬头看向何之隽,何之隽突地一顿,再说不出半个字来。

盛哲宁:"何之隽,我对你和夏浅曾经的关系没兴趣,对我妹妹是否是第三者也不感兴趣。我只知道,萌萌被人唾骂是因为你,而你对此事不仅没有采取任何措施,反而听之任之。我不允许这样的事情再发生第二次,明白吗?"

……

从冗长的回忆里回过神来,何之隽忍不住呼出口气。盛哲宁这是在警告,警告他——如果下次再发生同样的事情,他就不是被调到《午夜新闻》节目组这么简单了。

念及此,何之隽的心情骤然变得复杂,望着缓缓朝花亭走来的兄妹俩下意识地攥紧了手上的花。

何之隽神游之际,兄妹俩已来到花亭。在主持人的引领下,何之隽跪地求婚,宁萌接过花束后,盛哲宁亲手将妹妹交到何之隽手上,眼见着交接仪式就要完成,主持人又节外生枝地问了句:"大哥还有什么话要嘱咐妹夫吗?"

何之隽心里"咯噔"一声响,不好的预感陡然而生,果不其然他一抬眸就撞进盛哲宁幽深的眸子里。两人对视,却谁都没有说话,气氛骤然冷下来,台上台下都有些不知所措。

宁萌见两人不对劲,悄悄撞了撞盛哲宁胳膊,娇嗔地喊了声"哥",

盛哲宁这才对何之隽低声道:"记住我说的话。"

……

握着宁萌的手重回舞台中央,何之隽这才发现自己的手掌心早已浸湿。而另一头,正往台下走的盛哲宁则随意地往角落瞥了眼,原本应该坐在那里的某个女人不知何时已没了踪影。

那个女人,也会心虚吗?

想到对方落荒而逃的模样,盛哲宁没由来地想起两人初次相遇的情景。那天,他和宁萌因为酒店打折的事情发生争执,见宁萌哭着跑出家门,盛哲宁担心妹妹出事便悄悄跟在了后面。没承想,就这么阴差阳错地邂逅了这个胡搅蛮缠的女人。

他原本以为,就算对方知道了自己和宁萌的关系,也会死皮赖脸地待下去,然后再在他面前装无辜地来一句"盛总,好巧",只可惜……

呵,看来那个女人,也不过尔尔。

夏浅是在婚礼中途逃走的。

理由很简单,她可以坦然面对何之隽和宁萌,却没办法面对盛哲宁。一想到自己酩酊大醉后在盛哲宁面前失态的模样,夏浅就恨不能找个地缝钻下去。奈何长盛酒店只有地毯,没有地缝,是以夏浅就悄悄地先溜了。

还好的是,自己的离开并没有引起多大关注,宁萌婚后也没再给她打电话,这件事就算这么掀过去了。夏浅该吃吃,该喝喝,除了从此以后绕着长盛酒店走,日子还是照旧。可俗话说得好,出来混,欠的债迟早是要还的。

小半个月后,这一天还是来了……

这周六,夏浅公寓对面的国美电器城开张,一大早又是敲锣打鼓,又是现场促销。夏浅被吵得实在睡不着,干脆起床简单收拾一番,也跑过去凑热闹。因为促销给力,商场里人潮攒动,夏浅就顺着人流有一搭没一搭地往前走。

渐渐的,从厨卫区走到清洁区,人就变得稀少起来。

放眼望去,两边的货架也从微波炉、榨汁机等厨房家电变成了吸尘器、挂烫机等物件。夏浅想起家里的挂烫机离寿终正寝已不远矣,正说到前面看看,就觉有什么东西撞到了脚后跟。

夏浅埋头,只见一银灰色的扫地机器人正在脚下兀自闪着光。感应到障碍物，扫地机器人停顿两秒，圆乎乎的身子在原地转了圈，就又沿着Z字形路线往回走。夏浅亦步亦趋地跟着扫地机器人，少时就听前面传来售货员的声音道："看，碰到障碍物后自动绕行。而且我们的扫地机器人是微电脑式的控制方式，绝对不会碰坏家里的家具。先生您看，刚才扫地机器人碰到了这位女士的羊皮靴，可是一点损坏也没有。当然，也要跟这位女士说声不好意思，刚才向客人展示商品时不小心碰到您了。"

夏浅莞尔，抬头正要说"没关系"，可看清眼前的景象后顿时僵立原地，彻底石化了。

原来售货员口里的"客人"不是别人，正是盛哲宁！夏浅讶然之际，这头盛哲宁却好整以暇地看着她，清亮的黑眸里深邃难测，也不知道到底在想什么。

这种时候，要想假装没看见绕道而行肯定是不行了，夏浅只得硬着头皮扯出丝笑来："盛总，这么巧？"

售货员闻言见缝插针："原来两位认识？既然这么有缘，女士你要不要也看看我们家的扫地机器人？今天除了商城有开业折扣之外，我们公司还有赠品赠送，特别划算！两位稍等，我这就去给你们拿赠品过来看看。"话毕，售货员就一溜烟跑得没了影。

夏浅脑袋突突跳得疼，一时间走也不是，不走也不是，正踌躇着说点什么，盛哲宁就突然说道："70%。"

"啊？"夏浅反应不过来，不明所以地盯住盛哲宁。

盛哲宁一脸嫌弃地看着夏浅，纡尊降贵地指了指脚下的扫地机器人，又说了两个字："杀价。"

夏浅揉了揉眉心，瞅瞅扫地机器人，又再看看盛哲宁，所以……盛总大人的意思是这东西我看上了，虽然我不差钱，但你不是很会砍价吗？就按七折的价格杀杀价，让朕瞧瞧你的本事。

夏浅抱胸，只觉越看盛哲宁这个人越看不透。她还他钱，他都嫌弃浪费时间，可清理池塘、帮她打扫屋子、还有现在耗在这饶有兴趣地看自己砍价买扫地机器人，他就有时间。哎，果然土豪的世界吾等平民还是无法参透啊！

吐槽归吐槽，夏浅还是职业习惯地琢磨了下"客户"提出的价位要求。

70%，也就是七折，再加上赠品什么的，商家大概要比平常少一半的利润。有难度，但也不是不可能的事。

　　打定主意，夏浅就挑眉看向盛哲宁："如果砍价成功，我有什么好处？"

　　话音落下，售货员也刚好抱着大一堆赠品从里屋出来，盛哲宁默默看了眼对方，就在夏浅背后轻轻一推，道："开始。"

　　"哎！"夏浅猝不及防，一踉跄就凑到了售货员面前。而这边，盛哲宁则悠闲自在地倚在门口，一副"不要辜负朕期望"的欠揍表情。

　　见状，夏浅忍不住噜噜磨牙：这么野蛮又霸道的雇主，她还真是头一次见识。

第六章　果然是亲兄妹

展架台上，赠品一字排开地陈列在夏浅面前：充电宝、变压器、电水壶、体重秤……都是些不值钱的零碎玩意儿，售货员却吹得天花乱坠："别的不谈，光咱们这个电水壶就要值两百块。还有这个变压器，是我们公司的明星产品，因为要推这款新产品所以才亏本拿出来送的。充电宝、体重秤就更不用说啦，都特别实用，现在您只要下单，就可以从这些赠品里挑三样。哎，这促销力度，都快赶上我们周年庆的时候了，特别划算。"

——尽是鬼扯淡！

不过夏浅却任由售货员磨嘴皮子，自己则装作饶有兴趣的样子东摸摸西瞧瞧。直到售货员阿姨说到口干舌燥，夏浅这才托腮道："唔，你家赠品好是好，可我毕竟是买扫地机器人，你们扫地机器人这个价钱吧……"

话至此，夏浅故意稍顿，挑眉微微看了眼售货员，这才又道："我在网上看的扫地机器人才卖几百块钱，和你们这个长得也差不多，可你们这居然要卖1299。"

"长得差不多质量就差不多吗？"售货员一听这话立马来了劲儿，"小姑娘你信我一句，一分价钱一分货。这市面上的扫地机器人质量本来就参差不齐，你说那几百块的扫地机器人当然有，可它的保质期能有我们这个久吗？售后服务能有我们这个好吗？还有不说别的，就说品牌！咱们科威斯可是上海几十年的老品牌，它——"

"我说那个几百块的，就是你们科威斯的产品。"不等售货员阿姨说完，夏浅就冷不丁道。

话音落下，售货员一噎，到嘴边的话又硬生生地咽了回去。

"我们公司的？不可能。"售货员强装镇定道，"我在我们公司上班快十年了，从来没见过这个价位的扫地机器人。你一定是看到山寨货了。"

夏浅摇头："我是在你们官网旗舰店看到的,怎么会有错?我记得……当时好像是搞什么活动来着,打完折下来就是四五百的样子。"

闻言,售货员豁然开朗："我知道了!你说的是不是这款?"一面说,售货员一面就从身后展架台取出另一款略小些的扫地机器人道,"这款?"

见状,夏浅当即弯了眼："对,就是这款。"

"这款现价888,打折下来是七百多。姑娘你可以和1299那款比较下静音效果、清洁效果,而且咱们1299这款是扫拖一体的,保修期也更长。其实从性价比上来算的话,还是1299这款更划得来!"

……

这头售货员死命推销着,那头将一切尽收眼底的盛哲宁却忍不住轻轻扬唇。什么官方旗舰店,什么活动打折,盛哲宁不动脚趾头都能猜到这一切都是夏浅瞎编乱造的。

目的,就是为了拖延时间——

从古至今,其实大多数谈判都主在攻心。如果他没猜错的话,夏浅这个女人,现在玩的就是攻心术。明面上,看似售货员已占尽先机,在其洗脑下,顾客已经显而易见地倾向了1299元的新产品。但事实上,售货员殊不知,自己已掉进了那个狡猾女人的陷阱里……

果不其然,没一小会儿,狡猾女人的狐狸尾巴就露了出来。

经过售货员的一番劝说后,夏浅最终还是决定购买1299元的新款扫地机器人。售货员闻言还没来得及乐开花,夏浅话锋一转就又道:"那价钱呢?打多少折?"

售货员道:"你放心,今天电器城有开业活动,不管新品旧品统统八折,还有这个赠品——"

"八折太贵。"不等售货员说完,夏浅就一脸嫌弃地摇头,"七折,我立马给钱。"

"多少?"售货员眼珠子都快瞪出来了,"七折?!这也太低了,我可做不了主。"

夏浅笃定道:"你做得了主。"

售货员微愣,正欲反驳,就听夏浅莞尔又道:"赚得少总比没得赚好吧?你又有什么做不了主的呢?"

不远处,盛哲宁将双手插在裤兜里,微微眯眼看向夏浅这边。果然还是被他料中了,所谓"一鼓作气,再而衰,三而竭",夏浅从一开始就打着拖延战的战术故意消耗售货员的精力和时间。

七折这个价位不是拿不出来,而是赚得太少,利润太低,对方未必肯给。所以夏浅并没有一开始就提出砍价的要求,而是慢慢消磨对方的意志。声东击西,软磨硬泡,直到对方已精力殆尽,才提出砍价的要求。

此时售货员若拒绝,前面的工夫就都白费了,而最主要的是,在和夏浅耗费的这三十分钟里,售货员已经错过了不下五个潜在客户,若再错过了夏浅这单生意,那就真的是竹篮打水一场空了。而夏浅最后一句话更是直击对方软肋,此刻还真是"赚得少总比没得赚好"——不想打折也得打折了。

呵,这女人,当真奸巧刁滑。

这头盛哲宁腹诽感慨之际,夏浅已和售货员商量好。售货员一脸肉痛地去收银台改价格,夏浅则得意扬扬地走向盛哲宁。其实作为专业的砍价师,这种日常生活中的讨价还价都不能算作正经案子,砍价成功也是理所应当的事情。但不知道为什么,在盛哲宁面前,夏浅就是觉得特别长脸。

轻咳一声,夏浅道:"OK 了。按照你的要求,打七折,待会儿收银台那边改好价格盛总就可以去付款了。"说罢,夏浅还来不及讨要自己砍价的佣金,盛哲宁就拧眉道:"我付款?"

"肯定啊!"夏浅凝视着盛哲宁鼓眼睛。这不废话吗?刚才委托自己砍价的人是他,提出七折要求的也是他,现在不是他盛哲宁付款谁付款?

谁料盛哲宁漂亮的眉眼一挑,凉凉道:"你买扫地机器人凭什么我付钱?"

一句话,彻底将夏浅雷飞。夏浅定在原地半晌也没从震惊中醒过神来,当机的脑子里不断重复循环着盛哲宁刚才说的话:

你买扫地机器人凭什么我付钱……

你买扫地机器人凭什么……

你买扫地机器人……

你买扫地机器人……

你买扫地机器人……

什么时候起,变成她买扫地机器人了?!

夏浅一口银牙咬碎,瞪着盛哲宁一字一句道:"盛!哲!宁!你有脾气再说一次!"

盛哲宁抱胸,还是那副事不关己的清闲模样:"我从一开始不就说得很清楚了吗?这款扫地机器人性能不错,智能小巧外形也时尚大方。你家那么脏你一个女人住在里边也不嫌恶心,最好买一个这个扫地机器人回去经常打扫。另外你不是砍价师吗?那就以七折的价格拿下这东西让我看看你的实力。好了现在开始——"

秀完长长的一段脱口秀后,盛哲宁才微舒一口气,仰脸斜睨夏浅,那表情似乎在说:看,我当时说得多清晰明了!

面对此情此景,夏浅紧攥拳头忍了又忍,最终还是忍无可忍地爆粗口道:"混蛋!"

当时盛哲宁那个小人明明只说了"70%""杀价""开始"三个词汇好吗?!能将这三个词汇衍生成他说的那么大段话只有他肚子里的蛔虫能办到好吗?还有,什么叫作"你家那么脏你一个女人住在里边也不嫌恶心"?是盛哲宁你自己有洁癖好吗?!

因为要吐槽的点实在太多,夏浅一时之间居然不知该从何吐起,正纠结抓狂,这边盛哲宁居然又神补刀道:"对了,刚才我就想提醒你,其他赠品也就算了,那个体重秤你一定要拿着。"

什么意思?

夏浅蹙眉看向盛哲宁,与此同时,一种不好的预感也油然而生。盛哲宁该不会是想说——

盛哲宁黑眸沉沉,启齿说出了对女人最为残忍的四个字:"你太重了!"

夏浅静了一瞬,首先蹦进脑子的念头居然是,嗯,盛哲宁的这句话她听懂了。他是想说上次摔倒的事情他还记忆犹新,并且整件事都是因为她太胖而导致的对吧?所以她家里一定要有个体重秤随时督导她的体重才好。

哈哈哈,这么体贴又细心的男人还真是少见呢!哈哈哈,自己怎么运气这么好就遇到了呢?

夏浅一面想一面笑,一面笑一面就咬牙切齿地吼开:"盛!哲!宁!"

这一次,她这三个字里也有一大段含义:盛哲宁你这个小人,居然敢说姐胖!体重不过百,不是平胸就是矮,你懂个屁啊,我今天不撕烂你那张贱嘴你不知道老娘的厉害!

一时间,新仇旧恨统统涌上心头。夏浅叉腰上前,作势就要和盛哲宁同归于尽,这时却感觉谁拽了一下她的衣袖,一回头,才发现是售货员回来了。

售货员笑眯眯地看向夏浅:"姑娘,价格已经改好了,走吧,咱们去付款。您是微信还是支付宝?"

夏浅"呃"了下,还来不及应声就被售货员拉着往收银台的方向走。一边走,夏浅一边不甘心地回头,只见盛哲宁刚才站的地方早已空空如也。

【小剧场·关于体重】

两人结婚前夕,夏浅为了穿婚纱更漂亮,开始了魔鬼减肥。除了节食外,还配合运动,早上瑜伽晚上长跑。

在如此高强度的锻炼下,终于,夏浅在某晚长跑时晕倒了。

盛总大人见状下达最后通令:"不许再减。"不然杀无赦。

夏浅调侃:"嗳,当初是谁口口声声说我体重超标的?"

盛哲宁厚颜无耻地答:"那是故意逗你的。"

夏浅微微沉吟:"可是……迎亲的时候你得抱我下楼,你确定你抱得动我?"

盛哲宁冷哼:"开什么玩笑。"话毕,就信心满满地伸手过来欲公主抱,可一抱,夏浅纹丝不动;再抱,夏浅还是没动。霎时,盛哲宁满脸黑线。

"你……说得对!再接再厉,继续减。"说完,盛哲宁转身就走。

这头,夏浅早已气得青筋暴露:"盛!哲!宁!你个混蛋给我回来!啊喂,就算要走,你倒是把粥给我留下啊啊啊啊啊!"

最终,夏浅还是自掏腰包买了扫地机器人。她拎着大包小包从电器城出来时,已是晌午。

夏浅站在路口,正犹豫着自己是先回家把东西放下再出来觅食呢;还是干脆抱着一大堆东西去找地方吃饭,一辆宝石蓝轿车就缓缓停在了她面前。

车窗放下，露出盛哲宁那张清俊的脸："上车。"

夏浅怒，这是当她是白痴吗？上过他盛哲宁一次当，她还会上第二次？

弯下腰，夏浅朝车里的人娉婷笑开："盛总，还没玩够？"

盛哲宁沉吟片刻，居然难能可贵地说了一句完整的话："西宁街新开了家拉面馆，听说还不错。"

夏浅挑眉，什么意思？想要邀请她共进午餐？还是……再砍一次价？这次夏浅学乖了，决不妄自揣度陛下圣意，只抱胸静静等待下文。

这头，盛哲宁见夏浅钉在原地依旧不动弹，不耐烦地拧眉："听不懂吗？上车，我请你吃饭。"

听了这话，夏浅作恍然大悟状，捂住嘴巴一副受宠若惊的模样道："哎呀，原是来盛总要请我吃饭呀？哎呀呀，这怎么好意思呢？我一点心理准备都没有，如果早知道总裁大大您要邀我共进午餐，我今天出门就该穿那条新买的呢绒裙呢……"

盛哲宁当然知道夏浅是故意恶心做作给他看，他深呼一口气，正欲开口阻拦，夏浅就忽然将手肘搭在了车窗上。盛哲宁心蓦地一跳，一抬眸就见夏浅正黑脸凝视着自己，那表情，犹如在世修罗。

"可惜姐没兴趣。"话音落下，夏浅起身就往前走。

盛哲宁望着夏浅的背影怔怔半晌，少时才回过神来。开门钻出车厢，盛哲宁的声音也已冷下三分："夏浅。"

夏浅只当听不见，只管踩着高跟鞋婀娜多姿地往前走，心里则早嗨翻了天。她还是第一次知道，原来和总裁做朋友根本算不上什么牛的事情。真正牛的是什么？是他抱着你的大腿哭着嚷着求请你吃饭，你却不屑一顾地拒绝了他。

夏浅正暗爽，就听身后盛哲宁又道："那份团购策划案是你给秦贺博的吧？"

闻言，夏浅脚步倏地一顿，不争气地停了下来。这个秦贺博不是别人，正是长盛酒店的秦经理。夏浅因为宁萌的砍价案和秦经理不打不相识后，就一直盘算着啃下长盛酒店这块硬骨头。

后来了解长盛酒店的具体情况后，夏浅就提出了团购合作的方案。即她一次性向长盛酒店提供不低于六十对的有效客户，而长盛酒店则给她相对便宜的团购价。其实,这是件互惠互利的事情,夏浅手上有足够多的优质新人资源,既能帮长盛酒店快速打入婚宴市场,又能替他们省下一大笔宣传费,而夏浅则可以通过帮新人们砍价的方式从中获取佣金。

夏浅原本对这个团购案信心满满,还和秦经理商议着怎么说服盛哲宁。可自从在婚礼上,夏浅亲眼看见盛哲宁挽着宁萌缓缓登场后就自觉美梦难圆,从此再没询问过秦经理团购案的进展。

可现在的状况是?

夏浅微微眯眼,在脑子里快速过了遍今天发生的事情。来电器城是她临时起意,盛哲宁不可能知道,所以两人的的确确是偶遇。但盛哲宁故意等在门口,又邀她一块吃饭,还刻意提起团购案的事情则说明——

有戏!

一想到这,夏浅的眼眸陡然放光,毫不犹豫地走到盛哲宁跟前,捂嘴谄笑道:"盛总,你刚才说哪儿开了家拉面馆?"

盛哲宁:"……"这女人的节操都被狗啃光了吗?

到拉面馆后,夏浅一坐定就开门见山道:"有什么话就赶紧说。"

闻言,本埋首看菜单的盛哲宁微微抬头,意味深长地盯着她。

"我说错了吗?"夏浅挑眉,毫不畏惧地回视盛哲宁,"如果盛总大人真的对团购策划案感兴趣的话,完全可以叫秦经理来和我对接,这么小的项目哪儿用得着你亲自出马?所以……今天把我叫出来,是因为私事,对吧?而且如果我猜得没错的话,应该跟何之隽有关。"

想到何之隽那坨狗屎,夏浅下意识地深呼了口气,神情厌恶道:"所以有什么话你赶紧说,我不想待会儿吃到一半败胃口。"

盛哲宁略微沉吟,跟旁边的服务员点好菜,目送着对方走远后,这才一字一句道:"前段时间,我派人去了C大。"

听了这话,夏浅心里"咯噔"一声响,茶递到嘴边却忘了喝。C大正是她和何之隽的母校,盛哲宁无缘无故不会派人去那里,所以——

不等夏浅思忖完,盛哲宁就悠悠道:"我派人去是为了调查你。"

夏浅抿了抿唇,复将茶杯又放回了桌上。盛哲宁看着夏浅那张面无表情的脸,垂眸:"当年的事,我替家妹向你道歉。"

夏浅本盯着茶杯发呆,听了这话眼皮骤然一跳,忍不住抬头。只见对面盛哲宁黑眸古井无波,俊朗的五官紧绷着,看不出喜怒。

见状，夏浅倒吸了口气，启齿想要回应点什么，可张开嘴才发现，好像说什么都词不达意。

其实，盛哲宁派人调查自己她是理解的。估计自从上次听到她和何之隽在酒店大厅争执后，盛哲宁就下定决心要挖出她和何之隽的那段往事。这不奇怪，未免妹妹被骗或受委屈，调查清楚未来妹夫曾经的情史也不足为奇。

奇就奇在盛哲宁居然替宁萌道歉。夏浅一直以为像盛哲宁这样清高孤傲的人哪怕是真错了也不会向谁低头，可他现在居然替妹妹向她道歉？这是护妹心切还是吃错药了？

夏浅正讶然，盛哲宁就接着往下说："不过，我以后不希望谁再说出侮辱家妹的话来。"

"……"夏浅嘴角抽搐，果然，这才是重点。她就说高高在上的盛总陛下怎么可能向吾等平民服软吗？道歉什么的是假，后半句才是真——再骂我妹妹就不要怪我不客气，是这个意思吧？

夏浅这个人向来都是吃软不吃硬，听了这话立马怼回去："盛总大人这是在警告我吗？呵，我就好奇了，既然舍妹当年做得出，现在又干吗怕人说啊？你们真是——"

不等夏浅说完，盛哲宁就打断她道："萌萌当年的确做得不对，她在得知何之隽有女朋友的情况下依旧和他纠缠不清，这才造就了你和何之隽分手的局面。但事已至此，你骂萌萌也好，跟何之隽争辩也罢，除了消耗体力和精力，一点用都没有。既然这样，干吗浪费时间？

"如果我是你，就会心平气和地等着看好戏。何之隽的为人你比我更清楚，我妹妹的这段婚姻注定会以悲剧收场。你与其现在像个泼妇一样地侮辱谩骂她，还不如安安静静地当个幸灾乐祸的优雅看客。"

一席话，说得夏浅瞠目结舌。用一句话形容夏浅现在的心情就是：他说得好有道理，我竟无言以对。可是等等！盛哲宁到底站哪边的？为什么越琢磨他说的话越觉得他和宁萌有仇呢？

反间计？还是激将法？

夏浅斜眼睨着盛哲宁，关注点彻底歪掉："盛哲宁，你老实说，宁萌……该不会是你老爸在外面跟二奶生的私生女吧？"

盛哲宁青筋暴露："胡说什么！"

夏浅"喊"道："那你知道何之隽不是个东西，还任由亲妹妹往火坑里跳？"

盛哲宁轻呷了口茶，"如果是当年的你，我告诉你何之隽这人人品不端，你不要和他来往，你会听我的吗？"

夏浅一噎，登时说不出话来。

盛哲宁摇头："在感情面前，大部分女人都是固执和盲目的。哪怕你强调了又强调，让她不要下河，不然会打湿鞋袜，她依然不会听。既然最后的结果不会有任何改变，我又何必提出来惹得萌萌不快？"

"所幸，也只是打湿鞋袜而已。"话至此，盛哲宁的黑眸亮了亮，闪烁出危险的光芒，"等到哪天萌萌顿悟，明白自己错了，我再帮她换一双鞋袜就是了。只要别真的掉进河里淹死就成。"

话毕，盛哲宁将手中的茶一口饮尽。这头夏浅却早已汗颜无比，原来，何之隽在盛哲宁眼里只不过是一双破袜子啊……

这么转念一想，夏浅顿时又有点同情起何之隽来，再转眼看对面的盛哲宁，只觉不寒而栗。咳，有这么个奇葩腹黑的哥哥，宁萌也是可怜。

【小剧场·关于教育】

盛哲宁和夏浅婚后三年，生下了女儿盛夏，取小名叫潼潼。潼潼平时都由夏浅照料，盛总大人除了偶尔抱着玩玩、逗逗女儿基本不管事。夏浅老妈见状背着女婿偷偷腹诽过两次，夏浅都以"家里请了月嫂和保姆实在不需要他带"为由搪塞过去了。

其实，不要盛哲宁带女儿，还有一个不为人知的原因——夏浅实在不放心盛哲宁那奇葩的教育理念！他毁了自己的妹妹也就算了，总不能让女儿也步宁萌后尘吧？于是乎，在生孩子之前，夏浅就和盛哲宁约法三章，孩子由自己全权教育，他只负责赚奶粉钱和玩。盛哲宁本来就对教育小孩不感冒，于是欣然应允。

可饶是夏浅千防万防，还是有棋差一招的时候。

这天陈浚突然在家晕倒，吓得乐颖直在电话里哭，夏浅急着去医院帮闺蜜，就将潼潼迫不得已地交给了盛哲宁。虽然将女儿交给盛哲宁夏浅千万个不放心，但想到育儿嫂还在家里，就安心出了门。

可等她再回来，就见潼潼肉乎乎的小食指上居然红了一大片。夏浅大惊,询问育儿嫂后才得知了事情的原委。

原来,夏浅走后,潼潼看见保姆张妈给爸爸煮咖啡,就跌跌撞撞地跑过去想要一探究竟。育儿嫂未免孩子被烫着,抱着潼潼不让她去。这下小妞不干了,又是哭又是嚷,直嚷到她老爹从书房里出来,才微微收敛。

潼潼一面卖萌装乖地伸手求抱抱,一面又言语不清地向爸爸告状:"潼潼……给爸爸……咖啡。阿姨,不让,坏!"

育儿嫂和张妈闻言,双双苦笑摇头。这熊孩子才两岁就会告黑状了,简直该揍。这头,盛哲宁闻言却不动声色,抱起女儿拍背哄了哄,这才吩咐张妈道:"把咖啡端过来。"

张妈依言将刚煮好的咖啡端到父女两面前,就见盛哲宁放下女儿道:"去吧。"

月嫂见潼潼真的往滚烫的咖啡伸手,骇得叫出声:"不可以!"

"有什么不可以?"盛哲宁抱胸反驳,摸摸女儿的脑袋,再次鼓励道,"去摸摸。"

潼潼咯咯笑出声,听话地摸了下还冒着热气的咖啡,下一秒,瞬间扁嘴,终于委屈地哭出声来。

"爸爸……坏,呜呜!痛!"等夏浅回来,小家伙又在妈妈面前告起了黑状。夏浅看着女儿又红又肿的食指心疼不已,去找坑女儿的盛哲宁算账,他却振振有词道:"不受点小伤,她永远不知道被烫有可怕。现在被烫红一根小指头总比以后直接被烫废了好。"

夏浅气得头顶冒烟,偏偏却又找不到反驳的理由。正抓狂,盛哲宁又道:"而且事实证明,你对女儿的教育很失败。你试了那么多办法都没能让她意识到烫伤的严重性,可我这个办法却一劳永逸。不信你现在再试试,看她还敢不敢靠近开水。"

两人正争执着,潼潼就跑了过来,一下扑进夏浅怀里。夏浅问:"怎么了?"

"阿姨,倒开水,潼潼……怕!跑远点,嘿嘿!"

"……"夏浅彻底无言以对,看来潼潼和她爹真是一个模子刻出来的啊,都是不受点教训不肯认错的主儿!

果然是亲生的没错!

第七章　山重水复，穷途末路

两人聊了一小会儿，菜就陆陆续续地端了上来。除了北极贝刺身、寿司拼盘以及各色小吃外，夏浅发现今天的主菜居然是日式海鲜火锅。

日式火锅虽然不用像川味火锅那样，一道菜一道菜地烫着吃，但从时间和效率上来讲，还是不如拉面省事方便。盛总大人的时间向来宝贵，不会在吾等平民身上作无用功，所以……这是还有什么话要跟她说？

像是知道夏浅心思般，盛哲宁冷不丁开口："团购的案子，我同意了。"

夏浅本在喝茶，听了这话差点一口喷出来，重重放下杯子，夏浅再看盛哲宁，只觉盛总大人浑身上下都闪耀着光芒万丈。瞪着无比崇拜的星星眼，夏浅正欲狗腿地拍两句马屁，就听盛哲宁恶作剧地又道：

"不过，有效客户不能低于一百二十对。"

夏浅一噎，就差当场吐血了。大哥，您老一次性把话说完会死吗？这么断句是故意的呢还是故意的呢？夏浅转了转眼珠，露出为难的表情正欲开口，对面盛哲宁犀利的眼神就扫射了过来。

"你闭嘴。别以为我不知道你们那套，六十对有效客户本身就是你拿来探口风的幌子，你心里实际的数字怎么可能这么少？"

夏浅暗咬银牙，三分欣赏七分愤恨地盯住盛哲宁。没错，六十对有效客户是她故意设的一个陷阱。谈判学里讲究一个先入为主，一旦长盛酒店接受了"六十对"这个数字，那么她之后再带去八十对、一百对，甚至更多客户时，在团购价格上就好压价了。毕竟，这已经超出了长盛酒店的心理预估。

所以在做团购策划方案时，夏浅故意错误引导对方，将笔墨和重点都放在了别的地方，可对于有效客户的数量却一笔带过。原本她还以为自己做得天衣无缝，谁料却被盛哲宁一眼看穿了。

看来，自己还是小觑了盛总大人啊。

兜转间，夏浅已换上真诚的面孔，举双手投降道："好吧我承认，六十对有效客户的确比较少,但我们最多最多能保证八十对,你提一百二十对实在是太夸张了。咳,盛总没有接触过我们这行大概不知道,其实我找这几十对有效客户也是需要依附团购网站的,然后根据报名的客户再来和你们商家对接谈价格。这中间,有客户会临时变卦,也有客户会中途退出,甚至我还遇到过签了合同结果两口子闹崩不结了的……这中间变数真的太多,一百二十对的话太难了。"

盛哲宁听夏浅静静说完,这才抬眸幽幽盯住对方。夏浅见状,也抬头直视对方的目光,只是那深邃灼热的目光实在让人捉摸不透,只看得夏浅心底打鼓。

他信了?还是不信?抑或……再想别的说辞说服她?

夏浅正坐立不安,盛哲宁就轻启红唇道:"要不——"

夏浅陡时屏住呼吸,耳朵也轻轻竖起,就听盛哲宁接着道:"要不,我们再点壶酒吧。"

"……"夏浅抖了抖面皮,再抖了抖面皮,终究还是压抑不住心中千万只羊驼奔腾而过。

不要脸!!!

盛哲宁根本就是在玩她,对吧?冷静下来细想也对,作为长盛酒店的总决策人,盛哲宁不可能每件事都亲力亲为,他下面的智囊团和谈判团不要太多!像这种芝麻大的小 case,根本无须他盛总大人亲自出马,所以点日式火锅完全是因为要谈宁萌的私事。

谁料私事谈得太快,火锅还没上,两人就已经达成共识。所以,团购策划案什么的,完全就是余兴节目!

念及此,夏浅暗暗攥紧拳头,一时间脸也微微泛红。盛哲宁几不可闻地笑出声:"哦?反应过来了吗?看来还不算无药可救,没有枉费我这顿火锅。"

夏浅倒吸了口冷气,在心里一直提醒自己"不要发怒,不要发怒"。盛哲宁这个王八蛋现在最想看的不就是自己恼羞成怒吗!呵呵呵,你越是这样,老娘越不让你如愿以偿,不就是被耍了吗?老娘忍得住!

见夏浅不中招,盛哲宁微微眯眼,使出绝招。

"不过,这个火锅你也别吃太多,因为你——"

"盛!哲!宁!"这次,不等盛哲宁说完,夏浅就已经知道这货要说什么了。踩人往痛脚上踩，盛总大人真是好样的。

夏浅咬紧牙关，眼见着就要歇斯底里，轻快的手机铃声却骤然响起，夏浅瞥了眼屏幕，一愣，起身就往外走。待走到大门口，确定屋内的盛哲宁听不到只言片语后，夏浅才清了清嗓子，弯眼接起了电话。

"妈——"夏浅一开口，就是腻死人不偿命的海豚音。

夏浅的老家在郦市，虽然比不上蔺安市的繁华发达，但也算个迅猛发展的三线城市。夏浅毕业后，老爸老妈就一直主张让夏浅回老家工作，可夏浅死活不同意，拗着脾气留在了蔺安市。虽然最后老爸老妈还是拧不过夏浅，同意了她的决定，但至此，母亲大人每次打电话过来都是耳提面命，导致夏浅现在看到她老人家的电话就浑身发毛。而且不知道为什么，今天这种不祥的预感特别强烈！

可奇怪的是，今天老妈的声音却异常平静，听见夏浅发嗲作妖，见怪不怪地问："大周末的，你人在哪儿呢？"

"我？我当然在家啊。"

夏浅刚信口开河地说完，就听那边老妈道："你在家？你在家我怎么没看见你人呢？"

闻言，夏浅脑袋轰的一下空白，怔了怔才战战兢兢道："你这话什么意思？难道你现在在我家？你来蔺安市了？"

"废话！"老妈低喝道，"赶紧回来啊，我在家里等着。"

夏浅还有点接受不了现实："不可能吧，你逗——"

"你逗我玩吧"几个字还没说完，夏浅就听那头老妈"咦"了声，嘀咕道："你把衣柜换了啊？嗯，这个看着比之前那个质量好。"

夏浅："……"一切尽在不言中，她妈是真的来了！

默默收了线，夏浅还有点回不过神，一只脚已经踏进拉面馆，一折身就又绕了出来。摸出手机想了想，夏浅给乐颖去了个电话。乐颖和夏浅关系好，一个是因为两人兴趣相投，再一个就是因为两人家里是世交。乐颖的妈妈和夏浅妈妈是多年老同事，如果老妈突然杀来是有什么预谋的话，说不定乐颖那边知道点内幕。

事实证明，女人的直觉还是蛮准的。接通电话后，夏浅把老妈来蔺安市的消息一说，乐颖立马就嚷嚷开了："阿姨这动作也太快了吧！"

夏浅一听就知道不对，咳嗽一声道："速速招来，饶你不死。"

那头乐颖略微犹豫，想了想才弱弱道："那我说了，你可别骂我……"

夏浅叹息，已猜个八九不离十："说吧，是不是你又嘴贱给你妈八卦什么事了，然后你妈那个大喇叭一宣传，我妈也就知道了。"

"这次真不是我嘴贱！是陈浚！"乐颖提高音量自证清白，"上个月他和我妈聊天，说起你，然后一个不小心就说漏嘴了……可我保证！我家陈浚也没坏心眼，他是说你好来着！说你心眼大，连前男友结婚的案子都接，然后，我妈就知道何之隽和宁萌结婚的事了。"

夏浅闻言气不打一处出："我说你和你妈都长了张漏风的嘴也就算了！怎么现在连陈浚也变得跟你一个德行！到处说说说！"夏浅一边骂一边就开始觉得头疼，这下真的不好玩了。

她当初和何之隽谈恋爱，家里就极力反对。后来何之隽劈腿分手被家里知道后，更是成了老妈的一块心病，每每提及此事都咬牙切齿。现在倒好——前渣男友已婚，自己却还单着，不用动脚趾头也能想象她妈现在的愤怒值。如此看来，她老人家这次是兴师问罪来了。

"你缺心眼啊？他当年那样对你，他结婚你还去凑热闹？啊！"

"你看看，看看，别人两个倒是成双成对，你倒还一个人单着，你知不知道现在我们单位怎么传的？说你还等着那个小瘪三！不甘心，还去别人婚礼上砸场。哎呀你妈我这个脸哪，都被你丢尽了！"

"夏浅你别不承认，你当初要死要活偏要留在蔺安市就是为了他吧？还盼着有朝一日能和他好呢？呵！"

……

夏浅光是想象她妈说的那些话就已觉一个头比两个大，正抓狂，那头乐颖弱弱又道："夏浅……这次，你要小心。"

"什么？"

乐颖咳嗽了声："我听我妈说，你妈这次来蔺安市是逼你相亲的。"

闻言，夏浅只觉脑子里"叮"的一声响，某根弦彻彻底底地断开了。犹如当机般，夏浅眼前浮现出无数条谈判策略、手段，可没有哪一样哪一条是能对付老妈的。怎么办怎么办，难道真的要被逼着去相亲？

夏浅抓狂地扯头发，可一转眼，就见盛哲宁岿然不动地坐在店内，西装服帖，英气逼人。

夏浅眼眸陡亮：有了！

夏浅打电话之际，盛哲宁就坐在店内一直目不斜视地看着她表演。

在他印象里，这女人一直都是奸诈狡猾的，她能在一颦一笑间应付万变，撒起谎来也是面不红心不跳，所以从她慌张跑出去接电话那一刻起，盛哲宁就好奇心大起——

是谁的电话这么神通广大？居然能让这只狐狸如此惊慌失措？

盛哲宁坐在店内，透过火锅的薄薄雾气看门外的夏浅瞪眼、咬牙、扯头发，最终，她回过头来，在看到他的一瞬间，黑眸闪亮。这眼神，盛哲宁再熟悉不过，只怕这女人又在打什么鬼主意。

只是不知道，这鬼主意又和刚才那两通电话有什么关系？念及此，盛哲宁收敛心神，波澜不惊地看着夏浅朝自己这边缓缓走来。

而另一边，夏浅却不知盛哲宁的心思，满头满脑都盘算着自己的计划。圣母玛利亚、大日如来佛，还有各位路过的神仙，求大家统统保佑她别被盛哲宁识破，只要能顺利通过这关，她愿意吃斋念佛一个月！

夏浅走得极慢，似乎每迈出一步都需要花费极大的力气，盛哲宁就这么抱胸静静凝视着她，一副"我看你要干什么"的架势。可谁料夏浅刚走到他跟前，身体就蓦地一矮，盛哲宁还来不及反应，就听耳边传来"哎哟"一声叫唤。

——因为晃神，夏浅摔倒了。

看着半跪在自己面前的夏浅，盛哲宁不改毒舌本质："离过年还早，夏小姐不用行此大礼。"说罢，就霸气十足地伸出手来。那架势，大有"朕赐你免跪"的意思。

与此同时，察觉状况的服务员也小跑了过来，一边帮忙扶起夏浅，一边问："女士没关系吧？"

夏浅摇了摇头，龇牙咧嘴地瞥了眼自己的脚，只见左脚鞋子已飞到了一边，而她脚踝处则已高高肿起。好死不死，她今天居然穿了双八厘米高的细高跟。一失足成千古恨啊。

夏浅正郁闷，这头盛哲宁就做了个惊人之举。贤身贵体的盛总大人竟然亲自拾起夏浅的鞋，又亲自替她穿上，待做完这一切这才幽幽道："疼不疼？"

夏浅微愣，良久才见鬼似的摇了摇头，稍顿，又如小鸡啄米般地猛点头。

"呃，我腿受伤了不太方便走路，盛总能开车送我回家吗？"

"好。"

望着面色如常的盛哲宁，夏浅轻蹙柳眉，虽然计划顺利，可她心里怎么这么不踏实呢？

夏浅住的公寓离西宁街不远，到达目的地后，夏浅又以"脚痛不方便"为由，让盛哲宁直接将车开到了公寓楼下。汽车停稳后，夏浅下意识地瞄了眼她家窗户，这才冲着盛哲宁露齿甜笑道："今天实在是谢谢你了，盛总。"

计划完成度：30%。现在，就是想办法把盛哲宁哄下车了。

其实，夏浅的计划很简单：根据和老妈多年的相处经验，她知道此刻老妈肯定守在窗户前探望女儿归来的身影。而她要做的，就是想办法让盛哲宁露个脸，陪她在老妈面前演场戏。

思及此，夏浅转了转眼珠，摆出副可怜兮兮的模样又道："唔，不过可能还要麻烦你一下。您能不能……扶我到单元门门口？我的脚实在是太疼了，嘶——"

夏浅一面说，一面又夸张地摸了摸自己的脚。盛哲宁睥睨着夏浅浮夸的演技，默默解下安全带："好。"

闻言，夏浅眼角闪露出一丝狡黠的喜悦之光。哦耶！计划顺利完成50%，接下来，就是重头戏了——

在盛哲宁的搀扶下，夏浅一瘸一拐、极度缓慢地往单元门口挪。这次，她完全不用装，彻彻底底地本色出演就够了。她每走一步，左脚就犹如被千万只蚂蚁啃噬般疼痛难当，不过走了几步路，夏浅的额头就已生出密密的细汗来。

饶是如此，夏浅还是没忘自己的计划，一边忍受着牵筋连骨的痛楚，一边寻找机会下手。按照计划，夏浅需要在老妈眼皮子底下和盛哲宁扮亲密，然后再谎称这人是自己的男朋友，以此来逃避相亲。

可不知道是盛总大人身上的戾气太重，还是自己良心未泯，夏浅的魔爪几次伸向盛哲宁身后，眼见就要揽住对方的腰，最后却又暗搓搓地放下。最终，直至两人以蜗牛的速度挪到单元门门口，夏浅还是没能得逞。

计划完成度：依旧50%。

咳，算了，现在这样也能勉强把老妈诓过去了。

站在大门口，夏浅展颜道："送到这就行了，前面就是电梯，我能自己上去。今天谢谢了，改天空了请你吃饭。"

盛哲宁静了片刻，抬眼道："好。"话音落下，盛哲宁就爽快离开。

夏浅站在原地一直看到盛哲宁的车开出视线，这才慢吞吞地上了电梯。可谁料电梯门刚刚合上，黑色轿车就去而复返，重新停回了公寓楼下。

车内，盛哲宁缓缓放下车窗，探出头来瞥了眼楼上，嘴角不知觉间已轻轻上扬。

夏浅，我要你知道什么叫作聪明反被聪明误。

如夏浅所料，她上楼一开门就见老妈满脸八卦地跑到她面前，激动道："嗳嗳，刚才送你上来那男的是谁啊？"

夏浅佯装镇定："什么男的？"

"还装！"老妈怪嗔地拍了拍夏浅的肩膀，"我刚才在阳台上都看见了！穿一身黑西装，白衬衫，个儿大概有一米八几，你们俩这样……这样搂着上来的。"

见老妈满面春光地比画着，夏浅简直哭笑不得。

"既然您老人家都看见了，那就应该也看见我腿受伤了。亲妈，你能不能先关心下我脚上的伤？"话毕，夏浅就拖着残肢往里走。老妈见状这才将注意力转移到夏浅腿上，"你脚怎么啦？"

夏浅开口正欲回应，老妈就抢先道："不是我说你们现在的小年轻，玩得也太野了！就算再怎么甜蜜恩爱，也要注意安全啊。"

夏浅头顶三根黑线，汗颜无比地盯着自家老妈。什么叫"玩得太野"，什么又叫"再怎么甜蜜恩爱也要注意安全"，她妈脑子里到底都在想些什么？啊喂，您老人家这开的不是去幼儿园的车吧？

"你在胡说些什么，不是你想的那样。"夏浅吐血。

"我想的哪样？"老妈满脸纯良，顿了顿，才贼兮兮地笑开，搂住女儿悄声问，"这下总可以说了吧？刚才那是谁？你怎么也不叫别人上来坐坐？还有，我看他那车，看上去不少钱吧？还有还有——"

"够啦！"夏浅截住老妈的话头，皱眉，"你蓝猫三千问啊？哪儿来那么多问题？我脚都肿了，你快帮我看看有没有伤到筋骨。"

夏浅将腿搭在沙发上，老妈敷衍地瞄了眼就推开道："大惊小怪的！你穿那么高的高跟鞋拐下去能不肿吗？待会儿给你冰敷一下就好了，嗳，我说那个小伙子……"

夏浅实在是怕了,举双手投降道:"行行,我承认,那个是我男朋友。"

夏浅见老妈双眼放光,故意停顿半晌,接着才一字一句又说:"但!是!你别打主意约他出来见面什么的,我们才刚开始,没那么快见家长。"

老妈微微踌躇:"那你总该告诉我他姓什么名什么,在哪工作,家里是干什么的吧?"

"叫盛哲宁,在长盛酒店当营销经理。家……家就是蔺安市本地的,不过爸妈都走了,只有一个已经嫁了人的妹妹。我们俩是因为工作缘故认识的,也、也认识好几年了,后来他……他不是一直追我嘛,我最开始都没答应。这不小心摔伤了,他每天都来接送,还给我做饭打扫屋子啥的,我就感动了,嗬嗬。"

一席话毕,夏浅的后背却阵阵发凉。咳,真是奇了怪了,平时自己撒起谎来都是脸不红心不跳,怎么今天拿盛哲宁当挡箭牌心里就阵阵发虚呢?

这头夏浅神游千里,那头老妈却在暗暗盘算着未来女婿的具体情况。

"哎,那他那个车?"

夏浅"哦"了声,解释道:"那个车是他们酒店老板的,他一个小白领,哪儿能开那么好的车?"

老妈若有所思地点头,再次陷入沉思。夏浅默默瞅着老妈的反应,心里暗忖:老妈应该是信了吧?只要能诳过去,老妈估计就不会再提让她相亲的事了。至于其他的,走一步是一步。

夏浅咬住下唇,装出一副娇羞的小女儿模样来:"妈,你觉得怎么样?"

老妈微眯凤眼轻轻"嗯"了声,突然冷不丁道:"那个长盛酒店不就是何之隽结婚的酒店吗?"

闻言,夏浅赫然惊出一身冷汗来。她千算万算,怎么也没算到老妈的八卦消息居然能精准到这种地步!她千错万错,居然粗心大意爆出了长盛酒店来。完了,这下是彻底完了。

犹如堕入深渊,夏浅张大嘴巴说不出话来。

这头老妈见了,反倒眼睛弯成两道月牙,嗔道:"哼,我就知道没那么简单!知女莫若母,我第一次听说你帮何之隽那个小瘪三办婚礼的时候就知道有猫腻。怎么？为了帮这个新男朋友多拉点业务，连当年的旧仇都放下啦？"

夏浅眨了眨眼，再眨了眨眼，就差抱着老妈高呼万岁了，原来这件事还能这么圆！她怎么没想到呢？当真姜还是老的辣啊。

夏浅"噗"的一下笑出声，挽着老妈道："这都被您看出来啦？嘻，其实也没什么，我就是觉得，私事是私事，业务是业务，有钱干吗不赚呢？您说是吧？嘿嘿。"

老妈听了这话却蓦地舒出口气来，拍拍女儿的大腿，柔声："你能这样，妈妈就真的放心了。你这么多年都一直没再找，我和你爸都特别担心你受那个小瘪三的影响，对爱情和婚姻彻底失望了。所以，我和你爸才会那么着急你的婚姻大事，不是我们封建思想怕你嫁不出去，是怕你为错误的人惩罚自己啊。"

夏浅心里顿时化作一汪水，看着老妈眼角的鱼尾纹胸口也开始微微泛疼。老妈现在看见自己重新恋爱这么开心，可要是以后自己再跟她说她和盛哲宁吹了，她会不会又多愁出几根鱼尾纹来？

"妈，其实我——"

"叮咚！"夏浅话刚到嘴边，门铃就骤然响起。老妈看了眼门口，对夏浅道："你坐着，我去开门。"

第八章　那个家伙还需要相亲？

老妈去开门，夏浅就给自己倒了杯水来喝。可玻璃杯刚挨到嘴边，夏浅就听老妈奇怪地"咦"了声。循着老妈的声音，夏浅扭头瞥向门口，一个冷战差点没握住手上的杯子。

大门口，盛哲宁长身玉立，廊灯照耀下的容颜显得愈发清隽冷毅，而他此时此刻，怀里还抱着个大纸盒。

一时间，夏浅犹如断电般定在原地，脑袋一片空白。这头老妈道："你是……刚才送我们浅浅回来的那位吧？"

盛哲宁颔首行礼，声音平静如水："阿姨你好。"

听见这四个字，夏浅心里骤地一紧，第一反应就是：糟了！盛哲宁不会对他觉得没意义的人多费口舌，换言之，他现在一张口就能对她妈说四个字，只有一种可能——来！者！不！善！

联系前因后果，夏浅起身就要阻拦老妈和盛哲宁接触，可为时已晚，不等她拖着残腿蹦跶过去，老妈已弯着月牙眼笑开："哎呀，你是咱们浅浅的朋友吧？快进——"

"我是来送货的。"不等老妈把话说完，盛哲宁就陡然开口道。

霎时，老妈嘴角的笑容僵住，鼓圆眼睛地盯住盛哲宁。这头，正拄单腿奋力往门口跳的夏浅亦是一踉跄，差点把另外一条腿也废了。

抹了把额头的细汗，夏浅汗颜："啥、啥玩意儿？你说你是干什么的？"

盛哲宁平静抬头，演起戏来有板有眼："夏小姐这么快就忘了？你在我们店里买了扫地机器人，但因为你脚扭伤了走不了路，所以我才开车送你回来。可刚才光顾着扶你，你却把货忘在我车上了。"

一面说，盛哲宁一面又将大纸盒递到夏浅妈妈手上："阿姨你检查检查，如果没什么问题，我就回店里了。"

"等会儿！"老妈拧眉，瞅瞅盛哲宁，又再看看自家女儿，"你说，你是谁?"

盛哲宁星眸闪亮,满脸真诚:"阿姨我叫盛哲宁,是科威斯品牌的经销商,我们店就在国美电器城里,您要是有什么需要的可以来找我,我们门牌号是……"

"盛哲宁!"等不及盛哲宁背完台词,夏浅就已歇斯底里地吼开。不能再让这货胡说八道下去了,不然她今天会死得很惨、很惨。

一瘸一拐地奔到门口,夏浅挽着老妈胳膊就开始飙金句:"妈,你听我说,事情不是你想的那个样子。这个盛哲宁是个王八蛋、骗子……"

盛哲宁不愧是影帝,居然一脸无辜道:"诶,夏小姐你怎么骂人?我做生意这么多年可一直童叟无欺。我们代理的科威斯品牌——"

"你闭嘴!"

"闭嘴的人应该是你!"老妈冷脸将胳膊从女儿怀里抽出来,转脸看向盛哲宁,和颜悦色道,"好了,小伙子,你把货放门口就可以走了。"说罢,老妈就剜夏浅一眼,默默进了卧室。

霎时,偌大的客厅只剩下了送货小弟盛哲宁和夏浅。夏浅抱胸,此时都不知道是该哭还是该笑了。

"盛哲宁,你够狠。"

盛哲宁嘴角浮起胜利的微笑,微倾前身凑到夏浅耳旁,以只有两人能听见的声音沉沉道:"没有夏小姐狠。为了演好这出苦肉戏,连自己的腿都摔瘸了。"话毕,盛哲宁这才立正身子,故意提高音量道,"那我先走了,夏小姐记得下次再来惠顾。"

夏浅:"……"

望着盛哲宁渐渐走远的身影,夏浅正愤愤然,就听老妈在身后阴恻恻道:"夏浅,你给我解释清楚这是怎么回事!"

夏浅颤了颤,知道自己命不久矣。

罗曼咖啡厅内,悠扬的钢琴声缓缓流淌着。时隔两个多月,夏浅再来到这家咖啡厅,心情竟然比当初在这撞见何之隽和宁萌时还要悲壮。托盛哲宁的福,她被老妈狂揍一顿后,还是被逼着出来相亲了。

相亲对象姓付名琰,付琰念快了就成了"敷衍";念慢了就是"妇炎"。付琰童鞋今年三十有六,和夏浅一样是郦市人。夏浅和这个付琰初略聊了下，就大抵明白老妈为什么会千里迢迢从郦市赶到蔺安市来逼她相亲了。

付琰在蔺安市某银行工作，工作不累，工资也有保证，最重要的是别人还是编制内的。因为付琰工作在蔺安市，所以婚房也买在了这边，三室三厅两卫，还外带一个平台小花园。考虑到儿子上班挤地铁辛苦，去年家里又给他添置了辆二十来万的凯美瑞。

有车有房，工作稳定，家世也清白，最重要的是，这人长得也白白净净不难看。所以她妈抓到这个资源后，才会火急火燎地赶到蔺安市来逼她见面。

不得不说，老妈把关的水平还是不错，没有像有些老太太一着急上火，连二婚男都觉得高配了自家女儿。可夏浅考虑得却比老妈更深远，趁着喝水的工夫，夏浅又偷瞟了眼对方：浓眉大眼，薄唇挺鼻。这模样，虽然算不上帅哥，但也配得上"五官端正"四个字了。

可就是这么一个眉清目秀、家世工作都不错的男人居然还单着，这让夏浅觉得有些不可思议。因为工作缘故，夏浅常和新人打交道，渐渐也摸索出规律来。在蔺安市，一般而言，条件只要不是特别差的男人都能在三十五岁之前把自己"嫁"出去，哪怕没结婚也绝不可能单着。剩下的嘛，除去单身主义者和同性恋者，要么条件不好，要么多少是"心理"有点问题。

所以这位仁兄，是哪儿出了问题？

念及此，夏浅放下杯子，露齿甜笑道："这么说，你来蔺安市也快十年了，怎么一直都没谈个女朋友？"

付琰乍愣，不好意思地搓了搓手道："其实我之前也有谈过恋爱，这不吹了嘛，所以才出来相亲。"

话锋一转，付琰的表情变得微微扭曲："哎，说到我之前那个女朋友我就生气！我和她在一起整整半年，她居然只请我吃过四次饭、两次电影，其余剩下的都是我付的钱。后来我实在受不了了，跟她说每晚送她回家搞得我交通费都超额了，让她以后每个月给我充地铁卡。夏小姐，你说我这个要求过分吗？一点都不过分吧！她平时又基本上吃我的用我的，我找她要点交通费钱怎么了？"

夏浅强忍住喷咖啡的欲望，死命点头："对，她应该出钱。"出点钱买教训,以后再遇到这种奇葩抠门男就知道绕道而行了。

"就是这个理儿!"见夏浅赞同自己,付琰彻底来了劲儿,"还有我上上任女朋友,更是个爱慕虚荣的!过七夕情人节,她说要我送她礼物,我去超市逛了一大圈,又是花露水又是盘香,给她买了整整三十来块的东西!嘿,你猜怎么着?我给她送去,她轻轻瞟了眼转身就走,回头就把我拉黑了!你看看这极品女!是,我是没给她买巧克力,可是巧克力哪儿有盘香来得实在?我这还不是怕她被蚊子咬着吗?哎,像我这样的实用贴心男她居然还不珍惜!"

"……"夏浅开始怀疑这人是没相中自己,在故意自黑了。

真是奇葩年年有,今年特别多啊!自己这到底是什么人品,怎么第一次相亲就能遇到这么搞笑的男人?她现在是该撤退呢、撤退呢,还是撤退呢?

大概也察觉到自己说得有点过了,付琰轻咳一声:"……当然,我不是说所有女人都虚伪现实。我相信夏小姐就和那些女人不一样。"

夏浅挑眉,心里默默腹诽:别啊,我其实比你那些女朋友更现实更虚伪!

这头付琰还叨叨着:"我听我妈说你是那个什么什么砍价师?特会砍价!特会过日子!其实不瞒你说,我今天来和你相亲就是因为这个。我这个人吧比较节约,就想找个贤惠勤俭的媳妇儿。我觉得我们俩挺般配的,也肯定有共同话题。"

一面说,付琰一面就亮眼道:"对了,既然你是砍价师,那……这个咖啡你也能和他们杀价吧?让他们便宜二十块可以吧?啧,我一直就想不通了,一杯咖啡都能卖到四五十,他们干吗不去抢?"

夏浅:"……"

面对此情此景,夏浅已无力吐槽。她平时本来就很厌恶别人误会她的职业,如果换作其他人,她还能耐下性子来解释解释,可面对直男癌晚期的付琰,她真是半个字都懒得说了。

深呼一口气,夏浅正踌躇着如何开口结束这场相亲,就听身后突然传来悦耳的女声道:"夏姐?"

夏浅一激灵,回头只见宁萌站在不远处,正冲自己甜甜娇笑。夏浅满脸黑线,今天到底是什么日子,怎么该来的不该来的都来了!

宁萌袅娜娉婷地走到两人跟前，眼珠乌溜溜地转了圈，这才道："夏姐好巧，和朋友来这喝咖啡呀？"说罢，又假装不经意地瞥了眼付琰。

夏浅一看就知道宁萌误会了，干脆将计就计："给你介绍下，这位是我的相亲对象——付琰付先生。"

一面说，夏浅一面就又将头发挽到了耳后："我也是今天才认识付先生的。"

话音落下，宁萌微微怔忪。

这头夏浅看着她，手心里亦捏了把汗。这其实是夏浅玩的一个小把戏。彼时夏浅帮宁萌谈婚宴折扣案时，两人曾事先约定过，如果谈判途中夏浅觉得不对劲，会将头发别到耳后，这个时候，就需要宁萌配合她演戏，一块离开酒店。

所以挽头发这个小动作其实是个暗号，意味着"情况有变，需撤离"。夏浅刚才故意在宁萌面前挽头发，又刻意强调付琰是她的相亲对象，冰雪聪明如宁萌，应该……能明白她的意思吧？

夏浅屏息凝神地看着宁萌，只见对方眨了眨眼，踌躇道："哦！那我就不打扰两位了，再见。"话毕，宁萌冲付琰点头笑笑，便转身离开。

夏浅暗暗叹了口气，这招果然还是行不通咩？她正暗暗思索，已走出一段距离的宁萌就又突然停住，复回到两人跟前。

"哎呀，瞧我这记性，怎么把最重要的事情忘了。夏姐，今天在这遇到你刚好，我正说给你打电话呢！"

夏浅心头剧颤，明白事情有转机，但面上还是装作一副漫不经心的样子："什么事？"

宁萌弯眼："上次你发给我的合同我看了，没什么大问题，就是还有几个小细节我不是特别明白。所以你看，什么时候方便？咱们再聊聊。"

听了这话，夏浅简直佩服得五体投地。这盛家两兄妹怎么都这么能演？不仅情绪表情到位，连台词都对得天衣无缝。

——继盛影帝之后，夏浅又荣幸地认识宁影后。这两兄妹当真绝了！

夏浅心里一面嘀咕，一面托腮道："什么时候方便啊？唔，我最近手上都有活儿走不开，这可难办了……"

夏浅微微沉吟，抬眸凝视宁萌，宁萌冲她眨了眨眼，心领神会地接住话茬道："择日不如撞日，那要不就现在吧！我家就在这附近，立马就能回去取合同。"

"这个——"夏浅为难地看向付琰，付琰也算识趣，摆手道："没事没事，夏小姐有事咱们就下次再聊，工作要紧！"

夏浅露齿甜笑："好，付先生下次再见。"

出咖啡厅后，夏浅和宁萌漫无目的地走在大街上。今天暖阳高照，虽是初冬，但漫步街头却一点也不觉得冷。偶有清风拂来，反倒带着几分沁人心脾的清爽感。

夏浅对宁萌满带歉意："不好意思，因为我，连累你连咖啡都喝不了。"

"没事。"宁萌挥手，"我也是在家里闲着无聊，看今天天气不错就约杨桦出来逛逛。我刚才已经用微信告诉她碰头地点改了，我待会儿就在前面的广场等她。"

"那就好。"夏浅颔首，"如果因为我耽误你们闺蜜聚会，那我就真的罪过大了。"

宁萌笑了笑，没有立马回应，稍顿片刻，这才微微迟疑道："其实，我觉得刚才那个付先生挺好的。"

夏浅深吸了口气，颇为郁闷看向宁萌，"一言难尽呐。"

宁萌大概也觉得自己太过唐突，垂眸默了默，露齿笑开："也对，感情的事说不清楚。有些人，看对眼了就是看对眼了；可有些人，就是再好，你没感觉就是没感觉。"

听了这话，夏浅心里"咯噔"一声响，盯着宁萌怔怔发神。她怎么觉得，宁萌这话里有话啊？有些人看对眼了就是看对眼了……呵！这说的是何之隽吧？当年，宁萌不就在明知何之隽有女朋友的情况下和他暧昧不清吗？

这么看起来，宁萌还真说对了，感情的事是说不清的。如果不是因为何之隽这层关系，或许她和宁萌还能成为朋友，现在嘛——

夏浅出神之际，就听宁萌又道："不过我相信以夏姐的为人和条件，迟早能相到喜欢的，加油！"

话毕，宁萌话锋陡转，又蓦地叹出口气来："哎，你们相亲有点波折辗转都无所谓，反正最后肯定是能找到幸福的。可我哥……哎，真是想想都能气死人！他相亲没一百也有八十了吧？一个都没成！"

"你哥？"夏浅怪叫出声。等会儿等会儿，宁萌的哥不就是英明神武向来眼高于顶的盛总盛大人嘛。

他居然还需要相亲?而且还相了很多次都以失败告终?陡然间,夏浅已笑到肠子打结,脑子也不由自主地开始脑补了——

场景一:咖啡厅内,一个长发女孩坐在盛哲宁对面,娇羞介绍道:"你好,我叫xxx,今年……"

"PASS!"不等女孩子说完,盛总大人就不耐烦地喊停。名字居然是三个字,要他这两个字两个字往外蹦话的人情何以堪?!

场景二:"你好。"活泼大方的小姑娘伸出手想要和盛哲宁握手,谁料对方却操着手看都不看别人一眼地举牌:"PASS!"

这个女人留指甲也就算了,居然还在上面抹各种恶心难闻的染色剂,一看就是个不爱干净的,朕决不能容忍!

场景三:酷似某影星的女生一边转着乌溜溜的大眼,一边畅想着美好的未来:"我要求不高,只希望我老公以后能陪着我去烫头发、做指甲、逛街买衣服、看电影歌剧,还有……"

不等别人说完,盛哲宁又再次无情打断对方:"PASS。"

他的时间如此宝贵,怎么可能陪一个无聊女人浪费在无聊的事情上?

……

脑补完盛哲宁相亲的种种状况,夏浅已笑到直不起腰。

宁萌幽幽叹气:"哎,你也大概能猜到那情景吧?我哥这人,又尖酸又刻薄还挑剔难伺候。别人姑娘学历高吧,他嫌别人书呆子;别人学历低吧,他嫌别人没脑子。别人漂亮呢,他说别人没内涵,心思都花在面皮上了;别人长得丑吧,他又不乐意。

"你说说……这简直就是要气死人的节奏!而且最可恨的是,你以为他那么挑剔,是不想结婚,可每次有人给他介绍,他都会答应下来。喊,我都不知道他到底想给我找个什么样的嫂子!"

"消消气,消消气。"夏浅忍着笑拍宁萌的肩膀,"其实呢,你们可能误会盛总的择偶条件了。"

宁萌眨眼:"误会?"

"嗯哼!"夏浅挑眉,半是认真半是恶作剧地分析道,"你先想想你哥的脾气,以他现在长相、资产、学历,想要找个什么样的姑娘找不到?反过来说,也就是任何类型的姑娘对他都没有吸引力。"

闻言，宁萌瞪大眼睛地看向夏浅。

夏浅抿嘴笑，继续一本正经地胡说八道："社会学家曾做过一项调查，96.8%的人的择偶标准都是根据自身的短板来设定的。比如个子矮的就想找个子高的，长得丑的就想找个漂亮的，经济条件差的就特别在乎对方的经济状况，学历低的就特别向往类似老师、医生、律师这样职业的人……这个在生理学上叫基因互补。只有找到能弥补自己缺点的那个人，才能更好地繁衍下一代嘛。"

一席话，说得宁萌猛点脑袋："没错，就是这样。我当初喜欢我老公就是因为他声音好听，唱歌也特别棒。我就不行，唱歌老是跑调。"

夏浅轻咳一声，尽量忽略掉何之隽所带来的不快："所以啦，其实你哥那种情况，女生的学历啊家世啊都不重要！重要的是，能找到一个牵制住他的人。"

宁萌皱眉："牵制他的人？"

"对啊！"夏浅点头，"你想想，在他的世界里已经什么都不缺了，周围的人也是对他毕恭毕敬，如果这个时候，来个比他更强势、更霸道的女人会怎么样？"

宁萌顺着夏浅的话往下说："他会……一下子记住这个女人，并对其产生男人的征服感。"

出师了！如果盛哲宁真的找个母老虎当老婆，她也算报一箭之仇了！

夏浅满意地拍了拍宁萌的手，笑容满面道："相信我，没错的。唔，你就去给你哥找个姓名两个字的，能说会道的，不服他不信他的。性格方面嘛，要强势霸道、成熟自信的。至于长相嘛，顺眼就成，不用太漂亮。"

夏浅眉飞色舞描绘之际，宁萌也盯着夏浅微微发起呆来。长相顺眼、能说会道、不服她家老哥的女人，这眼前不就有一个现成的吗？

念及此，宁萌开口正欲说什么，身后就突然响起杨桦的呼喊声："萌萌！"

闻言，夏浅也停了下来，朝不远处的杨桦点了点头，道："既然杨小姐来了，我就先走了。今天谢谢你了，宁萌。"

宁萌回过神来，摇头："没事，那再见。"

"再见。"

……

夏浅离开后,杨桦也刚好过来,"咦"道:"刚才那是夏浅?你怎么和她在一块?"

宁萌若有所思,幽幽道:"杨桦,你说……如果把夏浅介绍给我哥会怎么样?"

杨桦听了这话当即叫开:"什么?把她介绍给盛大哥?"

"嗯。"宁萌颔首,"刚才夏浅跟我鬼扯了一大通,然后委婉地把自己推荐给我哥了。唔,虽然,是主动得过了点,但我觉得或许能成。你还记得吧?就是这个女人说服了我哥给我打折。"

杨桦抿唇:"那你打算怎么做?把两人直接约出来?"

宁萌托腮:"让我想想。"

【小剧场·关于择偶条件】

刘秘书运气不错。第一天上班就能跟着陈助理进到总裁办公室,听盛总大人一件一件地给两人布置工作。

嘱咐完手上的事情后,盛哲宁道:"还有什么事?"

陈助理毕恭毕敬道:"婚介所那边来电话,问盛总您这次的要求是?"

盛哲宁沉默片刻,说了六个字:"省时、省事、省心。"

"好的。"

出了总裁办公室,刘秘书到底年轻沉不住气,满脸惊讶道:"我没想到,像盛总这样的人居然也会相亲。"

陈助理泰然处之:"只要是人都会谈婚论嫁,盛总天天都在酒店,没私人时间恋爱,相亲有什么大惊小怪的?"

被前辈教训,刘秘书连连点头:"是是是,您说得对。只是没想到……盛总的择偶要求居然这么简单……"

话音落下,陈助理脚步骤停,嗤笑道:"简单吗?"

刘秘书咋舌之际,陈助理已模仿着盛哲宁不可一世的语气开口:"省时,就是要用最快的速度最短的时间确定彼此。你知道这意味着什么?这意味着盛总必须对对方一见钟情,至多两见钟情。这对对方的样貌、谈吐、行为举止、气质等都有非常高的要求。

"其二,省事。就是说在恋爱的过程中,乃至婚后,对方都不能给盛总惹任何麻烦,什么陪逛街陪约会想都别想,不仅如此女孩子还极有可能要帮忙盛总处理各种家庭事务。这就要求对方善良大方、温柔懂事、体贴不抱怨。

"其三，省心。是说盛总和对方沟通起来不费力，他光是一个眼神对方就能懂他想什么要什么，这就要求女孩子的智商情商必须双高，且跟盛总必须默契非常。"

一口气说完一大段话后，陈助理才换了口气："这样，你还觉得盛总的择偶条件简单吗？"

刘秘书："……"

果然言情小说里"霸道总裁专宠小白女"什么的都是骗人的！

第九章　报复计划成功

机场，盛哲宁随意点了杯英式红茶坐在角落，一边用笔记本浏览国际新闻一边等飞机。

正觉疲倦感渐甚，盛哲宁就闻到股熟悉浓郁的香味。他抬头，刚好与一双狡黠透亮的黑眸对上。黑眸的主人见盛哲宁发现自己，亦弯眼笑开："盛总，下午好！"

在这里遇到夏浅，盛哲宁倒是一点也不意外："你消息倒挺灵通，居然连我什么时候出差，在哪个贵宾室候机都知道。"

夏浅一边不客气地坐下，一边道："干我们这行，消息不灵通怎么能行呢？呐，不过我今天可没白来，盛总你看——"

夏浅一边说，一边就将手上的纸杯放在桌上："您老最爱的乌龙红茶。按照您的习惯，没加奶没加糖。刚才我又请服务员帮忙热了下，现在喝刚刚好哦！"

盛哲宁斜眼睨了睨红茶，又再看了眼夏浅："你这么大老远跑到机场来，就为了给我送红茶？"

"当然不是。"夏浅好整以暇，挺直腰杆面对盛哲宁道，"关于上次的团购方案，你提的要求我仔细考虑过了。"

话至此，夏浅故意顿了顿，这才郑重其事地开口："一百对有效客户，不能再多了。"

盛哲宁微微眯眼，毒舌本质尽显："夏浅，你没资格和我讨价还价。"

夏浅不怒反笑，轻勾唇角："谁说我在和你讨价还价？"

盛哲宁眼眸微沉，静静凝视着对方，只见夏浅神色自若地又说："我就是来通知盛总您——一百对有效客户，这就是我最终的底线。如果贵酒店觉得成，那我们就再往下一步谈；如果不成，那咱们买卖不成仁义还在嘛。"

闻言，盛哲宁面不改色，心里却泛起点点涟漪。

这女人，果然是狐狸转世。不卑不亢，不喜不悲，就这么轻描淡写地占了上风。其实谈判中，最忌的就是心浮气躁，盛哲宁刚才那句话故意摆出以大欺小的架势就是想要激一激夏浅，谁料对方却不接招。原封不动地就又把话还了回来——这桩团购案你们爱接不接，不接姐也不伺候了！

或许，从一开始夏浅就已经看穿了他的心思。他对这个团购案整体还是满意的，不然不会浪费时间来商讨。

气氛一时陷入僵局。盛哲宁默了默才又道："理由。"

"给我——说服我的理由。"

听了这话，夏浅粲然一笑："没有理由。"

盛哲宁显然以为自己听错了，愕然地盯住夏浅。夏浅颔首："是的，你没听错，就是没有理由。"

其实，可以有很多理由。比如以团购的方式更容易开拓婚宴市场，还节省了酒店的推广费；又比如酒店能更快更好地提高品牌效应；再比如能制造出供不应求的假象……其实这些理由，盛哲宁比她更清楚，又何必说出口？

有时候，说得多了反而显得心虚。就好比苹果手机，似乎也没见商家如何卖力地宣传它如何如何好，但别人依然创造着一个又一个的销售奇迹。所以夏浅选择只字不提，这样既显得自信坦荡，又摆脱了推销的嫌疑，至于这单生意你们接不接，那是你们的事。

见状，盛哲宁"呵"地笑出声："这心理战术用得不错。"

夏浅挑眉，以示"过奖"。谁料盛哲宁话锋一转，又道："不过不知道这心理战术用在自己老妈身上，管不管用？"

夏浅一扫刚才的春风得意，骤时晴转阴。

盛哲宁却像看不见对方脸色似的，自顾自地继续往下说："上次那位是你母亲吧？你当时又是摔跤又是骗人的，我猜……是想让我假扮你男朋友？怎么样？被我揭穿后，你是怎么安抚她的？"

夏浅深呼口气，强忍住揍盛哲宁的冲动，皮笑肉不笑道："托您的福，我去相亲了，对方还不错，至少不像盛总您这样。"

盛哲宁拧眉："不像我什么？"

夏浅咬紧牙关，一字一句道："不像您这样——欠！扁！"说罢，

.077.

夏浅起身就要走。可刚迈出两步,就听盛哲宁闲闲道:"站住。"

夏浅停在原地,少时就见盛哲宁走到自己跟前,"团购案的事情我同意了。"

夏浅闻言还有些难以置信,就听盛哲宁补充道:"我出差回来就安排秦贺博和你签合同。"

"真的?"

"真的。"听了这话夏浅还来不及高兴,盛哲宁就默默补刀道,"不过在这之前,先把你的手机交出来。"

夏浅一愣,装傻道:"啊?"

盛哲宁不管三七二十一,又靠近夏浅一步就伸出手来,语气不容置疑:"交出来。"

夏浅"喊"道:"凭什么啊?你凭什么——"

"快点!"不等夏浅说完,盛哲宁就霸气十足道,"我不想再重复第三遍。"

夏浅闻言还想再说什么,这头盛哲宁就又道:"偷拍是违法行为,你不会不知道吧?"

听了这话,犯罪嫌疑人夏浅同志终于彻底蔫菜,郁闷至极地摸出手机来。盛哲宁接过手机一看,登时暴怒:"怎么把我拍得这么难看?!"

夏浅埋头悄悄嘀咕:这么不要脸的男人她还真是第一次见。而且怎么能怪她把他拍得难看,偷拍已经很难了好吗?难道还要她选角度?再说了,真正的帅哥都是360度无死角的,自己长得丑居然还怪别人技术差……

见夏浅嘴巴一张一合地作怪相,盛哲宁拧眉:"你嘀嘀咕咕什么?"

夏浅咳嗽一声,摆出一副狗腿模样:"哦,我是说,盛总大人英明!盛总大人万岁!我这么小心居然都被您发现了。"

盛哲宁不吃夏浅这套,继续审问:"夏小姐这么处心积虑地偷拍我,是爱慕我的容貌还是有别的意图呢?"

夏浅强忍住吐出来的欲望,望天瘪嘴:"你上次把我害得那么惨,我谈公事之余,拍点你的照片,放在网上宣传宣传你的恶行有错吗?"

"我的恶行?"盛哲宁冷笑,"夏小姐好像记错了,上次行欺瞒之事的是你吧?"话毕,盛哲宁也刚好删完手机里自己的照片,复将手机丢回给夏浅。

与此同时，机场也刚好响起可以登机的广播，盛哲宁抬腕看了眼手表，留下句"下不为例"便匆匆离开。

一直到盛哲宁走远，站在原地的夏浅才轻轻地、轻轻地勾唇笑开。

盛哲宁，这次我要你知道姐的厉害！

安检、登机，盛哲宁刚上飞机坐稳，手机就响了。盛哲宁看了眼屏幕，纳闷接起，那边陡时传来夏浅欢快的声音："盛总。"

"干什么？飞机要起飞了，我要关机了。"

"哦哦，没什么没什么。"电话那头夏浅笑得甜甜，"我就是提醒盛总一下，刚才，我好像不小心在您衬衫上滴了两滴红茶，不好意思哦。"

听了这话，盛哲宁脑袋顿时空白一片，怔了怔，便亟亟埋头去看——

果然，雪白衬衫的衣角上居然浸着几滴浅红色的圆点，乍看下就像纯洁无瑕的雪地上开出几朵不规则的小花。

不能忍！

患有洁癖症的盛哲宁见状第一反应就是往洗手间冲，谁料电话那头夏浅却像知道盛哲宁心思般，嘻嘻道："对了对了，还要告诉您一声哦，我用洗衣液、洗洁精、洗手液、肥皂等东西都试过了，这是洗不掉的哦！"

这是洗不掉的哦……

是洗不掉的哦……

洗不掉的哦……

霎时，盛哲宁犹如掉入地狱般痛苦煎熬，"洗不掉"的魔音在脑子里无限循环围绕，使他无法自拔。

这是阴谋！这是夏浅那女人早就算计好了的！对，她早就知道自己有洁癖，而且登机后他的行李也已托运，自己根本没办法临时换衣服，所以她才会想出这样的阴招！这也就意味着，自己必须穿着这件带有污点的衣服一直到下飞机！

念及此，盛哲宁顿时头皮发麻，浑身都不自在起来。他居然要穿着脏衣服坐几个小时，这实在是太可怕了！什么叫生不如死，什么叫痛不欲生，这一刻，盛哲宁统统顿悟了。

攥紧拳头,盛哲宁咬牙:"夏浅,你是故意的!"

"是啊!"夏浅答得理所当然,"我不是早就跟您说了嘛,我夏浅可是有仇必报的!您说得对,偷拍是违法的,我怎么可能干?所以那只是幌子,重点嘛,现在就在您身上。我查了您这趟航班,行程是一个半小时,刚好我当时也相了一个多小时的亲,嗯,那叫一个酸爽抓狂。所以……您老现在也来感受感受这种滋味吧。"

听了这话,盛哲宁浑身串起一阵阵鸡皮疙瘩,偏偏又没办法自救。

"夏浅,你——"

这次不等盛哲宁说完,夏浅就默默补刀道:"好了不说了,祝盛总旅途愉快哟!希望您的航班不会遇到什么麻烦呢,不然到时候来个空中管制,再拖延个半小时一小时才能下飞机什么的,呵呵呵,那么再见啦!"

话毕,夏浅当真果断地挂断电话,只剩下盛哲宁在这边目瞪口呆。

空中管制?再延长个半小时一小时才能下飞机?

不!!!

【小剧场·所谓洁癖】

夏浅和盛哲宁确定恋爱关系后没多久,刚好赶上盛哲宁生日。夏浅特意准备好生日蛋糕,准时准点地送到盛哲宁跟前。

盛总大人虽然向来对这些玩意儿不感冒,但看在夏浅的份上,还是配合地点蜡烛许愿。许愿内容为:"盼明年今日,长盛酒店在国外已有分店。"

夏浅闻言气不打一处出,两人刚刚确定恋爱关系,生日愿望什么的,不应该是祝愿两人天长地久,恩爱白头之类的吗?生日愿望也许得这么古板老套算怎么回事?盛哲宁这个王八蛋脑子里除了工作工作到底还有没有想过别的?

对于女朋友的颇多不满和质疑,盛总大人只忧伤地说了三个字:"你不懂。"

届时,夏浅以为盛哲宁所指自己不懂的内容是诸如男人的野心啦,商业帝国的前景啦之类枯燥的东西。谁料次年,夏浅才终于明白了盛哲宁这三个字里的含义。

次年,两人已婚,前往爱琴海度蜜月。临行前,盛哲宁的秘书就已帮两人定好飞机票和酒店。夏浅一到酒店,才发现似乎……大概……好像这酒店整洁得太过分了点吧?

床单雪白沙发雪白地毯雪白,什么都雪白到一尘不染也就算了,浴缸居然被擦得闪闪发光是要闹哪样?还有茶几和电视机,竟然都自带"bling bling"的闪光功能。这样的房间,简直没办法让人下脚好吗?!

环视房间,夏浅瞠目结舌,这头盛哲宁却幽幽吐出两个字:"太脏!"

"啊?"

夏浅怔忪之际,盛总大人已摸出自备的橡胶手套戴上,大跨步地进了浴室。

夏浅:"……"

半个小时后,盛总大人总算清理完了整个浴室,开始转战客厅。

一个小时后,盛总大人总算清理完了地毯,开始换自己带来的床单被套。

两个小时后,盛总大人在擦完最后一张桌子,确定一尘不染后,终于露出了欣慰的笑容。而这头,夏浅早已抱着遥控板睡着。

经历这次教训后,夏浅每年的生日愿望也变得和盛哲宁一样:盼长盛酒店早日走出国门!!

只有自家的酒店才会变态到按照盛哲宁的清洁要求来打扫啊!为长盛酒店的保洁员默哀,为那些被盛总大人擦得近乎破皮的沙发板凳茶几……默哀。

咳,不知道在盛总大人眼里,她自己算不算污染物呢?

一周后,盛总大人出差归来。

正如夏浅所料,盛哲宁虽然恨她入骨,但公私分明,说过话的决不食言。他一回来,就嘱咐秦经理约夏浅签团购案的合同。夏浅本以为签合同这天会和盛哲宁碰上,未免对方出阴招,夏浅做足了防御功课,就差穿着防弹衣上"战场"了。谁料签合同这天,从头到尾都没见到盛哲宁的人影。

不知道为什么,没见到盛哲宁夏浅心里反倒升起股淡淡的忧伤,后来转念一想,这就是传说中的犯贱啊!盛哲宁在时,她嫌别人阴魂不散;别人真不出现了吧,她又觉得无趣。

咳，果然老妈说得对，单身久了内心容易变得空虚寂寞冷。

为了不让自家闺女再空虚寂寞冷下去，继付琰之后，老妈又陆续给夏浅介绍了四五位青年才俊。夏浅一面感叹母亲大人哪儿来的那么多资源，一面应付着相亲男们。就在即将崩溃之际，这周五晚上，夏浅接到一个电话。

电话是宁萌打来的，大意是说婚礼结束后，他们夫妇一直想找个机会答谢一下帮忙筹备婚礼的亲朋好友们。奈何前段时间太忙，直到最近才抽出空来。宁萌打算这周六约大家去艾薇酒庄玩玩，请夏浅务必参加。

夏浅一听宁萌的话，下意识地就要拒绝。那头宁萌像是有预感般，快夏浅一步道："夏姐，你先别急着推辞，听我把话说完。我没别的意思，是真的感激你帮我婚礼砍了价，所以请你出来吃顿饭，喝喝酒，聊聊天什么的。你也别把这个当成应酬，就当多认识几个朋友出来散散心嘛。哦对了，你见过的杨桦也会去。"

夏浅握着手机微微舒出口气，如果换作其他人她说不定还真就去了，可对方是何之隽啊！一想到何狗屎那张脸她就倒胃口，要她怎么吃的下饭？到时候别说散心了，别闹心都算阿弥陀佛了。

"我懂你的意思，"夏浅舒展眉头道，"不过你是清楚的，干我们这行没什么固定休息日，我现在是真的没办法确定周六有没有时间。最近手头刚好有个案子正谈……"

电话那头宁萌稍默片刻，平静道："夏姐，这次除了叫你出来玩，其实还有件事。"

"还有件事？"夏浅歪头。

宁萌轻轻嗯了声："我有个朋友，最近公司准备采购一批奢侈品作为年终福利发放给中高层管理人员。我已经把你推荐给他了，他很感兴趣。"

闻言，夏浅的双眼瞬间变成"￥"形状，眼前晃来晃去的都是闪亮亮的金元宝。奢侈品啊！员工年终福利啊！那肯定是量大油水厚啊！这可比小打小闹的婚宴强多了，搞好的话，这一单生意就够她躺着吃三年了！

不过，欣喜之后，夏浅又瞬间清醒过来——

采购这种活儿因为量大，的确容易捞油水。但高利润的背后又处处透着玄机。大多数采购，都是企业采购负责人跟商家直接对接谈价格拿货，如果她这个砍价师跳进去插一脚，估计关系会很难办。这是其一。

其二，夏浅熟悉的是婚庆婚宴这块，如果跳出这个圈子去谈其他领域的价格，她未必能吃得消。

其三，也是最重要的一点，宁萌是不是热情得过头了点？不过一个小小的答谢宴，她又是打友情牌，又是利诱，为什么一定要她参加？事出反常必有妖，越是这样她越是不能去了。

念及此，夏浅清了清嗓子正要拒绝，老妈就从卧室里笑眯眯地走了出来。见母亲大人如此慈祥和蔼地冲自己笑，夏浅背上已起了厚厚一层鸡皮疙瘩。

这笑容，她实在是太熟悉太熟悉了。最近她老人家每次对自己这样笑，都只有一种可能——果然，夏浅见老妈笑盈盈地走到她跟前，就晃了晃手上的手机。夏浅只见手机屏幕上显示着一个微微发福的男人照片，毫不夸张地形容：真是满脸横肉，目露凶光。

夏浅咋舌摇头：母亲大人，你这是要把我卖给杀猪的吗？

老妈却像看不懂夏浅的表情，悄声："我已经跟人说好了，周六下午，你们见一面。这小伙子姓王，在自来水公司上班……"

"夏姐？"不等老妈说完，电话这头宁萌也轻轻咦了声，"信号不好吗？怎么不说话了？"

刹那间，夏浅"噌"的一下站起来，握着手机大声道："啊，周六啊？好好！就这么定了！我一定准时到！哎呀，咱们都是朋友了，你还这么客气请我吃饭，又帮我介绍了好几单生意，我怎么能不给你面子呢？哈哈哈哈，就这么定了，再见！"

噼里啪啦地说完一大段话，夏浅不等那边宁萌反应，"啪"的一下就挂断了电话。然后这才抬头正经无比地盯着老妈说："我周六有个应酬，是大客户请的，不能不去，就这样。"

说罢，便溜之大吉。

她宁愿去赴宁萌的陷阱，也决不再相亲了，决不！

周六，老天爷难得赏脸地出起了太阳。夏浅驱车到达艾薇酒庄时刚好十点，离约定的时间还早了半小时。因为时间尚早，夏浅干脆将车停在了山下，慢悠悠地徒步爬上去。

说起这艾薇酒庄，在蔺安市也算小有名气。相传这里本来是一个法国人开的，后来这法国人在中国投资失败，又涉嫌诈骗，被遣送回了国。而这里则被一位中国土豪买下，酒庄也摇身一变成了私人会所，不再量产红酒，所生产的少量红酒只供来这里的会员享用。所谓物以稀为贵，艾薇酒庄的会员们又非富即贵，反而造就了艾薇酒庄的红酒身价不菲。

夏浅自然是第一次来艾薇酒庄，但凭借网上查来的资料，她对这里也算了如指掌。

通过她现在所走的这条小径上山，到达的其实并非艾薇酒庄的门口，而是白鹅湖。人们需要坐船渡过白鹅湖，才能真正进入艾薇庄园。所幸这条山路不长，不过十来分钟就到了白鹅湖。

到达约定地点后，夏浅正说给宁萌打个电话，一个保卫人员就走了过来，恭敬道："您好女士，麻烦出示您的邀请函。"

艾薇酒庄不对外开放，人员出入都需要通行证，如果在这里举宴，出入宾客也需要展示邀请函。这夏浅可以理解。但这保卫人员上来也不问自己是会员还是来参加宴会的，就直接索要她的邀请函，所以换言之——宁萌今天把整个酒庄都包了？

土豪啊！有这钱，干吗不直接兑现现金答谢她呢？

夏浅一面肉疼人民币，一面将电子邀请函展示给对方看。对方确认过邀请函后，侧身道："这边请。"

跟着保卫人员走了一小段路，夏浅就见湖上停着两艘小船。一艘船空荡荡的，只坐着两个人；一艘船则塞了满满当当七八个人。夏浅放眼望去，船上除了宁萌、杨桦，还有几个小姑娘。夏浅微微眯眼，顿时认出其中几个是宁萌当时的伴娘。

几个女孩子此时正围在一块嘻嘻哈哈，显然心情极好，而与之反差极大的则是另一艘船。另一艘船上，除了船头的划船师，就剩一个男人静静地坐在船舱内。他懒散地抱着胸，长腿叠伸，而头上的鸭舌帽则低低压着，故意遮住大半张脸。

见此情景，夏浅微微皱眉。呃，这是她来晚了吗？怎么都到了？夏浅摸出手机看了看，十点一刻，她比约定时间还早到了十五分钟啊！怎么……所有人都比她早到？

夏浅正纳闷，这头宁萌就已看到她，朝她招手道："夏姐。"

夏浅靠近两步，冲船上的人打招呼："是我来晚了吗？抱歉。"

"没有没有，"宁萌弯眼，笑得像只狐狸，"是我这些闺蜜太积极，来得太早了。我们人都齐了，这就开船走吧。不过……我这艘船可能坐不下了，只能委屈你坐另一艘了。"

宁萌话音落下，夏浅明显感觉杨桦朝她这边投来暧昧不清的目光。但事已至此，也不得不从了。

"好。"夏浅颔首，转身就上了另一艘船。划船的碧眼帅哥见她上船，绅士地伸手来接应，又热情地"嗨"了声。

夏浅笑着回应，心里却狂吐槽！居然连划船师都请外国人，这酒庄主人简直就是暴殄天物！

上船后，夏浅便在长腿男子对面坐定。对方见有人上船，依旧抱胸纹丝不动，像是睡着了。

夏浅见状眉头轻敛，贼兮兮地埋头，正踌躇着看看这货是谁就听见一个熟悉到不能再熟悉的声音道："你是爬上山的吗？这么慢。"

夏浅骤愣，登时僵住。而这头，盛哲宁已摘下鸭舌帽，漂亮的星眸在略暗的船舱里幽幽闪着光。

"你知不知道我等你的这十五分钟，能看多少个合同？"

夏浅嘴角抽搐，此时此刻只想对盛哲宁说两个字：混蛋！

"你知不知道我等你的这十五分钟，能看多少个合同？"

夏浅最烦的，就是盛哲宁这副不可一世的模样，立马反唇相讥："你自己要早到，怪得了谁？"

"早到？"盛哲宁微微眯眼，"你自己看看，现在几点了。"

"十点一刻，"夏浅道，"这还没到约好的十点半呢！"

闻言，盛哲宁静默片刻，终道："夏浅，集合的时间是十点。"

夏浅咋舌："不是十点半吗？刚才你妹也说我没迟到啊，只是大家来得比较早——"

不等夏浅说完，盛哲宁就冷哼出声："亏你还是靠耍嘴皮子吃饭的人，居然连场面话和真话都分不清？"

"……"夏浅汗颜，奈何一时间又找不到话反击。她记性不差，更不会糊涂到"十点"和"十点半"都分不清。她清清楚楚地记得宁萌跟她说十点半集合，可为什么其他人接到的通知却是十点？

念及此，夏浅下意识地望向船外。

此时，船已划离岸边，晃晃悠悠地飘向湖心。湖里的天鹅被人饲养惯了，居然也不害怕，优哉游哉地跟在船后面讨食。宁萌那艘船上的几个小姑娘见状，又是拍照又是扔面包屑逗弄天鹅，闹得好不开心。

相反夏浅他们这条船上——死气沉沉，气氛僵得都快结霜了。

见此情景，某个念头突然钻进夏浅脑子里，会不会是……宁萌故意让自己晚到半小时？这样的话，她就没办法和宁萌等人同船，只能坐盛哲宁这艘了？

夏浅被自己这个猜想惊到，可是越琢磨越像那么回事。

没错，既然是答谢宴，怎么从头到尾都不见何之隽那坨狗屎？他不是男主人吗？难道不用来亲自答谢大家？还有，既然请了她这个砍价师，按理什么婚庆策划师、婚纱设计师都该到场啊，可宁萌谁都没请，只单单叫了几个闺蜜以及……她亲哥。

夏浅深呼一口气，默默转眼看向对面的盛哲宁。他今天穿了身浅灰色的休闲运动套装，头戴鸭舌帽，脸上则罩着副硕大无比的墨镜，看起来竟然比平时亲和了三分。

大概是察觉到夏浅的目光，盛哲宁冷不丁开口："夏小姐偷窥的我同时，能不能先把嘴角的哈喇子擦干净。"言下之意，看什么看？没见过我这样安静的美男子吗？

夏浅"喊"了声，皮笑肉不笑道："我就是好奇，像盛总这样日理万机的大忙人，怎么有空来参加这种聚会？"

——没错！整件事最大的疑点就是盛哲宁这货！答谢宴不过是小事，他大可以不参加，可他不仅来了，居然还超有耐心地等了自己足足十五分钟！想当初，自己追着盛总大人还他钱，他可是连半分钟时间都不肯给她呢！

这头，盛哲宁听了夏浅的话，微敛眉头，鄙夷万分道："夏浅，你是真蠢，还是假蠢？"

夏浅眨眼："啥？"

盛哲宁摇了摇头，一副"无药可救"的表情盯住对方："宁萌做得这么明显你都看不出来吗？她这是变相地让我们俩相亲。"

闻言，夏浅只听头顶轰的一声响，惊雷直接霹中天灵盖。苍天啊大地啊,今天到底是什么黄道吉日?她千辛万苦躲过了老妈安排的相亲,居然又着了宁萌的道!

一时间,夏浅风中凌乱,有点手足无措了。

"盛哲宁,你耍我的吧?"

盛哲宁叹息,毒舌本质尽显:"别人都说有些人智商高情商低,可你情商智商双负,怪不得会被何之隽甩。"

"你——"夏浅咬牙,正欲起身发作,想了想,复又坐下,笑嘻嘻开口,"对啊,我们这些人情商智商双低,所以才会被骗上了贼船。不过不知道像盛总这么、聪明的人,又是怎么被骗上船的呢?嗯?"

盛哲宁丝毫没被夏浅的话震慑住,跷起二郎腿,回答得理所当然:"因为我从一开始,就是自愿来和你相亲的。"

夏浅:!!

与此同时,另一艘船上。

宁萌坐在船头,一边假意欣赏着风景,一边观察着旁边盛哲宁和夏浅的动静。奈何两艘船还是有些距离,她听不清两人交谈着什么,只见夏浅的表情一会儿咬牙切齿,一会儿震惊无比,而她哥自始至终都摆着一张扑克脸。

宁萌的心就随着夏浅的表情七上八下,偏偏越着急,越猜不透两人的谈话内容。

正焦急,杨桦就坐到了宁萌身边:"你还没看够啊?"

宁萌郁闷地瞥闺蜜眼,嘟嘴:"我这不是紧张嘛!"

"喊,皇帝不急急死太监!"杨桦戳宁萌的脑袋,"所谓师父领进门,修行靠个人,你能做的都已经做了,剩下的就交给老天爷好了。"

"什么乱七八糟的?"宁萌被杨桦的话逗笑,"我啊,是怕我哥把事情搞砸了。咳,悄悄告诉你,我觉得我哥还真挺喜欢这个夏浅的。"

杨桦愣了愣,笑开:"别逗了!他们才见过几面?再说了,你怎么就看出你哥对她有意思的?"

宁萌将手肘搭在栏杆上,扬下巴示意杨桦看。

"你自己瞅瞅,虽然我哥全程都没什么表情,但是他一直在说话,光这一点就已经很难得了吧?"

杨桦嘶了声,表示赞同。

"还有,"宁萌道,"你看夏浅的表情就知道,我哥一定又嘴欠了。不过你别看他嘴巴不饶人,有些人求着他骂他还不骂呢。我总觉得他是故意惹怒夏浅,唔,就像小男生喜欢欺负自己喜欢的女生一样。还有,我今天早上去接他的时候,发生了一点小状况……"

杨桦竖起耳朵,问"什么小状况?"

宁萌微微眯眼,开始回忆今早发生的事情。今天一大早,宁萌就开车去接自家老哥,到达时,盛哲宁已穿戴整齐在等她了。因为今天情况特殊,宁萌也就特意多打量了两眼老哥的装扮——一如既往的西装加皮鞋。

嗯,虽然没什么新意,但也算中规中矩,帅气逼人,挺好。见状,宁萌便让老哥上车,盛哲宁车门都已拉开了,想了想,又道:"你再等我下。"说罢,便又转身回了屋。再出来时,盛哲宁就已换上了身上这套运动装。

宁萌看出猫腻,打趣询问,盛哲宁只回答了四个字:"舒服,自然。"

……

杨桦皱眉:"这和喜欢夏浅有什么关系?"

"这你就不知道啦。"宁萌勾唇,"很多人相亲都喜欢打扮得隆重正式,西装革履,浓妆艳抹的。可我妈曾经说过,相亲就是要打扮得自然点才好呢。这样子,对方第一眼看到的就是最真实的你,如果喜欢,那也是喜欢的真正的你。这样,以后两个人相处久了,视觉上才不会有落差。

"我哥平时在家就是这副打扮,所以我猜,他是故意这么穿的。想让夏浅了解更真实的他。"

"我还是不太信,"杨桦摇头,"这一切都是你自己臆想的吧?"

宁萌也不反驳,只嘁笑道:"至少……我敢断定,我哥肯定知道我今天想干什么。"

镜头转回另一艘船。此时此刻,听完盛哲宁惊人言论后,夏浅还处于无限震惊中。

"盛哲宁,你脑子进水了吧?"他是自愿来相亲的?这不就等于变相说,他对自己这个相亲对象还挺满意的吗?呵呵呵,这绝对是她今年听过最冷的笑话。夏浅不是刚毕业的小姑娘,当然不会轻易相信什么"霸道总裁爱上我"的桥段。而且,如果盛哲宁真的对自己有好感的话,之前就绝对不会在她妈面前拆穿她了。

所以……他是想将计就计?

夏浅盯住盛哲宁,皱眉:"你是觉得相亲很烦,想拿我当挡箭牌?"

不等盛哲宁回应,夏浅就继续道:"没门!别说门了,连窗户都没有!我待会儿下船,就去跟宁萌解释清楚。"

盛哲宁噗的一下笑出声,惬意地换了只腿跷二郎腿。

夏浅问:"你笑什么?"

盛哲宁道:"夏浅,你还是不太了解宁萌。"

"什么意思?"

"从小到大,她想做的事情就没有哪件做不成的。她今天既然安排了我们俩相亲,就绝对有后招。"

话音落下,船也刚好失重地往下沉了沉。两人双双抬头,就见碧眼帅哥走了过来,对着两人叽里呱啦说了一大通。

夏浅满头黑线,除了开头那句"I am sorry",以及"boat""manor"几个单词以外,其他一概没听懂。厚着脸皮,夏浅问盛哲宁:"他说什么?"

盛哲宁挑眉:"刚才不还和别人打得火热吗?怎么现在又听不懂了?"

夏浅脸又黑上三分,类似"hello""Nice to meet you"这种的招呼语是个人都会好吗?盛哲宁这是在故意羞辱她吗?

嘴上说归说,盛哲宁最终还是抬头回应了碧眼帅哥几句,帅哥就又回到船头,开始默默划桨。只是,夏浅发现,他们船驶的方向渐渐偏离了宁萌那艘。

"嗳,这是——"

盛哲宁解释道:"划船师说发现船有些漏水,为了安全起见,他只能先把我们载到葡萄庄园去。那儿离这里比较近,只有五分钟的船程。"

夏浅咋舌:"那宁萌她们呢?"

"她们会直接去酒庄用餐。"

夏浅:"……"

宁萌这是为了给她和他哥创造独处的机会?当真,用心良苦。

第十章　每逢佳节被逼亲

正如碧眼帅哥所言，没过小会儿船就到达了葡萄庄园。

因为已入寒冬，葡萄架上的叶子已经掉光，庄园光秃秃的一片没什么好看，碧眼帅哥就直接将两人领到了专门接待客人的小木屋前。说是小木屋，不如说是欧式的两层别墅：花园、栅栏、看家犬……一应俱全。

看守这里的大妈也是个金发碧眼的外国人，自称卡萝。卡萝大妈一见两人来，就立马热情地招待两人在花园里坐下，给两人倒好葡萄酒，又用生涩的中文告诉两人稍候，说是已经在烤面包和牡蛎了。

待卡萝大妈离开，夏浅这才满脸无奈地看向盛哲宁。"我们是临时决定来这，可别人连饭都准备好了，你妹还真是……体贴周到。"

盛哲宁轻轻呷了口红酒，词不达意道："三十。"

夏浅眨眼："啥？"

盛哲宁睨眼夏浅，一脸嫌弃至极："你不是相过亲吗？怎么连相亲首先要做自我介绍都不知道？"

话毕，盛总大人十指交叉，又开始放大招了："鄙人今年三十岁，曼哈顿大学商业学院硕士研究生毕业，现任职长盛集团。在蔺安市有四处不动产另外为方便度假在青城山和夏威夷另有两处别墅。家庭方面我父母都不健在了，有个幼妹已婚。我平时的爱好是看书、打网球和打扫清洁。最喜欢的事是拖地最厌恶的事是有人弄脏弄乱房间。"

一口气不带停顿地说完，盛哲宁才终舒出口气来，复看向夏浅，意思再明显不过：朕介绍完了，轮到你了。而这头，夏浅端着高脚酒杯，早已如点穴般定在原地，呆若木鸡。

谁来告诉她这是什么鬼？盛哲宁这么正儿八经地介绍自己是要闹哪样？还有还有，爱好居然是打扫清洁又是什么鬼？你个混蛋有洁癖症倒是明说啊！别把病症说成是爱好好吗？！

夏浅轻轻叹息，时至今日，她总算是明白盛哲宁为什么相亲那么多次统统都以失败告终了。或许,盛哲宁挑剔只是一方面,另一方面别人姑娘也未必待见这货吧?就他刚刚那段长长的话,哪是什么自我介绍?简直就是怪诞脱口秀展示啊!换了谁,谁愿意和这样的疯子结婚?

放下酒杯,夏浅道:"盛哲宁,我错了。"

"嗯?"盛哲宁面色未改,眼角梢却忍不住轻轻上扬。

呵,这女人现在终于知道他有多优秀了吧?总算是明白她以前和自己较劲是多么无理了吧?自己能大人不记小人过,纡尊降贵来和她相亲,简直就是她上辈子修来的福气!不过,既然看在对方已经认识到错误的份上,他可以考虑和她好好相亲……

盛总大人正想入非非,就听夏浅接着往下说:"我之前一直以为你是脑子进水才跑来相亲,现在看来,我是真错了,你脑子里进的不是水,是屎啊!"

盛哲宁脸色陡垮,大有山雨欲来的架势。夏浅面对他的怒气,却没有半点畏惧。

"我不清楚你为什么愿意来相亲,但有一点我很清楚——我不愿意!这场相亲,从头到尾都没有人问过我的意见,你凭什么在不知道我心意的情况下就自作主张地开始相亲?还介绍自己,噗!盛哲宁,盛总,盛总陛下,我现在就正式通知你——姐姐我一个人过得很好,并没有相亲的打算。"

"没有相亲的打算?"盛哲宁斜睨眼夏浅,冷笑出声。

夏浅叉腰,不想相亲很奇怪吗?她就不想相亲怎么的了!她今年才二十七,也不算老得掉牙吧?

盛哲宁摸出手机,在屏幕上按了一通:"既然夏小姐不想相亲,那请问这又是什么?"

盛哲宁就将手机递给夏浅,夏浅接过一看,当即SAN值狂掉。

手机屏幕上,赫然显示着她的照片。下面则是她的姓名、年龄、身高、体重、学历等等个人资料。再往下面翻,居然还有一段充斥着极为不客观的自我简介:

大家好,我叫夏浅。

今年二十七岁,职业是砍价师。你先别急着问我砍价师是干什么的,我们先来谈谈我的家庭情况。我老爸是工程师,老妈是人民教师,现二老均已退休，定居郾市。我呢，则在蔺安市工作，无房有车。如果未来需要在蔺安市买婚房，我家愿意出一半首付，夫妻共同还贷。

再来说说我对另一半的要求：

首先，希望您是大学本科及以上学历。

其次，希望您定居蔺安市。

第三，不求大富大贵，但希望您经济稳定，工作前景良好。

第四，长相端正，身高不低于一米八。

……

第十，为人和善，孝顺父母。

嗯，看到最后，您一定还在想砍价师到底是干什么的。如果你感兴趣，就私信我吧。

注：不符合上诉十条条件者勿扰，非常感谢。

夏浅强忍住抓狂的冲动看完整篇介绍，就差当场摔手机了。混蛋！这玩意儿是谁写的？怎么对她的情况了如指掌？还有这满屏满脑的文字是要闹哪样！和她的画风完全不符啊！最可恨的是，这人居然还选了张她最胖时期的照片当头像，那双下巴挤得哟……简直不能惨不忍睹！

盛哲宁呵笑道："不是不打算相亲吗？那又干吗注册相亲网站？"

夏浅百口莫辩："这不是我注册的，我也不知道是哪个跟我有仇的干的……"

盛哲宁挑眉，一副"你以为我会信"的表情。"还有，你这上面写的体重48kg，也是假的吧？"

"你——"夏浅拍案而起，眼见着就要发作又蓦地一顿，转了转杏眼，夏浅转怒为笑道，"是啊，像吾等平民自然只能在网上找相亲对象啦，哎，谁让咱们又丑又没本事。只是不知道盛总大人您，又是怎么看到我的相亲资料的呢？难道说，我们盛总大人也在网上相亲？嗯？"

听了这话，盛哲宁脸色一白："胡说什么！我怎么可能和网上那些庸脂俗粉相亲？"

"哦，这么回事哦！"身为"庸脂俗粉"之一的夏浅同学夸张点头，故意捏着嗓子阴阳怪气道，"可是盛总，你手机上这个叫'媒运当头'的App又是怎么回事嘞？嗯？"

见夏浅故意拿着手机在自己面前晃来晃去,盛哲宁再也顾不得什么形象,气急败坏地起身就欲夺回手机。谁料夏浅先他一步闪身,轻轻一跃就跳到了栅栏外面。院子里的金毛哈里以为两人在玩游戏,也欢快地摇着尾巴过来。

夏浅拍了拍金毛的脑袋,扬扬得意地叉腰:"哎,盛总你知不知道,现在有个词特别适合你——恼羞成怒。"

"夏浅我再说一次,"盛哲宁黑脸解释,"我下这个App是有别的原因,不是为了相亲!"

夏浅"喊"声:"反正不管怎么说,咱俩扯平了。今天的事就到此为止,你去告诉那个老外,就说我现在就要回去,让他快点把船'修'好!"

盛哲宁双手插在裤兜里默了默,倏地,又笑出了声。

"夏浅,你这么抗拒和我相亲,是在害怕吗?"

夏浅上下打量番盛哲宁:"我害怕什么?好笑!"

"你害怕面对何之隽和宁萌。"

夏浅胸口啪唧的一声响,内心最脆弱的地方被敲碎了。而这头,盛哲宁还在雪上加霜:"你从没考虑过我,是因为你害怕面对宁萌夫妇,害怕面对过去的失败。虽然的确是我妹妹抢了何之隽,但你不得不承认,她做得确实比你更好,不是吗?依照你的性格,我相信你以前很少关心何之隽,处处以自我为中心。"

夏浅:"……"

见夏浅抿唇不言语,盛哲宁又抱胸神补刀:"何之隽出轨的确不对,但是夏浅,你敢说在这份感情里,你是百分之百正确的吗?"

夏浅闭眼深呼吸,只觉空气中裹挟着丝丝甜味。原本以为,再提及这些她会暴跳如雷,却没想真到了这一步,她却比任何时候都镇静。

睁眼直视盛哲宁,夏浅轻声道:"你说得没错,我这个人,好强又霸道,只要我决定了的事就是九头牛都拉不回来。在和何之隽那段感情里,我不敢说我百分之百正确,但我是全心全意为这段感情在付出、在牺牲!虽然可能表达方式有误,可我从没放弃过。而身为局外人的你,又有什么资格来批评我?"

盛哲宁微愣,大抵也察觉到刚才的话有些过了。可道歉让步的话,他又怎么说得出口,正踌躇着,夏浅就又道:"盛哲宁,你把感情和婚姻当什么？一次买卖？还是长期合作？相亲在你眼里又是什么？谈判吗？谁手里的筹码多谁就拥有谈判的主权？所以你说相亲就相亲，我连拒绝的权利都没有？

"盛哲宁，在我眼里，你就是个不懂感情、不懂爱的赚钱机器！"

夏浅一番话，成功地蹿起了盛哲宁眼底的小火苗。呵呵，自己大概是第一个拒绝和他相亲的人吧？所以这混蛋才一副被人踩了痛脚的样子？呸！让你以后再毒舌！让你以后再没事揭别人伤疤！

夏浅正得意，就见盛哲宁朝自己大步流星地走来。见状，夏浅陡觉预感不好，可提腿还来不及跑，盛哲宁人已到跟前。下一秒，夏浅的肩膀就被对方钳住，头顶的阴影重重压下来。

"干什么？"感觉到来自对方的压迫，夏浅的心漏跳一拍。盛哲宁想干什么？打她？抑或是……

夏浅下意识抬头，只见盛哲宁黑眸沉沉，俊颜近在咫尺。就在她张皇无措之际，只听盛哲宁"呵"的一下笑出声："从夏小姐此时此刻的反应来看，你也不怎么懂得爱。"

夏浅："……"

盛哲宁这色魔脑子里到底在想什么，她说的不是他想的那个爱啊！！！

"什么？"正在酒庄用餐的宁萌听说葡萄庄园的某些状况后，惊得叉子直接掉在了桌上。瞪大眼睛，宁萌还有些难以置信，"你是说我哥——"

杨桦早急得跳脚，拽住宁萌道："哎呀我的小姑奶奶，你没听错。盛大哥和那个夏浅打起来啦！也不知道两人怎么回事，说着说着就吵了起来，夏浅连饭都没吃就嚷嚷着要走。卡萝实在拗不过，只能让汉斯先送她回去了。"

听了这话，宁萌头顶陡时顶满了惊叹号，"噌"的一下站起来，惊呼："什么？回去了？"

这到底是她哥气跑的第几个姑娘了？

宁萌赶到葡萄庄园时，盛哲宁正坐在岸边，面朝白鹅湖孤寂落寞地品着红酒。宁萌见他这样子，又好气又好笑，一屁股坐在旁边道："说吧，你是不是又嘴欠把别人姑娘气跑了？"

这里的"嘴欠"一语双关，既指毒舌又指那啥啥，可惜盛哲宁只听懂一层意思，微微沉吟道："我说了些话，大概惹她不高兴了。"

宁萌抓狂："你到底说什么了啊？还有我怎么听说，你们打、打起来？"她真的好想知道啊好想知道。奈何这边盛哲宁依旧一副沉思状，良久才启齿："的确不中听，可我说的是实话，有错吗？"

宁萌彻底败给老哥，扶额对其科普："哥，爱情面前没有对错。"

见盛哲宁一脸无措，宁萌拳头抵在嘴边咳嗽声，又说："我这么问你吧,你今天为什么愿意到这来？你是知道我想撮合你和夏浅的,对吧？"

盛哲宁轻敛眉头，他为什么愿意到这来？抑或说，他为什么愿意和夏浅相亲？这还不简单吗？

"没有什么为什么，我觉得她符合我的择偶条件就来了。"

"真的？"宁萌扬声，用眼神抗议亲哥睁着眼睛说瞎话。什么符合择偶条件，她明明记得她哥的择偶条件是省时、省事、省心，而夏浅恰恰和他的择偶条件相反才对！唔，倒是有一点，这姑娘会省钱！

"什么真的假的，"盛哲宁不耐烦皱眉，"我向来如此，宁可错杀一千，绝不放过一个。"

宁萌转了转眼珠，继续洗脑："那……除了觉得她符合你的择偶条件，就没有点别的原因？"

别的原因？盛哲宁望向湛蓝的天鹅湖，眼眸深邃。

——答案是有的。这女人从来不按常理出牌，时而谄媚狗腿，时而霸气强势，她笑起来就像只狡猾的狐狸，凶起来却又像只炸了毛的猫。你猜不透她下一秒想干什么，也没办法摸透她的心。她似乎视财如命，可是当初这女人却为了还三千块钱追了自己整整两条街。她似乎很有骨气，可是一听说团购案有达成的希望，就又立马对着他大拍马屁。

在他的圈子里，这女人的确是个例外。所以当察觉到宁萌想撮合两人时，他第一反应竟然是有趣。不，不止有趣，比有趣更深一层的，是迫不及待。他迫不及待地想要看看夏浅相亲时的反应；迫不及待地想要看到她的更多面。

所以在被夏浅正式拒绝时，自己是那样恼怒。不同于以往被她戏弄后的愤怒，这一次，他的盛怒中含着一丝不甘。从小到大，他都是别人眼中的神，众人畏惧他、敬仰他，即使偶尔遇上一两个叫板的，也没有夏浅这般恶劣。

她竟然那样决绝地拒绝他！就连半点犹豫都没有！难道他还不如相亲网上那些矮丑穷？如此这般，所以他才会情绪失控，所以才会说出那些伤人的话来。

或者更明确地说，那一刻的盛哲宁急需为夏浅拒绝自己找到一个合理的理由，因为他的潜意识里根本无法接受夏浅拒绝自己，所以这是——

意识到某些根本原因后，盛哲宁惊得倒吸了口凉气，拳头亦在不知觉间攥紧。

这头宁萌见状，偷偷莞尔，挽着老哥的肩膀，三分玩笑七分认真道："咱们家盛哲宁同志向来睿智聪颖，既然你自己已经想通个中缘由了，咳咳，后面该怎么做就不用我说了哈！做妹妹的只能帮你到这了。"

话毕，宁萌话锋一转，又道："不过，有一点——"

盛哲宁扭头看向妹妹，就见宁萌郑重其事道："道歉。"

"道歉？"盛哲宁拧眉。

"当然，"宁萌眨眼，"我刚才不已经说了吗？爱情面前没有对错，女人面前更没有对错。我不管你到底对夏浅说了什么话，反正你惹怒她就是大错特错！你要是想有朝一日成功抱得美人归，那就得低下你那颗高贵的头颅。你要记住，在她面前你不是盛总，是盛哲宁！"

闻言，盛哲宁若有所思盯着宁萌，托腮没再言语。宁萌知道今天给盛哲宁的信息量太大，他需要一段时间消化，于是道："好啦，你回家再慢慢琢磨。现在我们先去酒庄。"

宁萌起身往小船走，可走了一截才发现身后没动静，一回头，就见老哥还端坐在椅子上。

宁萌嗳了声，歪头。这什么情况？他在这还没玩够？

这头，盛哲宁见妹妹盯着自己不放，轻轻咳嗽声，脸上竟浮现出可疑的红晕来。"你叫汉斯过来扶我下，我腿疼走不动。"

闻言，宁萌震惊无比地低头，果然见老哥崭新的运动鞋上有被踩的痕迹。而且从这痕迹来看，好像……大概……应该……是女式鞋。刹那间，宁萌恍然大悟。这是某人毒舌后被揍了吧？

真（zi）可（zuo）怜（nie）啊！

咳咳咳，哥你就偷笑吧，还好今天在户外，要是换作平时，夏浅穿的是细高跟的话,哥你只怕非死即残。

盛哲宁被扶着前去就医时,夏浅也已到了家。她一开门,就见老妈正襟危坐在电脑前。

见女儿回来,老妈明显一愣,心虚地将电脑界面弹回桌面,这才起身道:"这么早就回来啦?你不是说要晚上才回来吗?"

夏浅盯着老妈不说话,一边幽幽往屋里走。

"哎,你怎么不换鞋?"老妈话毕,电脑里也刚好传来叮的一声轻响,系统提示,有信息进来了。

"嗳,我看看是谁找我。"夏浅无视老妈,大摇大摆地走到电脑面前,弯腰就要打开刚才老妈关小的网页。老妈见状紧张万分地拦着夏浅,弯眼笑开:"宝贝,你刚回来渴不渴?妈给你倒水去。"

叮!

说话间,又是一声。

夏浅叹了口气,道:"妈你现在放开,我们以后还能做好朋友。"

"这死孩子,瞎说什么呢!"老妈怪嗔,说着就又把夏浅往外推。一面推,一面又转移话题道,"你这么早回来吃饭没啊?饿不饿啊?"

夏浅双手摊开,制止老妈献殷勤。"妈,你这些糖衣炮弹都没用,让开。"

话音落下,电脑里又是叮叮两声。

大概是知道大势所趋,老妈破罐子破摔地甩手,佯怒道:"看吧看吧,你爱怎么看就怎么看!"

夏浅根本不吃老妈这招,转身就打开了网页,果然,下一秒就见"媒运当头"的LOGO华丽丽地展现在了她面前。而屏幕里显示的,正是她夏浅的个人主页。屏幕右下角,一个对话框则还在不断地弹着信息,一个不知是人是鬼的头像呼唤着:"美女,怎么不说话?""美女,人呢?""咦?吃鸡去了?"

夏浅扶额,夏浅捶胸,夏浅扯头发——

她万万没想到,罪魁祸首真的是她妈!难怪不得她妈能有那么多相亲资源!其实在回来的路上,夏浅就仔细想过了,能清楚她爸妈职业,又有她最胖时期照片的人,除了她妈就是乐颖。她宁愿相信这一切都是

. 097 .

乐颖搞的鬼，也不愿相信是她老妈。

夏浅痛心疾首，指着网页道："妈，你！你、你真是——"

"我怎么了？"老妈毫不畏惧夏浅的指责，挺直胸就反驳了回去，"我这还不是替你着急！你不感激我就算了，怎么？还要骂我！"

面对老妈的河东狮吼，夏浅自动弱下三分语气："……就算这样，你也不该帮我在网上相亲啊。"

"我在网上帮你相亲怎么了？"老妈瞪眼，"嗳，你说说，我在网上帮你相亲是丢脸了还是道德败坏了？要不是为了你，老娘用得着去学习那些什么网络语言，要不是为了你，我用得着装成小姑娘去和男人聊天吗？这还不都是为了你！"

"……"夏浅生下来二十七年，就没吵赢过她妈。她妈最厉害的就是先发制人，道德绑架，把黑的说成白的。明明是她的错，最后也能活生生被掰成对方的不是。要是再不成，那就得开始展示哭功了。

夏浅听老妈那语气，知道她已经准备好追述往昔，准备开始翻旧账了。夏浅举手投降道："得，我说不赢你躲还不行吗？"

一面说，夏浅一面就往卧室走。谁料老妈还是不依不饶，嚷嚷道："你躲我什么？躲什么！嫌我烦了是不是？夏浅我告诉你，这马上就要过年了，今年你表姐也要带着龙凤胎回来，我看你到时候怎么办！"

听到最后一句话，夏浅背脊蓦地一僵，顿时愣在原地。对啊，她怎么没想到，这就要快过年了啊！每逢佳节被逼亲啊！

第十一章　签署不平等条约

清晨八点半，夏浅起床后第一件事就是开电脑，然后打开"媒运当头"相亲网站，登录上线。

不过，不同于别人一气呵成地登录，夏浅在输入账号后就停了下来，深呼吸又深呼吸，这才咬着牙输入密码，按下登录键，然后就听电脑发出叮的一声响，系统显示：密码错误。

夏浅见状只觉脑仁儿跳着疼，扶额揉了揉太阳穴，又打起精神再试了一个密码。少时，刺耳的系统提示声再次响起，骤然弹出的对话框显示着眼下夏浅最不想看到的四个字：密码错误。

夏浅叹息，头磕在电脑桌上彻底蔫菜了。

一切，说来话长——

自从发现老妈背着她注册相亲网站后，夏浅就给老妈下达了最后通牒：把账号注销，她就当这事没发生过。谁料老妈死活不同意，两母女前晚大吵一架后，翌日夏浅一起来就发现她妈卷被褥走人——自己回鄂市了。

自此，她老人家电话不接、微信不回，她家老头子显然也站在了老妈那方，一问三不知。没办法，至此夏浅就开始了漫漫猜密码之路。

这两天，从老爸老妈的生日、老家座机，一直到她二姨的手机号码，夏浅什么密码都想过了，可还是不对。更可恨的是，媒运当头网站一旦输入三次错误密码，账号就会被冻结，需要过24小时后才能再次登录。

在输入两次错误密码后，夏浅就有点不敢轻举妄动了。想了想，最终还是拨通了媒运当头的客服热线。

待那头客服说完长长一串开场白后，夏浅便开门见山道："你好，我想要注销账号。"

"您好女士，"那头客服小姐公事公办地回答，"如果您想要注销账号可先登录网站，然后通过个人设置进行……"

夏浅打断对方的话:"如果我能登录你们网站,就不用给你打电话了。我现在的问题是有人盗用了我的照片和信息,在你们网站注册了关于我的个人网页,可这并不是我本人的意愿,我要求你们撤销。"

电话那头客服小姐顿了顿,这才道:"您好女士,像您这种状况的话,我们需要您先提供证据证明是有人盗用了你的信息进行注册。"

"好,"夏浅耐着性子点头,"那你告诉我,我需要怎么证明?"

"您需要首先登录我们媒运当头的网页,然后再将相关证明通过私信的方式发至我们的帮助中心。"

这——不——扯——淡——吗?

折腾了一圈,半个问题都没解决就又绕回了原点。夏浅挂断电话后,瞪着登录界面实在不死心,踌躇一番,又在密码栏输入了她外公的生日号码。

这次,电脑竟然没有立马响起"叮"声,反而是刷新的小菊花转啊转……

夏浅的心骤然被提到嗓子眼儿,难道……猜对了?这就是终极密码?

小菊花还在转啊转,夏浅跟着它,心情也起伏不定。终于,夏浅听见叮的一声,屏幕上赫然弹出一个窗口来。夏浅满眼期待地一看,只见屏幕上红彤彤一片,大咧咧写着:

媒运当头,囍从天降。

相亲就在媒运当头,结婚就在长盛酒店。

——现在只要注册媒运当头,就有机会获得长盛酒店蜜月套房一间哦!

夏浅怔怔退回刚才的网页,只见对话框里依旧显示着"密码错误"四个大字。

"我去!"夏浅重重砸了下鼠标,恨不能秒变祖安人。这当真是天要亡她吗?今天的三次机会又用完了,投诉也是遥遥无望,要是一个不小心,她这个相亲主页被以前的同学、同事看见,她还活不活了?

夏浅扶额正觉生无可恋,突然一激灵,又蓦地撑了起来。等等!刚才那个广告上写的啥?长盛酒店?长盛酒店居然跑到相亲网站上来打广告啦?

夏浅后知后觉地再次打开那个网页,又细细看了遍上面的宣传语。看毕,第一反应竟是佩服。一般酒店开辟婚宴市场,大多想到的招数就是和婚庆、婚纱等商家联手,再不济就是团购打折。可盛哲宁却另辟蹊径,居然想到在恋爱源头就截住客户。

他这个做法高明在于:其一,众所周知现在婚宴市场其实早已饱和,婚庆婚纱也是良莠不齐,要想在其中找到合适的推广渠道其实很难。其二,且不论相亲网站到底靠不靠谱,它的浏览量和有效注册人数是摆在那里的,即使这些人在相亲网站没有找到最终伴侣,未来他们也是要结婚生子的。盛哲宁跑到这来宣传混眼熟,绝对是来对了地儿。

嗯,这货毒舌是毒舌,讨厌归讨厌,经济头脑倒是不错。

夏浅这么想着,眼前就忍不住浮现出那天两人在湖畔的情景。咳咳,既然……长盛酒店是媒运当头的大客户,如果请某人出面,帮她注销下账户应该轻轻松松吧?

可是,她要怎么去和那货说呢?

"嗨,盛总,我来看看你的脚残没有?"

"喂,盛哲宁,既然我都是你默认的相亲对象了,请你帮个小忙不算过分吧?"

"盛总大人英明,盛总大人万岁,这么快就想到开辟婚宴市场的办法啦?"

夏浅自言自语,试了几个开场白都觉得不好,正头疼如何化解和盛哲宁之间的尴尬,电话铃声骤响。夏浅打开屏幕一看,眼眸陡亮,神助攻来了!

清了清嗓子,夏浅接起电话,刚"喂"了声,就听那头宁萌软软糯糯地喊了声:"夏姐,中午有空吗?一起吃个饭。"

宁萌以上次答谢宴没照料好夏浅为由,请她出来吃顿饭弥补。原本以为要大费周章才能请动夏浅,谁料宁萌话刚落下,夏浅就一口应允了下来。

挂断电话后,宁萌立马就给盛哲宁拨了过去,那边电话一通,宁萌立马甜甜唤了声:"哥!"

"干什么?"

.101.

"我跟你说,你这次真的要感谢我了,唔,让我想想,你是请我吃饭呢还是请我吃饭呢?"

那头盛哲宁还是一如既往的言简意赅:"重点。"

宁萌清咳声,道:"你中午有空吧?"

其实宁萌的计划很简单,就是把夏浅和盛哲宁都约出来,让两人一块吃个饭,再心平气和地聊聊天。她知道她哥那臭脾气,别说让他道歉了,就是让他主动把夏浅约出来,都是千难万难的事。所以,她这个做妹妹的只能送佛送到西——再出一次马了。

弯了弯眼,宁萌道:"哥,我不管你今天有多重要的会议、多紧急的文件,你中午都必须抽出一小时来,去'星期八'吃个饭!"

电话那头,盛哲宁没吭声,只听见若有似无的翻书声,宁萌明白,他哥这是让她继续往下说。

"和夏浅吃,"宁萌故意拖长音调,"怎么样,我够意思吧?这次呢,我就不去当电灯泡了,你去了后记得好好表现,好好道歉,别再嘴欠了,知道了吗?哦对了,你记得——"

"谁让你擅作主张的?"宁萌话还没说完,盛哲宁就冷不丁道。

宁萌一愣,牙齿差点咬掉舌头。而另一头,盛哲宁已经对宁萌的要求做出了果断回应:"不去!"

"什么?"宁萌急得直跳脚,"你怎么能不去?我都和夏浅约好了!"

"那是你的事,和我没关系。"

宁萌气得肺都快炸了,咬牙切齿道:"你——"

不待宁萌说完,盛哲宁就又道:"宁萌,管好你自己的事,下次别再自作聪明。"话毕,就干净利落地挂断了电话。

"什么人这是!"闻言,宁萌气得直"噌噌"磨牙,第N+1次想要和这个姓盛的断绝兄妹关系。她劳心劳力,替他操心终身大事,结果半点没落着好,还反被人嫌弃多管闲事!

"姓盛的,我以后要是再管你的事,我就变成猪!"宁萌狂踹两脚沙发犹觉不解气,而且现在最令人头疼的,是夏浅那边已经答应出来吃饭了。

宁萌正想着,微信铃声响起。

宁萌戳开语音,只听夏浅在那头满怀歉意道:"不好意思啊宁萌,我下午突然有点急事，可能去不了了。"

　　宁萌微愣，盯着手机发了老半天呆。怎么夏浅也突然变卦不去了？这两人到底是怎么回事！

　　夏浅放宁萌鸽子，是因为临行前接到一通电话。电话是"砍砍而谈"团购网站的负责人老何打来的。

　　"砍砍而谈"这个网站不同于其他传统意义上的团购网站，它的主要操作模式是通过线上聚集一批网购用户，当报名的网购用户到达一定数量时，砍价师即出马，利用自身的谈判能力及购买数量上的优势，与商家谈判。最后从中抽取提成。

　　夏浅虽然是"独行侠"，在这个圈子单打独斗惯了，但偶尔也会在老何这边接点单子。上次她和长盛酒店谈团购砍价案，也需要依附"砍砍而谈"网站招揽有效客户。

　　她刚出道时，老何教过她不少东西，两人算是半师半友，所以当老何一说事出紧急、要她立马过去时，夏浅二话不说就推了宁萌，往"砍砍而谈"公司赶。

　　夏浅开车到"砍砍而谈"时，老何和方芳已经在门口等着了。夏浅进屋，一边取脖子上的围巾，一边调侃："老何同志，你这么火急火燎地叫我来，是不是方芳同学终于答应你的求爱啦？"

　　方芳是夏浅和乐颖的大学同学，现在算是老何的合伙人。方芳本来还在帮夏浅取围巾，听了这话，顺手推了夏浅一把，啐道："去！怎么就没个正经？怪不得嫁不出去！"

　　夏浅嬉皮笑脸地龇牙："大姐，你不也没嫁出去吗？咱们俩就是五十步笑百步。"

　　方芳叉腰瞪眼，俨然一副要吃人的样子。这头夏浅却不怵，嘻嘻又道："你要真想超越我啊，就赶紧从了别人老何。这都多少年了，你再这样下去，老何这头发就该掉光了。"

　　"好啊你！"方芳闻言起身就要揍夏浅，这头老何制止住方芳道："好了好了，我的两位姑奶奶！嘴仗待会儿再打，现在先说正事！"

　　将两人拉住，老何将事情大致说了遍，夏浅就明白了——

　　这赶上年末了，某集团准备给中高层管理人员发放福利：人手一辆商务车。价位定在18—25万，总共120辆。为以防采购人员中饱私囊，

· 103 ·

大老板提出要求让外面的砍价公司来谈价，这样既避免了贪污受贿，又省心省时。

负责这事的人不知怎么找到了名不见经传的"砍砍而谈"，老何还是第一次遇到这种大客户，自然慎之又慎。前面的佣金提成、付款方式、谈判要求等等，彼此都聊得特别顺利。老何未免上当受骗，还背着对方悄悄去查了下对方的底细，发现对方的确是某集团的总经理助理后，这才放下心来。

眼见着今天就要签谈判合同了，对方却突然来了句："你们这是不是有个砍价师叫夏浅？"

……

说到这，老何一拍大腿："这不，就因为这个，我才找你来嘛。对方指名点姓要你来谈判，不然这合同就不签了。"

"指名点姓找我？"夏浅咋舌，"这怎么可能呢？"

"怎么不可能？"方芳哼哼，"夏大砍价师名声在外呗，说不定是那个总经理助理看上你了，让你谈判是假，想勾搭求爱是真！"

夏浅被揶揄，转身扬拳头就要揍方芳，方芳咯咯笑着，一溜烟跑得没了影儿。老何拉着夏浅道："反正不管怎么样，你先帮我过了这关。分成嘛，咱们还是按老规矩来算。这坨肥肉，我都含在嘴里尝着味儿了，实在舍不得吐出来啊！"

所以老何的意思是要把已经舔过一遍的肥肉咬下来一半送给她吃？夏浅被老何的比喻恶心到，咳嗽声："可是你不觉得奇怪吗？我一直都是混婚庆圈子的，根本不熟悉汽车行业。他们采购这么大的量，别说找我这个虾米砍价师了，就连找'砍砍而谈'都很诡异啊。一般这种大宗货物买卖，不都会找招标公司吗？

"而且就算我真像方芳说的一样名声在外，那也是在婚庆圈子里啊，这个什么什么集团，是怎么知道我的？"

话音落下，老何张嘴正要说话，手机就响了。老何接起来连说了三个"好"字，这才挂断电话。

见老何满头是汗，夏浅问："怎么了？"

老何看了眼墙上的钟，急得直原地打转："对方的人已经来了，就在四楼会议室。哎呀，这约好的两点半，怎、怎么还早到了？"

说罢,不等夏浅回应,老何就拉着夏浅就往电梯间走,"不管怎么说,咱们先上去,兵来将挡,水来土掩。妹妹啊,哥的老婆本就靠这一单了,这个忙你必须得帮!"

夏浅:"……"

"砍砍而谈"网站规模不大,为了节约钱,办公地点也是租的商住一体的公寓。二楼的房子拿来办公,四楼的房子拿来做会议室。因为签约啊谈判啥的常常有外人来,所以会议室作为公司的门面,比二楼的装潢稍好些。在方芳的精心布置下,四楼会议室简约而不失精致,利落而不失温馨。

可不知道为什么,夏浅今天一上四楼就觉得心跳加速、血压上升。一出电梯间,她就觉得空气中似乎弥漫着一股不可名状的紧张感,如果要用词汇来准确形容这种感觉的话,那就是三个字——有、杀、气!

越是往会议室走,夏浅越是心慌,可是这种不安感到底来源于哪儿,夏浅又说不上来。终于在老何打开会议室大门的瞬间,某个声音倏地闯进夏浅的脑海里:

"我有个朋友,最近公司准备采购批奢侈品作为年终福利发给中层管理员工。我已经把你推荐给他了,他很感兴趣。"

宁萌……

念及此,夏浅陡时僵在原地,如丧考妣。对啊,在去艾薇酒庄之前,宁萌的确说过把自己介绍给朋友之类的话。年终奖、中层管理,都对上了!难道,这单生意是宁萌介绍给她的?

想到这,夏浅眼前骤然浮现出某张臭屁到极致的脸。呵呵呵呵,不会这么巧吧?这么狗血的剧情现实里不可能发生吧?

"陈助您好,各位好,不好意思我们来晚了。"夏浅正想着,这边老何已拖着她进入会议室,又将她拽到众人面前道,"这位就是我们的砍价师夏浅,这位是?"

夏浅顺着老何的目光看向前方,待看清来者,忍不住抽了抽嘴角。端坐首座的不是盛哲宁又是谁?

盛哲宁这个董事长怕是假的吧?怎么什么鸡毛蒜皮的小事他都要管?

会议室里,气氛诡异。

夏浅和老何端坐一方，正眼巴巴地望着对面的陈助理。因为合同是事先拟好的，今天双方见面，基本就是走个流程。此时此刻，陈助理就正仔细查阅着合同文本，时不时地，就合同细节问题和老何沟通着。而夏浅和盛哲宁，则成了标标准准的摆设品。

趁着两人协商的工夫，夏浅偷偷瞟了眼安坐首位的盛总大人，只见其低垂着眼，神情漠然，完全就是副神游在外的模样，也不知道脑子里到底在想些什么。

夏浅正思忖，这边陈助理就轻咳声，凑到盛哲宁身边道："盛总，我这边已经谈妥了，您还有什么问题吗？"

盛哲宁沉吟番，食指扣桌："把夏浅作为砍价师这一条加进合同里，如果夏浅中途退出或反悔，合同则无法生效。"

话音落下，其他三人俱是一怔，齐刷刷地瞪大眼睛——

陈助理：我去，BOSS这是直接挑明了啊，简直太有魄力太帅气了！嗳，这明明是心理活动，我为什么还要拍马屁？

老何：我那个乖乖，夏浅到底什么时候开始变得这么有名了？居然已经发展到钦点进圣旨，哦不！是钦点进合同的份上了！不行不行，我得想个办法把她签成公司的签约砍价师！

夏浅：……又想秒变祖安人该怎么破？

稍顿片刻，陈助理才率先反应过来："何总你看——"

老何下意识地转头看向夏浅，眼泪汪汪："可以吗？"

夏浅不满撇嘴，第一个钻进脑子的念头就是：凭什么啊！他盛哲宁让她干什么她就干什么吗？那多没面子！而且凭毛把自己是砍价师这条写进合同里啊？他是在鄙视她的职业操守吗？他觉得如果不用合同约束她，她夏浅一定会半途而废吗？

我呸！

还有还有，如果她记忆没出错的话，他们现在还在冷战吧？自己凭什么要给他打工？呵呵呵，不道歉就算了，居然还想我帮你砍价？没门！姐什么都稀罕，就是不稀罕这桩破、生、意！

念及此，夏浅开口就要拒绝，就觉手腕一热，老何在桌下悄悄握住了她的手。感觉到老何的手正剧烈颤抖着，夏浅眨了眨眼，一抬头就见老何愁眉不展地嘀咕着："老婆本啊老婆本……妹儿啊，你真忍心哥哥我打一辈子光棍吗？"

夏浅翻了个白眼，其实她很想说，就算你赚了这笔钱，方芳也不会从了你，可看着老何那张苦瓜脸，又委实开不了口。最后只得退而求其次地在桌下比了个三。

老何故意装傻，悄声问："啥意思？"

"装！您老接着装！"夏浅瞪眼，"三七分，我七你三。税后哈！"

闻言，老何当即肉痛得挤眉弄眼，平时他和夏浅合作，都是四六开。这次倒好，一下就要少掉整整一成！而且还得他付所有税钱。这简直就是扒他的皮、喝他的血！

夏浅见老何不吭声，知道他又犯抠门的老毛病了，踹他道："答不答应？不答应我可走了啊！"

老何咬牙："浅啊，妹啊！哥平时待你不薄啊！！！"

夏浅抽回手，摆脸作势就要走，老何急了，跳起来重新拽住夏浅的手就又道："再少点！少点！想想你刚入行时，是谁带着你到处逛市场了解行情；又是谁手把手毫无保留地教会你那些谈判技能。浅啊，我的亲妹啊，想想当年你最艰难时又是谁给你推荐客户给你口饱饭吃。再想想——"

老何话没说完，头顶就突然投下一片阴影。老何乍愣，蓦地截住话头。两人齐齐抬头，只见盛总大人阴恻恻地站在两人跟前，浑身低气压环绕，俨如修罗。

"你们俩要拉拉扯扯到什么时候？"

闻言，老何立马心领神会地放开夏浅。夏浅扬眉看向老何，意思再明确不过：同意不同意，一句话！

老何见大势已去，只得忍痛点头。见状，夏浅终重展笑颜，弯眼道："好的，我没问题！"

……

按照协商好的内容重新整理合同后，双方爽快签约。签约后，盛哲宁婉拒了老何共进晚餐的邀请，和陈助理离开。而从始至终，他都没再看夏浅一眼。

夏浅这时候也管不了那么多，待盛哲宁一离开，就和老何又签了份砍价委托协议。按照刚才商量好的，这次夏浅七老何三，直签得老何心

. 107 .

尖尖都在滴血，大呼"此乃不平等条约"。

夏浅走后，方芳见老何捶胸顿足的样子，直言道："老何你就知足吧，有你三成就算不错了。"

老何咬牙："方芳，你到底站哪边？我才是你的合伙人啊！"

"我哪边也不站，根据事实说话。"方芳半是揶揄半是认真道，"你看不出来吗？这单子是冲着夏浅来的，要不是你能帮忙约到夏浅，谁搭理你？所以这次啊，是夏浅提供的渠道和客户，你？呵，顶多算个拉皮条的。"

老何似懂非懂地点点头，听到最后又忍不住咦了声："啥？拉皮条？"方芳这是说急了口不择言了吧？她大概想说的是，自己是牵线搭桥的？

"蠢！"方芳怒其不争地斜老何眼，那个盛哲宁想干什么，这么显而易见的事情他都看不清，怪不得追不上自己，哎！

与此同时，揣着"不平等条约"回家的夏浅心情却是极好极好的。不论这次盛哲宁想干什么，这单生意她都很满意。最开始苗萌提这事时，夏浅还担心跨行搞不定，但现在有老何和"砍砍而谈"公司替她撑腰，汽车行业也就那么回事。

既能跟着老何摸摸汽车行业的底，又能赚钱，何乐而不为呢？

这么想着，夏浅就一边开车一边哼起了小曲，正高兴，汽车一拐弯，就见路边停着辆古思特。

夏浅稍稍一瞥，就呵的笑出声。哟，这不是盛总的车嘛……

果不其然，夏浅再往前开，就见陈助理站在车前，正焦急地打电话。而不远处，盛哲宁则抱胸玉立，面上倒是看不出什么表情。

既然……合同已经签了，盛哲宁大人就是正儿八经的客户了。客户即上帝，眼见"上帝"有难，夏浅也不好坐视不理，只得慢慢滑行到古思特旁边，探出头来。

陈助理眼尖，一下就看到夏浅，眼眸放光道："夏小姐。"

夏浅冲他莞尔："怎么了，陈助理？"

陈助理面有难色："大概是撞到了什么东西，后视镜坏了。"话毕，陈助理又意有所指地埋头。夏浅循着陈助理的目光看过去，微微挑眉，可不是？这车的右耳朵已经歪到了一边。

可这前儿没树后儿没人的，他们到底是撞到了什么会撞成这样？

"打电话了吗?"夏浅问。

陈助理苦笑点头:"我已经给4S店打过电话了,可他们还要半个小时才到,简直急死个人。"

嗯,居然还有人敢让盛总大人等,确实就是找死!哼哼哼,这种时候,盛总大人怎么反而不急了?不是耽搁他一分钟都要耽误他赚好几百万吗!这叫什么?这就叫报应!

夏浅偷笑之际,这头陈助理还絮絮说着什么。

"……这事也怪我,居然这么不小心,刚巧盛总接下来还有急事,哎!这地方也不好叫车,我真是——"陈助理话说到一半,又蓦地停下,盯着夏浅犹豫道,"夏小姐接下来没事吧?你看能不能……送我们盛总一程?"

"我——"不等夏浅把话说出口,陈助理就举手作揖道:"拜托拜托,真是十万火急!"

夏浅撇嘴,还想推托:"我这车又小又乱的,呵呵呵,你家盛总怕坐不惯吧。"

谁料话音刚落,右边就传来开车门声。夏浅猛地回头,只见盛哲宁已迅雷不及掩耳之势地上了副驾,关上门,扣好安全带,这才一副纡尊降贵的架势道:"我不嫌弃。"

夏浅:"……"混蛋!谁让这货上来的?经过她同意了吗?

陈助理见状,也立马应和道:"那夏小姐,我家盛总就拜托你了。"

看在刚签的合同的份上,夏浅咬牙再咬牙,这才压下怒火道:"盛总,去哪儿?"

盛哲宁还是一副大爷模样,凉凉道:"医院。"

嗯???

夏浅杏眼圆瞪,十万火急的事情就是去医院?是他情人要生了还是他自己要生了?大概是猜到夏浅在想什么,盛哲宁扭头解释:"我要去医院换脚上的药,这事不紧急吗?"

闻言,夏浅顿悟,勾唇道:"哪家医院?盛总您带路。"

事关龙体,十万火急啊!

. 109 .

【小剧场·关于后视镜】

夏浅和盛总大人离开后一小会儿,4S店的人就赶到了。望着损坏的后视镜,修车师傅发出了和夏浅同样的疑问:"这儿附近也没见什么障碍物啊,怎么耳朵就歪了,该不会是被人为掰折的吧?"

陈助理无奈点头:"就是人为掰折的。"

修车师傅闻言大惊:"先生,你是不是得罪了什么人?"

听了这话,陈助理越发哭笑不得。得罪人嘛,倒没有,但为了和佳人共处一车,命令下属掰折自己爱驹耳朵什么的,是真的可以有。

彼时陈助理还因为后视镜质量太好,直接使用了终极武器——雷神小铁锤才硬生生地将后视镜砸歪。

可这一锤子下去,就是几千块啊,雪花花的银子啊,居然就只是为了搭别人夏小姐的顺风车。用这几千块,请夏小姐吃吃饭,逛逛街,包场看看电影也好啊!居然就这么一锤子给砸没了……哎,他家BOSS追个女人也是蛮拼的。

有钱人的世界,吾等凡人果然无法参透。

第十二章 一切尽在不言中

盛哲宁要去的是一家私立医院，离这也不远，大概半小时车程。一路上，夏浅都尽可能地将车速压在40码以下。开得这么慢，一来是怕颠着"上帝大人"；二来嘛，她心里还有些别的小九九。

既然盛哲宁已经上了她的车，那她这司机也不能白当不是？本来之前夏浅就盘算着找盛哲宁帮忙，把媒运当头的账号注销了。正苦于没机会，这机会就自己从天而降了。可是到底该怎么开口，夏浅委实想不好，是以为了拖延时间，这车也是越开越慢。

夏浅思忖之际，这头盛哲宁也正上演着内心戏——

按照计划，他在上车后特意点明了自己是去医院换脚上的药，冰雪聪明如夏浅，就是动动脚趾头也该猜到这伤正是她上次所致。既然她是肇事者，怎么着也该问候两句吧？

"盛总您没事吧？"

"从葡萄庄园回来后，我就一直很后悔。当时是我太冲动了，害您受伤，我真的特别难过。"

这种时候，他就可以顺水推舟地表示自己已无大碍，上次的事算两人扯平了。嗯，很好很完美。这样既避免了让自己开口道歉的尴尬，又可以让两人冰释前嫌，简直就是一箭双雕。

——原本盛总大人是这么计划的。可从一开始，夏浅就不按常理出牌。打盛哲宁上车以后，夏浅就一直沉默不语地开车，别说问候他脚上的伤了，就连看都没看他一眼。

在忍耐8分06秒之后，盛哲宁终于沉不住气了："你就没什么想对我说的？"

此时此刻夏浅正专心致志地想着开场白，听了这话骤然一愣，讶然道："啊？我该……有什么话对你说吗？"难道这货会读心术，已经知道自己有事求他了？

盛哲宁阴恻恻道:"我的脚……"

果然,这女人根本就没注意到他受伤了!

"哦。"夏浅极其敷衍道,"你的脚怎么了啊?"

盛哲宁扭头,算了,虽然过程和自己想象的有点不一样,但有了台阶还是赶紧下来的好。这么琢磨着,盛哲宁正想说"没事",就听夏浅小声嘟囔道:"喊!居然还能出来又蹦又跳,看来当时踩得还是不够狠啊。"

盛哲宁:"……"

车厢就那么丁点儿大,两人又是并肩坐着,夏浅明知道不论她说什么他都能听得见,可她还是明目张胆地当着他的面诅咒吐槽,这不是挑衅是什么?!

见状,盛哲宁作势就要发作,谁料夏浅却突然踩了个急刹。盛哲宁猝不及防,一个踉跄差点飞出去,所以有安全带拦着这才幸免于难。待他再坐稳,还来不及发怒这头夏浅就凉凉道:"盛总,医院到了。"

盛哲宁:"……"

夏浅,你是故意的呢还是故意的呢?

盛哲宁进医院换药,自有一大堆医生护士伺候,夏浅也帮不上忙,干脆就在医院门口的花园里等着。

今天天气不错,暖阳高照,晴空万里。太阳照在身上暖烘烘的,是以花园里聚集了不少人。

夏浅找了个角落坐下,掏出手机一边刷朋友圈一边晒太阳。闲来无事,又随手拍了张花园的风景照,发朋友圈道:"今天给人当司机,才知道司机的不容易。老板进医院除鸡眼,我就只能在门口干等着。求问下一般去鸡眼手术要多长时间啊?在线等,挺急的。"

发完朋友圈,夏浅自己都觉得无聊,正刷朋友圈,一条语音进来了。夏浅打开一看,是乐颖。

乐颖:"你这是给谁当免费司机呢?你就缺德吧,还说别人是去医院除鸡眼。"

夏浅按住喇叭回复:"我没说他是去堕胎就算……"

话还没说完,一阵刺耳的哭声就窜进耳朵里,夏浅眉头紧皱,一抬头就见原来是两个五六岁的孩子在打闹。兴许是男孩打到了女孩,女孩此刻正哇哇直哭,女孩的奶奶见状,忙将孩子抱到一边儿安抚,而小男孩则手足无措地站在原地,小脸涨得通红。

夏浅见状也没在意,继续回复乐颖,聊了两句,又重返朋友圈查看。才一会儿工夫,她刚才发的那条信息就已收获了一大堆点赞和留言。

李岩:我去!这不是xx医院门口的花园吗?你们老板在那看病?有钱人!我上次脚烫伤去那检查,拿到划价单就直接瘸着腿逃出来了。光是绷带别人都要收两百,坑爹玩意儿!

方芳:老板是盛哲宁?

宁萌:夏姐怎么了?谁进医院了?

花妹:早跟你说别干什么什么砍价师了,赚不了钱改行当司机了?

何必胜回复花妹:她的话你都敢信!她刚刚才签了一个砍价的大单子好吗!!

陈浚:是谁这么牛,请得动您老人家当司机?另外TA坐您车之前买保险了吗?

老妈:你表姐昨天已经回老家了,姨妈他们都在问你的情况!

……

夏浅将留言一一回复完,又将老妈那条留言删除,正说起身活动活动,一抬头,只见刚才那小男孩背手站在自己面前,黑亮的眼睛正乌溜溜地凝视着她。

夏浅天不怕地不怕,就怕熊孩子和家里人逼亲。见这孩子直勾勾地盯着自己,夏浅唯恐他放了鞭炮之类的东西在她周围,于是警惕道:"你干什么?"

小男孩眨了眨眼,开口竟出奇的礼貌:"阿姨,你能不能帮我一个忙?"

"什么忙?"

小男孩扭怩一阵,这才将藏在背后的巧克力递到夏浅跟前。夏浅挑眉,哟喔,这熊孩子这么小就会送巧克力讨女生欢心啦?可惜可惜,姐姐我比你早生了那么二十年。

夏浅摆手正想拒绝,小男孩就指着刚才和他玩耍的女孩道:"阿姨你能不能帮我把巧克力送给那个人?"

夏浅咳咳咳咳,原来是自己自作多情了。不过现在的小孩子会不会太有钱了点?这种心形礼盒装的费列罗,怎么着也得四五十块钱,这小

. 113 .

屁孩说送就送！哎，想当年她小时候，想要吃个五毛钱的娃娃头都得又哭又闹……

这头小男孩见夏浅不回应，以为她不愿意，又从兜里掏出一张五十元的人民币，豪气道："这是给你的报酬。"

夏浅甩了甩手上的人民币，哭笑不得。土豪啊！真爱啊！怎么就没有男人为她费这种心思呢？

小男孩见夏浅还是不动弹，有点生气了："还不够吗？那好吧，我再给你加五十，不能再多了。"

夏浅深呼口气，道："我先问你，为什么要送别人小姑娘巧克力？"

小男孩搓了搓手，显得有些局促："婷婷爱吃这个……"

"别人爱吃你就送，这么大方啊？"夏浅弯下腰柔声细语道，"阿姨猜，你是不是因为刚才惹哭了婷婷，想要给她道歉才送她巧克力的？"

小男孩小脸涨得通红，扭头傲娇道："才不是！"

夏浅莞尔，继续循循善诱："原来是这样啊。可是刚才婷婷跟我说了，她其实没有生你气，如果你亲自去送巧克力，她还愿意和你一起玩。"

小男孩半信半疑："真的？"

"当然是真的！"夏浅一边说，一边就将巧克力和钱一股脑塞回小男孩手里，挥手道，"不信你去试试。"

闻言，小男孩还有些犹豫，局促地抓了抓耳朵。

"快去啊！"夏浅推了推小男孩的背，握拳道，"爷们儿点！"

小男孩嗯了声，终于三步并两步地跑到小女孩身边，笨手笨脚地将巧克力塞到对方手里。小女孩起先不肯搭理他，后来男孩又在她耳边说了句什么，两人突然就一块哈哈大笑起来，终于和好如初。

这头，夏浅也释然地笑开。笑罢，才发现自己眼角居然有点点湿润。还有一个月不到就是情人节了，紧接着又是春节、元宵节，每到这种时候，全国人民就开始了疯狂的虐狗活动。

哎！连别人熊孩子都成双成对了，就她还单着。她怎么就没那么好的命，遇到一个男人愿意在惹怒她之后，送她喜欢的东西，变相地给她赔礼道歉呢？

嗳，等等！送她喜欢的东西、变相赔礼道歉……这不就是——

"在发什么神？"夏浅正想着，身后就传来盛哲宁的声音。夏浅扭头，陡然露齿甜笑开。

盛哲宁因夏浅这一笑，蓦地震住，清咳道："干什么？"

夏浅不答，起身亲密地拍拍盛哲宁的肩，没头没脑地说了句："好啦，我接受了。"

盛哲宁莫名其妙："你到底想说什么？"

"道歉啊。"夏浅眨眼，"盛哲宁，你的道歉礼物我收下了，看在你这么费心思的情况下，嗯，之前的事我就大人不记小人过——过往不究啦！"

闻言，盛哲宁站在原地没动也没言语，只直愣愣地盯着夏浅。

夏浅叉腰："不是吗？你不就是因为上次和我吵了架，想要道歉又抹不开面子，才拐弯抹角地找到老何他们，又把公司的砍价案交给我做吗？"

盛哲宁眼底划过一丝慌张，偏偏还死鸭子嘴硬："夏浅，自作多情四个字还真是为你量身定做的。"

夏浅一脸"别装了"的表情，哼哼道："我自作多情？你知道我喜欢钱，但君子爱财取之以道，所以才把砍价案当作道歉礼物送给我的，不是吗？虽然，你这种变相道歉的法子蛮蠢的，但看你这么诚心诚意的份上，我就接受啦！不过，以后不许再犯哈！"说罢，夏浅就又耀武扬威地挥了挥拳头。

盛哲宁怔忪，几次开口，几次却又欲言又止，最后大抵确实再找不到说辞，干脆留下句"走了"，转身离开。

夏浅见状"扑哧"一下笑开，盛总大人，你傲娇啦！

夏浅和盛哲宁前脚离开医院，宁萌后脚就察觉到了两人的"奸情"。

大概是女人的天性使然，宁萌一看到夏浅在朋友圈发的那条信息，立马就联系到了自家老哥身上。她哥在这家私立医院看脚伤她是知道的，这么凑巧夏浅放了她的鸽子，下午就出现在这家医院门口当免费司机，真是怎么想怎么都觉得有猫腻。于是宁萌给陈医生去了个电话，一问，今天下午她哥果然去过医院。

——一切尽在不言中。

放下电话，宁萌情不自禁地勾唇笑开，啧啧，瞧她哥这股闷骚劲儿！她以前怎么就半点没看出来呢？怪不得他让自己别多管闲事呢，原来两个人早就好上了?

"想什么想得这么开心?"宁萌正出神,就听从书房出来的何之隽道。

宁萌弯了弯眼,欢快地蹦跶到老公身边,揽住他的肩膀撒娇道:"跟你说个小秘密,说不定过不了多久啊,我就要有嫂子了。"

何之隽微怔,眼前浮现出盛哲宁刻板冰冷的俊颜,他那样的人也会有女人要?呵呵,怕不是看中的他的钱吧?心里虽这么想,何之隽面上却端着温和的笑,应付宁萌地说:"是吗?"

"是啊,"宁萌眨眼,"那个女人你还见过。"

何之隽对盛哲宁的事完全提不起兴趣,随意嗯了声,倒好茶就又准备重返书房。可刚走两步,何之隽就听宁萌在身后道:"就是那个帮我们婚宴杀价的砍价师,夏浅,你还记得吧?"

听见"夏浅"二字,何之隽脚步骤顿,茶水晃荡出来,洒了一地。机械地转过身来,何之隽满脸讶然:"你说谁?"

"夏浅啊,就是个子高高、眼睛大大的那个姑娘,你还有印象吧?我们结婚的时候,别人还来过呢。"

何之隽定在原地,背脊僵硬。此时此刻,他连敷衍宁萌的心情都没有了,脑子里兜来转去都是盛哲宁和夏浅的影子。这两个八竿子都打不着的人怎么会在一起?是有什么不可告人的目的,还是因为什么别的阴谋?

没错!一定是这样!盛哲宁那个人臭屁得很,又自命清高,怎么可能看得上夏浅?他们在一块一定是因为别的原因。比如……对付他?这个念头一生出,何之隽当即惊出一身汗来。

攥紧手心的汗,何之隽弯起嘴角,努力扯出丝笑来:"她啊?她怎么会和你哥在一起呢?该不会是你误会了?"

宁萌全然不觉老公的心思:"我怎么可能误会?悄悄告诉你吧,我哥都和她相过亲了。"

晴天霹雳!

刹那间,何之隽只觉头顶雷声轰鸣,阵阵都打在他的死穴上。如果宁萌说的都是真的,也就是说——他以后可能要叫夏浅"嫂子"?不行,这绝对不行!盛哲宁本来就不满意他这个妹弟,若再有夏浅在旁煽风点火,他就别再想调节目组了!

念及此,何之隽在心里快速地过了遍台词,稳定思绪,这才幽幽开口:

"这么说，你哥对那个夏浅是认真的？嘶，这个吧，你哥恋爱结婚好事是好事，但就是一定要看清楚对方的人品。那个夏浅，你们了解她吗？"

宁萌本乐呵呵地笑着，听何之隽话里有话，嘴角的笑容一凝，眨眼道："什么意思？"

何之隽轻咳声："那个夏浅是干什么的？砍价师。光从职业你都看得出来这个人——抠门小气、市侩精明，最重要的是，还爱财如命。你哥最不缺的是什么？就是钱啊。萌萌你觉得，那个夏浅和你哥在一起，真的是因为喜欢你哥？"

宁萌怔了怔，抿唇没有言语。

何之隽乘胜追击："还有你再想想，那个夏浅是什么家世，你们盛家又是什么家世？他们夏家不过就是工薪阶层，小门小户的，怎么和你们攀亲？门不当户不对的，哪儿来的幸福？"

听了这话，宁萌紧蹙眉头，显然是在思考何之隽刚才说的话。何之隽以为宁萌已被自己成功洗脑，正欲再说点什么，就听宁萌冷不丁道："之隽，你好奇怪。"

何之隽咋舌："什么？"

宁萌认真而专注地审视着自家老公，然后一字一句道："你以前从来不关心我哥的事情的。"

"我这是——"

不等何之隽说完，宁萌又道："还有，你怎么能说门不当户不对这种话呢？要说门不当户不对的话，我们不也门不当户不对吗？还有……你是怎么知道别人夏浅家是工薪阶层的？"

此话一出，何之隽心头又是一凛。

大意了。因为太过心切想要除掉夏浅这个"嫂子"，他竟然在不知觉间露出了马脚。说出真相还是不说？兜转间，何之隽就做了决定。

——不能说！宁萌心思如发，又爱疑心猜忌，如果现在才说出夏浅就是他的前女友的话，她一定会觉得两人藕断丝连。眼见着就到年底了，他还指望着宁萌能在盛哲宁面前帮他说说好话，等着翻年就把自己调到其他节目组去。这时候不能出乱子，必须继续瞒下去！

思及此，何之隽咬牙："我这不也是猜的嘛。如果不是工薪阶层，谁出来当什么砍价师，你说对吧？"

"不是，"宁萌摇头，一针见血，"你不喜欢夏浅？"

何之隽一哽，舌头打结登时说不出话来了。宁萌微微眯眼凝视着何之隽，又道："没错，从我雇夏浅帮我们砍价开始，你就一再反对。为什么？为什么讨厌她？你们以前认识？"

听到最后一句话，何之隽惊得魂飞魄散，正纠结该怎么回应，书房的手机就恰到时机地响起。何之隽丢下一句"我去接电话"就赶紧开溜，独留宁萌一个人站在原地，沉思。

或许，何之隽的建议不错，是该好好查查夏浅的情况。

周六，天刚蒙蒙亮，盛总大人就起床了。晨跑、冲澡、刮胡子、选衣服……是个人都看得出来盛哲宁今天心情很好。

因为老公出差，宁萌这几天都住在娘家，吃早饭时见老哥神采飞扬的模样，忍不住道："休息日都打扮得这么漂亮呀，有约会？"

宁萌原本以为这么说，铁定会招老哥嫌弃，谁料盛哲宁轻轻呷了口咖啡，却云淡风轻地"嗯"了声。虽然说这话时，盛哲宁从头到尾表情都没变过，但宁萌还是从"嗯"字微微上扬的尾音里听出了点什么。

——得意、炫耀，另外还外带着三分兴奋和窃喜。

但凡男人出现以上几种情绪，那八成和女人脱不了干系。宁萌转黑眼珠想了想，试探又问："和夏浅？"

这次，盛哲宁再难掩眼底的喜悦之情，挑了挑眉，这才轻轻又"嗯"了声。末了，又忍不住添了句："是她约的我。"言下之意，我可没死乞白赖地去追谁，这可是夏浅主动来找的我，朕刚好周末没什么事就发发善心，勉为其难地答应她好了。

宁萌实在受不了她哥那股傲娇劲儿，故意泼他冷水："哦，那或许别人找你是为了公事呢。不是说，你把采购轿车的案子交给夏浅做了吗？"

闻言，盛哲宁脸色骤然晴转多云，斩钉截铁道："不可能！"

"怎么不可能？"宁萌歪脑袋，一板一眼道，"我是女人，女人的想法我最了解。这女孩子吧，越是遇到喜欢的，越是害羞不好意思，和对方说说话都会脸红，就更别说主动约他出来了。嗳，你没听过网上的那个段子吗？'你之所以能看到一个女人汉子的一面，那是因为她根本就不喜欢你。'如果她喜欢你啊，自然就会在你面前表现出娇羞温柔的一面。"

宁萌话毕，这头盛哲宁已脸黑黑，大有要下雨的意思。

宁萌见状心里暗爽，她还难得有机会把自家老哥惹怒，于是继续总结道："女孩子都这样，遇到喜欢的男人就变得忸怩矜持，明明想见对方，却又要故意躲着对方，什么主动约男神那是绝对不可能的。所以夏浅这次约你肯定是——"

"饱了。"不等宁萌话说完，盛哲宁就截住话头。一边说，一边又用纸巾擦了擦嘴，然后起身往门外走。

宁萌忍俊不禁，嚷嚷道："嗳，哥，我还没说完呢！"话音落下，盛哲宁的脚步又加快了两分，没一会儿就出了花园上了车。

望着绝尘而去的轿车，宁萌终于"扑哧"一下笑出声，笑过后，心里的空虚落寞感却犹如潮水般将她慢慢淹没。不知道为什么，在听说她哥和夏浅约会时，她的第一反应竟然是不快。

按道理，夏浅和她哥是自己一手促成的，他们两人真成了眷属，自己应该高兴开心才对，可此时此刻，她却是这样的不安和难耐。为什么？是什么原因造就了这样的情绪？明明她是真心喜欢夏浅这姑娘的。是因为嫉妒夏浅即将"夺"走她唯一的亲人？还是因为别的什么缘故？

念及此，宁萌耳边骤然响起何之隽曾经说过的话来，"……抠门小气、市侩精明，最重要的是，还爱财如命。你哥最不缺的是什么？就是钱啊。萌萌你觉得，那个夏浅和你哥在一起，真的是因为喜欢你哥？"

何之隽话音刚落，耳边的声音又蓦地变成盛哲宁的："是她主动约的我。"

宁萌轻轻咬住下唇，柳眉轻蹙，难道，她真的看错了夏浅？她和那些爱慕虚荣、贪图名利钱财的女人没什么两样？

正琢磨着，手机铃声骤响，宁萌瞥了眼屏幕，一边往无人的花园走，一边接起轻轻"喂"了声。

电话那头杨桦的声音也压得极低："萌萌。"

宁萌一听闺蜜这语气就知道拜托她的事有信儿了，于是轻声道："找到人了？"

"嗯。"杨桦声音略微犹豫，"不过有件事很奇怪，在你找私人侦探之前……好像盛大哥就已经找人调查过夏浅了。"

"我哥？"宁萌不禁叫出声来。察觉失态后，宁萌警惕地环视四周，确认周围没人后这才用手捂着手机悄声问:"你确定?"

"八九不离十吧。"杨桦道,"毕竟私人侦探是不能出卖客户信息的,这事我也是听一个中间人透露的,说是见你哥身边的陈助理曾悄悄接触过几个私人侦探。还有一件事——"

"说!"宁萌咬牙。

杨桦咳嗽下,沉声:"已经确认,夏浅是C大毕业的,和何之隽是同届同专业的同学。"

听了这话,宁萌只觉一颗心缓缓往下沉,脑子里思绪万千,她却抓不住重心。过了良久,宁萌才回过神来,阴郁开口:"……知道了。"

与此同时,盛哲宁也正开车前往罗曼咖啡厅。等红灯时,盛哲宁下意识地摸出藏在大衣口袋里的小纸条,望着上面娟秀漂亮的小楷微微失神。

夏浅到底喜不喜欢他?这个问题简直比对付商场上的那些老狐狸还让人头疼。

若诚如宁萌所言,夏浅主动约他就代表着不喜欢他,那这个小纸条又算什么?那些关心他的举动又算怎么回事?

说来,话略长。

原来,上周二盛哲宁如往常般去"慢时光"买乌龙茶,可刚到吧台,服务员就将一杯打包好的奶茶递到他跟前,微笑道:"盛先生您好,这是您的柠檬红茶。"

盛哲宁不满拧眉,幽幽道:"乌龙。"

——翻译过来即是说:你是新来的吗?朕要乌龙茶你怎么敢给朕别的东西,胡乱揣度圣意是死罪,你难道不知道?什么红茶柠檬,赶紧拿走,不然朕真的要发火了!

服务员也是和盛哲宁老打交道的了,知道他的怪毛病,是以见怪不怪道:"这杯红茶是夏小姐请你喝的,另外,她还给你留了张纸条。"说罢,就将一张纸条递给盛哲宁,盛哲宁打开一看,只见上面赫然写着:

盛总大人:

万福金安!

小的听闻乌龙乃极好之物,但凡是有利必有弊,常饮乌龙虽良处颇多，但同时亦刺激肠胃。时至寒冬，小的唯恐乌龙伤其龙体，特奉柠檬红茶一杯暖心暖身，望圣上笑纳。

PS：周六有没有空？出来喝一杯啊！中午12：00，罗曼咖啡厅不见不散。

微臣夏浅 叩拜
xx 年 xx 月 xx 日

看着这封集搞怪、狗血于一体的纸条，盛哲宁忍不住再次嘴角上扬。这么奇葩狗腿的邀请函只有夏浅写得出来，不会有错。信里不仅约他周末出来喝咖啡，还委婉地劝他寒冬不要再喝乌龙茶，又关怀入微地替他点了暖胃的红茶饮料，难道这真的不是对他有好感？只是因为公事？

毫无感情经验的盛总大人困惑了，迷茫了，纠结了。

如果真的是因为团购案的事情，她完全可以正大光明地打电话约他不是吗？为什么要用送纸条这么幼稚的方法来约他？这应该就是宁萌说的"越喜欢一个人，越不好意思见他"吧？

对，一定是这样。夏浅平时看着大大咧咧，但真正发觉自己对他的感情后就变得不好意思起来。她虽然鼓起勇气约自己出来，但又害怕他拒绝，所以才会采取传纸条这样委婉的方法约他。这样既显示了女人的矜持，又避免了见面的尴尬。是……这样的吧？

盛哲宁正犹豫着，一条信息进来了。盛哲宁打开，是宁萌发来的。

"哥，刚才那些话都是逗你的，预祝你约会成功，嘻嘻！另外，第一次约会记得买束花送给别人哦，女孩子都吃这一套。"

送花？盛哲宁想象了下自己抱着一大捧玫瑰花站在咖啡厅的傻样，当即将手机摔到了一边。

呵，他怎么可能干那种讨好女人的蠢事？

半小时后，顶着"打脸狂魔""绝对不会讨好女人"两个称号的盛总大人捧着99朵玫瑰花站在了咖啡厅门口。

此时此刻，盛哲宁由内到外唯一的感受就是：丢脸，丢脸，丢脸丢大发了！他向来都是走到哪儿都会吸引旁人的目光，但他从没想过，有一天他吸引别人的目光不是因为他的外貌和打扮，而是因为他手上的花。

毋庸置疑，现在全世界都知道他是个讨好女人的蠢货了。

但事已至此,盛哲宁也只能硬着头皮进了咖啡厅。咖啡厅服务员对这种阵势倒是见怪不怪,礼貌地迎上前来,微笑道:"请问先生几位?"

"两位。给我找个靠窗的座位。"

"好的。"

到座位上坐下后,盛哲宁犹如抛烫手的山芋般,立马将花丢到了一边。但尽管如此,情况还是没有一点好转,周围的客人还是时不时地瞥向他这边,有两个小姑娘甚至对着他偷拍了好几张照片。斜上方的一对情侣,女人也在娇嗔抱怨着男朋友对自己如何不贴心,从来没有送过她花。后面那桌,男人则正对朋友分析猜测着,这绝对是要向女朋友求婚……

然而,这一切还不是最痛苦的!

盛哲宁现在最头疼的,是待会儿怎么把这束花给夏浅。直接跟她说送给她的?不行!自己绝对开不了口!那干脆说是咖啡厅送的?还是不行,那女人精得像只狐狸,如果被她当面拆穿……那情景简直不敢想象!

到底该怎么说?或者,趁着现在她还没来,把这花扔了?

盛哲宁正想得出神,身后就突然传来男人的咳嗽声。他下意识回头,待看清来者后蓦地一顿。

"何必胜?"

见盛哲宁满脸诧异地盯着自己,老何紧张得直搓手,在路上演练了千百遍的台词也在一瞬间忘了个精光。

这情况不妙啊,大大的不妙啊,谁也没想到盛总大人会这么重视今天的约会,还有这玫瑰花显然就是要跟夏浅表白的节奏啊……他这么一来,不等于直接往枪口上撞吗?

这头老何欲哭无泪,那头盛哲宁却奇怪地眯起了眼:"你怎么在这?"

老何噎了下,还是实打实地说:"盛总,是这样的,咳咳,夏浅她突然有点事来不了了,所以我——"

老何话说到一半,见盛哲宁的脸陡垮,登时骇得再说不出半个字来。完了完了,得罪了大老板,这桩生意铁定是没戏了。

"她不来了?"

老何咳咳咳,纠结点头:"是。"

盛哲宁:"……"

夏浅,你竟敢耍我!!!

第十三章　我就是看上了他，怎样？

这一次，夏浅倒是真被冤枉了。

她是真心实意地想约盛哲宁，奈何人算不如天算，在约会前一天晚上发生了件惨绝人寰的事情——她来大姨妈了。更令人发指的是，这个月的大姨妈脾气异常暴躁，一驾到就将夏浅折磨得死去活来。

夏浅在床上挣扎了大半宿，直到天际渐渐发白才好不容易睡着，早上她实在是起不了床，这才将重任交给了老何同志。

这头夏浅不知道咖啡厅的状况，抱着枕头一觉拉到了大晌午，直到手机铃声大响这才被吵醒。夏浅迷迷糊糊地接起电话，一听那头传来老妈的声音，瞌睡瞬间清醒了。

老妈一开口，就是夏浅最不想提的话题。

"今年过年，你什么时候回来？"

"这个啊，"夏浅敷衍道，"我现在还说不清，手上还有个活儿在跟进。"

老妈没应声，夏浅知道她妈这是在蓄怒气值，一旦发功绝对不是普通人能够招架的，于是先发制人地"哎哟"了声。老妈闻言果然中招，关切问道："怎么了？"

"来大姨妈了，肚子痛。"有气无力地说完，夏浅就故意捏着嗓子撒娇，"妈，人家好想好想你熬的当归红枣粥。以前只要月经痛，一喝你熬的粥我就不难受了。"

老妈沉默了两秒，一本正经道："没事，其实不喝粥也有办法让你不月经痛。"

夏浅当了真，竖起耳朵道："什么办法？"

老妈阴笑了两声，"结了婚来月经就不痛了。"

夏浅："……"果然姜还是老的辣。她自以为转移话题就能成功避免"结婚"这个话题，谁料母上大人技高一筹，无论说什么她都能绕回

· 123 ·

这个永恒的主题上来。

老妈冷冷道:"你今年到底是怎么打算的?还是一个人回来?"

……所以,母上大人的意思是,让她在不到一个月的时间内去找个男朋友,然后立马领回家过年?当真亲妈乎?夏浅又和老妈鬼扯了一通,挂断电话后再无半点睡意。在床上又磨蹭了一小会儿,夏浅终于起床,正说去洗个澡,门口就传来敲门声。

夏浅也没在意,穿着睡衣就去开了门,原本以为是送快递或者收物业费的,可当她看清来者时,着实惊了跳。

高大英俊的男人穿着白衬衫黑西装,外面则套着件浅灰色的大衣,虽不减当年的清隽气质,但面上却难掩疲惫之色。他手上拎着个电脑包,一副风尘仆仆的样子,更令人惊悚的是,他身后还有一个行李箱。

夏浅咋舌,这算什么?总不能是他被老婆赶出家门,来投奔她这个前任吧?还有,何之隽是怎么知道她现在住哪儿的?

这头夏浅像看怪物一样地盯着何之隽,何之隽自己倒像个没事人似的,盛气凌人地落下句"我有话跟你说"就要往屋里走。

还真不把自己当外人!

夏浅拦住他,不客气开口:"有什么话就在这说。"

何之隽缓下语气来:"夏浅,就算我们不再是恋人也是老同学吧?你就是这么接待老同学的?"

夏浅呵的一下冷笑出声:"对不起,我没你这个老同学。你要么有话就在这讲,要么现在就滚!"

"你——"何之隽开口就想反击,可一想到今天来这的目的,又强压住怒气,咬牙道,"好,我问你,你是不是和萌萌她哥、那个盛哲宁在谈恋爱?"

夏浅眨了眨眼,再眨了眨眼,还是没能回过神来。

所以说,人言可畏啊!三人成虎啊!怎么她前脚刚和盛哲宁相完亲,后脚传到何之隽耳朵里就变成他们俩在谈恋爱了?不知道再这么传下去,会不会变成她和盛哲宁已经珠胎暗结了?

不过,不管怎么样,夏浅都懒得解释,特别是对何之隽解释。

深呼口气,夏浅看向何之隽,铿锵有力地说了四个字:"关——你——屁——事——"

话音落下，夏浅就要关门。何之隽死命扒着防盗门，哑哑道："这么说是真的？你和盛哲宁——"

夏浅不等何之隽说完，开口就打断道："关你什么事啊！你松不松手？再不松手我报警告你扰民你信不信？"

大概是没料到夏浅会这么横，何之隽犹豫一番，又改变策略柔下语气道："你能不能不要每次见我就竖起你浑身的刺？我这次来找你，不是为了吵架，是真的想要和你坐下来好好谈谈。"

夏浅呵呵："你跪下来，或许我可以考虑和你好好谈谈。"

何之隽只当没听见夏浅的话，依旧睁着"真诚无比"的眼睛，恳切道："我知道你怎么想我，你觉得我这个人自私、虚伪、贪图名利。你恨我当年的背叛，更恨我现在过得比你好。我知道你为什么要接近萌萌、要和盛哲宁在一起。夏浅，你自始至终都没走出我们那段感情……"

何之隽幽幽说完，这才垂眸道："抱歉，是我耽误了你。可为了我惩罚你自己，真的值得吗？"

夏浅看着何之隽这一套行云流水的组合戏简直惊呆了，嗯，要是换作几年前，她就信了。何之隽对她的惯用手法就是打压加谆谆教导，如果这两套都没用，那就要开始"真情流露"了。

透过自己的柔情实感告诉她，自己做这一切都是为了她好。自己发怒、歇斯底里也是为了她才着急上火。

后来夏浅无意在网上刷到某热门话题，这才知道何之隽对自己的种种叫"PUA"。这招对于当年单纯的自己的确好用，至于现在嘛，抱歉，老娘已经免疫了。

夏浅简直懒得和何之隽废话，直接拉下脸来："给你十秒钟。如果十秒之后，你还没消失在我眼前，我就叫保安了。"

"为什么要拒绝跟我沟通？我已经说了，我是真心——"

夏浅竖着手指头，"十、九、八……"

"好，就算你不是因为我跟盛哲宁在一起，夏浅，你觉得你和他合适吗？"

"四、三、二……"

眼见夏浅就要掏手机叫保安，何之隽脸色遽然一沉，连带着声调也冷下来："说吧，你到底要多少钱才肯离开盛哲宁？"

夏浅解锁屏幕的动作一顿，活生生被气笑了。

何之隽这是不是狗血电视剧看多了？还多少钱肯离开盛哲宁？？他还真当自己是大款了啊。啧，就是不知道，别人何大款今天有没有像狗血剧里一样带支票来？

夏浅好奇地问："你打算给我多少钱？"

何之隽自以为夏浅上钩，紧绷着张脸："你开个价，只要别太过分，我——"

不等何之隽说完，夏浅就笑弯了腰。一阵狂笑后，夏浅才扶着腰讥讽道："好大的口气啊何老板！你愿意给，老娘还不愿意要呢！"

知道被耍，何之隽气得直头顶冒烟，启齿正欲再说什么，夏浅就又道："我说你脑子有病吧你还不信！你能有多少钱还不都是盛家给的，我要是能嫁给盛哲宁还缺你那点钱？拜托你学电视剧里的那些土豪拿钱打发人之前，先掂量掂量自己有几斤几两。"

"你有多少钱还不都是盛家给的"这句话直接戳到何之隽的痛处，一时间，何之隽懊恼得面红耳赤，良久才咬牙切齿道："夏浅你个拜金女！所以你承认了是吧？你和盛哲宁在一起，从头到尾都是为了钱！"

"对啊！"夏浅调皮眨眼，"我就是为了钱怎么的吧？我就是看上了盛哲宁的豪宅和豪车，又怎么的吧？至少我嫁给盛哲宁，以后我儿子不用给人当上门女婿，也不用对着大舅子摇尾乞怜，更不用担心将来生的孩子要跟着老婆姓。"

"你！"

一席话，句句都正中何之隽的软肋。夏浅原本以为何之隽铁定会恼羞成怒，谁承想他死命地瞪了瞪自己，猛退两步，就又突然阴险地勾唇笑开。

夏浅纳闷，正踌躇这货发什么神经，就见何之隽从口袋里掏出手机来，手机屏幕上，赫然显示着他在录音。

何之隽按下录音保存键，将手机重新在衣兜里放好，这才露出真小人嘴脸来："这都是你逼我的，谁让你敬酒不吃吃罚酒。"

夏浅顿悟。

她就说嘛，铁公鸡何之隽怎么转了性，居然舍得学别人脑残女二拿钱打发人了，原来这从头到尾都是一个局啊。他故意激怒她，挑衅她，为了就是诱她说出刚才那番拜金的言辞来。

呵,还真够不要脸的。

何之隽:"跟你好好说话你不听,那么就抱歉了。刚才的录音我会发给盛哲宁让他好好听听……看看他到时候还要不要你。呵呵。"

夏浅翻白眼,正想跟他说"随便",就突然听拐角处传来熟悉悦耳的男声:"不用发给我了,我已经听到了。"

话音落下,夏浅和何之隽俱是一愣,齐齐看向拐角处。下一秒,两人就见盛哲宁缓缓从角落处走出来。

他双手都插在大衣口袋里,俊颜冷峻,目光如炬,简直酷到不行。

可此时此刻,在夏浅脑子里转来转去的却是另一个念头:怎么每次她和何之隽吵架,盛哲宁都会跑来偷听?

盛总大人你该不会还有个别名叫"偷听狂魔"吧?

【小剧场·关于痛经】

夏浅单身时,老妈一直都絮叨说"结了婚后就不痛经了"。夏浅一直半信半疑,直到真正和盛哲宁结婚后才发现她妈根本就是个骗子!

来大姨妈该疼还是会疼啊!那几天自己依旧是被折了翼的天使啊!偶尔被盛哲宁气到,还会疼得更凶啊!看多少中医西医都不管用啊!

于是乎,在铁一般的事实面前,老妈又改口了,称"生完孩子就不痛经了"。这次,夏浅死活都不肯再相信老妈,老妈就翻出微信那些"科普文章"来跟夏浅解释,说什么女人之所以痛经,是因为经血与脱落的子宫内膜不能顺利地从子宫颈口流出。但女人分娩后,子宫口会变大,经血和脱落的子宫内膜容易排出,痛经自然而然就会消失。

夏浅再次被老妈成功忽悠,被催着生下女儿盛夏后,虽然痛经的确比以前缓解了许多,但依!然!会!痛!

这次,老妈再再次改口称:"生完二胎就不痛了。"

夏浅:"……"老妈还有完没完了?

盛哲宁一步步走到两人跟前,站定后,第一件事就是脱衣服。见状,何之隽的眼珠直接掉到了地上,夏浅更是囧到不行。

呃呃呃,这种时候这货脱衣服是要闹哪样啊!总不能说是被气得出了汗，不脱衣服不行吧？夏浅正理解不能，就觉身上一暖——盛哲宁将脱下来的外套披在了她身上。

夏浅呆了呆，再呆了呆，这才抬头看向盛哲宁。望着对方沉静清俊的模样，夏浅第一次感受到小心肝不受控制地"扑通扑通"乱跳。她身上穿着珊瑚绒的睡衣，虽然裹得严实，但在门口站了这么久，吹着过堂风是有些冷。

所以……盛哲宁是担心她冻着，所以才把外套给她的吧？感受到羊毛外套上还残留着盛哲宁身体的余温，夏浅只觉心里阵阵发暖，正"噌噌"刷新对盛总大人的好感度，结果就听头顶传来冷冷的声音："解释。"

夏浅一噎，刚才涨上去的好感度哗啦啦地又掉了下来。所谓休争闲气，日有平西，信你的人永远信你，不信你的人，哪怕你做再多解释和努力也是无谓。这有什么好解释的？

念及此，夏浅正欲开口，就听盛哲宁道："你平白无故放我鸽子，难道不该给我个解释？"

嗳？原来盛哲宁指的是这件事？

"我哪儿放你鸽子了？我不是叫老何——"夏浅话说到一半，见盛哲宁的脸色委实不大好看，只得咳嗽声，软下语气来，"好吧，我不太舒服，所以才临时叫老何代我去了，不好意思啊。"

"哪儿不舒服？"盛哲宁抱胸，大有兴师问罪的意思。

夏浅不假思索地撒谎："头疼，还有点发低烧。"当着两个大男人的面说自己来大姨妈什么的，臣妾实在做不到啊。

闻言，盛哲宁挑了挑眉，一副了然的表情。夏浅以为蒙混过关，正嘚瑟，就听盛哲宁凉凉又道："哦，发低烧啊，怪不得吵起架来这么中气十足。"

夏浅哽住，已到嘴边的话又咽了回去。

盛哲宁微微眯眼，威胁性十足："我再给你最后一次机会，为什么放我鸽子，说！"

夏浅对盛哲宁这种打破砂锅问到底的态度异常抓狂："我真的不舒服啊！四肢无力，腰酸背痛，肚子抽筋还脾气暴躁，这么说行了吧？"

听了这话，旁边已婚少夫何之隽顿时明白过来。乖乖，怪不得今天夏浅的怒气值爆表，原来是那几天啊，这不等于他直接撞枪口上了吗？

而这头，未婚男盛哲宁却依旧丈二的和尚摸不着头脑，拧眉道："什么'这么说就行了'你如果真的不舒服我叫医生来看看。"

说罢,果真摸出手机来就要拨号。

"不用不用。"夏浅又羞又气,忙拦着他道,"我这个是老毛病了,过两天就好,一个月就那么一次,不严重的。"

话毕,夏浅脸已微微涨红。咳,她已经说得这么明显了,这货就是再迟钝也应该懂了吧?

可事实证明,没有最蠢,只能蠢上加蠢。单纯(蠢)的盛哲宁听了这话,惊得直接提高了音量:"你这病已经发展到反复发作的地步了?不行,你还是现在就去换衣服,我带你去医院做个详细检查。"

说着,盛哲宁就又开始拨电话让陈助理预约挂号,夏浅几番阻拦都不成功,最后终于破罐子破摔,嚷嚷开:"我是来大姨妈啊大姨妈!痛经!痛经您老懂不懂?"

盛哲宁和何之隽:"……"

话音落下,周围遽然寂静无声。电话那头,陈助理听见盛哲宁突然没了声,试探地唤了声,这才将盛哲宁的魂儿招回来。盛哲宁对着陈助理说了句"不用了"就挂断了电话。

屋内屋外重回寂静,空气里几乎结成霜。这种时候,夏浅反倒没什么羞耻感了,反正节操都已经碎成渣渣,她郁闷不郁闷都一个样。

霸气地甩了甩头发,夏浅正欲下逐客令,小腹突地一阵绞痛,她霎时只觉站不住,捂着肚子就往下蹲。盛哲宁眼疾手快地上前,一面将夏浅捞进怀里,一面一本正经道:"念在这次事出有因,原谅你。"

夏浅木疼得冷汗淋漓,听了这话又忍不住莞尔,这货还真会找台阶下。但考虑到盛傲娇扶自己一把的分上,夏浅也就顺着他往下说:"谢陛下不杀之恩。现在能扶我进去坐下了吗?"

盛哲宁依言而行,末了还不忘把防盗门也拉上。见状,存在感稀薄的何之隽这才想起自己是来干什么的,急忙拽住门把手道:"大哥我——"

何之隽甫一抬头,只见盛哲宁黑如阎罗的脸色差点咬掉自己的舌头。他向来摸不透自己这位大舅哥的性子,此时此刻就更猜不透对方的心思了。他这一脸不快,是因为自己来找夏浅,还是因为夏浅刚才那番拜金的言论?

踌躇间,盛哲宁已率先开了口:"如果我记得没错,你应该出差刚回来。这时候你应该出现的地方不是这里而是在盛家。另外,我和夏浅的事就不劳你费心了。"

说罢,根本不给何之隽辩解的机会,径直拉上了门。

与此同时,还在盛家的宁萌也接到了杨桦的电话。电话那头,杨桦支吾道:"萌萌,那边刚才来电话,说……说你家何之隽下飞机后,直接打车去了夏浅家。"

闻言,宁萌手情不自禁一松,咖啡勺掉在杯子里,溅得咖啡满桌都是。强忍住眼中的泪水,宁萌咬牙:"好……我知道了。"

杨桦咳嗽两声,尴尬道:"你不知道!我……哎!我都不知道该怎么说了,何之隽在夏浅家里待了大概二十分钟才出来,但这途中,你哥也去了夏浅家,直到现在还没走。"

宁萌咋舌:"我哥?"

这到底是唱哪出?

何之隽离开,屋内只剩下盛哲宁和夏浅,夏浅反倒不自在起来。

转眼珠想了想,夏浅还是决定开门见山,咳嗽声道:"你……就没什么想问我的?"

盛哲宁双手插在裤兜里,挑眉。

"好吧,"夏浅举手投降,"我说得再明白点,你刚才应该都听到了吧?我说,看上了你的豪宅和豪车。"话毕,夏浅的心率先扑通扑通地跳起来,微攥的手心也开始悄悄冒汗。

对于身体这样的反应,夏浅有些难以适应。从小到大,她信奉的都是"走自己的路,让别人说去吧。"信你的人,不需要解释;不信你的人,你没必要解释。所以对于他人的误解,她向来都是一笑而过,可今天自己这是怎么了?怎么这么紧张盛哲宁误会自己是拜金女?

夏浅思忖之际,盛哲宁已踱步到沙发前,挨着夏浅坐下来:"喜欢我的豪宅和豪车,这有什么不对吗?"

"哎?"夏浅瞪大眼睛,一时回不过神来。

盛哲宁舒出口气道:"豪车豪宅也好,相貌身高也罢,这些都不过是附加在人类身上的属性而已,和家世学历、品性德行没什么两样。有些女人在乎男人的长相和身材,有些女人则更注重男人的经济实力,这不过是每个人的喜好不同而已，我为什么要生气？"

闻言，夏浅呃了呃，半晌说不出话来。为什么自己居然觉得盛哲宁说得好有道理，她竟无言以对……

这头，盛哲宁见夏浅不说话，启齿又道："还有，我觉得女人注重对方的经济能力没什么不对，反而代表着她对这份感情的忠贞和向往。其实大多数女性在择偶时要求男方有房都是在为下一代考虑，这说明她希望这份感情开花结果，而不是玩玩。原始人择偶时还挑身强力壮有洞穴有能力抚养下一代的男人呢，为什么现在的女人就不能要求男人有房？呵，'拜金'这个词，不过是没有能力赚钱养家的人拿来泄愤的词汇罢了。"

听了这番话，夏浅眼泪哗哗的。听盛总大人一席话，胜读十年书啊！

她以前怎么没发现，龟毛傲娇又自命清高的盛哲宁居然三观这么正！刚才那番话简直狠狠扇了虚伪的男人们一巴掌！

没错！你穷你家境不好没人看不起你；可你穷你家境不好还想要找个又漂亮又持家的女人，且一旦女人要求你花钱你就痛骂女人拜金虚伪，这不是双标是什么？

夏浅越想越激动，正说找笔和纸记下盛总大人的金玉良言，就觉肩上一沉，盛哲宁的手居然搭了上来……

搭了上来……

搭了上……

搭了……

搭……

夏浅默默看向盛哲宁，下一秒就听盛哲宁低沉富有磁性的声音从头顶轻轻传来："夏浅——"

闻言，夏浅第一反应居然是：我的天啦！当年，她就是因为何之隽干净清透的声音被迷得七荤八素，没想到过了这么多年，她居然还是死性不改！一听盛哲宁故意压低的温柔男中音，身体就自动定住了！

怎么办怎么办？脑子你倒是醒醒啊！智商你快回来啊！千万不要被迷惑千万不要……

夏浅思绪正神游千里，盛哲宁就接着道："这可是你自己说的，看上了我的豪车和豪宅……"话至此，他顿了顿，这才斩钉截铁道，"这些东西，都没问题！"

听了这话，夏浅眨了眨眼，再眨了眨眼，终于爆发地说了两个字："我去！"

她果然还是太低估盛哲宁了。原来盛哲宁刚才那一大段一大段反驳拜金的理论都是在给她挖坑呢，就等着她自己往下跳。嗯，眼见现在猎物跳进了坑，他老人家就心安理得地往里撒土掩埋了。

混蛋！

他刚才那话翻译过来不就是说：哎呀，原来一个豪宅一个豪车就能轻松搞定你，这实在是太便宜太简单太方便啦！朕之前怎么没想到这么容易就能把你追到手，早知如此我早就撒钱了啊哈哈哈哈！

呵呵。夏浅早该想到的，盛哲宁这种败家土豪，最不在乎的就是钱！什么"女人注重经济实力是对爱情的忠贞和向往"，什么"女人爱男人的钱和爱男人的相貌长相没什么区别"，这些都是他编出来给自己洗脑的啊啊啊啊！

其实盛总大人你内心真实的想法是用钱把我埋了，对吧？

"盛哲宁你——"

"其实，我知道你是什么样的人。虽然不太清楚你为什么会说出'看上我豪宅'这样的话，但我知道这不是你的本意。可是夏浅，你真的没必要那么排斥我排斥钱，豪车豪宅没什么不好，我觉得我们俩也合得来，这就够了。至于宁萌那边，一切有我，你无须担心。"

话音落下，夏浅心里骤然一紧。

"一切有我"四个字如音符般字字敲在心间。其实单身这么几年，夏浅看到乐颖和陈浚恩恩爱爱之时；眼见着老何笨拙地向方芳表达自己心意时；她一个人加班到深夜，回家望着空空如也的房子时……她不是没有心动过。

人是群居动物，怎么可能有人生下来就愿意做单身狗呢？只是她怕了，怕再掏心掏肺后被人一脚踹开；怕憧憬美好未来后再孤零零的一个人。她害怕谁再撕开当年的伤口，更害怕"一切有我"这四个字是有期限的，他不能陪伴自己到天涯海角。

"盛哲宁……"夏浅咬牙，正摇摆之际，就觉肩上的大手加重了几分力道，盛哲宁打断她道："夏浅，我是认真的，我们试试。"

闻言，夏浅怔了怔，理智登时回归大脑。

咳咳咳,盛哲宁不错啊,这谈判技巧都用上了。先是"晓之以理",接着"动之以情",最后再来个"真情告白"。接下来呢?接下来他打算怎么做?是不是自己今天不答应他就誓不罢休?

夏浅正踌躇,一抬头,就撞进盛哲宁湛清黑亮的星眸里。

见状,夏浅的心霎时又慢跳上半拍,就连脸颊也不争气地发起热来。她这是有多久没被这样炙热专注的眼神凝视过了?呃,不对,夏浅你清醒点,这都是陷阱啊陷阱。

"那啥,我——"夏浅话刚起了个头,咕的一声闷响就在两人中间飘荡开。刚刚还冒粉红泡泡的气氛荡然无存,一时间,空气中除了尴尬还是尴尬。

好半响,夏浅才从沙发上跳起来:"不好意思啊,有点饿了……"

盛哲宁倒也没说什么,留下句"等着"就径直进了厨房。

见状,夏浅瞠目结舌:什么情况?难道盛总大人还会做饭?!

盛哲宁会不会做饭,夏浅是不知道。但她知道,盛哲宁打扫起卫生来委实认真。

进入厨房半小时后,夏浅去看,只见盛总大人正仔细地擦着油烟机上的油污;

一小时后,盛总大人正清洗着菜板、菜刀、锅铲等等厨具;

一个半小时后,盛总大人又开始了擦瓷砖、擦地板工作。

两小时以后,眼见盛哲宁又拉开了自家橱柜,夏浅终于掏出了手机,默默打开了"饿了么"App……

要想吃上盛总大人做的饭,估计这辈子是等不到了。

第十四章　他其实没那么讨厌

因为实在等不了盛总大人做的饭,最终两人还是通过外卖解决了午饭问题。

饭毕,夏浅又煮了英式红茶。两人正悠悠品着,盛哲宁突然冷不丁道:"说吧。"

夏浅咦声:"说什么?"

"你约我出来,不就是有事找我吗?"

虽然很不想承认,但根据种种迹象表明,夏浅约他出来都是有目的的。如果真的只是单纯约会,夏浅在察觉自己来不了后完全可以给他打个电话,告诉他自己无法赴约。可夏浅不仅没有取消约会,反而将老何支了来。这就说明他们大概有什么公事要和他说。

念及此,盛哲宁抬眸:"是汽车砍价案那个案子?"

盛哲宁把话都说到这份上了,夏浅也大方点头承认:"的确是那个案子出了点问题。"

说来话长。

按照双方签订的砍价协议,长盛集团事先已经选定了三款汽车。夏浅和老何需要做的,就是与这三家汽车经销商杀价,然后再将三款汽车的最终报价告诉长盛集团,最终由长盛集团来决定到底选购哪一款汽车。

本来是件挺简单的事,可怪就怪在,三位经销商的态度——

按理来说,这年关将至,正是经销商们冲量完成任务的时候,刚好夏浅他们要的量又大,汽车经销商们见了两人,应该把他俩当活菩萨供起来才对。可三位经销商的态度却出奇的一致:推托敷衍。

夏浅掰着手指头道:"什么本身他们的利润就已经很薄了啊;如果折扣给得太狠扰乱了市场价格厂家要进行巨额罚款啊;自己做不了主啊,等等。什么乌七八糟的理由都有,反正就一点,坚决不肯让利。"

夏浅和老何也是使劲了浑身解数,夏浅就恨没把自己知道的所有砍价手段都用上了,可依旧还是无济于事。

"如果一家是这样也就算了,可三家的态度无一例外,这里面就有猫腻了。"

盛哲宁呷了口茶,摆出一副事不关己的姿态:"有没有猫腻我不管,我只知道如果在规定期限内你们谈不下我们所要求的价格,砍价协议就作废。"

"你还真说到点子上了,"夏浅拍掌,"你有没有想过,我们砍价公司退出正是某人所期望的?"

自古以来,采购都是名副其实的肥差。在"砍砍而谈"入驻这件案子以前,采购的工作一直都由长盛集团总部的行政总监徐杰在负责。夏浅等人一来,徐杰这部分工作也就等于被架空,油水自然也就泡汤了。

"感觉到案子进行不下去后,老何提供了一个新思路。或许,是我们挡了某人的财道,所以这位才千方百计地想办法想把我们赶走。只要我们离开,这单采购案不就又回到他手里了嘛。"

盛哲宁放下茶杯:"你的意思是说,徐杰和汽车经销商沆瀣一气,意图将你们砍价公司挤走,然后坐收渔翁之利?夏浅,你当汽车经销商都是傻子吗?陪着徐杰这么玩,计划顺利他们每人也只有三分之一的机会能成交这笔交易;计划不顺利还有可能直接落个竹篮打水一场空。你也说年底家家户户都在冲量了,商人从利,谁会干这么没把握的事情?"

夏浅点头:"如果只跟其中一家汽车经销商合作,那你说得确实没错。可如果,徐杰跟三家经销商承诺,只要挤走我们,让他们三家平均消化这120辆轿车呢?"

盛哲宁眼眸微亮,静静地凝视着夏浅。

"而且,我们还发现了这个。"说着,夏浅就从手机里调出一组照片来。只见照片上,两个大男人正站在灯光璀璨的某夜总会门前,相谈甚欢。这两人,一个正是长盛集团的徐杰,一个则是长信汽车蔺安市的总代理商黄怪海。

事实、证据都摆在了眼前,夏浅这才耸肩说出了她和老何的意思。

"一码归一码,我和老何只负责砍价,不负责处理'家务事',所以只能麻烦盛总您清理清理门户,我们这边也好开展工作嘛。"

盛哲宁的态度倒是出乎夏浅的意料,他晃了晃手上的手机:"你就凭这几张照片就给徐杰定了罪？这些照片除了说明徐杰和黄怪海私下有往来以外，还能说明什么？"

夏浅语噎："可是——"

"夏浅，你敢不敢再天真点？就这种照片，我还能再给你找出一打来。可这些根本就不构成杀伤力。要想撵走徐杰，没你想的那么简单。"

夏浅微怔，忍不住重复盛哲宁的最后一句话："要想撵走徐杰，没我想的那么简单？"

话落，一个可怕的念头倏地钻进脑子里。

有没有可能，从一开始盛哲宁就知道徐杰中饱私囊的事情？不止这次的汽车采购案，或许在更早之前，盛哲宁就已经发现了徐杰的小动作。

老何曾暗暗摸过这个徐杰的底，他还有些董事会的背景，牵一发而动全身，要想开除这个徐杰可不像"砍砍而谈"这种小公司随随便便开个前台文案之类那么简单。

所以，盛哲宁才说没她想得那么简单；所以，才必须在拥有强有力的证据后再出手；所以，盛哲宁才会找"砍砍而谈"来插手这件事！

想到最后一种可能，夏浅倒吸了口凉气："你是故意找砍价师来插手这件事的？目的，就是为了让徐杰露出更多的破绽？"

"终于猜到了？"盛哲宁目露赞许，"还不算太蠢。"

看着盛哲宁这副老神在在的样子，夏浅一口银牙咬碎，盛哲宁这个王八蛋！亏她当初还小感动了一把，以为是盛哲宁专门把这个案子交给她做。还什么变相道歉？她呸啊！这货根本就是为富不仁好不好？

而且这货是怎么做到前一秒还深情款款地在求爱，然后下一秒就秒变黑脸包公，拉下脸来谈公事的？这货是精分呢还是精分呢？

这头，盛哲宁就像看不到夏浅眼中的怒火，直接撂下话来："我还是那句话，不看过程只问结果。如果你们'砍砍而谈'没能力在规定期限内完成任务，协议就作废。"

夏浅："……"盛哲宁，你够狠！

夏浅和盛哲宁喝茶斗嘴之际，何之隽也已拎着行李回了家。一进门，何之隽就闻到浓浓的香气，宁萌从厨房里探出个脑袋来，欢快道："老公，回来啦？"

何之隽放下手中的行李，换鞋、脱外套，进入厨房，搂住娇妻的腰莞尔："做什么好吃的呢，这么香？"

"黄焖鸡！"宁萌露齿甜笑，"你出差辛苦啦，今晚多吃点。"

"好。"何之隽满脸深情地应道，用手摸了摸宁萌的脑袋，作势就要吻下来。这是小夫妻俩日常最爱的戏码，宁萌下厨，何之隽则"百般捣乱"，趁着老婆忙乱的工夫动手动脚，又亲又搂。虽然每次这种时候宁萌都娇嗔恼何之隽烦，可何之隽看得出来，宁萌很喜欢他这样。

可今天有些奇怪，他刚刚俯下身来，宁萌头一歪，立马就躲开了。不似往日的半推半就，也不似平常的嬉戏打闹，何之隽说不清这一瞬是什么感觉，但心里有个声音清楚明白地告诉他：宁萌有事。

宁萌拽了拽围裙，开口道："不过老公……今天的黄焖鸡可能做得不太好，你别嫌弃。"

气氛还尴尬着，宁萌却突然把话题转回到黄焖鸡上，何之隽不知道宁萌葫芦里到底在卖什么药，只能顺着她道："怎么会？我老婆的手艺是最棒的！"

宁萌摇了摇头，欲言又止，最后干脆转向灶台，背对着何之隽这才又道："炒的时候没注意到火候，有些煳了。"

所以呢？何之隽望着宁萌写满伤感的背影还是不明白，宁萌今天到底怎么了？不过是炒煳了一只鸡而已，这样疏远他是为什么？

"之隽……"何之隽正想着，就见宁萌转身，"我今天接了个电话，那边……是个女人。我接起来她就在那边破口大骂，骂得很难听，还、还说我们俩是奸夫淫妇，迟早会离婚。"

闻言，何之隽的眉毛骤然蹙到一块："什么时候？"

"中午。"

何之隽抿唇，不言语。

宁萌见状再接再厉，满脸委屈地嘟起小嘴："我从小到大都没得罪过人，结婚的事情也只有关系好的朋友才知道。所以……是那个女人吧？她知道了你结婚的消息，气急败坏，然后从大学同学那要到了你的电话号码，打过来骂我们……"

"那个女人"，宁萌一直用这样隐蔽的词汇指代何之隽的前女友，这于她也好，于何之隽也罢，都算是一段黑历史，她不愿过多提起，更

· 137 ·

不愿过多回忆。而每次提到她，何之隽也显得颇为暴躁，可今天，何之隽的反应却出乎宁萌的意料。

一听到"那个女人"可能曾打过电话来，何之隽手一挥，便斩钉截铁道："不可能！"

闻言，宁萌陡然笑出声，冷冷道："为什么不可能？"

其实，不用何之隽回答，她心里已有答案。因为中午时分，两人就在一块，这位前女友又怎么能背着何之隽给她打电话呢？再则，"那个女人"早就知道他们结婚的事情，就算被激怒也是几个月前被激怒，又何须等到今天才打电话来骂人？

这本就是一个陷阱，一个宁萌为何之隽设下的陷阱，宁萌想要用这个陷阱搞清楚一件事：夏浅是不是她口中的"那个女人"，而答案是显而易见的。

其实，根本不用宁萌撒谎，杨桦委托的侦探也能查清楚这件事，可宁萌不想，也不愿意，她希望告诉自己真相的人不是侦探，而是她最亲最信任的枕边人——

念及此，宁萌就又重新定眼看向何之隽，所以何之隽，你还有最后一次机会，只要你告诉我真相，哪怕是再丑恶再不堪的真相，我也会原谅你……

可这头何之隽只是柔柔笑开："萌萌，咱们别一提到她就这么敏感好吗？她怎么可能知道我们家座机？就连我的搭档都不知道我们家的座机，就别说大学同学和她了！大概是……打错了。"

宁萌绝望地呼出口气，良久才从牙缝里挤出一个字来，"好。"

见暂时过关，何之隽心里也松下一口气来，面上却依旧端着笑："那我先去洗个澡，出来咱们就开饭？"

宁萌勾唇，轻轻点了点头。待何之隽走出厨房，宁萌漂亮的杏眼才渐渐盈满水光，心里五味杂陈，说不出此时此刻到底是酸还是苦。

报应！是报应吧？

当初，她对何之隽一见钟情时是知道他有女朋友的，可她控制不住自己的感情和心，总有意无意地向何之隽靠近。后来两人渐渐熟悉起来，听何之隽抱怨自己的女朋友老是忙着考各种证、参加各种社团活动而忽略他时，宁萌心里竟阵阵窃喜："她不陪你我陪你啊！"

她当时的想法是那样的单纯，直至后来她发现自己对何之隽的感情已无法自拔时才陡然恍悟，原来她做了别人口中最不知廉耻的第三者。那时候，不是没人对她指指点点，也不是不知道大家总在背后议论她，可她真的离不开何之隽，真的没办法失去他。

既然如此，既然已经背了"小三"的骂名，那为何不坐实了这个称谓？于是她找何之隽摊牌："我喜欢你，你要么和你女朋友分手，我们在一起；要么你永远都别再来找我。"

最后，何之隽毫无悬念地选择了她。

其实，宁萌不傻，她不是不知道何之隽为何如此选择，也不是不知道为何过了这么多年，他还依旧陪在她身边。可她觉得那些都无所谓，何之隽出生在小地方，用他自己的话说就是穷怕了，他稍稍爱财些，想爬得高些这也没什么不对。只要他对她好，宠着她惯着她一辈子，她觉得这就值了。

——她就是这么跟哥哥说的，哥哥没有阻止，衷心祝福并捧上丰厚的嫁妆。那时候，她觉得自己是那样的幸福，可转瞬间，这一切就轰然倒塌。

为什么？宁萌一次次地在心里问为什么？何之隽是对夏浅余情未了，还是因为别的什么原因？夏浅一面和何之隽纠缠不清，一面又和她哥来往又是为什么？是为了报复她，还是单纯地想要嫁入豪门？

想到这，宁萌蓦地恢复理智，摸出手机悄悄给杨桦发了条信息："让侦探继续监视夏浅。"

少时，杨桦那边回复过来一个"OK"的表情。

宁萌扬了扬嘴角，默默擦干脸上的眼泪。她不会让"那个女人"毁掉她的生活，绝不！

晚上，夏浅觉得人稍好了些，就给老何打了个电话。原本夏浅是想跟老何约着明天碰个头，然后好好商议下汽车砍价案的事情，谁知这家伙却在电话里支支吾吾，好半天才憋出句"明天没空"。

"没空？"夏浅拧眉，"是要见客户？"

"哪儿啊，大周末的哪来的客户让我见？"话说到一半，老何不好意思地咳嗽了两声，"咳咳，明天是周六，你……这么说你懂了吧？"

夏浅一脸懵圈："周六怎么了？周六就不能出来见面了咩？哼哼哼，老何同志我要批评你哈！还记得你当初带我时是怎么说的？你说，咱们砍价行业属于服务行业，服务行业是没有休息日的，越是周末咱们越是要干劲十足！这不叫加班，这叫正常营业！"

"哎呀，不是！我这——"老何越解释越乱，正舌头打结，夏浅就听电话里又窜出个清脆干净的声音，"何先生，这求婚戒指你再确认下，如果没什么问题我就打包了。"

话毕，话筒明显被老何用手捂住了，一阵嘈杂的声音过后，夏浅才听老何在那边低低地喂了声。

"求婚戒指？"夏浅半是惊讶半是惊喜道，"给谁的？方芳？"

老何深深叹了口气，苦笑开："本来想瞒着你们的，谁料人算不如天算，到底还是没瞒住啊。"

夏浅不解："求婚是好事啊！干吗瞒着我们？你告诉我和乐颖，我们还能帮你加油助威呢！"

老何叹息声更重："我这么问你吧，第一，你觉得方芳那个牛脾气，会因为你和乐颖在旁加油助威，就答应我吗？"

夏浅一噎，登时说不出话来。

"第二，你觉得我这次求婚，成功的可能性有多大？"

夏浅再噎，别说说说话了，连半点声儿都发不出来了。

说实话，老何和方芳这对冤家几乎是她看着过来的。方芳21岁时出来实习就认识了老何，那时候老何没房没车没存款，就是纯屌丝一个。后来老何凭自己的本事赚到了第一桶金，拉着方芳一块开工作室。

那个时候，方芳暗恋的男神刚刚出国，方芳就默默将这段还没开始便戛然而止的恋情掐死在了摇篮中。她帮着老何打理工作室，一是为了努力工作忘记那段苦不堪言的单恋，二便是她真心喜欢砍价这个新兴行业。

再后来，随着两人在工作上越来越默契，老何的某些心思也就渐渐成了公开的秘密。可方芳却不接茬儿。有人背着方芳骂她矫情，也有人嘲笑老何当了备胎还傻乐呵。

——其实真相只有夏浅知道。作为中间人，她替方芳带过三次话给老何，每次方芳的回应都一样："我们不可能，别在我身上浪费时间。"

可每次，老何都只是摇摇头，苦笑问夏浅："如果喜欢一个人，说放下就能立马放下，那还叫喜欢吗？"

于是就这样，纠缠一年又一年，直到今天。

电话那头，老何哎了声，又道："我知道，自己就一职高生，头发少肚子大，配方芳是委屈她了。以前吧，没钱没房，连个念想都不敢有，现在至少揣了些老婆本，哪怕注定要失败，我也要试一试才死心。如果……如果这次再不成，我就真的放弃了，呵呵。"

听了这话，夏浅心口阵阵发紧，想要安慰老何两句，偏偏大脑一片空白。其实，老何根本就没自己说得那么差，他口才好会处事，在圈里圈外都有一定的人脉。

"砍砍而谈"也经营得风生水起，不过两三年，已成为砍价界的标杆。多少砍价师从他手里讨饭吃，又有多少商家依附他而走销量。可就是这样一个人，却在爱情面前，卑微得如一颗沙砾。

老何自嘲："我知道求婚的成功率微乎其微，所以才不想告诉你们。看，结果还是让你知道了，丢脸呐！"

……

挂断老何的电话后，夏浅感慨一番，还是给乐颖发了条微信，直截了当道："咳咳咳，我刚刚得知了一个惊天大秘密，老何明天准备向方芳求婚。你说，方芳会答应吗？"

语音发过去许久都没回音，夏浅想了想，又加了句："嗳，乐大喇叭，你可千万别去问芳芳哈，这事她还不知道呢！"

这次，乐颖倒是来了个秒回，夏浅盯着屏幕看了眼，差点吓出毛病来。乐颖回道："浅浅，我对不起你，方芳已经知道了。她就在我旁边……"

夏浅抓狂，她简直就是猪一样的队友啊！没帮到老何半点忙也就算了，这这这——

夏浅正纠结着怎么回复，乐颖那边又发来一条语音，语气里满满的委屈："这次真心不怪我……我又不知道你发的是什么语音，所以就当着她的面点开听了。不过方芳让我转告你，不用担心，她不会出卖你这个猪队友。还有，她让你准备好红包。"

准备好红包？？

夏浅瞠目结舌，这是几个意思？夏浅实在按捺不住，干脆直接拨了个电话过去,电话一接通,就听那头传来芳芳慵懒的声音。

夏浅呕呕道:"嗳,准备红包是什么意思?你准备答应求婚?"

方芳轻笑:"不然呢?"

夏浅咳嗽:"大姐,这事不是开玩笑,你考虑清楚没啊?"

电话那头方芳默了默,这才沉静道:"我考虑三年了,你说呢?"

夏浅微怔,咬住下唇不言语。

方芳幽幽叹了口气,嘴上满是无奈,字里行间却满含着甜蜜:"哎,老祖宗说得对,好女怕男缠,我拒绝了他那么多次他都不离不弃,可又小心维持着朋友关系怕惹我厌烦。可能就是从那个时候开始吧,我就有点点感动了。再加上日久生情,我看这死胖子竟然也越来越顺眼,没办法哇。"

话毕,夏浅和方芳都齐齐笑出了声。

方芳得了便宜就卖乖:"其实吧,就算明天他不向我求婚,我也打算问问他,想不想转正升级。赶巧,他居然主动出击了,那我就乐得坐享其成了。"

闻言,夏浅撇了撇嘴,恨不能立马穿过话筒去掐死方芳。

炫耀!赤裸裸的炫耀!这两人还没结婚呢就开始秀恩爱,以后可怎么了得?夏浅和方芳调侃惯了,于是立马阴阳怪气地叫开:"哎哟,你们真的好有默契好有爱呢!居然向对方告白都选在了同一天!哼哼!"

话音落下,电话那头突然没了声,夏浅喂了几声,才听出电话被易了主。乐颖憋着笑,好半天才拼出一句完整的话来。

"大姐,你别告诉我你不知道明天是情人节。"

轰隆一声乍响,夏浅的世界彻底崩塌了。乐颖的话不断在她耳边徘徊:明天是情人节明天是情人节明天是情人节明天是情人节明天是情人节……

怪不得老何选在明天求婚,也怪不得方芳打算明天和老何摊牌,原来明天是全国最大规模的虐"单身狗"啊!

精神伤害+300,血条-30%,夏浅强力挽尊:"是、是吗?我最近太忙都没注意——"

方芳抢过电话咦了声,一针见血道:"是没注意还是明天没人约啊?"

夏浅吐血,物理伤害+300,血条再-30%。

"滚！"夏浅娇喝，"你以为谁都像你们似的天天只知道情情爱爱？姐那是在奔事业，奔大事业。"

"成！"方芳闻言也不恼，乐呵呵道，"那就预祝夏大砍价师事业有成，马到成功。最后多说一句，我们三儿就你还单着了。"

夏浅："……"精神伤害+300，物理伤害+300，血条彻底清空。

是可忍孰不可忍！夏浅怒号一声，终于挂断了电话。

这头，听着电话里传来的嘟嘟忙音，乐颖纠结地看了眼方芳，欲言又止。方芳哪儿有不明白的，挑眉道："你是不是觉得我刚有了伴儿就对闺蜜催婚，特贱特欠抽？"

乐颖摊手："这可是你自己说的啊，我什么都没说。"

方芳拍了拍乐颖的肩膀，道："如果夏浅身边没个人，我这么做是挺不仁道的。可是吧……你还看不出来吗？夏浅明明对那个盛哲宁动了心，偏偏因为杂七杂八的外来因素而犹豫不决，我这个当朋友的不推她一把谁推她一把？"

闻言，乐颖立马向方芳投去崇拜的目光："女神大人英明！女神大人万岁！"

女神大人勾了勾唇，微微笑开："催婚的坏人我是当了，至于能不能把握机会嘛，就要看那位盛总大人了。"

……

是夜，夏浅在床上翻来覆去的睡不着。

女人真的是种很奇怪的物种，她们彼此之间可以好到连衣裳鞋子都换着穿，可当对方发生什么好事时，却又嫉妒得要死。这就是夏浅此刻对方芳的全部感受。对于方芳和老何的结合，夏浅打心眼里替这两位老朋友高兴，可再回头看自己孤零零一个人的影子时，却又发了疯的羡慕嫉妒恨。

更悲凉的是，一想到日后三个闺蜜聚会的情景，夏浅就觉异常难熬。乐颖方芳各带家属，而自己就跟灯泡似的处在四人中间，除了尴尬还是尴尬。曾经有人说过，其实父母们完全没必要对女儿催婚，当她周围的朋友、亲戚都结婚后，她自然而然就会感到心慌。

已婚闺蜜不能天天陪你逛街、不能陪你看电影、不能无时无刻地分享你的喜怒哀乐，到那时候，孤单如你，自然就想找个人陪了。

念及此,夏浅脑子里没由来地闪过盛哲宁的模样,他低沉蛊惑的声音再次在耳边响起:"夏浅,我们试试。"

可以吗?真的可以吗?夏浅的心跳微微加速,手心亦捏出汗来。正犹豫不决,夏浅就忽然听到突兀的敲门声响起。夏浅骇了一大跳,披上睡衣走出卧室,顺便看了眼墙上的闹钟:十一点四十八分。

这么晚了谁会来?

夏浅皱眉:"谁啊?"

"我。"

听见熟悉悦耳的声音,夏浅微怔,盛哲宁?这么晚他来干吗?!

餐桌上,整整齐齐地排着一溜碟子:西关虾饺皇、韭黄虾仁肠粉、蟹黄汤包、广式菠萝糕……除此之外,保温桶里的主食木瓜雪蛤粥还微微冒着白色的热气。看了眼一桌美食,再瞅了瞅对面正襟危坐的盛哲宁,夏浅咋舌:"你这么晚来我家,就是为了给我送夜宵?"

盛哲宁不答,只道:"先尝尝。"

夏浅眨了眨眼,虽然搞不清楚盛哲宁到底想干什么,但还是乖乖尝了口粥。喝完,夏浅当即震惊:"这个是——"

见夏浅反应过来,盛总大人心情甚好地弯眼,用鼻音嗯道:"这个是如缘海鲜粥的招牌粥,我亲自买的。"话外之音,这是朕专程为你打包的。

闻言,夏浅心里陡然生起股暖流,她从没想过看似直男癌的盛哲宁竟然会这么细心入微。

原来,今天下午,被大姨妈暴虐的夏浅突然嘴馋,无比怀念起如缘海鲜粥店的木瓜雪蛤粥来。不过,也只能是怀念,这家粥店不在蔺安市,而在夏浅的老家——郦市。

万分遗憾下,夏浅流着口水发了条朋友圈道:姨妈痛,好想吃如缘海鲜粥的木瓜雪蛤粥啊啊啊。

信息发出去后,除了收到几个损友的点赞,以及两个吃货打听地址外,一切如常。可夏浅万万没想到,盛哲宁会因为这条信息而真的千里迢迢跑到郦市去。思及此,夏浅又默算了下郦市和蔺安市之间的车程,如果她没计算错的话,盛哲宁应该是看到她这条信息之后就立即出发,到达粥店打完包后就又风尘仆仆地开车往回赶。

望着满桌的美肴，夏浅突然有些不知所措，六个多小时打来回，就为了一锅粥，值得吗？

隔着层层白雾，夏浅突然觉得眼底有些发酸，用勺子在粥里划拉了一圈，终于下定决心，轻叹道："好吧。"

"什么？"盛哲宁拧眉。

夏浅瘪嘴，半是娇嗔半是调侃道："你赢了，我认输还不成吗？你白天说的那件事……咳咳，我勉为其难答应啦。"

让宁萌和何之隽都见鬼去吧！她要的只是盛哲宁这个人，其他外来因素都是渣渣，反正有盛总大人在前面顶着呢，她怕什么？她就抱着豪宅和豪车做美梦就好啦！

不过，夏浅转念一想，自己就因为区区一锅粥就被感动了，是不是显得太廉价了点？

这么盘算着，夏浅就欲再说些什么挽回点面子，结果甫一抬头，只见盛总大人已垮下脸来。

嗳，他这是什么反应？不想她答应？抑或说，盛总大人就喜欢这种追女人、若即若离的感觉？

谁料，答案出人意料。盛哲宁阴森森道："我以为，我们已经是恋人了。"

——不然你以为朕为什么要跑那么远去给你买粥？你以为这种殊荣是随便哪个女人都能享受的吗？！你当时明明没有拒绝那不就是默认做我女朋友了吗？朕除了宠自己的女人决不会纵容其他的女人，决不！

读懂盛哲宁的潜台词，夏浅忍不住啐道："你！妹！"

盛哲宁你还敢要点脸吗？

【小剧场·关于不在一个频率】

夏浅和盛哲宁刚确立恋爱关系时，夏浅就明白了一个铁一般的事实：她和盛总大人不在一个频率上。而随着两人交往的深入，这个问题也显现得越来越明显。

夏浅第一次带着盛哲宁回老家时，小姑请一大家子吃火锅。夏浅知道盛哲宁爱吃土豆，特意多点了两份。可土豆煮好后，盛哲宁却稳坐泰山，连筷子都没动一下。

夏浅以为他拘束，悄悄问他怎么不夹土豆吃？盛哲宁闻言却满脸奇怪地盯着夏浅："还没熟，怎么吃？"

夏浅汗颜，正想说什么，那边小姑率先发话了："我们这边土豆都切得薄，下锅烫一会儿就能吃了。浅浅快给你男朋友夹一片，你尝尝，这个时候起锅的土豆啊又脆又香，再煮一会儿就软了不好吃了。"

听了这话盛哲宁的眉头皱得更紧了，难以置信道："你们吃土豆居然爱吃脆的？难道不是越绵才越好吃吗？那种入口即化的感觉脆土豆如何做得到？"

话一出口，饭桌上的氛围瞬间变得怪怪的。夏浅呵呵呵，化解尴尬道："你们不用管他，吃吃吃。"

话音落下，刚好表弟点的鲜藕也到了。服务员刚把盘子搁在桌上，盛哲宁就立马夹起一片生藕，放到嘴边脆生生地咬了一口。登时，刚刚才缓和的气氛再次降到冰点。

夏浅满头黑线，对着盛哲宁道："大哥，你平时藕都是生吃吗？"

盛哲宁挑眉，露出一副"不然呢"的表情。

这头表弟接过话茬，弱弱道："姐夫，我们这边吃藕都是需要煮的……"话毕，就默默夹了两片鲜藕丢进锅里。面对此情此景，夏浅恨不能直接找个地缝钻下去，盛哲宁这到底都是些什么怪吃法！

吃，不在一个频率上也就算了。其他方面，两人也经常鸡同鸭讲。

举个例子——

方芳和老何蜜月归来后，组织大家出来小聚。因为夏浅当天刚好去"砍砍而谈"有点事情，所以就和老何两口子先去了酒楼，然后打电话叫盛哲宁一个人过来。电话里，夏浅唯恐盛总大人找不到地方，正说给他发个定位，那边盛哲宁就打断道："知道，我去过那儿。"

盛总大人居然在这么平民的酒楼吃过饭？虽然有点点意外，但夏浅还是毋庸置疑地挂上了电话。可到了开席的点儿，夏浅左等右等，就是等不到盛哲宁。一打电话过去，盛哲宁却道："我已经到了。"

"到了？"夏浅瞪眼，"在哪儿？我怎么没看见你？"夏浅一面说，一面就出了大门，在瞅见酒楼牌匾的瞬间，一种不好的预感油然而生。

"等等，你真的确定自己到的是聚鲜酒楼？"

· 146 ·

盛哲宁嗯了声："就是聚仙酒楼。"

夏浅："你说的xian，该不会是'神仙'的'仙'吧？"

盛哲宁："有什么问题吗？"

夏浅："……"

夏浅扶额，夏浅捶胸，夏浅无言以对！她就说盛哲宁怎么可能来过物美价廉的聚鲜酒楼，原来这货从一开始就以为他们说的是人均上千的聚仙酒楼啊！！！

鲜和仙，傻傻分不清楚。这一顿饭，夏浅在闺蜜们的嘲笑中郁闷度过。

婚后，夏浅才渐渐明白，鸡同鸭讲还算好的，更郁闷的事情还在后面。

某个周末，夏浅在家刷微博，无意间看到一条搞笑微博是这么写的：逼死男人的终极问题来了——如果我生孩子难产，医生问你保大还是保小，这时候你妈跳进河里逼你保小你该怎么办？

夏浅觉得好玩，于是踢了脚旁边看杂志的盛哲宁，照本宣科地把问题又念了遍。念毕，盛总大人英眉紧蹙，少时才道："你在暗示我？"

夏浅咋舌："啊？"暗示什么？

盛总大人抱胸道："第一，我父母早就没了，根本就不存在谁跳进河里逼我的问题。第二，医生保大保小这个假设根本不成立，医院在遇到孕妇有危险的状况下都是先保大人再保孩子，从来就没有让家属选择保大还是保小这一说。第三，我们结婚这么久，你明明知道我的为人，如果真遇到这么荒谬的事情我肯定是保你。你心里分明就有答案可你还跑来问我这个问题。所以——"

发完大招的盛总大人深呼口气，这才做出总结道："所以你是在暗示我该要孩子了？"

夏浅："……"果然挑战不同频率的老公就是一个错误，让你无聊嘴贱！让你发神经问这白痴的问题！

夏浅狠抽自己两个耳光，道："您老慢慢看书，我走了……"

盛哲宁拦着老婆不让走："夏浅，你到底想说什么？"

夏浅抓狂："真的没什么啊啊啊，我就是很郁闷，为什么我们永远不在同一个频率上。"

闻言，盛哲宁默了默，再默了默，彻底想歪了："怎么不在同一个频率上？昨晚你不才和我一起——"

听见老公说出这么流氓的话，夏浅的脸"噌"的一下涨得通红，跳脚道："滚！"

"滚？"盛哲宁微眯双眸思忖，少时，终于顿悟过来，"原来，老婆你说这么多是想让我……？嗯，其实偶尔换换……和位置也不错，你想我什么时候滚？现在吗？"

夏浅："……"救命！

第十五章　遵命，女朋友

酒足饭饱后，夏浅有点犯困了。可再看看对面安然端坐的盛总大人，似乎半点离开的意思都没有……

直接下逐客令吧，别人为了你花了六个小时打包送粥，你吃饱了立马叫人滚蛋，颇有点过河拆迁的意思。可不叫他走吧，难道两人就这么大眼瞪小眼地干耗着？

是以夏浅委婉道："咳，我先进屋躺着了哈，你看你怎么着？"

话毕，盛哲宁倏地看向她，夏浅也在瞬间愣住。

呃呃呃，她这句话原本的意思是想说——我有点困了，您老看是不是先回去，改日再续？可这话怎么一出口就变了味，怎么听怎么都像是在暗示说——我先进屋等你，你看你是先洗澡呢还是直接进来呢？

夏浅慌张摆手，巫巫辩解："你别乱想哈！我的意思是说暖饱思淫——"

夏浅话说了一半，差点咬掉自己的舌头，"暖饱思淫欲"不正是指的那啥啥吗？怎么越解释越乱？

夏浅咋舌："不是不是，我用错词了。我是想说吧，我有点困了，你——"

"夏浅，"不等夏浅说罢，盛哲宁就幽幽开口，"我没想到你这么心急。"

夏浅正不知从何说起，就见盛哲宁托腮，"不过，也能理解。"毕竟朕如此丰神俊逸才貌双全风度翩翩玉树临风，女人无法抵住朕的诱惑直接拜倒在朕的西装裤下也是情有可原的哈哈哈。

"……"槽多无口。

看着盛哲宁那神采飞扬的样子，夏浅简直杀人的心都有了。

心急你个头啊！她什么时候心急了？又哪里表现出心急了？倒是你这个王八蛋，深更半夜的到别人单身女性家意欲何为？送了东西死赖着不走又是想干什么？还能理解？啊呸！她以前怎么一点都没发现这货这么不要脸呢！

深呼口气，夏浅正欲发飙，盛哲宁的手机铃声就突然响起。夏浅瞥了眼墙上的钟，这都快一点了，这么晚了谁打的电话？骚扰？

这头，盛哲宁看了眼手机屏幕，便眉头紧锁地接起来。夏浅听不清电话那边说了些什么，只见盛哲宁的神情越来越凝重，良久才低低"嗯"了声："好，我知道了。"

话毕，挂上电话。

见状，夏浅想问又不好问，正踌躇不定，盛哲宁已率先开口："我临时有些事，先走了。"

说罢，就套上大衣出门。可临到玄关口，他又突然回过头来，一脸认真道："其实也不是不可以，如果你实在想，下次我可以勉为其难配合你一两次。"

哈？什么意思？

夏浅懵圈，直至盛哲宁出了门，她才恍然悟过来，红脸骂了句"老流氓"。

清晨六点半，夏浅顶着双熊猫眼起床。

起床后第一件事就是点亮手机，查看信息。可惜，除了自己分享给盛哲宁的那条推送新闻，微信还是空空如也。

夏浅有些失望地下床洗漱，自从前晚盛哲宁从她家走后，这已经是两人"失联"的第二天了。

那天盛哲宁离开后，翌日夏浅就一直在等他的信息。一来是凌晨那通电话来得太突兀，夏浅总还是几分担心；二来嘛，这天刚好赶上情人节。作为刚确立关系的情侣，盛哲宁怎么着也该约自己出去吃个饭吧？

可左等这货没消息，右等没音讯，一直到天黑盛哲宁那边依旧安静如鸡。这下，夏浅绷不住了，所以这才暗搓搓地给盛哲宁发送了条推送新闻。

原本，夏浅是指望盛哲宁看到推送新闻后给她回个电话，可直到今早那边还是依旧动静。

夏浅一面抱怨盛哲宁的不贴心，一面又微微担心起来。最终还是按捺不住,给盛哲宁打了过去。

"喂。"电话一接通,那边便传来盛哲宁略微慵懒的声音。他的嗓音沙哑低沉,像是感冒了,又像是还没睡醒,自带着一份独有的魅力。夏浅一听这声,再多的怨气也在这一瞬间烟消云散了,只道:"你在哪?"

"公司。"

"事情解决好了吗?"

"嗯。"

听见盛哲宁言简意赅的回答,夏浅心里的大石头瞬间落地,这才有心情调侃道:"盛总大人没谈过恋爱吗?"

电话那头没了声音,大抵是在纠结是打死不认呢还是坦白从宽。夏浅忍住笑,故意凶巴巴地又说:"没谈过恋爱姐姐教你,下次办完事记得第一时间给女朋友回个电话,好让人放心!"

夏浅原本以为,以盛哲宁不可一世的傲娇性子,这话说出口两人免不了又是一番斗嘴,可让她万万没料到的是,那头盛哲宁却轻轻笑出声,柔声道:"遵命,女朋友。"

末了,这才又事无巨细地汇报着这两天的情况:"那天离开你家后忙了个通宵,第二天又是联络董事又是开会的,等忙完才发现已经是凌晨了。想要给你打电话又怕吵着你睡觉,所以才拖到了现在。"

夏浅还是第一次听盛哲宁跟自己这样娓娓道来,电话那头的语调又轻又柔,像棉花糖般轻飘飘、轻飘飘地落进夏浅心底,痒痒的、暖暖的,等它化在心间,你才发现竟是甜的。

他刚才说:遵命,女朋友。

这话从向来不肯屈服于人的盛哲宁口中说出来,简直不容易啊!咳咳,这……也算变相的情话了吧?

念及此,夏浅老脸刷的一下红透了,强装镇定道:"嗯,记住就好!还有,以后不管有多忙,要记得给我汇报行程……"不然您老日理万机的,我想见你一面都不知道去哪找你。

后半句夏浅没好意思说出口,但聪明如盛哲宁,应该能明白吧?

果然,盛哲宁沉吟片刻便道:"说起来,昨天是情人节?"

夏浅弯眼,嗯嗯,孺子可教也。她稍稍一暗示盛总大人就懂了。看吧,昨天是情人节,因为你有事给耽误了,不过没关系,本女王大人有大量,只要你今天——

"我没空。"谁料夏浅内心独白还没说完,盛哲宁就一盆冷水泼了下来。

"虽然我这边事情是解决了,但还有很多收尾工作需要处理,大概还会忙个一两个星期。"

"好吧。"

夏浅叹息,一再提醒自己要做个懂事乖巧的女朋友。自己也在工作,明白一忙起来真的昏天黑地连吃饭睡觉都顾不上,怎么可能还有时间过啥节哄啥女朋友。而且现实本来就是和电视剧不一样的,哪怕霸道总裁真的爱上你,那他也没有太多时间陪你。电视上那些霸道总裁们没事就带着女朋友开游艇逛城堡什么的简直都是鬼扯淡!

自己既然选择了盛总大人,那就认命吧。

夏浅正发挥阿Q精神,那头盛哲宁就又道:"虽然没空陪你,情人节也错过了,但我还是给你准备了份大礼。"

"大礼?什么大礼。"

闻言,夏浅本已暗淡的双眸霎时重燃起光芒,哼哼,算这货还有良心!知道弥补她送她情人节礼物!

"你等着,我这就给你发微信。"

"嗳?微信?"什么样的礼物是靠微信发过来的?难道是快递箱的取件码?又或者电影票?旅游券?某某演唱会的门票?夏浅正蒙圈,盛哲宁那边就发过来一张图片。

夏浅下载原图一目十行地看完,彻底傻了眼。

呵呵呵,她果然还是把盛哲宁想得太美好太浪漫了。真直男霸道总裁送礼哄女人,又岂是尔等俗人能够参得透的?

盛哲宁发过来的这张图片,是长盛集团的一个内部通告。通告内容是关于罢免徐杰集团总部行政总监职位及相关权利的。

夏浅一看这通告,就明白盛哲宁这两天到底在忙些什么了。

大抵是"砍砍而谈"的入驻让徐杰慌了手脚,那晚的那通电话就是通知盛哲宁——徐杰终于露出了狐狸尾巴。

有了确凿证据,审问、罢免,甚至报警,再到牵出后面董事会的人,联络其他人削弱对方的势力……这活脱脱就是一出男版《后宫甄嬛传》啊！

徐杰这么一倒台，不仅长盛集团没了后患，就连夏浅他们接下来的砍价工作也会顺畅许多。

所以，盛哲宁指的"大礼"就是这个？

可是喂喂，除掉徐杰，最大的受益人不正是盛总大人你自己吗？而且作为砍价师，他们本来就只负责砍价啊砍价，解决内患不是您老应该做的吗？怎么到最后，反而变得自己还该感谢他老人家似的？

还大礼？啊呸，盛哲宁这份"礼物"还不如当初那个相亲对象送女孩子的盘香花露水呢！果然，好男人都是比较出来的。

夏浅正默默吐槽着盛哲宁的无耻，没想到还有更无耻的在后面等着她。这货居然沾沾自喜地发了条微信过来邀功。

他道："不用太感动。"

夏浅翻白眼，但事已至此，能讨回点算点。念及此，夏浅当即按下语音键，回复："你要真想我感动，就再给我一份授权书。"

……

情人节来临，商家们纷纷使出浑身解数招揽生意。

长信汽车自然也不例外，在总代理商黄怪海的策划下，长信汽车推出了情人节的专题活动。2月14日至2月28日，顾客们只要凭结婚证就能打折，而情侣顾客也可以获得情侣大礼包，里面除了电影券、餐券还有酒店的情侣酒店券。

为了吸引更多的顾客，4S店里更是大搞特搞"试驾相亲活动"，让未婚男女一块试驾，一边试车一边培养感情。

还真别说，在几个促销活动的相互作用下，最近这段时间生意暴涨，光情人节当天的销量就是平时日销量的两倍！而更可喜的是，情人节过后，这活动的热度依旧不减，各个店里每天依旧人头攒动。

听着下属们的汇报，黄怪海一拍大腿，就站起来往办公室外走——他要亲自去看看店里的火爆场面。

长信汽车武科路的这家4S店分了三层，一层为展厅，二层为客户接待室，三层则是内部员工的办公室。黄怪海从三楼下楼时，刚巧看到一对年轻夫妇站在一款新品轿车前，而一个红衣女子则正背对着他和这对夫妇说着什么。

黄怪海经商多年不是白混出来的，他第一眼就觉不对劲，是以背着手缓缓朝三人走去。离得稍近些了，他便听红衣女子道："……这款汽车性价比高是高，可是空间小、加速慢，你们可要考虑清楚再下手。它的价位呢的确是比其他几款同类型的汽车低，可是你们俩过不了两年就会有孩子，到时候这个车空间这么小，性能也不高，还得再换，这么一算就不划算了吧？"

年轻夫妇听了红衣女子的话，明显有些动摇，女孩子拽着老公的手道："对啊，如果这车只能使一两年就得再换，就算今天打了折，我们也亏了……"

男子明显有些局促："可其他车的价钱……"

不等男子说完，红衣女子又道："我知道这位先生的意思，您看中这款车很大程度上都是看中了它打折后的价钱，对吧？其实呢，我是建议两位再比较比较其他品牌的汽车再下单子为好。商家为了拉动销量，故意先在节前提高价格然后再打折，这样的事情不要太多。再则，你们现在之所以觉得这款汽车价位低，性价比高，是在其他几款汽车的价格比较下产生的迷惑心理。这其实是商家搞的一个障眼法。

"这么给你们举个例子吧。平时市场上的橘子卖两元一斤，你们到了旅游景区，所有橘子都卖十元一斤，而只有一家橘子卖八元一斤，这种状况下，你们就会觉得八元一斤的橘子超便宜！其实事实并非如此。"

"我懂了！"年轻男子连连点头，"4S店这是故意把其他同类型的汽车价格抬高了，以此来推销这款新品，其实根本就没什么折扣力度！"

"对，就是这样！"红衣女子话毕，店里的销售人员也刚好过来，她笑吟吟地走到年轻夫妇面前，礼貌道："两位，单子我已经弄好了，请到这边来签合同。"

年轻男子摆摆手，随便找了个借口就拽着老婆离开了4S店。

见状，销售人员还丈二的和尚摸不着头脑，正茫然，黄怪海已经一个箭步冲到两人跟前，掰过红衣女子的肩膀就欲开骂，可待他看清红衣女子的容貌却忍不住一愣，这不是——

这头，夏浅突然被人猛地一掰，亦是一愣。可当她看到来势汹汹的竟是黄怪海的时候便立马弯了眼，甜甜唤了声："哟，黄经理！"

所谓伸手不打笑脸人，黄怪海面对夏浅的笑脸也不好发怒，只能扯出一丝比哭还难看地笑道:"夏小姐啊,怎么来了不直接上我办公室?"

夏浅甩了甩耳边的碎发,道:"哦。这不是正说上去吗?"不过,在上去之前,先坏你几单生意挫挫你的威风。

夏浅跟着黄怪海上楼后,不等秘书把咖啡端上来就开门见山道:"黄总,咱们明人不说暗话,我就直截了当地说了,我其实不是长盛集团的人,而是自由砍价师。这次来和你们谈团购汽车的案子,正是长盛集团授权的。"

黄怪海闻言正微微发懵,夏浅就又道:"相信关于这些,黄总也早就知道了。"

听了这话,黄怪海立马换上副笑脸,装模作样地摇头:"你说什么砍价师?我听不太懂。"

夏浅没有反驳,默默将皮包里那张黄怪海和徐杰在夜总会门前的"合影"拿了出来。黄怪海微眯小眼,继续装傻充愣:"咦,这是?夏小姐你到底什么意思啊?怎么还跟踪我?"

夏浅双手交叉:"黄总你先别急,听我把话说完。如果我说完你还是觉得不妥,可以立马赶我走。"

黄怪海抿唇没再言语,算是默认了。

"首先我知道,这些照片代表不了什么,它没办法证明你和徐杰到底有什么关系。但是,我还是想提醒你一句,今天上午,徐杰已经正式被长盛集团开了。你可以看看,这是长盛集团内部关于他的罢免书。"

说着,夏浅就又把打印出来的罢免公告摆在了办公桌前。

黄怪海埋头看完,神色未变,但再也没有了刚才嬉皮笑脸的腔调。

"我知道你现在在想什么,等我走后,你大可以派人去打听,鉴定鉴定这份罢免书的真伪。另外,你可以把这份授权书也一块鉴定下。"

一面说,夏浅一面就又掏出了今天的第三份"炸弹"。黄怪海接过一看,脸上再也绷不住,神情变得越来越慌张。

要的就是这个效果!

其实这份授权书,简而言之就是长盛集团全权授权"砍砍而谈"负责此次的汽车采购案。换言之,现在,她才拥有这次采购案的最终决策权,什么徐杰吴杰早已被踢出决赛圈。

这也是夏浅最为满意的地方。其实从一开始接手这个案子,夏浅就觉得束手束脚。因为最终决策权都握在长盛集团手里，他们每走一步都得等到长盛集团首肯才能进行下一步。

三家经销商之所以对她和老何爱搭不理，也是明白他们做不了主。反观徐杰，倒更有可能成为最后的拍板人，要是换了她是黄怪海，也会更偏向徐杰。

所以在很早之前，夏浅就有想法，让盛哲宁放权。三款汽车里到底最终选哪款，由她和老何来决定。

后来借着徐杰的事情，夏浅壮着胆子开口向盛哲宁要授权。果然一谈到公事，盛总大人就秒变无情包公，让夏浅给他一个足以说服他的理由。

"理由？理由就是我会在原来的价格基础上再往下压百分之十。"

从回忆中微微回过神来，夏浅下意识地攥紧拳，所以今天这场谈判不成功便成仁。现在，对方的气势她是打压下去了，接下来就到了至关重要的阶段。

"怎么样黄总？现在，我们可以好好谈谈了吧？"

黄怪海瘫坐在老板椅上，有气无力："还有什么好谈的？"是他押错宝、看错人，商场上愿赌服输，这种时候还有什么还说的？

谁料，夏浅却道："我就要黄总一句话，只要价钱合适，我立马就可以代表长盛集团下单，120辆轿车全从您这儿拿，如何？"

黄怪海愣了愣，缓缓坐起来："为什么是我？"现在夏浅手握决策权，又处谈判优势方，按照正常的谈判程序，应该价比三家才对。可她刚才说什么来着？只要价钱合适，可以立马下单？

黄怪海生性多疑，从来不信天上掉馅饼的事情，只一脸不解地看向夏浅。

夏浅倒也落落大方，莞尔道："交个朋友嘛。虽然我开的价钱可能是低了点，但绝对保证您老有的赚啊！而且我们拿的量也不小，你光是冲厂家给你的年底任务量也不亏吧？

"另外，我不也说了吗？我是砍价师，我们'砍砍而谈'公司也经常接到散客团购汽车的案子。咱们互相都退一步，交个朋友，来日方长嘛。"

夏浅诚意满满地说完，就一脸真挚地看向黄怪海。

其实，谈判桌上，的确讲究"先打压对方气势，然后再趁着对方势弱使劲压价提条件"的谈法。但夏浅自有一套自己的理论，她总觉得把

. 156 .

对方打压得太厉害，反而会适得其反。对方极有可能一怒之下就直接放弃谈判。

这就好比你去买衣服，为了压价你不断挑剔衣服的质量、品牌以及设计，老板娘极有可能被你说着说着就翻脸不做你这门生意了。

所以这次来之前，夏浅就定制了"打一巴掌再给个甜枣"的谈判方针。虽然眼下我是优势方，但我并不强压你一头，反倒拿出诚意提出长期合作的想法来。虽然本质上没啥不同，她该压价还是得压价，但这样一来，对方心理的接受程度会提升很多。

果不其然，在夏浅的一番游说下，黄怪海的表情渐渐松动了下来。

见状，夏浅终于弯眼笑开："好了，黄总，现在你可以叫你秘书给我上咖啡了。"

……

一周后，长盛集团以接近成本的价格拿下了长信一百二十辆汽车，夏浅也在几天后拿到了属于自己的那部分佣金。从"砍砍而谈"出来，夏浅就见一辆保时捷缓缓开到她面前，车窗摇下，露出盛总大人那张酷炫叼炸天的脸。

他今天戴着副黑框墨镜，遮住大半张脸，反衬得下巴棱角分明。盛哲宁歪头，痞痞道："拿了钱就想走？"

夏浅扑哧一下笑出声，因为今天心情好也就顺着盛哲宁——让他过把调戏的瘾。娇魅十足地弯下腰，夏浅将胳膊肘搭在车窗上，眨眼："那你还想怎么样？"

盛哲宁满意地抬了抬下巴，说了两个字："吃饭。"

霎时，夏浅呕到内伤，这个白痴！到底懂不懂调戏的真谛啊？！这种时候至少也该来个"钱债肉偿""先让大爷爽爽"之类的台词才符合情理啊！就知道吃吃吃，吃死你算了。

念及此，夏浅连 POSE 也懒得摆了，抱胸粗声粗气道："吃什么？"

盛哲宁思忖番，报了个餐厅名。夏浅默了默，再默了默，这才开口道："是你请还是我请？"

盛哲宁不满皱眉："废话！"

——你拿了那么多钱，不你请谁请？偶尔请男朋友吃顿饭有助于身心健康你不知道吗？再说这钱本来就是朕给你的！

读懂盛哲宁的潜台词,夏浅打开车门,坐进副驾驶道:"既然是我请的话,应该我做主吧?"

盛哲宁用余光淡淡瞥了眼夏浅,表示异常怀疑她的品味。夏浅嘿嘿奸笑两声:"盛哲宁,你好像还没吃过我做的菜吧?"

闻言,盛哲宁顿悟,连二字箴言都省了,只从牙缝里挤出一个字来:"抠!"

未免上次"血洗"大厨房的悲剧再次发生,这次夏浅直接在厨房门口挂了个"盛哲宁不得入内"的牌子。

一个宫保鸡丁,一个清炒土豆丝,外带一个金沙玉米和一个南瓜汤。三菜一汤,夏浅总共花了半个多小时就轻松搞定。

其实夏浅不是不会做菜,只是平时工作太累,她又懒,所以吃饭问题基本都靠外卖解决。今天在盛哲宁面前小露身手,夏浅故意做了几道自己的拿手菜,特别是那盘得老妈深传的宫保鸡丁,一端上桌就已飘香四溢。

夏浅盯着盛哲宁夹了块鸡丁扔进嘴里,还来不及问他怎么样,就听盛哲宁不给面子地点评道:"咸了。"

说着,就又恬不知耻地夹了第二筷子、第三筷子……

"不过勉强能吃,我告诉你下次该怎么做。你腌制的过程中记得贴上保鲜膜,把生鸡肉放进冰箱里冷藏三个小时,这样,腌制得才够入味。像你这种前期腌制不够,后期靠酱油来调味,很容易把握不好咸淡的分寸,而且也不够入味。"

夏浅微微震惊:"你还真会做饭啊?"她一直以为,就算盛哲宁上次真打理出来厨房,也最多是个炒蛋炒饭的水平。可现在听他这口气,还是个大师?

大师嘚瑟扬眉:"会做饭很奇怪吗?这不是人类的基础技能之一吗?只可惜你家厨房太脏,上次没来得及让你尝尝我的手艺。"

夏浅一听这话就不干了:"我家厨房哪里脏了,是您老有洁癖好不好?"

"不脏吗?那料理台上全是油印。我那天用刷子,配合着清洁剂,一点点才刷出来的。还有你家厨柜门,螺丝都松了你都不知道,待会儿吃完饭把你家工具箱找出来,我给你拧拧……"

夏浅原本还认真地听着盛哲宁讲话，可听着听着就觉出不对劲来。

嗳，等等，他们这还属于热恋阶段吧？两人一块吃饭，不应该是卿卿我我，你喂我一勺我给你夹一筷子菜的节奏吗？可怎么到了他们俩这……居然讨论起厨房清洁来了？！

还有什么清洁剂，什么鸡肉码料不码料的，这完完全全就是老夫老妻的对话模式啊！可说起来，她和盛哲宁就连手都没拉过……

对啊，就算再正经的男人，私底下面对女朋友不也会动手动脚的吗？怎么盛哲宁——

夏浅正质疑着盛总大人的某些男性功能，对方就冷不丁道："马尔代夫和苏梅岛，你喜欢哪个？"

"嗯？"夏浅愣了愣才缓过神来，这是哪儿跟哪儿？这话题未免也转得太生硬了点吧？谁料盛哲宁还是一副认真无比的样子道："选一个。"

夏浅随意道："马尔代夫吧。"

"好。"盛哲宁点头就摸出手机开始打电话。夏浅直觉不对劲，制止盛哲宁继续拨号道："停停，你到底想干什么？"

"看在你今天亲自做饭的份上，奖励你——过年去马尔代夫。"

"马尔代夫？"嗯，还能想着带自己去海边度假，应该某方面没问题吧？或许别人盛总大人只是假正经，打算等带她出去了再露真面目？

"呃，等等，"夏浅走神走到一半，这才想起另外一件至关重要的事情来，"盛哲宁，我好像忘了跟你说。"

"什么？"

夏浅："过年我要回老家。"

闻言，盛总大人脸色变得微微难看，少时才幽幽道："郦城吗？也成……我这就叫陈助理准备。"

夏浅第N+1次制止盛哲宁打电话，正声："盛哲宁，我是说，呃……我一、个、人、回老家过年。"夏浅故意咬重"一个人"三个字。言下之意，您老该干吗干吗，以前怎么过年今年还怎么过。

听了这话，盛哲宁终于发现一个可怕的事实：他被女朋友抛弃了。

第十六章　闹别扭

清晨六点半，天刚蒙蒙亮，夏浅就从床上爬了起来，拉开窗帘打开窗，任由裹着水雾的凛冽空气灌满卧室。窗外，已有老大爷老太太出来晨练，间或还能听到一两声小贩的叫卖声。夏浅望着窗外幽幽叹了口气，头疼地揉了揉太阳穴。

——这是她回郦城的第二天。

不知道真是在蔺安市待久了认床，还是别的什么原因，夏浅连着两晚上都没睡好。一会儿觉得枕头太高了，一会儿又嫌被子太沉了，昨天好不容易熬到凌晨三点迷迷糊糊睡着，结果今早五楼的张阿姨一开嗓，夏浅就彻底被惊醒。至此，再也无法入睡。

对着外面又哀叹声，夏浅这才重新缩回被窝里，摸出枕头下面的手机。点亮屏幕，夏浅微微眯眼，只见通知栏里除了几条 App 的推送广告外，一无所获。夏浅喉咙里发出呵的一声轻哼，将手机丢到了一边儿。

盛哲宁不错嘛！真打算一辈子不联系她了？就因为她一个人回老家没带他？这货敢不敢再幼稚点？咳咳，其实，夏浅不是不知道盛哲宁在别扭什么。他气她不肯带他回家，不肯对所有亲戚朋友承认彼此的身份。可是，他们才恋爱不到一个月，这么快就带回家任谁都接受不了吧？

不过，听盛哲宁那口气，似乎也没打算和妹妹一起过年。是因为今年宁萌嫁出去了才这样，还是每年盛哲宁都是孤孤单单一个人过的年？想象着盛哲宁独自一人拎着行李站在沙滩前，凄凄惨惨戚戚"欢度"春节的情景，夏浅就有点于心不忍。

他不联系自己，她主动求和总行了吧？念及此，夏浅打开微信，正准备打字，卧室的推拉门就哗的一下被打开。夏浅骇得差点从床上跳起来，一抬头，只见老妈一手锅铲一手围裙地站在卧室门口。

"妈！"夏浅抗议，"我们不是说好了吗？进房间敲门！！"

"哦，"老妈云淡风轻地说，"忘了，下次注意。"话毕，就立马转移话题道,"既然醒了就赶紧起来,吃了早饭陪我去菜市场,今天你大姑一家要过来。"

闻言,夏浅幽幽道:"……好。"

夏家这边,大姑家算和夏浅家走得最勤最近的。每年过年,大姑都会带着女儿女婿和小外孙过来串串门,顺道再瞅瞅平时难得一见的夏浅。夏浅对这种亲戚走动无可无不可,只按照老妈的吩咐办事就是了。

一上午,夏浅又是陪着老妈买菜,又是帮忙打扫家务,累得直喊腰酸背痛。好不容易终于干完活坐下来,大姑一家又到了,少不得她又当使唤丫鬟端茶倒水。这么一番折腾下来,简直比平时上班还累十倍。

吃完午饭,夏浅正盘算着找个什么理由溜出去,小侄子乐乐就嚷嚷着要出去玩。闻言,夏浅紧忙站起来毛遂自荐,拎着小侄子就出了门。

夏浅家位居郦城东部,属于老城区。虽然繁华程度的确比不上这两年新开发出来的南部,但环境绝对是好得让人没话说。

出了小区往外走两百米就有一条临安河,水清鱼欢,悠然长流。前几年市政府为了改善城市容貌,又在河边建起了流水雕像和林荫小道,瞬间使这里人气暴涨。住在附近的老百姓没事就到河边来喝喝茶、逗逗鸟,交流交流彼此小区的八卦。

夏浅顺着木栈道走了一小截,就捡了个木椅坐下。乐乐则跑到旁边的儿童设施上玩了起来,夏浅就这么看着乐乐一圈接一圈地玩着滑梯,渐渐的,眼皮子也有些沉了……

今天阳光甚好,照在人身上懒洋洋的,再加上夏浅昨晚本来就没睡好,坐了一小会儿就觉脑袋渐渐停止了思考。正在这当口,夏浅却听头顶传来一声清咳,蓦地一抬头,就看见今早吵醒自己的罪魁祸首正站在她面前。

夏浅扭头看了眼滑梯方向,确定乐乐安然无恙,这才回过头来冲来者甜甜一笑道:"李阿姨。"

李阿姨应了声,也弯眼笑开:"浅浅啊,好久没见你了,这放假回家过年呢?"

夏浅面上点头微笑,说起这李阿姨,还有一桩旧事在里面。夏浅刚毕业那会儿,李阿姨见小姑娘出落得水灵大方,工作又好,就动了心思,没事就拉着夏老爸半开玩笑半认真地表示要和对方做亲家。

夏老爸闻言也觉得不错,回家就把这事跟夏妈妈说了,谁料话还没说完就立马遭到了老婆女儿的群嘲。看不上李家的理由也很简单，李家小子是个妈宝，二十五六岁的人了，内衣内裤居然还要他妈帮他买，开口闭口都是"我妈说……"。平时什么都听老妈的也就算了，传说打雷时别人害怕，还要挨着老妈睡……综合种种，夏浅和老妈是绝对不同意这门亲事的。

夏老爸见老婆女儿态度如此坚决，再遇到李阿姨时就绕道走。李阿姨不是傻子，当然明白夏家的意思，这事也就不了了之了。几年后，夏浅依旧单着，李阿姨的儿子却早已结婚生子。

从此以后，李阿姨一旦逮着空子就要在夏浅爸妈面前炫耀番自己儿媳妇有多乖巧懂事，孙子有多聪明漂亮——是个人都能看得出来李阿姨这是对当年的事"打击报复"，所以今天在河边巧遇李阿姨，夏浅就知道自己凶多吉少了。

——炫"已婚已育"的又来了。

果然，李阿姨一开口就是必杀技："哎呀回来就好，你爸妈可想你了，成天地念叨你。担心你在外面吃苦，又担心你自己不注意身体，最主要的是，都这么大岁数了还没嫁出去！"

夏浅呵呵，这到底是我爸妈这么担心的呢，还是您老自己这么想的啊？

夏浅悠悠舒出口气，淡定回击："是啊，我们这些人命苦，也就只能在外颠沛流离，哪儿像您儿子那么孝顺，天天陪在您身边？哎对了，您儿子工作找到没啊？"

李阿姨一噎，笑容凝在脸上彻底说不出话来了。整个小区谁不知道，他儿子已经大半年没上班，天天宅在家里打游戏。为了这事，儿媳妇没和他少吵，家里闹得鸡犬不宁。

"快了快了，"李阿姨扯了扯嘴角，"这年后就去上班。"

夏浅了然地哦了声，思忖着这下李阿姨总该走了吧，谁料这大妈理了理头发，又开启了新话题："哎，说起来我那儿子是不争气，一点上进心都没有，可能也是菩萨可怜我吧，给我派了个好儿媳。我这儿媳，别说是咱们小区了，就是整个郦城都没比她再贤惠的了。带孩子、洗衣、做饭、打扫家务，她是样样都行，从不让我操半点心。别人婆媳住一块吧，多而不少都有点摩擦，哎哟喂，我们婆媳俩简直比亲母女还亲！我儿媳妇光贤惠还不说,工作能力也强,今年在他们银行还被评上先进了……"

伴随着李阿姨巴拉巴拉的聊天声,夏浅打了个哈欠,眼皮子又开始慢慢打架了。此时此刻,她才终于明白了老爸遇到李阿姨就绕道走的原因了,这老太太实在是太太太能讲了。

好烦,您老就不能消停会儿让我安安静静地打个盹吗?

夏浅脑袋如啄木鸟般一点一点之际,李阿姨也终于从她的好儿媳妇讲到了她的乖孙。

她眉飞色舞地说着:"……除了聪明,我家小辰还特别懂事!上次我们去幼儿园看他们六一儿童节表演,他看老师蹲在地上,立马就抬了个小板凳过去。哎哟喂,你都不知道当时他们老师有多高兴,你猜浅浅,当时他们老师是怎么说的?"

夏浅强打着精神瞄了眼玩沙子的乐乐,敷衍地嗯了声。

李阿姨看出夏浅的心不在焉,轻咳了声,又语重心长道:"浅浅啊,李阿姨我也算是看着你长大的,你工作好、会赚钱,李阿姨当然替你高兴。可是吧,这女人再能干一个人单着有什么用啊?老了老了,一个人孤孤单单的,在家摔倒了都没人知道,多可怜!"

夏浅脑袋继续点点点,用鼻子发声道:"……嗯。"

李阿姨错以为夏浅认同了自己的观点,眼睛闪亮道:"李阿姨知道,其实你一直没结婚是因为要求高,可你这岁数也不小了,总不能再像二十来岁的小姑娘一样做白日梦吧?这人哪儿有十全十美的?该将就的还是要将就!"

夏浅已经听不大清李阿姨在说什么了,只是下意识地在她停顿时,又轻轻点了点头。

"哎,你早这样不就对了!"李阿姨的小眼眯成一条线,"正巧,我这有个侄子,刚满38。这房子车子啊都不愁,就在我老家的县里边,人也长得标致!唯一吧……就是离过异,有个孩子,今年刚上小学,六岁。你看你——"

夏浅:"……嗯。"

李阿姨见夏浅应承,立马笑成了一朵花:"这么说你答应啦?哈哈正好!我那侄子这几天正在我们家玩呢,要不你看今晚你们俩见个面?"

夏浅:"……"这次,夏浅彻底没了回应。在李阿姨的唠叨神功下,她终于体力不支地睡过去了。

这头李阿姨见关键时刻夏浅没了反应,正琢磨着再说些什么,就突听头顶传来一个清冽干净的男声:"你倒舒服。"

话音落下,这头夏浅也蓦地睁开眼睛,猛地转头就见盛哲宁正抱胸居高临下地睨着她。望着那张棱角分明的俊颜,夏浅第一反应竟然是不真实。自己还在做梦吧?盛哲宁怎么会在郦城?他什么时候跟过来的?

惊讶过后,夏浅心底又忍不住开出朵朵洁白小花,怎么看盛哲宁怎么都觉得这货像条毛茸茸的大型犬。虽然主人严明禁令不许我跟着,可是一个人过年真的好孤单好寂寞好无助,所以不知不觉间就跟过来了汪!

——是这个意思吧。念及此,夏浅忍俊不禁,正欲说什么就听盛哲宁突然冷冷道:"骗子!"

哗的一下,夏浅刚才复燃的少女之魂被无情浇灭,茫然道:"你说什么?"

盛哲宁一副恨不能咬死夏浅的神情:"装傻!"

夏浅和李阿姨对视眼,面面相觑:"我装什么傻啊?你到底想说什么啊?"

盛哲宁微微眯眼,声音不大,却字字铿锵:"你以为装作什么都没发生过就没事了吗?你让我给你买车我就给你买车,你说新房装修没钱我就出钱出力帮你装修,你说第一次见我父母要讨个好彩头来个万里挑一我父母就真的给你准备一万零一块的红包,你要什么我就给你什么!可我最后得到了什么?我家前前后后为你花了差不多三十万,你一句性格不合适就要分手,有这么便宜的事吗?还有你真以为我不知道你和王嘉的事情吗你离开我投奔他不就是图他爸爸是公务员可以帮你调去事业单位?我跟你说这事没那么容易!你要么还我三十万要么和我回去结婚!"

夏浅:"……"

寂静,寂静,还是寂静。

过了好半响,夏浅才傻不拉几地啊了声,果然……自己还是在做梦吧?什么父母,什么红包和装修,盛哲宁演的这到底是哪出?还有,王嘉又是什么鬼?自己根本不认识这号人物啊!

这头,盛哲宁没有再言语,只默默地将目光转向了旁边的李阿姨。

李阿姨见盛哲宁看向自己，这才从震惊中晃过神来。猛拍了下自己的脑袋，浮夸道："哎哟，瞧我！我这都忘了家里还炖着汤了，呵呵，你们聊你们聊，我先走了。"

说罢，李阿姨就跟被鬼追似的走了，可没走两步，李阿姨又折返回来，拉着夏浅道："浅浅啊，刚才那个……咳，我侄子和你相亲的事你就当我没说过。你……呵呵，你们接着聊。"说罢，这才脚底抹油地溜了。

"相亲？"这头，刚睡醒的夏浅还有些回不过神来，拧眉思忖良久，这才慢慢反应过来，"刚才我打盹的时候，李阿姨给我介绍对象了？"

所以说，盛总大人刚才那一出是在排除异己？嗯，虽然这么一通胡诌的确是撵走了李阿姨，可是盛哲宁，你把老娘塑造成一个虚伪势利见异思迁见钱眼开的女人是怎么回事啊！直接跟李阿姨说老娘有男朋友不就行了吗？这样故意抹黑到底什么仇什么怨？！

"盛——哲——宁——"

顿悟后，夏浅条件反射地就要过去掐死盛哲宁，谁料一转身，却见盛哲宁面无表情地看着她，右手食指和中指竖起，冲她比了一个"耶"的手势。

张扬跋扈的胜利手势配上冷若冰霜的扑克脸，居然生出违和的萌感。

见状，夏浅头顶青筋暴露，一时间哭笑不得。

耶耶耶你个头啊！别以为卖萌老娘就会原谅你！

李阿姨离开后，盛哲宁就一屁股坐在了李阿姨刚才坐的位置上："不要误会，我不是因为你来的郦城，我是来度假的。"

噗！盛总大人，您老知道有个词叫"此地无银三百两"吗？

心里虽这么想，但面上夏浅还是点头哈腰，顺着盛哲宁的毛："是是是，小城市空气清新，生活节奏慢，盛总大人难得休假，过来放松放松也是应该的。那……您老有没有想好怎么玩？"

不等夏浅把后半句"我给您当导游"说出口，盛哲宁就突然眼眸闪亮地盯住夏浅，幽幽道："变脸。"

夏浅一愣，微微拧眉。

变脸作为川剧中的一种表演特技的确颇受各地游客欢迎，可是……盛哲宁居然也喜欢看变脸？怎么感觉怪怪的？

夏浅正想说什么，手机铃声响了。夏浅拿出来一看，是老妈。接起电话后，夏浅就听那边传来老妈笑吟吟的声音。

"在哪儿呢？带乐乐都出去一个多小时了，快回来！给你们做了绿豆糕。"

话毕，也不等夏浅再说什么，老妈就又丞丞地挂了电话。听着嘟嘟的忙音，夏浅心里直犯嘀咕。今天太阳打西边出来了？她妈居然会做绿豆糕？她不是一直嫌弃做绿豆糕麻烦费事，不肯做吗？

夏浅正纳闷，盛哲宁就道："家里的电话？"

"嗯，"夏浅点头，"我是带着我侄子出来的，我妈让我们赶紧回去。呃这样，我晚点再去找你，你住——"不等夏浅把"哪"字说出口，盛哲宁就一口答应下来："好。"

闻言，夏浅霎时杏眼圆瞪，诧异非常地盯住盛哲宁。

——如此体贴、如此懂事、如此温柔，这还是她认识的盛哲宁吗？他老人家放弃了马尔代夫千辛万苦跑到他们这小城来不就是来一哭二闹三上吊的吗？他恨的不就是自己陪家里人过年没陪他吗？怎么现在突然变得这么懂事，还让她赶紧走……

夏浅发呆之际，盛哲宁顺势又推了她一把："走吧。"

夏浅来不及多想，一边唤还在玩沙子的乐乐，一边道："那我真的走了哈，晚上联系你。"

"嗯。"

"再见。"

眼见夏浅拽着乐乐走远，盛哲宁这才微微眯了眯眼，嘴角勾出一丝不易察觉的笑来。

变脸大戏马上开演，呵！

跟乐乐回家后，夏浅一进屋就见大姑孤零零地坐在客厅，其他人却没了踪影。夏浅咦道："其他人呢？"

大姑一边替孙子擦脸上的汗，一边笑眯眯道："你爸出去遛弯了，你表妹妹夫也有点事先走了，你妈嘛，还在厨房忙活呢。"

夏浅哦了声，转身正说进厨房看看，大姑却一把拽住她道："小浅。"

见状，夏浅心里"咯噔"一声响，女人的第六感告诉她——有、古、怪。

平时这个时候，她爸不是在睡午觉就是在摆弄他的花花草草，很少出门，可今天却心血来潮去遛什么弯。表妹妹夫也莫名其妙地走了，老妈更是躲在厨房不出来,所以……大姑是在爸妈的默许下故意支开所有人,有什么话要跟她说?

果不其然,大姑一开口就道:"小浅,咱们娘俩也好久没聊天了吧?"

夏浅闻言心里又是"咯噔"一声响,嘴角眼角都开始难以抑制地抽抽了。她大姑是心理辅导员,从小到大,每次大姑有事找她开场白都是这句。而且一旦开场白是这句,那就意味着她要说的这件事铁定是夏浅不乐意的。

夏浅挨着大姑坐下,"大姑,你有什么话就直说,别给我打预防针,我紧张!"

"这孩子,胡说什么呢!"大姑笑着戳了戳夏浅脑袋,"我明跟你说了吧,你这次回来你妈要给你介绍个对象,留洋博士,就咱们郦城人。你可不许闹脾气不见啊!"

夏浅抿唇,不接茬地看着大姑。依照她对大姑多年的了解,大姑绝不可能一来就说明目的,所以后面,百分之两百还有重磅炸弹在等着她。果不其然,大姑喝了口茶后,又道:"还有件事,咳!这个留洋博士,是你妈在相亲网站帮你找的。"

闻言,夏浅脸色骤然一黑。

对啊,最近忙着汽车团购案的事,还真把这茬给忘了!自己在媒运当头网站上的账户还没注销呢!就这么一个多月的工夫居然还真让老妈钻到了空子,竟然又给她相到了什么留洋博士!

"这不胡闹吗!"夏浅"噌"的一下从沙发上跳起来,"我都跟她说了多少遍了,那个相亲网站不靠谱,不靠谱,让她早点把密码告诉我我好注销账户,可她偏不听,还继续在上面……哎!大姑你居然还帮着她,你都不知道现在相亲网站有多乱,什么玩一夜情的、骗财骗色的、已婚男出来找刺激的,什么乱七八糟都有!那个人说他是留洋博士你们就信啊!我还美国总统他小姨妹呢!"

"哎,你看你这急性子!"大姑一边数落夏浅,一边又将她重新按在沙发上坐下,"这么多年啦,还是老样子,我话都没说完你急什么?"

夏浅闻言还想再说什么,却被大姑一声喝住:"好好待着!听我把话说完!"

话毕,见夏浅稳定下来,大姑这才理了理耳边鬓发坐下来。"小浅,你说得对，这年头啊相亲网站上什么人都有。可是，你也不能一竿子打翻一船人啊！我们单位的小李、小王那都是通过相亲网站认识了现在的老公，结婚生子的。当初也是我给你妈妈建议，说可以去相亲网站碰碰运气的。

"我们老了，周围的资源也就那么点，你妈妈上相亲网也是用心良苦。可能她的方式方法是不对，但她的初衷也是为了你好啊。至于这个留洋博士身份的真实性，你放心，绝对靠谱！我们通过媒运当头的认证系统都核实过了，这小伙子的身份证、毕业证、工作证，甚至单身证明我们都看过，信息百分之百真实。"

"你、你……你说什么……"夏浅声音微微颤抖，连带着，脸色也由黑转青，"认证系统？"

这个认证系统，夏浅是知道的。

前段时间她为了注销媒运当头上的账户，没少上它们的官网。每次夏浅一打开官网，网页右下方就会弹出一个小窗口来，内容正是关于这个认证系统的。

媒运当头向会员们承诺，只要升级成白金会员，就可以免费试用认证系统。诚如大姑所言，这个系统可以帮你核实对方的具体身份，确保相亲过程中彼此更透明更放心。

可这不是重点！重点是，白金会员不单单这一个作用！！它还有一项功能叫免费宣传！！！简而言之就是把会员的信息挂到首页，在手机App上进行轮番推广，以此扩大会员的曝光率。想到盛哲宁手机里还有媒运当头的App，夏浅只觉一阵天旋地转，如果……真的好死不死她妈帮她升级成了白金会员，又被善妒小气还记仇的盛哲宁看见了……

夏浅深呼口气，默默掩面，后果不堪设想！抱着最后一丝希望，夏浅颤巍巍道："大姑，我妈……没有帮我升级成白金会员吧？"

大姑瞥了眼夏浅，怪嗔："当然没有。"

夏浅深深松下口气来，正说喝口水压压惊，就听大姑又道："你妈对你你又不是不知道，要么不用，要么就用最好的。白金会员怎么配得上咱们小浅？咱们可是钻石会员！"

噗的一下，夏浅把刚喝的水统统喷了出来。

她觉得，自己喷的不是茶水，是血啊！是她活生生呕出来的血啊！！

谁来告诉她钻石会员是什么鬼？钻石会员都有些什么功能？！会不会来个强推宣传什么的？

这头，大姑见夏浅喷茶，哎呀一下叫出声，一面给夏浅递纸巾一面又道："你这孩子，怎么老是咋咋呼呼的！反正你放心，一切事情我和你妈妈都打点好了，你只管安心去相亲就好了。"

夏浅："……"

见夏浅不言语，大姑自以为夏浅已经开始动摇了。

"小浅，我也是你这么大过来的，我知道你心里怎么想。你啊，觉得我们老太婆迂腐守旧，退休在家没事，天天就爱瞎操心。可是吧，你有时候也要从你妈妈的角度考虑考虑。郦城不大，转来转去就那么一两拨人，眼见着别人的孩子都结婚生子了，你妈妈也是凡人，她能不眼红、能不着急吗？

"她吧，也是看着周围适婚的男孩子越来越少才会乱了方寸，逼婚这个事的确不对，我替你批评她。可你也要反过来体谅体谅你妈妈，积极相亲扩大交际面，这样才能早日找到如意郎君啊！"

夏浅有气无力地看大姑一眼，心里思忖这真不愧是做心理辅导的，这先贬后褒、从己到人，大姑讲得是入情入理，要不是她自己也是靠耍嘴皮子吃饭的，估计真被忽悠进去了。

"好，我怕了你了，"夏浅举双手投降，"你先把我妈叫出来，我当着——"

不等夏浅把话说完，俩姑侄就听厨房传来一阵铃声，老妈接起电话隐隐约约说了两句后，就出了厨房。夏浅定眼一看，只见老妈满脸欢喜，左手端着新鲜出炉的绿豆糕，右手托着精致丰盛的水果拼盘。

哟，这阵势——总不能是迎接她和乐乐的吧？

闻到绿豆糕的香味，本已在打瞌睡的乐乐一个翻身跳起来，嚷嚷着就要拿绿豆糕。大姑拍了拍乐乐的爪子，半哄着："乐乐听话，这是给客人吃的，待会儿外婆带你出去买豆饼吃好不好呀？"

听了这话，夏浅已猜了个八九不离十，冷冷笑开："客人？什么客人这么金贵？还劳老秦同志你亲自动手做绿豆糕。"

"别瞎说！"老妈擦了擦手，又脱掉身上的围裙，"那个……别人已经在楼下了。闺女，你也快准备准备，哎呀，瞧你这头发乱的，快点！

这人马上就上来了！再换身衣服？换那套新买的红大衣？"

夏浅强忍住发飙的冲动，"妈，大姑，这什么意思？"

大姑和老妈一番眼神交流，大姑这才将拳头放在嘴边咳了咳，柔声："小浅，你刚才不是答应大姑了吗？愿意和对方见面，所以这……所谓改日不如撞日，就今天！现在！你就见见哈！待会儿见了面啊，和别人好好聊，别发火别玩手机，听话，啊！"

听话你个头啊！改日不如撞日个屁啊！这分明就是他妈设好的一个圈套，故意先斩后奏，自己从头到尾都是她们摆布的棋子，根本就没有选择的余地！

夏浅忍了忍，再忍了忍，最终还是忍无可忍地甩开手，"这个亲，我没法相。"

大姑跺脚："哎呀你这孩子！怎么跟你说了那么多都听不进去呢？别人这个——"

夏浅截住大姑的话头，斩钉截铁道："我有男朋友了。"

老妈闻言先是震惊，继而怀疑，最后呵的一下笑出声，鄙夷道："就是上次你腿拐着了送你回家那个？"

夏浅拍掌："您还真别说，就是他！"

老妈切了声，一副"我脑子进水了才信你"的表情。

夏浅咬牙："我说的是真的，反正不论如何，今天这个亲我不能相！"说罢，夏浅拎起沙发上的外套就往外走，大姑和老妈见状大惊，亟亟追在后面。夏浅一面跟两个老太太纠缠，一面开门，门刚打开，就见一个男人站在外面，右手微微抬起，一副正准备敲门的样子。

见状，门里门外俱是一愣。

第十七章 从前有一只猪，后来她笨死了

空气微微凝结。夏浅保持着手握门把手的姿势僵立原地，好半天都回不过神来。她默默打量番眼前这个戴眼镜、圆头圆脑的矮个男人，应该……就是她妈口中的留洋博士？

这头，老妈和大姑本来死拽着夏浅不撒手，见到来者亦是一愣。老妈率先反应过来，走到矮个男人面前弯眼道："这位就是吴森了吧？"

吴森瞥了眼老妈，微微思索番，点头。

"哎哟，快请进。"老妈笑道，"就在等你呢，这不是……这不是正说下楼去接你嘛。"

夏浅呵呵干笑两声，老秦同志，你撒起谎来还真是有板有眼。这边，大姑趁着夏浅不备也推搡了把，夏浅踉跄着前进两步，刚站定就听大姑道："这就是夏浅。"

吴森闻言蓦地冷下脸来，阴阳怪气地打招呼："夏小姐，你好。"

夏浅不悦蹙眉，这人怎么回事？自己招他惹他了？难道，他也是被家里逼着来相亲的？

夏浅正想入非非，就听大姑又道："哎呀，哪儿有站在门口说话的理儿？咱们都先进去。"

"对对。"老妈一边附和一边作势就将吴森往里迎，谁料吴森一摆手，冷冰冰说："我就不进去了。"

空气再次凝结。老妈和大姑如被点穴般定在原地，夏浅抱胸默了默，再默了默，终究还是忍不住噗的一下笑出声。现世报啊现世报，她们二老费尽心机地要她相亲，结果，她还没来得及出状况对方倒先撂场子了。

老妈恶狠狠地瞪夏浅眼，这才回头问："为啥？"

吴森道："阿姨，其实我今天来就是为了给您个交代。之前你在网上替女儿征婚，和我聊天后又立马诚实地表明自己的身份，让我特别感动。可是，恕我直言，我真的不能和你女儿相亲。就这样吧，祝你们新

· 171 ·

年快乐。"

说罢,吴森转身就要走。老妈见状急了,一把拽住吴森的胳膊,嚷嚷道:"嗳嗳,这是为什么啊?你倒是把话说清楚啊!"

吴森不肯解释,只一再地道歉,并试图甩掉老妈还拽着他的魔爪。

老妈彻底怒了,丢开吴森的胳膊就沉声:"小吴,这就是你不对了。所谓萝卜青菜各有所爱,可能我们夏浅不是你的菜,你可以不喜欢。但是,你不喜欢可以说啊!没人逼着你来啊!之前你是怎么跟阿姨讲的,啊?你倒是说说,是阿姨求着哭着让你来的吗?不是吧?既然这样,你现在唱的是哪出?耍我们喃?嗳你们读书人最崇敬的孔子可说过,'人而无信,不知其可也。'小伙子,你这样言而无信,那这辈子就没什么可取的了。"

老妈说话期间,吴森好几次想要插嘴,奈何委实抵不过老妈的快嘴,只能站在旁边干着急。夏浅在旁边见吴森那抓耳挠腮的样儿,笑到直肠子打结。哎哟喂,这位吴大博士也不出去打听打听,她的这张嘴就是遗传了她妈的三分之一。想她堂堂专业砍价师都说不过她妈,就更别说别人了。

这头,待老妈噼里啪啦一顿教训完,吴森也已经面色惨白。

"阿姨,不是我想言而无信,是、是这个……哎,你自己问问你女儿都在外面干了些什么吧!我是绝不可能和这样的女人来往的!"

夏浅陡然愣住,她干什么了?杀人还是放火?夏浅正纳闷,就听大姑低喝道:"站住!"

话音落下,老妈也已经阻去吴森的去路,叉腰道:"你别支支吾吾的,有什么就直接说清楚,我女儿到底怎么了!"

"这——"吴森见老太太实在难缠,一咬牙,道,"好,既然您要这样我也没办法。夏小姐,你也别怪我当面撕你的脸!"

话毕,吴森便转向老妈:"阿姨,你女儿根本就不是你想象中的那个样子。什么单纯老实,什么刀子嘴豆腐心,都是假的!她在蔺安市早就交了男朋友,她不仅让男方给她买车,还骗着别人给她装修婚前房。到男方家里,她还逼着男方父母送她一万零一块的红包,说是咱们郦城的规矩。可我是在郦城土生土长的,从没听过什么万里挑一的说法。还有,她居然……"

一面听着吴森的数落，夏浅一面忍不住皱了眉。

嘶，这些台词怎么听着这么耳熟？总不能这么短时间内，李阿姨就把她的"劣迹"传得人尽皆知了吧？

夏浅微微出神之际，吴森也已经说完了原委。听完这些话，老妈和大姑对视一眼，微微扬声："你说，我家夏浅骗了男朋友家十来万块，然后就把人踹了？"

吴森点头如捣蒜："对，就是——"

"我呸！"不等吴森说完，老妈就朝地上啐了口，一叉腰，骂街模式已自动开启。

"小吴啊，你别怪阿姨说你，你这书啊真是读到狗肚子里去了。眼见为实耳听为虚，这句话，听说过没有？我不管你是在哪儿听说的刚才那些谣言，但是你根本就没有经过调查就相信了那些话；不仅相信了还散播，这叫什么？这叫愚蠢！叫无知！现在看来，这亲也的确不用相了。博士有什么用？还不如咱们这些家庭妇女呢，我们老太太们都知道不传谣不信谣，再看看你，啧啧……"

被老妈这么一激，吴森早已是面红耳赤，跳着脚道："你居然说我无知？你知道伯特兰·罗素是谁吗？知道二元一次方程有几种解法吗？知道……"

"等等等，"夏浅拦住激动不已的吴森，"你先告诉我，你说的什么前男友，什么我劈腿失踪的都是打哪儿听来的？"

吴森闻言抹了把额头的汗，这才撇嘴道："就在你自己的相亲主页上，你自己不会看啊？"

夏浅歪头："什么？"

吴森没好气地掏出手机，点开媒运当头的App，搜到夏浅的主页递给她。夏浅一看，顿时恍然大悟——

媒运当头的个人主页里，除了个人信息和照片外，最下面还有一个公共留言板。只要是媒运当头的会员都可以在下面留言。夏浅当初想要注销媒运当头账号时，就曾瞄过两眼自己的留言区。除了一两个求交往的，一两个打广告的，一两个点赞的，留言区就再无其他。可此时此刻，一条留言却使得留言板炸开了锅。

一位昵称叫"CC025"家伙留言，自称是夏浅的前男友，他洋洋洒洒用了将近一千多字痛诉自己当初是如何被夏浅骗到手,然后又如何被她骗财骗色的。

故事的结局,诚如吴森所言,这位"前男友"表示,夏浅在拐到比自己条件更好的男人后就失踪了。他曾发疯似的寻找夏浅,却一直一无所获,却没承想,在相亲网站再次与她相遇。

一石激起千层浪。这则留言下面,谴责的、质疑的、扬言要替天行道人肉夏浅的……什么都有。夏浅草草翻完留言,然后用两个字概括了此时此刻的所有心情:呵呵。

怪不得盛哲宁今天编故事编得这么顺溜,原来别人早就准备了腹稿啊!这情形,夏浅就是不动脚趾头也猜出个大概了。这个"CC025"要么就是盛总大人本人,要么就是盛总大人请的五毛党,目的不言而喻——诋毁她,让她无法顺利相亲。

念及此,夏浅脑子里突然灵光一闪,等等!如果真是这样的话,那就是说盛哲宁已经知道她在网上相亲的事了?想到这,夏浅赶紧滚动页面,又仔细看了看"CC025"留言的时间。好死不死,时间正是她离开蔺安市的那天!

所以……盛哲宁赶来郦城真正的目的是,收拾她这个水性杨花的女朋友?!想到这,夏浅陡然吓出一身冷汗,正微微出神,手上却一空——吴森的手机被老妈夺过去了。

老妈和大姑凑到一块,一目十行地看完留言后,咆哮道:"放!屁!"话毕,夏浅就听嘭的一声,老妈彪悍地把手机砸了……砸了……砸了……砸了……

电光石火间,夏浅脑子里转过了无数念头:嗯,虽说老妈平时催婚真的很烦,但她霸道的背后还是爱自己的,看看,一旦有外人诋毁自己她表现得多护崽啊。可是妈……就算您再护崽,咱能不能不要这么野蛮地砸手机,更何况那是别人的手机啊啊啊!砸坏了是要赔的啊啊啊!最新款华为 P40 Pro+ 啊啊啊!还有你要砸也往地上砸啊,往邻居门上砸是闹哪样啊,万一让邻居听见动静跑出来围观,她还怎么在这个小区待得下去!

这头,吴森怔忪半秒也反应过来了,哭号道:"我的手机!"

这时候,最清醒的反而是大姑了。大姑一拍大腿,叹息:"哎呀这叫什么事啊！嫂子你先回屋，小浅，赶紧把手机给别人捡起来啊！"

闻言，夏浅也回过神来，现在最紧要的就是把老妈和这个吴森都先弄进屋，要是真把左邻右舍惹出来，她家今年就别想安静过年了。想到这，夏浅急忙去拉已经半跪在地上的吴森，赔笑道："吴先生不好意思啊，咱们先进屋……进屋慢慢谈赔偿。"

"赔？我呸！"老妈闻言嚷嚷开，"我还没让他赔我女儿的青春名誉费呢！"

话音落下，夏浅来不及阻止老妈就听嘎吱一声响——

为时已晚，邻居家的门到底还是打开了。面对此情此景，夏浅叹息一声，只能硬着头皮往前走。她揉了揉脸，保持微笑地抬头："不好意思啊王伯伯，一不小心把手机砸您门……"

抬头看清"王伯伯"的模样，夏浅一噎，后面的话直接吞回了肚子里。谁来告诉她，"王伯伯"什么时候变得这么年轻这么英俊了，而且最重要的是，为什么这个"王伯伯"长得这么像盛哲宁！！

夏浅发呆之际，盛哲宁也好整以暇地抱着胸，幽幽道："你叫我什么？"

另一边老妈听见声儿，也探头过来看，待看到盛哲宁的瞬间也惊奇地咦了声："你不是那个——"

"妈！！！"不等老妈说完，夏浅就慌张地挡在盛哲宁面前，一面把老妈往家里拽一边道，"我们回家！"

"哎呀回什么家？这个不是那个你在蔺安市的……"

这头大姑见状也微微眯眼，自言自语道："这小伙子好面熟，我在哪儿见过？"

场面正混乱，众人就见夏老爸拎着两壶小酒，哼着小曲优哉游哉地过来了。很显然，夏老爸还搞不清楚状况，看见众人手一挥，就乐呵呵地招呼开："哟，小盛！"

话音落下，周围霎时寂静下来。夏老爸却浑然不觉哪里有问题，晃晃悠悠地走到盛哲宁面前，将其中一壶小酒递到盛哲宁跟前，"这是咱们郦城特产，你尝尝！我请你喝！"

夏浅嘴角抽了抽，这才颤巍巍道："爸，你认识他？"

"啊，认识！"夏老爸腰杆一挺，就伸手挽住盛哲宁的肩膀，一副

· 175 ·

哥俩好的表情,"给你们介绍下,这是我的酒友加新邻居,小盛!"

众人:"……"

夏浅扶额,神啊,谁来告诉她这一切都是怎么回事!

赔偿完吴森修手机的钱,一家人吃晚饭时,老爸才说起自己和小盛同学认识的经过。

"大概上个月中旬吧,突然有人跑来找老王,出高价想买他的房子。可老王压根儿就没想过卖房,最开始死活都不同意。嘿!你还别说,那人还真有点手段,不知道在哪打听到老王孙子的事,说只要老王愿意卖房子,他孙子择校的事就交给他了。这不,后来房子就卖了嘛。"

老妈闻言嘶了声,思索道:"老王卖房子的事情我知道,可房子买下来后不一直都空着吗?什么时候住的人?"而且这个人怎么这么巧就是当初假冒夏浅男朋友的人?

念及此,老妈又微微斜睨眼夏浅,夏浅见状犹如被踩了尾巴的猫,埋首猛刨白米饭。

老爸道:"就前天的事啊!我当时看小盛在那开门,还以为是撬锁的呢!结果一问才知道这才是正经房主!之前来谈判买房的是他的助理。"

话说到这,老爸轻咳声,压低音量又道:"这小盛啊,一看就是个败家子。我问他为什么非要买老王的房,他说这离女朋友家近,方便约会。你看看,哎,败那么多钱就为了个女人,整个红颜祸水加纨绔子弟!"

夏浅呵呵,要是他爸知道他嘴里的这个"红颜祸水"就是自己女儿,不知又该做何感想。而且,盛总大人实在是太谦虚了,什么买房是为了方便约会,是方便监视才对吧……

夏浅正幽幽转着念头,冷不丁又撞上老妈审视的目光,浑身下意识地一颤,又开始猛刨白饭。现在,盛哲宁是不是来监视她的已经不重要了,当务之急,是怎么跟她爸妈解释!

哎,这个年,注定不太平。

晚上,趁着爸妈出去消食的空当,夏浅去拜访了下新邻居。一进屋,夏浅就开门见山道:"听说盛总大人买这房子是为了方便约会?"

盛哲宁挑眉,不置可否,一副"朕有钱,朕任性"的表情。

夏浅哼哼，将手上的iPad递到盛哲宁跟前，又道："那在约会之前，盛总大人是不是先解释一下这是怎么回事？"

iPad上，赫然显示着夏浅媒运当头的个人主页，此时此刻，留言区域依旧热闹沸腾着。是个人都看得出来夏浅这是来兴师问罪的，可罪魁祸首盛哲宁却依旧一副淡定自在的样子。

淡淡瞥了眼iPad，盛哲宁呵的笑出声："他们效率还挺高，这一万块花得值。"

"一万块？"夏浅怪叫，就这么几条破评论盛哲宁居然花了一万块？到底该说他人傻钱多速来呢还是人傻钱多速来呢？就算再土豪也不能这么糟蹋人民币啊！

夏浅深呼口气："盛哲宁，你知不知道为什么别人管水军叫五毛党？这是因为水军的价钱就差不多五毛钱一条评论，你这才几条评论，还是在媒运当头这种小网站上，居然收你一……"

夏浅话说到末梢才反应过来自己的关注点彻底歪掉了。这头盛哲宁倒是副优哉游哉的模样："一万块钱算什么？要不是对方是我们合作伙伴，我直接花钱找人黑了他们网站。"

看着盛哲宁这"霸道总裁"范儿，夏浅简直哭笑不得。

"盛哲宁你幼稚不幼稚？不觉得这样很过分了吗？"

"我幼稚？我过分？"盛哲宁微微眯眼，"夏浅，你知道我每天收到媒运当头推荐信时的心情吗？到底是我过分还是你过分？"

夏浅登时说不出话来。

因为长盛集团和媒运当头网站有合作，所以盛哲宁手机上一直都有媒运当头的APP，关于这一点夏浅是知道的。可夏浅不知道的是，原来钻石会员这么给力，居然每天都在帮她寻觅如意郎君，四处散推荐信啊。

夏浅拳头抵在嘴边咳嗽声，道："盛哲宁，这个账号不是我注册的，更不是我升级的钻石会员。咳咳，一切都是我妈——"

说罢，夏浅就小心翼翼地抬头，刚好与盛哲宁深邃的目光撞到一块。夏浅以为盛哲宁不信，深呼口气又道："有个很简单的方法就能证明我说的话，查IP。你是媒运当头的广告商，拜托他们查下会员的登陆IP地址应该不难吧，我根本——"

"过来。"不等夏浅解释完，盛哲宁就倏地开口。话毕，盛哲宁又

. 177 .

往里边挪了挪，拍拍沙发示意夏浅坐过去。

夏浅拧眉，满心不爽。盛哲宁这是召唤宠物呢还是召唤宠物呢？他让她过去她就过去啊，那多没面子！念及此，夏浅就欲发作，可谁料一抬眸就见盛哲宁正用湿漉漉的黑眸凝视着她，霎时，心底化成一片。

咳咳，好吧，就这么一次……

夏浅慢慢踱步走到沙发前，刚坐下就听盛哲宁啧了声："怎么两天不见，你好像又胖了。"

盛哲宁这个王八蛋！他把自己叫过来就是为了说这个？！说她胖也就算了，什么叫又胖了！你才胖！你全家都胖！

夏浅磨牙："你个混——"

"嘘！"不等夏浅把话说完，盛哲宁就用食指堵住夏浅的嘴，两眼弯弯地凝视着自己的女朋友，良久，才勾唇柔声道，"夏浅，这两天想我吗？"

叮的一声，犹如一滴水滴进心间，扰乱了一池春水。夏浅半是羞赧半是好笑地盯着盛哲宁，嘴角也在不知觉间微微上扬。哼哼，这个盛傲娇，其实他想说的是"夏浅，这两天想我吗？我想你了"吧？

凭毛这货说个情话也要这么傲娇？难不成他还要等着她主动说想他？

夏浅撇嘴："想你？想你个大头……"话未毕，对方的唇已重重贴了上来。霎时，夏浅只觉心底一烫，抱着盛哲宁的手臂缓缓收紧。

哦，原来这货不是不会对女朋友动手动脚，是一直没找好时机。看来她不用担心某人的某些功能了，而且，就现下来看，似乎某人的吻技还不赖？

夏浅胡思乱想之际，盛哲宁也已撬开夏浅的唇齿宣告主权。

这个吻，极尽缠绵，似乎要将那些无法说出口的思念和情话通过统统这个吻释放出来。直到夏浅微喘，盛哲宁才恋恋不舍地放开她，离别前，又在夏浅已娇红无比的唇间点了点。

夏浅眨眼："不生气了？相信我了？"

盛哲宁哼了声，捏她下巴："如果我不相信你，你以为你能像今天这样轻松过关？"

夏浅蹙眉，茫然地咦了声。

盛哲宁道:"我从一开始就知道这些是你妈搞的鬼,找五毛党留言也只是想让你妈知道网上有多不靠谱。我真正生气的是,你从来就没想过告诉你爸妈我的存在。"

夏浅开口就要解释,谁料盛哲宁却快她一步地说:"不过或许你说得对,我们关系还没正式确立就见你父母,是有点唐突。"

听了这话,夏浅下意识地看了眼窗外,妈呀,这是太阳打西边出来了吧?盛哲宁什么时候变得这么懂事了?真是——

夏浅还没感叹完,就听盛哲宁接着又道:"所以,我们现在就正式确立关系。"

哈?

夏浅满脸黑线地转头,正想问他怎样才算正式确立关系就觉有什么东西闪着了眼。夏浅下意识低头,眨了眨眼,再眨了眨眼,这才确信自己看到的不是幻觉。她的跟前,竟然是一颗璀璨夺目的钻石,它被铂金戒指轻轻托着,兀自闪烁着耀眼的五彩光芒。

怔忪间,夏浅听盛哲宁低声:"夏浅,我们结婚。"

夏浅:"……"

曾几何时,夏浅也曾幻想过自己被求婚的景象,或许感动得热泪盈眶,或许高兴得合不拢嘴,可没有任何一种憧憬符合了她现在的心境——头脑空空。

没错,就是头脑空空。

望着眼前的钻戒和盛哲宁,夏浅除了瞠目结舌还是瞠目结舌,脑子里竟然半点思绪都抓不住。口胡!他们才恋爱不到一个月啊!单独的相处时间还不超过一星期啊!就算闪婚也没闪得这么快的吧?

"盛哲宁你……"

截住夏浅的话头,盛哲宁一字一句道:"夏浅,我不着急,你想清楚再回答!"话毕,盛总大人的脸也陡然黑下大半。见此情景,夏浅抖了抖面皮,彻底呵呵了。

盛总大人这句话翻译过来大概就是说:这是朕第一次求婚你看着办,如果你敢拒绝我你就要有承担后果的勇气。朕是绝对不会放过拒绝我的人的,嗯就这样你好好考虑不要着急我不勉强。

察觉到盛哲宁浑身散发出的低气压,夏浅深深呼出口气,默默在心里说了两个字：混蛋！盛哲宁这是求婚还是逼婚啊！有你这样强人所难的吗？

夏浅正觉左右为难，门铃恰到好处地响起。夏浅闻声一激灵，推盛哲宁道："快去开门！"

盛总大人虽然异常不满有人破坏他求婚，但还是乖乖走到门边，瞥了眼猫眼后，回头道："你妈。"

"滚！"夏浅冲盛哲宁扔了个抱枕，啐道，"你怎么骂人？"

盛哲宁摊手："我是说，你妈来了。"

夏浅：！！

【小剧场·关于消费观】

众所周知，盛哲宁的消费观扭曲而奇葩。别人再傻吧，买东西前还知道问问价，可盛总大人买东西向来都是：这东西朕喜欢，包起来。价格，那是什么东西？也给朕包起来！

这不明摆着让人宰吗？！！！

举个例子，婚后某天夏浅去理发店护理头发，盛哲宁来接她时，她还差一点点完事，于是夏浅便让对方在休息区先等着。然后等她再见出来时，盛哲宁手上就已经多了张充值额高达万元的黑金会员卡。

夏浅崩溃："谁让你办卡的？我在家旁边那家理发店已经办过会员卡了，而且大哥你是不是老年痴呆症了？这里是郦城啊郦城，咱们就是回来过个年看下爸妈，过完年还要回蔺安的。你办这卡一年用一次吗？"

而且，一年后这店还在不在都两说。

可等夏浅叽里呱啦吐槽完，别人盛总大人只轻飘飘地来了句："这还不是怪你？"

原来，在等待夏浅的过程中，某位店员大概是看出了盛哲宁"人傻钱多速来"的气质，一直都在安利其办会员卡。

"所以你就办了？"

"嗯，"盛哲宁依旧一脸理所当然，"只有办了卡耳根才能清净。"

闻言，夏浅懂了，盛哲宁这话翻译过来就是：花一万块换十分钟的耳根清净，值！

有钱人的奇葩脑回路，普通人是无法理解的。

再举个例子,夏浅偶尔会去某按摩店按摩,因为小姐姐们手法还不错,时不时地,夏浅也会带着长期伏案的盛总大人去。而且不知道是按摩后胃口比较好还是别的什么原因,夏浅总觉得这家按摩店的茶很好喝。

这事夏浅也就在盛哲宁面前提过一嘴,谁料这年生日,盛哲宁居然就送了夏浅一张该按摩店的黑金会员卡给其当生日礼物。

夏浅一查里面的充值金额,再次沉默了。

大哥,你是跟黑金会员卡杠上了还是咋的?怎么又办卡了?她明明记得上次带盛哲宁去按摩,他还各种嫌弃啊?

所以,这次的办卡理由是——

盛哲宁微一蹙眉,果然给出的理由够奇葩:"你不是说他家的茶好喝吗?"

夏浅倒吸了口凉气,霎时只觉余音绕耳。

你不是说他家的茶好喝吗?

他家的茶好喝吗?

茶好喝吗?

好喝吗?

吗?

所以盛总大人的意思是,如果花万把块能喝上自己喜欢的茶,也值了。

消费观奇葩也就算了,盛哲宁还总能买到贵的东西。

话说这年,小两口到海边度假。夏浅因为忙着架炉子准备晚上的烧烤,就打发着盛哲宁出门采购。买的东西无非也就是晚上要吃的食材、胡椒辣椒以及牙膏牙刷等等日用品。

可等盛哲宁把东西买回来,夏浅一看收银台,又吐血了。

土豆十元一个,辣椒四十一袋,牙膏五十一支……

夏浅简直怀疑盛哲宁是不是看哪样货品最贵就捡哪样。虽然家里的确不差这几个钱,可是真心物无所值啊!明明可以花更低的价钱买到同样的东西干吗浪费辛辛苦苦赚来的人民币!

而且她明明是叫这货去买食材的,可他却捎带回来一包避孕套是几个意思?

夏浅斥责加抗议,谁料别人盛总大人直接一句话就回击过来:"夏浅,你知道我的时间有多宝贵吗?"

——知道朕一分钟要赚多少钱吗?你又知道长盛酒店养活了多少人吗?

——与其有那时间货比三家斤斤计较,朕还不如多赚一点钱多养活一些人!

——呵!你们以为朕是人傻钱多速来,朕告诉你们,朕只是不屑这些小钱!有钱,任性,吾等平民懂吗?!

依旧挣扎在温饱线上的小砍价师夏浅一时噎住,彻底被完爆。她早就说过了,挥金如土的盛土豪和她这个斤斤计较的砍价师不合适啊不合适!

第十八章　来自男朋友的"求婚"？

屋外，老妈有条不紊地敲着门。屋内，夏浅石化原地，早已神游千里。脑子不受控制地脑补着，呈现出一幕幕可能出现的画面。

哗啦啦，场景一：

盛哲宁打开门，夏浅颤巍巍地从盛哲宁身后探出脑袋，扯笑道："嗨，母亲大人，你什么都别说，我知道你想问我为什么在这。这是因为……咳咳，给你介绍下，这就是我之前跟你说的男朋友，盛哲宁。"

"男朋友？"老妈微怔，旋即便拽住盛哲宁道，"小伙子，刚才我女儿说你叫什么来着？你籍贯在哪儿？家住哪儿？家里有什么人？爸妈有没有退休养老金？还有你工作是干什么的？今年多大？"

噼里啪啦地查完一通户口后，老妈一拍手一跺脚就又道："你说说这事！你们在一起了怎么也不早说？我早知道还费什么心去什么相亲网站？太好了太好了！我这乖女婿不仅有车有房，有事业有学历，最重要的是还长得这么帅！完全符合我当年的择偶标准，百分百通过，就这么定了！"

老妈说完，也不顾已彻底呆掉的小两口，猛拍了拍腿又道："哎呀，你们俩还愣在门口干什么？小盛来，咱们进屋，你快跟阿姨说说，打算什么时候结婚？宴席在哪办？婚纱照在哪拍？"

……

从可怕的补脑里回过神来，夏浅猛拍了拍脸，不会的不会的。老妈虽然平时着急她的婚姻大事，但应该不会这么草率就把她推出去。从吴森的事情就看得出来，其实她妈还是很维护她的，所以，剧情大概是这样发展的——

哗啦啦，脑补场景二：

……老妈站在大门口，圆目怒瞪地看着盛哲宁和夏浅，阴沉着脸道："你说，他是你男朋友？"

夏浅默默点头。

"他搬来咱们小区，也是为了你？"

夏浅再默默点头。

"近水楼台先得月，方便约……"

夏浅惯性地继续点头，点到一半才觉不对劲，连忙又甩脑袋道："不是不是，妈你误会了！"

"误会？"老太太扬声，"你真以为我傻啊？你自己看看，这都几点了你还往别人单身男人家里窜？我以前是怎么教你的？啊！我也是你这么大过来的，你别以为我不知道你们小年轻的那些把戏。"

夏浅被老妈训得一愣一愣的，盛哲宁实在看不下去，插嘴道："阿姨，其实我们——"

"你闭嘴！"老妈沉声喝住盛哲宁，"事已至此，你打算怎么办？"

盛哲宁蹙眉："什么？"

"什么什么！"老妈厉声，"小伙子，我可不管你到底是来约会的还是约别的，反正事情都已经这样了，你必须对我女儿负责！说！打算什么时候结婚？宴席在哪办？婚纱照在哪拍？"

……

夏浅掩面，再次从恐怖的想象中回到现实。

深呼口气，夏浅安慰自己：不可能的不可能的，老妈一直都很纯洁，绝对不会误会她和盛哲宁单纯的男女关系，所以，待会儿老太太看见他们俩在一块，剧情应该是这样的——

哗啦啦，脑补场景三：

盛哲宁打开门，将老太太迎进屋。老太太见女儿也在屋里，不禁一怔："夏浅，你怎么在这？"

夏浅嘿笑："家里没酱油了，我过来借点。"

"啥？"老妈诧然之际，夏浅也感受到旁边盛哲宁炽热的注视。微微眯眼，盛哲宁抱胸冷笑："哦，原来夏小姐是过来借酱油的？"

老妈道："是啊，这大晚上的你又不做饭，借啥酱油？"

夏浅冷汗直流，还没想好托词就听盛哲宁怒道："夏浅，我就这么见不得人吗？我是你男朋友又不是奸夫，为什么要隐瞒身份？！"

"什么？"老妈震惊，"他是你男朋友？"

事已至此，夏浅只能咬牙点头："是啊。"

老妈怒道："那为什么之前不告诉我们？整得偷偷摸摸就跟偷情……偷情？难道，他有老婆的？"

盛哲宁："阿姨，你千万别误会，我是单身。之所以一直没公开我们的关系，都是因为夏浅不同意。其实我早就想和她结婚了，你看，我连婚戒都准备好了。"

"哎呀，好漂亮的戒指。"老妈满意地端详着钻戒，咧嘴道，"小伙子，你别理夏浅，她从小就这样，口是心非。她表面说不要，其实就是同意的意思了。你快跟阿姨说说，准备什么时候结婚？宴席在哪办？婚纱照在哪拍？"

……

啊啊啊！夏浅抓狂地扯了扯头发，为什么剧情永远都不受控制？！不行，绝对不行！她绝对、绝对不能让老妈发现自己在这里，不然，一旦逼婚阵营成立，她就彻底阵亡了！

念及此，夏浅就开始上蹿下跳地找地方躲人，这头盛哲宁本已经准备开门，不经意地一回头，见夏浅这模样当即火冒三丈。

"夏！浅！"她到底什么意思？很怕别人发现他们俩在一块吗？他就那么见不得人？！

夏浅朝盛哲宁比了个"嘘"的动作，又紧张兮兮地将他拉到身边，这才悄声道："不能让我妈知道我在这。你都不知道她老人家嘴巴有多厉害，在我们俩没有做好万全准备之前绝对不能公开关系，不然她能审问你一天一夜！"

盛哲宁挑眉，这是什么鬼理由？可他还来不及反驳，夏浅就又道："我先去卧室躲着了哈！"

进卧室之前，夏浅又像是想起什么地转身，举着手上的戒指盒道："盛哲宁，这可是你说的，在我们彼此没有确立关系前见对方的父母太唐突，我还没答应你求婚，所以！你千万千万不能承认认识我，听到没？"

什么叫搬石头砸自己的脚，盛哲宁现在体会到了。奈何他话已经放出去，此刻只能点头应允。待夏浅在卧室藏好，盛哲宁这才重回玄关口，打开了大门——

与此同时，门外夏老妈也正兀自发着神。

今天见过隔壁新邻居后，夏老妈就越想越不对劲。她记忆力不差，更没有糊涂到认错人的地步，她百分百肯定隔壁的小伙子她见过——这人正是女儿当初拿来作挡箭牌的假男友，盛哲宁。没错，连名字都一模一样，绝对错不了。

如果说以前的"假男友"成了"新邻居"算是新奇事的话，更新奇的是，夏浅自从见过这个盛哲宁后就一直坐立不安。光凭这一点，夏老妈就断定两人有鬼。

吃完饭后，她和老伴出去消食，正琢磨着这事，大姑的电话就来了。夏老妈一接起电话，就听大姑在那边激动道："嫂子！我是说今天怎么看你们那个新邻居这么眼熟，他就是那个长盛集团的大老板啊！"

夏老妈脚步一顿，惊道："谁？"

"你不记得了？就是那个长盛酒店的老板呀！长盛酒店啊！你天天上媒运当头不都能看到他家的广告吗？这个盛哲宁，我还在杂志上看过他的专访呢！怪不得这么眼熟……嘶，嫂子，你说他一个高帅富跑到咱们这来买什么二手房？该不会是你们那片要拆迁了吧？"

后面的话，夏老妈已经听不进去了，她的脑子里只剩下一个念头：这个盛哲宁绝对和女儿不简单！抱着这个念头，夏老妈去而复返，上楼直接敲响了盛哲宁的房门。

原本，夏老妈还琢磨着怎么试探盛哲宁，谁料对方一开门，夏老妈就见女儿的皮鞋端端正正地摆在玄关口。见状，夏老妈脸色一沉，正欲说什么，盛哲宁就比了个请的姿势："阿姨，里边坐。"

夏老妈板着脸进屋，原本还思忖着看女儿怎么解释，谁料在客厅逛了一圈，愣是没见着女儿的人。夏老妈默默打量番，见卧室门紧闭就什么都明白了。哟嚯，看来是她这老太婆打扰到小年轻们亲热了呢！不过，既然女儿喜欢跟她玩藏猫猫，她也乐得成全。

夏老妈打定主意之际，这头，盛哲宁也已替老太太泡好了茶。夏老妈有模有样地呷了口，这才道："哎呀，不好意思，这么晚还来打扰你。"

盛哲宁噙笑："阿姨哪儿的话？都是街里街坊的，您有空就常来玩。"

啧啧，小嘴儿还挺甜，可惜，老娘不是那么好对付的！

夏老妈轻咳声："既然你都这么说了，阿姨我也不拐弯抹角了。其实啊我这么晚来,是因为家里出了件挺紧急的事,你说巧不巧,刚好,这件事小盛你就能帮上忙。"

盛哲宁还是淡淡噙着笑,处变不惊:"阿姨您说。"

"今下午的事你也看见了,你大概也能猜到些前因后果。我家夏浅还没结婚,这不是当妈的着急嘛,所以在相亲网上给她征了个婚。可是吧,这不知道从哪儿窜出来的小混混居然在网上诋毁我们夏浅,说了些无中生有的事情,真是特别让人生气!"

夏老妈一面说一面情绪就上来了,这头盛哲宁见老太太牙关紧咬,潜移默化地将茶杯往她那边推了推:"流言止于智者,阿姨不必理会网上那些谣言。"

大概也觉得自己的情绪有点过了,夏老妈正了正声,弯眼笑开:"可还有句话叫三人成虎,众口铄金。咱们城市小,夏浅又还没结婚,要是这些话传出去她一个姑娘还怎么嫁人?"

话至此,夏老妈转了转眼珠,这才缓缓道:"我听说……小盛你好像认识那个相亲网站上的人?"

闻言,盛哲宁蓦地抬眸,嘴角忍不住微微上扬。现在,他总算是知道夏浅这只小狐狸是谁教出来的了。这老太太拐弯抹角地绕了一大段,现在才是她想要说的重点吧?

盛哲宁四两拨千斤:"阿姨听谁说的?"

夏老妈不好意思地搓了搓手:"其实,也不是听谁说的,就是经常上那个网站都能看到长盛酒店的广告。"说到这,夏老妈故意停住,少时,才呵呵笑道,"小盛,你就是那个长盛集团的老板吧?我可在杂志上见过你的专访。"

盛哲宁莞尔,老太太都说到这个份上了,他还能不承认?

"阿姨您放心,我明早就给相亲网站的人打电话,让他们核实一下留言内容,该删除的删除,该辟谣的辟谣。"

听了这话,夏老妈终于舒心笑开:"哎呀,那真是谢谢小盛你了!"话音落下,不等盛哲宁回应,夏老妈话锋一转,陡然又道,"说起来,你和我家夏浅认识吧?"

空气骤然凝结。盛哲宁和夏老妈互瞅着对方,各怀心事。

少时,夏老妈才丢出第二个重磅炸弹:"还有,小盛,我们应该见过面吧？"

盛哲宁："……"

此时此刻，盛总大人才总算明白了夏浅的苦心。小妮子说得不对，她妈心思缜密、逻辑清晰，根本不是他原先设想的低血低防的小BOSS。诚如夏浅所言，在没有想好万全之策前就见老太太，根本就是找死。可现在的他，没升级装备，没带够红药蓝药就这么赤条条地站在了大BOSS跟前，到底该如何扭转乾坤委实是个难题。

说实话——那就等于承认了他当初戏弄老太太的事情。

不说实话——这一条条、一桩桩的证据摆在他面前，就越发显得他这个人不靠谱。人生第一次，盛总大人不得不服软承认，丈母娘就是神一般的存在。

……

盛总大人为难之际，与此同时，卧室里边，夏浅也正抓狂着。不论她怎么转换姿势都听不到外面的任何风吹草动。她趴在门边，恨不能现在就冲出去掐死盛哲宁，混蛋！盛哲宁你一个人住安什么隔音门啊！！！

沙发上，盛总大人正襟危坐着，与大BOSS……咳咳，不对，是未来丈母娘默默对视着。

选A或者选B都是错，那为什么他一定要在这两个答案里选？盛哲宁深呼了口气道："阿姨，您饿吗？"

夏老妈瞪圆眼睛，惊道："啥？"这就是他给出的标准答案？

无视夏老妈的诧异，盛哲宁又道："聊了这么久我还有些饿了，不如这样，我们下楼吃点宵夜，一边吃一边接着聊。"说罢，盛哲宁就不容分说地起身，套上外套就往门外走。

夏老妈虽然无语盛哲宁的举动，但既然房主人都离开了，她也不好再待，只能跟着他一块出了门。两人下楼，出了电梯间，盛哲宁才蓦地停下脚步，转身幽幽道："阿姨，对不起。"

BOSS战正式打响！盛哲宁的目标就是不费一兵一卒地拿下未来丈母娘。

闻言，夏老妈轻轻哦了声，意味不明地盯着盛哲宁。盛哲宁睁着无比真诚的双眼接着往下说："其实，我叫您下来不是真的想吃什么夜宵，是因为夏浅在我家。"

夏老妈陡然怔住，讶然无比地看向盛哲宁，难道这就是传说中的——

盛哲宁轻勾唇角，阴险笑开：没错阿姨，我就是传说中的"猪队友"。我把我队友的人头亲自捧到您面前了，您可要看清楚，其实我是站在您这边的哦！

盛哲宁道："如果您一直在我家的话，夏浅就没办法离开，所以我才故意把您骗出来。"

夏老妈哼笑："既然是故意骗我，现在又为什么要告诉我呢？"

盛哲宁将双手插在裤兜里，垂下眼睑默了默，这才沉声："因为……我不想再在阿姨面前说谎话了。"

BOSS战第二招：把所有过错都推给队友。夏浅，你不要怪我，反正，你也已经是BOSS的口粮了，多错了一点和少错一点也差不多。

盛哲宁："阿姨，您刚才不是问我我们是不是曾经见过，我现在正式回答您——是的。那个时候，夏浅曾经利用我假扮成她男朋友来骗您，我识破后想要糗糗她，就故意在您面前说我是送货的。可后来……"

"可后来'假男友'变成了'真男友'，你们就不知道该怎么解释了？"夏老妈接着盛哲宁的话往下说。

盛哲宁默默点头。

"对于之前的欺骗，我非常抱歉。但我对您女儿的心，天地可鉴。这次过年来郦城，其实就是我希望能拜访拜访二老，将之前的误会解开。可夏浅一直都说时机还不成熟……"

BOSS战第三招：获取BOSS的同情，趁其不备时，一举攻下。

见盛哲宁的黑眸里已溢出盈盈水光，夏老妈心头一颤，语气也柔下了三分："嗨，我和你夏伯伯哪有夏浅说得那么厉害？只要是误会，解开就行了，我们还能吃了你们啊？夏浅这孩子也真是的，谈个恋爱还偷偷摸摸的。"

闻言，盛哲宁眸子陡亮，等的就是这个时候！

清了清嗓子，盛总大人继续扮委屈："我也不想这样。可夏浅说，我们关系没确定前就不让我见二老。所以，其实我这次来还有一个重要的目的就是——求婚。"

听到最后两个字，夏老妈背脊一僵，咋舌道："你……说……什么？"

见状，盛哲宁默默地、默默地勾了勾唇。啊，这里果然就是BOSS

. 189 .

的弱点，接下来，只要会心一击，BOSS战就能圆满结束了。

盛哲宁轻声道："阿姨，您没听错，我说的是，求婚。"

……

翌日一大早，夏浅就假借着晨练之名，偷偷溜去了肯德基。一进店，夏浅就见盛哲宁已经点好餐坐在了靠窗的位置。坐到盛哲宁旁边后，夏浅也不客气，拿起一个汉堡就开啃，待酒足饭饱，这才哀怨地喟叹声："再这么下去，我就快要被累死了啊啊啊！"

盛哲宁挑眉："出来的时候又被你妈审问了？"

夏浅喝了口咖啡，点头："我N年不晨练，今早突然说要出来跑步，她能不怀疑吗？问东问西，就差跟着我出来了——"话说到一半，夏浅又想起什么地眯了眯眼，道，"盛哲宁，话说，你昨晚都跟我妈说什么了啊？"为什么她总觉得这两人会面后，自己心里毛毛的，好像有哪儿不对劲，可到底是哪不对劲，她又说不上来。

盛哲宁看着手上的手机连眼皮都没抬一下，淡然表示："能说什么，还不就那些。不是你吩咐的吗？不能承认我们俩的关系。"

夏浅心里"咯噔"一声响，握着咖啡杯的手一紧，对，问题就在这……高高在上的盛总大人真的会听谁的吩咐乖乖行事吗？还有，今早他居然对求婚的事也绝口不提，好像……这不太符合他的画风吧？

念及此，夏浅顿了顿，试探道："盛哲宁，我不许你说我们俩的关系，你不生气？"

盛哲宁挑眉："你希望我生气？"

夏浅一噎，登时说不出话来。纠结地扯了扯头发，夏浅启齿正欲再说什么，一个蛋挞就被塞进了嘴里。

"唔！"夏浅瞪眼抗议。

盛哲宁见状嗤地一下笑开，又捏了捏女朋友粉嫩的小脸，宠溺道："快吃！"话音刚落，盛哲宁却像被什么刺中般猛地一震，紧蹙眉头地看向窗外。可窗外，除了零星的几个路人，什么都没有。

这头，夏浅也察觉到盛哲宁不对劲，咬下一口蛋挞道："怎么了？"

盛哲宁又瞥了眼窗外，轻抿薄唇，少时才悠悠道："没事。"

……

与此同时，躲在拐角处的男人又探头看了眼盛哲宁和夏浅的方向，确定两人没发现自己后终放心地呼出口气来。他燃起一根烟，静静抽完后这才打开怀里的长镜头相机，一张接一张地欣赏着自己的作品。

画面里，盛哲宁正噙笑着捏夏浅的脸颊，夏浅则嘴含着蛋挞，娇嗔地瞪着自己的男朋友。虽然隔着整整一条街，两人的表情也捕捉得略微模糊，但隔着画面，男人还是能够感受到两人满溢的幸福。

见状，男人呵的一下笑出声，掐灭烟头，拉低帽檐，默默走出了角落。

日本，伊豆半岛。

夏浅和盛哲宁你侬我侬之际，宁萌和何之隽小两口也正在伊豆半岛度假。因为要陪老婆，何之隽一次性请了十天年假，赶在全国放假前夕就和宁萌登了岛。这几天随着除夕将至，游客也渐渐多了起来，小两口干脆就躲在客栈里不出门。

昨晚，宁萌突然嘴馋想要吃烧卖，为了满足老婆食欲，何之隽今天天蒙蒙亮就起了床，直往半岛上的一家中国餐馆。待他再回客栈时，天色已大亮，他蹑手蹑脚地进屋，原本以为宁萌还睡着，谁料被褥空空，只听后院传来哗啦啦的水声。

闻声，何之隽就知道宁萌在泡汤。清晨露水，出汤美人，倒是不错的风景。念及此，何之隽就放下早餐准备往后院走，可脚刚抬起来，何之隽就听叮的一声，宁萌手机有了新信息。

何之隽拿起手机不经意地一瞥，登时愣在原地，犹如雷劈。手机屏幕上，赫然显示着短信的部分内容：盛哲宁夏浅最新照……

见状，何之隽只觉血液倒流，四肢冰凉。盛哲宁夏浅最新照片？所以说，宁萌找人在跟踪调查两人？所以说，她已经开始怀疑自己了？

何之隽抿唇，顺着自己的思绪，某些画面也不由自主地浮现在他面前。最近，宁萌没事就抱着手机，只要电话一响她就会跑到阳台去接。还有，最近宁萌莫名其妙地设了手机密码……

原本这些他都没在意，以为是宁萌心血来潮，又和闺蜜们在玩什么小游戏，可他万万没想到，宁萌竟然在悄悄调查夏浅？这么说，夏浅的身份她应该已经知道了吧？可她一直没有跟他挑明，反倒隐忍不发是为了什么？是为了收集更多的证据，还是……

想到种种可能，何之隽只觉浑身一颤，怔了怔，他又拎起早餐盒，悄无声息地退出了房间。

……

少时，宁萌才从后院回来，见手机有短信进来便急忙打开。看清照片上的人和景后，她柳眉轻蹙，熟练地按下删除键后这才将手机丢到了一边。

微呼出口气，宁萌半躺在床上，心里的不快却无论如何都挥之不去。想想也真是滑稽，两个月前，她还积极地帮着两人牵线搭桥，打心眼里希望夏浅能成为自己的嫂子。可现在，两人真的在一起了，宁萌心里却又是如此的不是滋味。

这一切都因为夏浅的另一个身份：何之隽的前女友。

想到这个身份，宁萌的手忍不住紧紧攥住床单，只觉微微窒息。没错，她现在无法祝福哥哥和夏浅就是因为这个。因为夏浅从头到脚就是个骗子！她从一开始就知道她是谁，却还是积极地接下了他们的婚宴砍价案，甚至对自己撮合她和盛哲宁的事情也采取了默认态度。

自己对夏浅巴心巴肝，把她当成好朋友、未来的好嫂子，可她心里怎么想自己？呵呵，只有鬼才知道！还有，或许自己这次真的眼拙了，夏浅未必是自己想象中的纯良姑娘。试问，没点手段，她又怎么能把她哥勾到郦城老家去？

这么说来，夏浅是认真的咯？真的想要嫁给他哥？

可是，她想要嫁入盛家到底是因为爱盛家的财，还是想要报复她？想到第二种可能，宁萌又深呼了口气，她这时发现，自己的手竟有点抖。心里有个声音在悄悄说：不能让夏浅得逞，不能让夏浅嫁入盛家。

念及此，宁萌微微咬紧牙关，没错，夏浅这个嫂子到底做不做得成，还得先过了她这关再说——

"老婆，我回来啦！"宁萌正幽幽想着，就听门外传来何之隽的声音。

闻声宁萌赶紧擦干眼角的泪水，刚起身就见何之隽拎着早餐进来。她眨了眨眼，满脸惊喜道："老公，你对我实在是太好了！"

第十九章　新年礼物可以，求婚钻戒收回！

第二天，便到了一年一度的除夕。按照往年惯例，大年三十夏浅一家都要回外婆家团年。今年自然也不例外，一大早，夏浅就载着爸妈往外婆家赶。

路上，老妈事先给夏浅打预防针，说今年表姐带着孩子们也回来了，让夏浅有个心理准备。夏浅一边开车一边哼哼，表姐带不带孩子回国团年关她什么事啊？再说了，她还盘算着早点应付完团年饭早点回家陪盛总大人呢，真心没空搭理亲戚们。

大抵也猜到了女儿的心思，老妈娓娓又道："你表姐的脾气你是知道的，这孩子什么都好就那张嘴……哎，她难得回国一次，如果……我是说如果哈，她说了什么不好听的，你就忍着，啊！"

夏浅冲后视镜里的老妈翻了个白眼，哀怨道："这还不是你们造的孽！"

说来话长——

表姐陈晨晨只比夏浅大了半岁，因为小时候两姐妹都由外婆照料，众人就总是有意无意地将两个女孩拿来做比较。夏家比陈家稍殷实些，所以夏浅从小穿着打扮也比陈晨晨洋气些，再加上夏浅肤白个高，自然而然就把矮个眼小的陈晨晨比了下去。

样貌打扮比不过，总可以拿成绩能力说事吧？可惜天不遂人愿，夏浅从小就是三好生，初中保送重点高中，之后又考上名牌大学，进入事业单位。再反观陈晨晨，从小到大，成绩那是一塌糊涂，后来好不容易念了个三流大学，出来还因为专业冷门找不到工作，东托西托最后才找关系进了一家私企。

彼时，每每家里说起陈晨晨的不如意，老妈都势必跳出来眉飞色舞地赞一遍女儿如何如何好。就这样，原本关系还不错的两姐妹就在这无形的比较中慢慢疏远了。每年过年见面，陈晨晨也势必对夏浅阴阳怪气地说上两句。

可有句话怎么说来着？风水轮流转，工作没两年，陈晨晨就结识了来中国分公司上班的加里。两人火速恋爱结婚，陈晨晨查出怀有龙凤胎时，加里也接到了调回总部的任命令，于是乎就这么，陈晨晨跟着老公回了国，定居法国。而这时候，夏浅刚好毅然辞掉了事业单位的工作，跑出来做了亲戚们闻所未闻的砍价师。

一个已超27岁的大龄女青年，没对象、没房子，工作也飘忽不定——就这么，夏浅顿时从"别人家的孩子"成了"问题女青年"。

这么一晃又是好几年，这次表姐带着龙凤胎回来，明摆着就是来报仇的，所以其实老妈打不打预防针效果都一样。念及此，夏浅叹息声，望向后视镜又道："放心吧，今天我就是聋子，他们说什么我都听不见。"

说话间，车已缓缓驶入外婆家的小巷子里。

外婆住的地方是个小四合院，夏浅一家到时，其他亲戚们已经七七八八地聚在院子里喝茶聊天了。进屋后，夏浅简单给外婆拜了年、奉上红包后，就躲在角落刷手机。可这么大好的机会，陈晨晨怎么会放过，少时就牵着龙凤胎过来，笑眯眯道："宝宝们乖，快给姨妈拜年。"

夏浅早有准备，摸出红包正说给两个孩子，陈晨晨的手一挡，便道："别，怎么能要你的红包？你自己工作都那么辛苦，又缺钱缺物的。再说了，我听我妈说你还单着，什么事都要自己操办，留着钱傍身也是好的。"

夏浅嘴角抽搐，表姐，你的声音敢再大一点吗？表情敢再夸张一点吗？啧，她就想不明白了，她不过是结了个婚，嫁了个外国人，又不是中了女状元，怎么就能摆出副衣锦还乡的模样呢？

夏浅深呼口气，作势就要反驳，刚张嘴就听老妈在她身后咳嗽了声。夏浅一咬牙：我忍！这才将红包默默地又收了回去。

陈晨晨见状小眼一弯，咧嘴道："这就对了嘛！我们也不缺这点零花钱，倒是你，那个砍价师做得怎么样啊？天天都要帮大妈们去菜市场讨价还价很辛苦吧？"

夏浅头顶三根黑线，心底默默啐了句：xx你妹夫的！骂完，才恍然发现盛总大人躺着也中枪了。咳咳，不要在意这些细节，重点是，这货侮辱她的职业啊啊啊！

老头老太太们不理解她的职业也就算了，她陈晨晨年纪轻轻的一个

. 194 .

人,拜托不懂就先上网查查再说话好吗!还有老娘不用你可怜,老娘赚得比你多多了!去年年薪直逼七位数,咳咳,虽然大部分是"你妹夫"给的。但是!那也是凭老娘勤劳的双手自己赚来的!和你这个靠老公的已婚妇女不一样!

夏浅撑起身就要开骂,老妈又咳了一声。夏浅只能自我安慰:呵呵,本宫大人有大量,不和已婚妇女一般见识。

可是,她不和已婚妇女一般见识,已婚妇女却死活不肯放过她。

陈晨晨见夏浅不说话,心里暗爽,叹息声,接着又道:"小浅,除了工作,你还是要抓紧些。这时间不等人,女人最宝贵的那几年说没就没了,就算你保养得再好那也没用!你都不知道,这女人一过三十老得有多快,别说生孩子恢复得慢了,好多人连怀都怀不上呢!"

好嘛,这看攻击她职业她无动于衷,于是开始攻击她以后生不出孩子了?这还有没有人管了?!夏浅怒视老妈,老妈却打哈哈地看向一边。

"还有,你今年已经二十七了吧?嗳,再这么下去啊,别人都该叫你老处女了。"

是可忍孰不可忍!夏浅闻言终于冷笑出声,幽幽道:"呵呵,你怎么知道我还是处女?"

话音刚落,聊着天品着茶、实则一直尖着耳朵听这边动静的亲戚们瞬间噤了声。处男处女这种开车话题,对于长辈们来说还是太劲爆啦!

老妈怔了怔,率先反应过来,结舌道:"嗳你这孩子——"

"妈。"夏浅起身打断老妈,镇定道,"我说过当聋子,可我没说过当哑巴。"说完,这才面对陈晨晨道,"表姐,你能这么关心我,我感激不尽。可是不是所有人都像你一样,觉得嫁人就是一辈子的终极目标。我有我自己的事业、梦想和朋友,结不结婚,生不生孩子都只是我生活的一小部分而不是全部,所以就不劳你替我着急。还有,如果你一定要和我比较才能找到优越感和幸福感的话,那么对不起,恕我直言,你活得挺可悲的。"

"你!"陈晨晨被夏浅最后一句话激怒,拍案而起正要发作,众人就听门口传来清脆的拍掌声。夏浅循声望过去,看清来者后心里陡然一颤,门口长身玉立的不是盛哲宁又是谁?

他怎么找到她外婆家的?又是什么时候站在门口的?还有刚刚她和

表姐的话他又听到了多少？刹那间，夏浅心里乱如麻，问题一个接一个地冒出来。

这头，盛哲宁见众人齐刷刷向他行注目礼倒也不惧，不慌不忙地走进四合院，将手上的一大堆礼盒搁在石桌上，盛哲宁这才对坐在藤椅上的外婆道："婆婆，新年快乐。"

外婆睁着已经有些浑浊的眼睛道："你是？"

见状，夏老妈终于乐颠颠地小跑到盛哲宁跟前，弯眼："我跟大家介绍下，这是咱们小浅的男朋友，盛哲宁。"

话音刚落，陈晨晨脸就一黑，只觉像被谁狠狠抽了下。

这头，老妈则转向盛哲宁又道："哎呀，小盛你来就来吧，还带什么礼物。"

"应该的。"盛哲宁不卑不亢，"第一次见各位长辈也不知道各位喜欢什么，所以就按人头买了礼物，希望各位不要嫌弃。"

小表弟闻言奔到石桌前一看，"哇"地叫出声："是switch！还有猛男捡树枝的卡带！妈呀，不是说这个最近都断货了吗？表姐夫你从哪儿弄来的？"

小表妹闻言也按捺不住了，冲到礼盒前一边翻找一边嚷嚷道："是不是森友会限定款？你们都别和我抢！"

另一边，大姨父也瞄见了石桌上的高档白酒，搓手道："不错不错，今晚有好酒喝了。"

……

望着众亲戚围着盛哲宁团团打转的样子，陈晨晨只听耳边又是啪啪两声，脸已经被人打肿。牵着一儿一女站在角落，陈晨晨正觉尴尬，一抬头，就见盛哲宁已走到了自己跟前。

"你——"

陈晨晨咋舌之际，就见盛哲宁冲她微微勾唇，道："谢谢表姐提醒，我和夏浅一定在三十岁之前要孩子，绝对不让你担心的事情发生。"

陈晨晨正觉尴尬，这头盛哲宁话锋一转，拧眉又道："不过……现在政策也放开了，那么多人都在生二胎，不知道这些女人有没有超过三十岁呢？还有，我刚才算了算，外婆有五个子女，小舅舅今年才三十八岁，这么说起来，外婆四十几岁时也在生养又该怎么说呢？"

啪啪啪，又是几记耳光，陈晨晨被打脸打得晕头转向，一时间只恨不能找个地缝钻下去。

盛哲宁见状微微扬唇，得意地看向女朋友这边邀功：看，朕替你报了一箭之仇！可谁料他一回头，就见夏浅正阴恻恻站在树下，长发披散，一双杏眼正如鬼魅般死死地瞪着他。

盛哲宁一激灵，平生第一次明白了什么叫"毛（hai）骨（pa）悚（lao）然（po）"。

【小剧场·所谓节操】

夏浅家的亲戚第一次见盛总大人就节操尽掉，是以两人结婚盛总大人来迎亲时，夏浅各种担心亲戚们叛变。大表哥闻言拍着胸脯表示："表妹你放心吧，堵门这种事哥最在行。哼哼，管他土豪还是高帅富，哥都要让他知道我妹不是那么好娶的！"

迎亲当天，大表哥果然带着表弟表妹们坚守阵地，夏浅坐在闺房里只听弟弟妹妹们又是让盛总大人做俯卧撑，又是跳小苹果的，折腾了整整一刻钟才放他进门。彼时夏浅就觉纳闷，盛总大人如此傲娇的性格，居然肯放下身段跳小苹果？还有盛总大人刚才不是又做俯卧撑又平板支撑的嘛，怎么进门后脸不红气不喘的？

婚礼结束后，夏浅一看当时的录像，终于恍然大悟……

彼时盛总大人一进屋，就直接将一大袋（没错，就是"袋"这个量词！）红包砸在了桌子上，然后抱胸道："这是定金，开门后再给你们两倍的红包。"

大表哥一听，双眼直接变成了￥，立马点头如捣蒜。小表弟干脆直接就跑去数红包了，哪儿还顾得上守什么门？

所有亲戚里，只有小表妹还有点良心，纠结道："可是二姐吩咐过，不能轻易放土豪姐夫进门……"

闻言，大表哥手一拍，立马嚷嚷开："哦哦，做俯卧撑，俯卧撑，加油哈妹夫！嗳我们数着，一、二、三……"

然后，然后就没有然后了，大表哥领着表弟表妹们表演了十来分钟的独角戏，这才装模作样地开了卧室门。而整个过程中，盛总大人一直都坐在沙发上看戏喝茶。

看完录像，夏浅当即死的心都有了。经此一事她算彻底明白了，她家亲戚们不是"节操无下限"，而是根本就没有节操！！！

饭后，因为爸妈还要打麻将，夏浅就和盛哲宁先回了家。一路上，夏浅都沉默不语，直到车开到临安河畔，夏浅才冷不丁道："我们下去走走。"

郦城有过年放河灯许愿的习惯，此时离凌晨零点还有好几个小时，可河边已聚集了不少人。两人就在星光点点的河边驻足，看灯火璀璨。盛哲宁瞥了眼依旧阴沉着脸的夏浅，蹙眉："我帮你教训你表姐，你不高兴？"

夏浅抿了抿唇，抬头看盛哲宁："你觉得我不高兴是因为这个？"

"那是因为什么？"

得，结果搞了半天，别人连她气什么都不知道？

"盛哲宁，你能不能告诉我，你是怎么知道我外婆家地址的？又是怎么知道我们今天会在外婆家团年的，还有，你又是从哪知道秦家有多少口人的？"

盛哲宁透亮的黑眸渐渐变得深邃，答案不言而喻。夏浅呵笑一声，又道："那天你送我妈出门，都说了些什么？"

盛哲宁幽幽盯着夏浅："夏浅，你很奇怪。"

"什么？"

"不是吗？"盛哲宁抱胸，"从一开始你就千方百计地阻拦我来郦城，不肯承认我的存在；不愿告诉亲戚邻里你已有男朋友的事实，甚至在我见过你家人后的现在——对我大发雷霆。"

话至此，盛哲宁缓缓舒出口气："夏浅，你告诉我，你今天生气是因为不高兴我自作主张去你外婆家，还是……更多的因为别人知道了你有男朋友。你觉得这样的你不奇怪吗？"

闻言，夏浅心跳陡然加速，扪心自问：她承认，比起盛哲宁擅自去她外婆家，其实她更气的，是自己伪装的单身身份被戳破。

这样的自己奇怪吗？不，不奇怪，这应该直接叫作了吧？如果站在旁观者的角度来看这事，一个女人死活不准男朋友去见她的父母，对所有亲戚朋友都声称自己还是单身，说这个女人心里没有鬼，打死她都不信。

什么"觉得彼此关系还不够稳定所以暂时不方便见父母",什么"不公开恋爱关系是为人低调",统统都是鬼扯淡!这些都是掩饰内心真实想法的借口,哪怕不是借口、真有人这样考虑,那个人也不该是自己。她夏浅向来直爽大方,有就有,没有就没有,即便真的不想大肆宣扬也不至于说盛哲宁去她外婆家后大发雷霆。所以现在这样藏藏掖掖是因为——

"因为你潜意识里觉得我们俩走不到终点。"盛哲宁低沉的嗓音在耳边幽幽响起,他的眸子似乎也被这夜色染上了一层雾气,朦朦胧胧的让人看不清。

夏浅搭下眼睑。没错,这段感情从一开始就不被自己看好。哪怕她自欺欺人,一再告诉自己不要去在意,可是那个隐藏在角落的定时炸弹还是嘀嗒嘀嗒地倒计时。

爆炸,是注定的事,不过早与迟罢了。夏浅承认自己是个孬种,她连想都不敢想爆炸后的局面,就更别说面对了。所以,才会一再地回避盛哲宁与父母相见的事情;所以,才不敢正大光明地告诉亲戚朋友们她已恋爱。她怕的,是有朝一日与盛哲宁分道扬镳,为人耻笑、让父母无故担忧。

盛哲宁神色幽幽:"夏浅,你到底在怕什么?"

——该来的终究还是来了。

"我在怕什么、担心什么……"夏浅倒吸了口凉气,抬眸娓娓道,"盛哲宁,你不比我更清楚吗?"

盛哲宁黑眸陡沉,紧抿唇瓣不言语。

夏浅冲盛哲宁撇了撇嘴,说出那个压在心底的定时炸弹:"宁萌。"

不敢去看盛哲宁的反应,夏浅讪讪地摸了摸鼻子:"老实说,我真的不知道以后该怎么面对你妹妹。身为外人,我可以痛骂何之隽是狗屎,可以和宁萌不来往,可如果身为亲人……咳!你今天也看到了,我吧,在外面好像八面玲珑,和谁都可以混得很熟很好,可亲戚关系却处得一塌糊涂。

"朋友不好、三观不合可以不来往,可亲戚是没得选的。你喜欢也好,不喜欢也罢,一年总有那么一两个场合你需要去应付交际。你虽然嘴上不说,可其实我看得出来,盛哲宁,你很在乎宁萌这个妹妹。毕竟,她是你在这个世上唯一的亲人。"

话音落下，刚好一阵寒风刮来，吹得河边放灯的人们哇哇直叫。可盛哲宁和夏浅却像被定在原地般，直视着对方不言语。

敛了敛目光，盛哲宁伸手握住夏浅的柔荑，声音竟出奇的温柔："在恋爱之前我就说过了，这些事由我来解决，你不必——"

不等盛哲宁说完，夏浅就郁闷地摇了摇脑袋，涩笑开："我也想，可你其实心里也清楚吧？有些东西必须由我自己来面对。如果宁萌从别人口中得知我是何之隽的前女友，效果或许会更糟。还有，以后逢年过节，我和你妹妹、妹夫到底要怎么相处也必须由我自己来面对。"

说到这，夏浅没由来地想起何之隽那张脸，顿觉阵阵恶心。纠结地捶了捶胸口，夏浅拍盛哲宁的肩，满脸感慨道："呐，姐姐给你讲个笑话吧。当年，我知道何之隽出轨后，乐颖曾经问过我一个问题：如果，何之隽回心转意，我还会再接受他吗？当时，我是这么回答乐颖的。这碗啊，一旦装过屎，哪怕你洗得再干净，我也没办法再拿它来盛饭了。

"哎，如果我和你真结了婚，虽然捧着装过狗屎的碗吃饭的人是宁萌，但想想我还得和她同桌进食还是蛮虐心虐身的。这么跟你说，你能理解我的感受吧？"说罢，夏浅就冲盛哲宁调皮地眨了眨眼。

见夏浅终于恢复往日的嬉皮笑脸，盛哲宁的心却莫名一凛，不知道为什么，不好的预感渐渐袭上心头。

果然，这头夏浅起身伸了个大懒腰就道："把心里话统统说出来，感觉好舒服！"话毕，夏浅就又回头冲盛哲宁吐了吐舌，"盛总大人不好意思哦，前段时间小的抽风，玩了盘花样作死害您老受苦啦。不过您放心，我已经调回正常模式了，那个爱拍马屁直爽快意有话说话没话找话的狗腿夏浅又回来啦！所以……"

"所以？"盛哲宁神色未变，但不好的感觉越来越浓。

夏浅埋头掏出皮包里的戒指，"所以，这个钻戒你先拿回去……盛哲宁，给我点时间让我好好想想宁萌的事，也琢磨琢磨以后的对策。所以你的求婚——"

"你的求婚我不能答应了"这句话还没说完，夏浅抬头就咦的一下叫出声。刚才还站在面前的人呢？

"盛哲宁？"夏浅讶然万分地往前张望，只见盛总大人的背影已离自己好远好远。

这头,听见夏浅的呼唤,盛哲宁的脚步又加快了三分。

一面亟亟往前走,盛哲宁一面咬牙思忖:绝不能让这个女人追上,绝不能让她拒婚成功,绝不!

朕人生第一次求婚啊,就这么被这个女人毁了。

因为没追上盛哲宁,打电话给这货又不接,夏浅就一个人回了家。人刚走到楼下,电话响了,夏浅拿起来一看,是乐颖。接起电话,夏浅就听那边传来乐颖咯咯的笑声。

"夏大砍价师,新年快乐啊。"

夏浅看了眼手表:"这还差一个多小时才到零点呢,有你这么没诚意拜年的吗?"

乐颖切了声:"你又不给我发红包,我能给你说声新年快乐就算不错的了!"

傲娇地哼了下,乐颖清嗓子又道:"嗳,说真的,你几号回蔺安市啊?方芳刚才给我打电话了,说要找个时间请我们吃饭,发红色炸弹。"

"这么快?"夏浅瞪大眼睛,"乖乖,我算是知道什么是说是风就是雨了。哎,只可怜了我的钱包,又要瘦了。"

乐颖"扑哧"一下笑出声,调侃道:"你也加紧,不就收回来了吗?"

夏浅和盛哲宁恋爱的事乐颖是知道的,所以有这么一说也不奇怪。可没想到夏浅听完她的玩笑话当即咳嗽了两声,低声:"你还真别说……那啥,前两天盛哲宁向我求婚了。"

电话那头静了一瞬,少时才传来乐颖的尖叫声:"什么???"

夏浅早有预料地将手机拉远,直听到那边没了声,才重新将手机放到耳边,恶作剧道:"不过我刚才已经拒绝了。"

话毕,那头又传来一阵嗷嗷乱叫。

夏浅好笑之际,人也刚好走到了院子楼下,她不经意抬头,脚步却骤然一顿。盛哲宁家的窗户黑乎乎的,没有灯光,所以……他还没回来?夏浅嘶了声,微微蹙眉。不应该啊,盛哲宁开着车,应该比她走回来快多了,怎么还没到家?

夏浅正纳闷,手机就又传来一阵叮铃咚咚的响声,夏浅闻声对乐颖道:"亲爱的,我有电话进来了,先挂了,待会儿再打给你哈!"

夏浅就将手机从耳边拿下来,正说滑动接听键,定眼一看来电者的名字,食指乍颤,死活都按不下去了。

手机屏幕上赫然显示着——来电者:宁萌。

夏浅咬指,都这么晚了,宁萌打电话过来干什么?还有,看朋友圈,她最近不是在日本度假咩?特意这个时候打越洋电话过来,难道是为了给她拜年?不能够吧……

夏浅纠结了又纠结,最后还是滑动了接听键。怕什么啊!她又没做什么亏心事为什么要心虚?接起电话后,夏浅还没来得及开口就听那边宁萌激动道:"夏浅,你在哪儿?"

夏浅听宁萌声音不对,愣了愣道:"怎么了?"

电话那头,宁萌早已泫然欲泣:"你快去郦城第一医院,我哥出事了。"

夏浅:!!

【来一发久违的小剧场·关于求婚】

夏浅和盛总大人生下盛夏后,某次盛总大人接受电视台采访,被记者询问人生最难忘的事情是什么。盛总大人想都没想就回答说是"第一次向太太求婚"。可当记者具体询问到底是如何难忘时,盛总大人却笑而不语。

这事不知道怎么的就被传到了网上,一时间微博微信都疯传,盛传盛哲宁是个痴情情种,当年为向老婆求婚举行了一个如何如何浪漫而隆重的求婚仪式。周围朋友看到报道后,纷纷八卦地询问夏浅当年到底是如何被求婚的?

夏浅闻言却只是呵呵哒。所以说,世人总是太容易被欺骗,你们只关注到"向太太求婚"这五个字,却忽略了定语"第一次"啊!既然有"第一次"那就肯定有"第二次"嘛同志们!

这说明什么?说明盛总大人人生第一次求婚被拒了啊!能不难忘吗?哎,这么简单的道理大家怎么就是想不通?

第二十章 意外受伤的小可怜

日本，伊豆半岛。

窗台前，宁萌挂断电话后手还在微微战栗。咸咸的海风吹来，似乎又将她带回了许多年前的那个晚上。那一夜，也是在半睡半醒之间接到电话，对方告知她，她父母在山间行驶的过程中与大巴发生冲撞，轿车直接翻到了悬崖下。爸爸、妈妈、爷爷、奶奶当场死亡，唯独她哥哥——盛哲宁还在抢救中。

那一年，她才刚上初中。全家人为了庆祝盛哲宁考上重点大学，商量好出去自驾游。可宁萌却在出发前一晚突发高烧，不得不留了下来，由保姆照看。宁萌清晰地记得，接到电话的那个可怕夜晚，她还发着低烧，听到噩耗后她难以控制地不停打战，可明明浑身还烫得直冒汗。

——就像现在。

在听到电话那头说"你哥哥盛哲宁出了车祸"的瞬间，宁萌只觉脑子嗡的一声响，十几年前那种乍冷乍热的感觉就又回来了。她想都没想，几乎是下意识地就拨通了夏浅的电话，让她赶紧去医院，然后，就是漫长的等待。就像那一晚，她在医院走廊上默默祈祷着哥哥平安无事一样。

她已经失去得够多了，不能再失去这个唯一的亲人。哪怕他再毒舌、再不近人情，那也是她最亲最爱的哥哥啊。父母离开后，哥哥就是她唯一的精神支柱，处理父母后事的时候、董事会发难想要将他们兄妹二人赶出长盛集团的时候……最难最苦的时候都是哥哥陪在她身边。

即使后来她嫁了人，兄妹俩一个月也未必见得上两面，但盛哲宁在她心中的分量还是任何人都不能比拟的。

哪怕两人每次吵得再凶再狠，过不了两天，就又会和好如初。没办法，谁让这个人身上流着和自己一样的血呢？所以宁萌一直坚信，谁都可能离开她，但哥哥不会。可现在——

想到这，宁萌终于呜咽出声。正抽搭呢，肩上却一暖，何之隽从背后给她披了件外套。宁萌泪眼婆娑地回头，委屈地喊了声"老公"。

何之隽安抚地拍拍宁萌的脑袋，一边替她擦眼泪一边道："傻瓜，先别着急。交警不是也说大哥只是晕过去了吗？没事的，说不定只是撞击造成了晕厥而已。还有，这电话也已经打了好一会儿了，大哥现在应该已经到医院了。你想想，如果大哥真的严重到需要手术的话，院方肯定会再打电话通知你，可现在没有消息就说明没有大碍。"

宁萌哽咽："是这样吗？"

"当然。"何之隽柔声，"我当初刚进电视台时，可是在社会部待了整整一年半，这样的事见多了。相信我！咱们当务之急就是订回程的机票。"

"对！你不说我都忘了。"闻言，宁萌终于强打起精神来，作势就要再打电话。何之隽却拦住她，温柔笑开："我已经给前台打过电话了，他们会尽快帮我们安排去机场的汽车，机票我也已经让他们在帮我们订了。放心。"

见何之隽这个样子，宁萌之前对他的怨恨、猜忌统统都在这一瞬间烟消云散。眼前再次变得朦胧，宁萌涩着嗓子喊了声"老公"就依偎进何之隽的怀里。

"好啦，乖。"何之隽刮刮宁萌的鼻子，"你先躺着休息会儿，我去收拾行李，万一订到机票就好马上启程。还有……"

见何之隽欲言又止的样子，宁萌红着眼睛问："还有什么？"

何之隽启齿，话都到了嘴边却又莫名化作一声叹息。最终，他摆了摆手道："算了，等以后再说吧。"

宁萌觉出不对劲来，放开何之隽道："你有什么就现在说。"

何之隽蹙眉想了想，少时才道："萌萌，你哥……怎么会在郦城？还有，我刚才听见你给夏浅打电话，让她去医院？"

闻言，宁萌神色一凛，早已不是先前无助啼哭的模样。何之隽拳头抵在嘴边咳嗽声，接着道："萌萌，其实……有件事我一直都想跟你说……"

宁萌神色未变，轻轻"哦"了声。

"我……萌萌，其实夏浅就是我之前的女朋友。"

滴答一声，像是水珠敲在大石上，宁萌说不出心里到底是个什么滋味，但她知道，该来的终究还是来了。

何之隽道："不过我向你发誓，我和你在一起后真的真的和她没再联系过了，因为她，我连大学同学会都不去参加。那次你让她作我们的砍价师完完全全就是个意外，我根本就没想过会再碰到她。当时……我怕你误会所以也没告诉你她的身份，我本来是想只要婚礼完了这事也就完了，你们也不会再有什么联系，可是——"

宁萌寒着脸问何之隽："可是什么？"

何之隽拧眉，装作满脸懊恼的模样道："可是后来你们不仅有联系，你还把你哥介绍给了她，那个时候我已经不知道该怎么跟你解释了。如果告诉你真相你一定会问我为什么不早说，我真的是怕你胡思乱想才把事情瞒了下来。夏浅刚好也抓住我这个心理，让我给她钱。她还威胁我说，如果我不给她钱，她就把事情都抖出来，还要告诉你我们已经旧情复燃……"

闻言，宁萌脸色白如纸，颤着唇道："你说什么？"

"萌萌你相信我吗？"何之隽满眼真诚地看向宁萌，"我做这一切都是被逼的，夏浅也实在贪得无厌，她前前后后找我要了五六次钱还不肯罢休，后来我实在生气跑去找她理论，结果还不小心碰到了大哥。我真是百口莫辩啊！"

一席话毕，宁萌的神情也已从震惊变得凝重。她微微眯眼看向窗外，神思不知觉间便已漂洋过海。原来真相是这样，老公没有出轨她固然开心，可这个夏浅——没想到她竟然是这样一个唯利是图卑鄙奸诈的女人！为什么自己以前会觉得她是个豪爽自立的好姑娘？

宁萌呆立原地，再说不出半个字来。而这头，何之隽则悄悄扬起了眉，眼底的狡黠一闪即过，就像从来没有出现过。

从知道宁萌在调查夏浅开始，何之隽就一直盘算着如何应对。直接承认他和夏浅的关系，只能更加让宁萌猜忌和恼火；可不承认的话，这世上没有不透风的墙，更何况宁萌已经开始调查夏浅了。更让何之隽头疼的是，他最近跟着同事在外小赌了两把，不仅把自己的私房钱全搭进去了，他还悄悄抛售了家里的一些理财产品。

这事，一样瞒不了多久。而就在何之隽焦头烂额之际，这么巧，盛哲宁却出了车祸。刚才宽慰老婆之时，何之隽突然灵机一动，就这么顺水推舟将所有污水都泼到了夏浅身上。

想到夏浅的无辜，何之隽又微微懊恼。可事已至此，他已经没有退路了。

他道："萌萌，我知道我现在才告诉你这些是我不对，可我就是怕大哥……你说你哥好端端的怎么跑去了夏浅的老家，这么巧又在那出了车祸？会不会是……咳，你就当我阴谋论吧，我总觉得大哥这次车祸和夏浅脱不了关系。"

话音刚落，宁萌便"噌"的一下从椅子上站起来，沉声："我们不等前台消息了，直接收拾行李去机场，说不定，能遇到临时退票的人。"

……

宁萌两口子匆匆赶往机场之时，夏浅也刚赶到郦城第一医院。在来的路上，夏浅已强迫自己镇定下来，通过电视台的同学了解了下车祸现场的情况。

总体来说，就是一熊孩子的孔明灯突然飞了，熊孩子冲出马路追孔明灯，盛哲宁措手不及，下意识地往右一拐，与旁边的丰田发生了冲撞。事后，丰田车主只受了点轻伤，而盛哲宁则头部受到撞击，被送上救护车时人还处于晕厥状态。

夏浅看了记者同学发来的现场照片，保时捷受损面积不大，只是气囊弹了出来。所以一路上，夏浅都在安慰自己，没事的没事的。豪车嘛，安全性能肯定比一般的车高，说不定盛哲宁晕倒根本就不是因为受到撞击，而是被吓到了。

虽然想是这么想，可夏浅到医院时腿还是微微有些发软。她急忙地跑到咨询台，正想请对方帮她查查盛哲宁在哪，两个小护士就从她身边经过。

一个道："嗳，听说了吗？四楼脑外科收了个脑子被撞出坑的。"

另一个回应道："你是说411的盛哲宁？知道！那人一看就是脑积水过多，没得救咯。"

闻言，夏浅只觉天昏地旋，憋着最后一口气冲上了四楼冲。可待夏浅在病房前站定，定眼一看，眼泪却在眼眶里转啊转，死活都掉不下来了。

病房内，盛总大人头缠绷带，正背对着她趾高气扬地指挥着两名护工做清洁。

"这里这里,快擦干净。嗯,还有那儿,怎么能这么脏!"盛总大人一边指挥一边感叹道,"实在是太可怕了,这里简直就是细菌和灰尘的集中营,根本就不是人住的地方!"

话毕,一屋子病人及家属都纷纷向其投来注目礼。盛总大人只当看不见,继续折磨着两名护工。夏浅见状呵呵呵,正思忖着她是走呢、走呢、还是走呢?盛哲宁就回过头来。

"夏浅。"见到夏浅,盛哲宁蓦地出声。登时,一屋子病人及家属又齐刷刷将目光转到她身上。

夏浅哭笑不得,顿觉丢脸到不行,不知道现在她说不认识这货还来不来得及。这头,盛哲宁已不由分说地走到她跟前,抬下巴道:"来得正好。"

什么?他该不会想让她也加入大扫除队伍吧?

谁料盛哲宁开口却道:"你赶紧回去把我家的床单、被套和枕套统统拿来,这里的根本没法用!"

夏浅:"……"护士姐姐们说得没错,此人脑积水太多,已经无药可医了。

时间倒退回一个小时前,盛哲宁失去意识后再醒来,第一感觉就是有人在掀他的眼皮。他缓缓睁眼,强烈光照之后,首先映入眼帘的就是一张男人的脸。盛哲宁用两秒时间回神,反应过来这是医生后,他说出了苏醒后的第一句话——

"你翻我眼睛,洗手了吗?"

医生本来正吩咐着护士给盛哲宁测个心跳和血压,听见自己被嫌弃也乐了。"哟,这还嫌我脏呢。"医生一面说一面就又拍了拍盛哲宁的脸,"我问你,现在头还疼不疼,知不知道自己在哪儿?"

盛哲宁郁闷至极,抬手就欲阻止医生再碰自己,可他手一抬才察觉竟如千斤重——他身上居然盖着厚厚的棉被。盛总大人拎着被子石化了,霎时间似乎看到无数圆滚滚的幼虫爬满棉被,正朝他缓缓地蠕动……

盛总大人黑眸陡沉,静了一瞬,下一秒一个鲤鱼打挺就从床上跳了起来。这头,医生和护士见状吓了大跳,本能地阻止道:"你怎么起来了?快躺下!这输着液呢!你家人电话号码是多少?我们帮你通知——"

"护工。"不等医生话说完,盛哲宁就斩钉截铁道。

医生和护士对看眼，结舌："什么？"

盛哲宁霸气道："通不通知家人不重要，当务之急，是给我找两个护工来！"话毕，盛总大人就意有所指地指了指地上，意思不言而喻——这地方充满了各式细菌和病毒根本就是个病毒实验中心怎么能够睡人虽然朕是不可能在这继续住了但看在这实在太脏不能忍的份上朕愿意花钱请两个护工来从头到尾好好地打扫一遍。

于是所以，就这么一直折腾到夏浅来——

本来两名护工阿姨也是冲着盛哲宁愿意出高价才过来帮忙的，没想到对方这么变态，边边角角的地方都不肯放过，两人不过忙活了半个小时就已累得直不起腰。

夏浅见状赶紧解围，拽着盛哲宁道："差不多就行了，你反正又不住这。"

盛哲宁点头："也对，那就先到这吧。"

听见赦免，两个护工阿姨喜上眉梢，就差直接跪地大喊"谢主隆恩"了。可两人刚弯眼笑开，就听盛哲宁对夏浅又道："你赶紧去问问我要的单间病房腾出来没有，办好手续的话就先让两位阿姨过去打扫。"

两个护工阿姨一听，当即倒地不起。

刚巧这时候护士进病房替其他床病人打针，听见盛哲宁的话就接着往下道："单人病房早八百年前就没了，现在还有几十号人在前面排着呢。"

盛哲宁微一沉吟，当机立断："那就转院，哪儿有单间病房就转到哪儿。"

夏浅在这丢脸都已经丢到姥姥家了，听到这个提议也觉不错，安抚盛总大人勉为其难在床边暂时坐下后，就急忙出门办转院手续。谁料她人走得太急，刚到拐角处就和一白大褂迎面撞上。医生手上的病例夹被她撞飞，夏浅见状炯炯有神，一面埋头道歉一面就要去帮忙捡病例夹。

谁料她刚蹲下就听头顶传来清冽悦耳的男声道："小尾巴？"

夏浅听见这个称呼背脊一僵，抬头看清来者也忍不住惊呼："慕哥哥？"

这、这、这、这不就是她小时候的男神慕研吗？夏浅迄今还记得，当时他爸妈一加夜班就把她送到隔壁慕家去。那时候慕研带着她爬树、掏鸟蛋、打超级玛丽……整个就一不良少年。可没想到这么多年过去了，

"不良少年"居然穿上了白大褂！这、这……文质彬彬的风格不适合你啊男神！

大概是看穿了夏浅的心思，慕研直接用手拍了拍夏浅脑门，故作凶狠状道："别看了，不是偷，我都在这上班好几年了。喏——"慕研一边说，一边又将胸口的胸牌展示给夏浅看，"看清楚，脑外科。"

夏浅见状一并腿，夸张鞠躬道："慕医生好！"

话毕，两人都齐齐笑了。

慕研问："你怎么在这？来探病人？"

闻言，夏浅这才想起正经事，皱鼻子道："哪儿啊！我男朋友出了车祸，刚住进来。"

"叫什么名字？我看看。"慕研捡起地上的病例夹就开始翻，夏浅报了盛哲宁的名字，慕研手上动作一停，敲木板道，"哦，他啊！没事，已经照过脑CT和MRI，暂时没有发现淤血。但为了保险起见，必须再观察两天，第三天不呕吐无不良反应就可以出院了。"

"那就好。"听了这话，夏浅心里的一块大石也终于落地，开口正想说"谢谢"，谁料一抬头就又被慕研敲了敲脑门。

"行啊，小尾巴！当初不是说非我不嫁吗？这么快就变心有男朋友了？"

夏浅扑哧一下笑出声，扬下巴回击："不变心能行吗？专门为了你考到蔺安市去，结果我拿到大学录取通知书的时候你都回郦城实习了，那种被坑了的感觉你知道吗你知道吗！"

慕研哈哈笑开，可面上还要强装出一副伤心的样子："小尾巴啊小尾巴，你实在是太让人失望了！亏得我们俩青梅竹马，我还以为你对我是真爱呢！哎，我昨天还想呢，再考验你两年，你要是还等着我，我就娶你！"

"娶我？去你的吧！"夏浅啐道，"你别以为我们家搬走了就一点消息都不知道！慕大医生，听说你都当爹了呢！"

"哈哈哈，是啊，六斤六两的大胖小子！所以这不是让你等着嘛！做我儿媳妇也不错啊！"

……

两个昔年故交聚在一块眉飞色舞调侃之际，完全不知道背后有一双眼睛，正暗搓搓地、暗搓搓地瞪着他们这边……

青梅竹马？昔年男神？呵，夏浅，很好。

夏浅觉得，盛哲宁被撞之后，脑袋似乎真出了问题。

彼时她咨询完转院流程，又是打电话给同学又是让她妈托关系，好不容易在市医院找到了单人病房，正说去办手续，盛哲宁一条微信就发过来了：不转院了。

不转院了？不转院了！

夏浅瞪着这四个字看了老半天还是没能明白其中的含义，气呼呼地又冲回脑外科，可盛哲宁早已不在先前的八人病房了。一打听才知道他转去了对门的四人病房。

一老太太拽着夏浅悄悄道："其实啊，你男朋友刚醒过来时别人慕医生就跟他说了，没有单人病房，但可以给他转去相对安静的四人病房，可他不肯啊！一定要让护士去查查单人病房的入住情况，后来你来了又嚷嚷着要出院。嘿，也奇了怪了，你前脚走他后脚去上了趟洗手间回来，就说要去四人病房了。"

"是啊。"旁边老太太的老伴也感叹道，"你说这折腾的，他从一开始就答应了多好。"

夏浅叹了口气，简直哭笑不得。可让她万万没想到，盛哲宁对她的折磨这才刚刚开始——

中午，夏浅考虑到盛总大人挑食吃不惯医院食堂，专门开车去了趟如缘海鲜粥。可她千辛万苦拎着外卖回来，盛哲宁却只轻轻瞥了一眼，回了她两个字："不吃。"

夏浅耐着性子，一边解外卖袋子一边道："你多少吃点，慕医生不也说——"

"不饿。"不等夏浅说完，盛哲宁就又道。

怒气值 +5，耐心值 -10。夏浅深呼口气，一再提醒自己不要和脑积水的一般见识，这才又道："那这样，你跟我说你想吃什么，我再去买。"

盛总大人勉为其难地想了想，又说了两个字："咖啡。"

怒气值 +15，耐心值 -20。

夏浅脸黑黑，坐在床边不说话了。咖啡你个头啊！这都什么时候了还喝咖啡，你不知道自己是病人不能喝刺激性的饮料啊！你不知道空腹喝咖啡会胃痛啊！还有你两个字两个字地往外蹦一脸不耐烦的表情是几个意思啊！你以为老娘愿意大过年地伺候你啊！

——奈何，盛哲宁现在是病人，这些话不能说。夏浅抿笑，柔声劝哄道："大过年的咖啡馆都关了，速溶咖啡又不好喝，要不这样，咱们喝别的？牛奶？果汁？"

盛哲宁幽幽睨夏浅眼，这次连两个字都直接省了，一个翻身直接背对着夏浅。

怒气值+100，耐心值-1000！！

夏浅轰地一下从凳子上跳起来，眼冒火光。盛哲宁还真把自己当大爷了是不是？她呸！她大爷她还没这么伺候过呢！念及此，夏浅狠狠踹了下床脚，怒道："不吃算了，饿死你！"

"饿死可不行啊，下午还得再输液，不能空腹哈。"夏浅话音刚落，慕研的声音就在门口凉凉响起。夏浅回头，果然见慕研带着两个实习医生进来，当即吐槽："那我有什么办法，某些人——"

夏浅话说到一半，就觉手被人扯住，一回头霎时愣住。刚才还背对着她的盛哲宁不知何时已经半坐起来，此时此刻正紧拽着她的胳膊，用水汪汪的可怜小眼神看着她。

夏浅呢了下，还没来得及开口，这头盛哲宁已摇着她的胳膊，嗲声嗲气道："我要吃的要吃的，可是手太疼了抬不起来，浅浅，你喂我吃。"

众人："……"

看盛哲宁这样子，夏浅第一反应就是抖了抖浑身的鸡皮疙瘩，然后才摸着盛哲宁的额头道："盛哲宁，你、你别吓我……没事吧？该不会脑子真的被撞坏了？慕医生你快来看看。"

盛哲宁甩开夏浅的胳膊，瞪眼："你脑子才被撞坏了！"居然找这么个差他十万八千里的男人做男神，不仅脑子被撞坏了，眼睛也被撞坏了！

念及此，盛哲宁又警惕地看了眼慕研，这才对夏浅凶巴巴命令道："赶紧的，喂我！"

夏浅："……"

如果偶尔反常一次不足为奇的话，盛哲宁第二次、第三次接连不断地抽风，夏浅就真的有点点担心了。

翌日上午,盛哲宁嚷嚷着在医院无聊,死活要看《声音》杂志。郦城本来书报亭就不多,再加上过年大多歇业,夏浅跑得脚都要断了才终于在西城买到本。又开车从西城奔回东城,紧赶慢赶地把杂志捧到"盛大爷"面前,谁料盛大爷又是轻轻瞟了眼,回了夏浅两个字:"拿走。"

这次,夏浅不忍了,将杂志"啪"的一下摔在床上,直接跳脚:"盛哲宁!你还给脸不要脸了是不是?"

盛哲宁就跟没事人似的指了指床上的杂志,轻飘飘道:"我要的是最新一期,可你买的是上上期,我已经看过了,怎么再看?"

"用眼睛看!"夏浅咆哮,"我管你新一期旧一期,你知不知道我为了买你这个破杂志,膝盖都走肿了!我要不是看你在郦城不认识人早不管你了!你别给点颜色就开染坊啊!"

盛哲宁微微眯眼,一副蓄势待发的样子。

呵呵呵,终于要来了吗?夏浅又腰挑眉,也摆出备战的样子。从昨天开始,盛哲宁就变着法子折磨她,她受够了!必须趁这个机会好好发泄下!

电光石火间,眼见着两人就要开打,外面走廊上,一个护士却幽幽喊了句:"慕医生。"

闻言,盛哲宁眼疾手快地就将夏浅一揽,直接捞进了怀里。怔忪间,夏浅嗳了声,一面挣扎一面就听盛哲宁道:"虽然这期我看过了,但是没关系。我们一起看,你念给我听好不好?"

又来了!

刹那间,夏浅只觉当头一棒,头皮都麻了个透。啊啊啊,谁来告诉她盛哲宁到底受了什么刺激啊?一会儿变着法子折磨她,一会儿又翻脸比翻书还快的要抱抱要亲亲,还叫她浅浅……虽然她爸她妈偶尔也叫叫这小名,可为什么这个名字从盛哲宁嘴巴里吐出来就这么怪呢?

"你放开我!放开!"夏浅挣扎得脸都红了还是没能逃出盛哲宁的魔爪,只得又咬又踹道,"这杂志上全部都是图,读个鬼啊!盛哲宁你——"

夏浅话还没说完,门外另一个小护士就又道:"慕医生下班了,你还在喊个什么劲?"

话音刚落,夏浅就觉身上一松,盛哲宁放手了。夏浅咦还没反应过来,背后又被盛哲宁推了把,踉跄着站了起来。

夏浅怒极:"盛哲宁,你有病啊!"

此时此刻,盛大爷又恢复了黑脸,鼻孔哼哼:"是啊,我是有病,这不是正吃着药吗?眼瞎看不见吗?"

夏浅:"……"

夏浅默然片刻,瞅瞅外边,再看看满脸不爽的盛大爷,终于有点明白了。嘁,一旦慕研出现,这货就对自己"柔情似水",撒娇卖萌,可别人慕研一走,他就又摆臭架子。

所以……盛大爷这是在吃醋?

第二十一章　吃竹马的醋

　　盛哲宁吃起醋来非比寻常，夏浅正琢磨着怎么化解他老人家的酸气，就又出了件不大不小的事。

　　盛哲宁住院第三天，老天爷难得赏脸地出了大太阳。夏浅看天气委实不错，就提议到楼下花园逛逛。可两人刚到花园，人还没来得及站定，一个小屁孩就朝两人冲了过来。夏浅躲闪不及，被小屁孩猛地一撞，当即疼得龇牙咧嘴，不一小会儿，就连冷汗都下来了。

　　盛哲宁认识夏浅这么长时间以来，还是第一次见她疼成这样，赶紧扶她在木椅上坐下，见她煞白的脸色稍缓这才松下口气来。

　　"怎么会疼成这样？"盛哲宁一边替女朋友擦额头上的冷汗一边道，"我看那小孩也就是往你大腿上扑了下，你这么壮实雄厚的身体不应该扛不住啊。"

　　混蛋，都这种时候了还不忘吐槽她的身材，这算哪门子男朋友？

　　如果换作平时，夏浅一定立马还击，可此时此刻，她连翻白眼的力气都没有了。膝盖处好像架着把钝刀，这钝刀在骨头上磨来磨去、磨去磨来，简直折腾得人生不如死。

　　——这熊孩子好死不死，恰好撞到了伤口上，如果夏浅估计得没错的话，伤口已经开裂了。

　　这头，盛哲宁也觉出不对劲来，他低低唤了两声夏浅见她抿唇不答应，便自顾自地埋下头来。下一秒，只见夏浅深蓝色的牛仔裤上已经浸上了点点血渍，一看就知道是膝盖出血了。

　　盛哲宁沉脸，声音冻得吓人："怎么回事？"

　　夏浅一时半会儿还没缓过劲来，此刻只觉眼前阵阵发黑，哪儿答得上话？

　　正不知所措，一个略微尖锐的女声就插了进来："哎哟，这是线断了吧？"

盛哲宁抬头，就见一五十来岁的大妈正歪头看着夏浅，不禁咋舌："线？"

"是啊，缝伤口的线啊。你不知道？"大妈道，"我前两天看着这小姑娘缝的伤口。哎哟，那叫一个厉害，缝完针穿着高跟鞋噔噔就跟蹬了风火轮似的就走了。哪像我们这些老太婆，还没缝呢腿就先软了……"

不等大妈说完，盛哲宁就一个公主抱将夏浅抱起，径直往医院大厅走去。

挂号、检查、重新包扎，一番折腾完太阳公公也已经下山了。不幸中的万幸，伤口没有裂开，夏浅不用再重新缝针，医生给夏浅膝盖敷了点药，又嘱咐了番就打发两人离开。

可万幸中的不幸是，整个过程盛总大人都摆着张臭脸，一副全世界都欠了他钱的表情。包扎过程中，夏浅随时随地回头，都能看到盛哲宁那双要吃人的眼睛正幽幽凝视着她。

夏浅自知难逃此劫，一出治疗室就主动打破沉寂道："咳咳，男朋友这次表现不错，手轻轻一捞就把我抱起来了。这说明我根本就不重，是你平时缺乏锻炼，其实到了关键时刻你还是抱得动我的。"

盛哲宁原本掺着夏浅慢慢往前走，听了这话手一松，就将夏浅按在了不锈钢排椅上坐下。盛哲宁本来个子就高，此时两人这么一个站着一个坐着，这高度优势不要太明显。

夏浅微微抬头，见盛哲宁正抱胸俯视自己，心里一颤，脑海里顿时浮现出三个字：绿茶！

天寿啦！盛哲宁的心机不要太重！他要审问自己就审问吧，居然这么卑鄙无耻地从气势上先压制她！哼哼，可惜这招对她没用！老娘今天就让你见识见识什么叫"输人不输阵"！

夏浅嘿笑道："别人网上不都说了嘛，体重不过百，不是平胸就是矮。是体重过百还是平胸，你自己选一个吧？"

盛哲宁将夏浅从头到尾地打量遍："请问，你有胸吗？"

呵呵呵，继体重之后，又开始攻击她的罩杯了吗？这绝对是亲男朋友啊！

"废话！"夏浅又腰挺胸，故意露出她傲人的曲线。开什么国际玩笑？她可是很有料的好不好？夏浅启齿正想反诘两句，盛哲宁就戳了戳她脑

.215.

袋，拉下脸来："少跟我嬉皮笑脸，自己说，怎么回事。"

夏浅眨眼，继续装疯卖傻："什么怎么回事啊？"

盛哲宁用鼻音轻轻"嗯"了声，眼神一凛，夏浅当即举手投降："好吧，我说——"

其实，一切并没有想象中那么复杂。彼时接到宁萌泣不成声的电话后，夏浅说自己一点都不慌肯定是假的，所以在来的路上，她一不小心摔了跤。当时因为太过心急也没在意，后来确定盛哲宁安然无恙后，夏浅才发现膝盖处疼得厉害。原本她以为最多也就擦破了点皮，谁料掀开裙子一看，膝盖处早已血肉模糊。

轻咳声，夏浅妮妮道："只能怪我运气太好，膝盖不偏不倚刚好磕在了石阶上，膝盖上的肉本来就少，所以——"

夏浅听头顶传来轻轻一声叹息，下一秒，盛哲宁便已经坐在了夏浅旁边。察觉到盛哲宁眼里的落寞，夏浅抿了抿唇，试探地戳了戳他的胳膊，"盛哲宁？"

"夏浅，我不明白。我就那么不值得信任吗？"

哈？夏浅咋舌，这是哪儿跟哪儿？

"我说宁萌的事情你不用操心，交给我来处理就好，你说不，要用自己的方式来解决。好，我尊重你，毕竟这是关乎一生的大事。可现在呢？你连受伤这样的小事都要瞒着我，为什么？在你心里我就这么不值得依靠吗？"

夏浅闻言大惊，急忙道："不是——"

"不是什么！"盛哲宁愤怒地打断夏浅，起身在原地烦躁踱了几步，终于彻底爆发道，"你宁愿拖着伤腿跑大半个城市给我买本杂志回来，都不愿意告诉我你受伤了我说错了吗？你根本就无法理解我刚才知道你受伤时的心情。我的女人因为我担惊受怕膝盖缝了针，可我还指挥着她在医院跑上跑下为我买粥买杂志，你以为你这样我会开心吗？夏浅我告诉你，我找女朋友是用来疼的不是拿来做用人老妈子的。你知不知道你这样我会心疼会自责？你以为这是拍电视剧吗你这么圣母伟大我会高兴？我告诉你我现在想掐死你！就现在！！"

一席话毕，盛哲宁的头发乱了，脸也红了，身体也因激动微微喘息着，犹如一头盛怒下的大狮子。可这一切看在夏浅眼里却觉得——好帅！

天啦！她还是第一次发现原来盛总大人这么爷们儿这么帅，那句"我找女朋友是用来疼的不是拿来做用人老妈子的"简直就是霸气侧漏有没有？啊，盛总大人你可不可以再发一次火再演讲一次啊？人家想录下来啊口胡！

这头夏浅双眼呈桃心状犯花痴，那头盛哲宁却不满了，咆哮道："我说的话你到底有没有听见？"

夏浅缓缓起身，拐着腿走到盛哲宁面前，脚尖一跷，头一昂，吧唧一下就亲在了盛哲宁唇上。盛哲宁千算万算也没算到夏浅会是这种反应，登时退后半步，咬牙道："别以为这样就——"

话还没说完，夏浅就像树袋熊似的双手挂在了盛哲宁脖子上，露齿甜笑："男朋友，我好高兴哦。"

盛哲宁一怔，怒气已经消了一大半："高兴什么？"

"高兴你这么在乎我、喜欢我、疼我……"说到这，夏浅有些不好意思地埋头，揉了揉鼻子这才接着道，"不过这次你真的误会我了，我真不是想当圣母才故意瞒下受伤的事情照顾你，是我觉得吧，这真不叫事儿。"

夏浅自大学毕业以来，就独自一人在蔺安市打拼。被房东突然赶出屋子露宿街头经历过；发高烧到39°还在帮客户砍价经历过；和人发生口角被打得头破血流在警察局熬了一个通宵第二天照样精神奕奕地去出差……

摸爬滚打这么多年，经历得多了，女孩子娇贵脆弱那一面也就慢慢消退了。所以，在夏浅眼里，膝盖上这条小口子其实和手上划拉条口子的区别不大。自然而然，也就没有告诉男朋友的必要了。

"做上能换灯泡下能通水道的女汉子太多年，我也就习惯了不依赖任何人、什么都靠自己解决，和信不信任你没关系。"夏浅一点点顺大狮子的毛，最后，才颇为羞赧地说，"不过，既然男朋友都提出要求了，我改还不行吗？我以后在你面前会尽量忘记自己爷们儿的本性，多依靠你一点。"

听了这解释，盛哲宁还半信半疑，挑眉道："真的？"

"当然是真的。"夏浅瞪眼，"我最厉害的一次是赶策划案，整整两天没合眼，结果回家又赶上出租屋被水淹了。我一个人忙了一晚上才

· 217 ·

把屋里的所有家具家电搬出屋,第二天上午水管通了,我又一个人再把家具推进去。哎,当时也是年轻逞能,后来才发现腰肌劳损了……"

盛哲宁越听越心疼,最后干脆拉下脸来:"这些事你以前怎么都不告诉我?"

夏浅吐舌:"你没问我也就没说嘛。"

其实,也真心没必要说。毕业后出来闯荡社会,谁没遇到过一两件辛酸事呢?夏浅一直相信,风光背后必有不为人不知的艰苦辛酸。哪怕威风八面如盛总大人,也肯定有辛苦难熬的时候,所以夏浅不愿谈及这些往事,太矫情,也不符合她的风格哇!

谁料这么一来,在盛哲宁眼里反倒变成了隐忍懂事,直触得他心尖尖都疼。板下脸来,盛哲宁下最后通牒:"你少在这跟我装腔卖乖,反正以后不管大事小事往事新事都必须告诉我,听到没有?"

夏浅夸张地行了个礼,弯眼:"是、是,以后都听盛总大人的行不行?"

见盛哲宁神色稍霁,夏浅转了转眼珠,莞尔。这算得上因祸得福吧?虽然受伤的事情败露,还因此惹得盛总大人发了好大一通火,可这样一来,两人之间的关系似乎、大概、好像也变得比以前更亲密了。

最重要的是,通过这件事盛哲宁总算能相信自己对他忠贞不贰,不会再乱吃慕研的飞醋了吧?

这头,盛哲宁就跟知道夏浅在想什么似的,抱胸沉吟:"记住你刚才说的话,这次的事就勉强原谅你。"

夏浅还来不及高兴,就听盛哲宁接着往下道,"不过慕医生的事没完,我还是吃醋。"

夏浅忍俊不禁。盛哲宁这话说的既耍赖又无耻,可为什么她觉得这样的盛哲宁这么可爱呢?

用手圈住对方的胳膊,夏浅莞尔:"好啦,我知错了,求求你原谅我好不好?"

话刚说完,夏浅就觉身体突然半倾,被盛哲宁带进温暖的怀里。

这这这……这还是在医院大厅啊!天啦!盛总大人什么时候变得这么腻歪了?你这样在公共场合搂搂抱抱真的好吗?啊、啊、啊完了完了,左边的独眼小弟已向他们投来的鄙夷的目光,右边的瘸腿大妈也看着他们连连摇头。

"盛哲宁你——"

夏浅正想出言制止,身体就一松,对方已然放开她。夏浅纳闷,一回头,只见不远处走廊上,站着的不是宁萌夫妇又是谁?

病房走廊上,夏浅抱着矿泉水转了一圈又一圈,明明病房门就近在咫尺,可她就是没有勇气走进去。原因嘛,自然是因为里面的两位贵客——

大概真的是心境不一样了,夏浅再看宁萌夫妇的感觉也变了。原本她对宁萌的态度也就那样:划清界限,淡然接应。可现在嘛……咳咳,她自己也说不出心里是个什么感觉,但总觉得哪里怪怪的。偏偏好死不死刚才还让他们两捉了个现成,看到自己和盛哲宁抱在一块。

想到刚才的事情夏浅就炯炯有神,更没脸进去面对两人了。可她是打着买水的幌子出来的,要是太久不回去貌似也不好吧?夏浅正纠结不已,隔壁床李阿姨就端着脸盆过来了。

"哟,小夏,怎么在这杵着?你家来客人了,还不进去?"说完,李阿姨就不由分说地推开房门。夏浅定睛一看,盛哲宁半躺在病床上,正有一搭没一搭地翻着杂志,而旁边坐着宁萌夫妇。

夏浅心里倏地一颤,与此同时,伴随着门响声宁萌夫妇也已经朝她这边看过来了。躲不掉避已迟,夏浅只能硬着头皮走进病房,扯动面皮地冲两人笑了笑。

这头夏浅束手束脚,那头宁萌倒是落落大方,见到夏浅进来,立马勾唇浅浅笑开,招呼道:"夏姐。"

夏浅点头回应:"宁小姐、何先生。"话毕,这才又将买来的矿泉水递给两人,客气道,"你们喝水。"

宁萌接过矿泉水,意味不明地扬了扬唇角:"夏姐怎么这么见外,还叫我什么'宁小姐',说不定过了不多久我就得管你叫'嫂子'了呢!"

夏浅咳咳咳,好半天才道:"还早还早。"这句话,看似推诿,实则却承认了两人的关系。

宁萌心里冷哼声,转了转眼珠,接着又说:"那可不一定,我哥的脾气我还是知道的。这次来郦城,他应该已经见过夏姐的父母了吧?唔,说起来,其实我和之隽也应该去拜访叔叔阿姨的,只是因为太担心我哥了,所以一下飞机后就直接赶过来了。"

夏浅拧眉,清亮的眸子攫住宁萌,心里说不出是个什么滋味。女人

· 219 ·

的第六感告诉她——不对劲儿。

不仅宁萌客套得过了头,就连何之隽看她的眼神也怪怪的。还有,她明明之前就给宁萌打过电话了,告知她盛哲宁只受了点轻伤,没什么大碍。可这两口子还是火急火燎地从日本飞了回来,宁萌更是口口声声地说"担心她哥"。担心什么?担心她吃了盛哲宁咩?

夏浅心里默默踌躇着,面上则继续应付:"不用,你们飞过来也够累的。呃对了,门口那两个行李箱是你们的吧?"

"是。"宁萌舒出口气,"这次真是吓死我了,好在哥哥没事。也要谢谢夏姐你,要不是你的话,我哥这几天还不知道怎么办呢。"

"谁说不是呢!"旁边李阿姨一边伺候她家老爷子一边接茬道,"小姑娘你是没看见,这几天小夏是忙里忙外,跑上跑下。打饭、洗碗、送衣服被褥……那是一样不落!现在像她这样能干体贴的姑娘可稀罕咯,你哥能找到这样的媳妇儿真是福气哟!"

宁萌"呵"笑一声,凝视着夏浅阴恻恻道:"是吗?那真是要谢谢夏姐了。"

夏浅:"……"病房内,犹如突然刮起阵阴风,吹得夏浅后背阵阵发寒。面对此情此景,夏浅就是傻子也能看出宁萌对自己的不快。可自己和她有什么仇什么怨?有什么事能让宁萌这么不满她?

气氛正尴尬,一直缄口不语的盛哲宁却冷不丁开口:"去哪儿了?"

夏浅怔了怔,直到瞥见盛哲宁看着她这才恍悟盛哲宁是在问她话。夏浅哦了声,眨眼:"在花园里逛了圈。"

"傻愣着干什么?过来。"

夏浅又哦了声,乖乖移步到另一侧,随手拧开床头的矿泉水喝了口。喝完,又将瓶子递到盛哲宁跟前,盛哲宁连眼都懒得抬一下,自然而然地接过水瓶,就着夏浅喝过的地方又喝了两口。

一系列动作,两人做得一气呵成。可这一幕落在宁萌眼里,震撼度简直不亚于彗星撞地球。从小到大,她哥连别人摸一下他衣袖都嫌脏,就更别说和人共用一个杯子喝水了。可刚才……

如果不是亲眼所见,宁萌绝对不会相信这种事情居然发生在她哥身上。所以,她可不可以理解为她哥已经对夏浅情根深种?呵!这女人倒还真是高手,不仅把她哥迷得神魂颠倒,就连同房病友都对她称赞有加。

如果不是早就看透了她的真面目，自己估计也要被感动了吧？

念及此，宁萌柔柔笑出声，道："夏姐和哥哥感情还真是好，这么多年了，我还是第一次看见哥哥喝别人用过的瓶子呢。"

听着夏浅又酸又涩的话，夏浅哼哼，这有什么好稀奇的？那啥的时候，盛哲宁吃她口水不要吃得太欢，既然已经是互相交换过体液的"好基友"了，共用一个水瓶需要这么大惊小怪吗？

夏浅皮笑肉不笑道："宁萌你就别再取笑我们俩了，你说是吧，盛哲宁？"话音落下，夏浅就歪头看向盛哲宁，言下之意：他大爷的盛哲宁你还不快管管你妹！！！

奈何依旧埋头苦翻杂志的盛总大人根本接收不到夏浅的讯号，反倒是角落一直不说话的何之隽满脸幸灾乐祸地盯着夏浅。

宁萌："我哪里是在取笑你们俩，我是替你们高兴，这么看来……哥哥，你已经在准备协议了吧？"

盛哲宁抬眸："什么协议？"

"婚前协议啊！"宁萌莞尔，"你以前不是一直说如果结婚的话，要和女方签一份婚前协议嘛。我觉得这样也挺好，女方无法觊觎哥哥的婚前财产，婚后也只能享受极少的一部分，这样就不会有爱慕虚荣的女人接近哥哥了。"

最后一个字落下，宁萌才似突然想起夏浅地怔了怔："当然，夏姐你别误会，我不是在隐射你。我知道你不是因为盛家的家产才嫁给哥哥的，所以这么一来，婚前协议就更有必要了，只有签了婚前协议才能证明夏姐你的清白和真心嘛。"

闻言，夏浅抿了抿唇，再抿了抿唇，最终还是不可抑制地笑出了声："呵呵。"

敢情宁萌担心的是她家的家产啊。我去自己能笑得再大声点吗？宁萌一个已经嫁了的小姑子有什么立场担心盛家的家产？再说了，盛哲宁爱怎么分配婚后财产关她这个外人半毛钱关系？再说了，她要真是爱慕虚荣的女人盛哲宁能容她到今天？所以其实她是在变相嘲笑她哥的智商和眼光吧？

夏浅作势就要反诘，谁料话刚到嘴边就听盛哲宁凉薄的声音响起："你闹够没有？"话一出口，众人齐齐愣住，就连隔岸观火的李阿姨也睁大

.221.

了眼睛。

宁萌敛了敛目光,面上依旧端着笑:"我怎么就成闹了?我这不也是希望哥哥和夏姐好吗?所谓丑话说到前头,我只是想——"

"夏浅。"不等宁萌说完,盛哲宁就突然打断道。

夏浅回了回神,才"啊"地喊出声。

盛哲宁道:"刚才你回来前,慕医生来过一趟,说是我一切体检都正常。你去问问他我能不能今晚就出院。如果可以的话,你去把出院手续办了。"

夏浅深呼口气,话到了嘴边到底还是忍住了。她知道盛哲宁面上淡淡,其实心里比谁都在乎宁萌这个妹妹,眼下把她支开也是想顾全宁萌的面子。虽然自己心里是憋着一口气,但看在盛哲宁的面上,夏浅还是咬咬牙,出了病房。

夏浅前脚走,盛哲宁后脚就转头看向何之隽。何之隽识时务地起身,一边往门口退一边道:"走了这么久我也有点饿了,去买点吃的再回来。大哥、萌萌你们慢慢聊。"

见两人相继离开,宁萌鼻子一抽,眼睛就已红了一大圈:"哥,你居然凶我……从小到大你从来都没凶过我,果然有了老婆忘了妹妹,这还没成老婆就这样了……"

盛哲宁斜睨眼妹妹,半点不吃这套,直截了当道:"说吧。你从刚才开始就一直阴阳怪气的,到底想干什么?"

宁萌话刚到嘴边盛哲宁就倏地抬起头来,锐利的黑眸紧紧锁住她道:"宁萌,你开口之前最好想清楚再说。你知道的,我最恨别人撒谎。"

宁萌心里"咯噔"一声响,面上却还强装镇定:"我……我什么想清楚。"

"你以为我是怎么出的车祸?"盛哲宁压低声音,一字一句道,"这都是拜你所赐。"

闻言,宁萌霎时目瞪口呆。

第二十二章　相爱没有那么容易

"你以为我是怎么出的车祸？这都是拜你所赐。"

宁萌直接僵住，失声："怎么会是拜我所赐？我一听说你出了车祸就连夜打飞的回来，连做梦都在祈祷你没事，结果到最后你还反过来怪我？"

宁萌越说越委屈，想到自己这几天的付出竟就换来盛哲宁的冷言冷语，眼泪忍不住直往下掉。这头盛哲宁合上杂志，却道："宁萌，你自己做过什么，应该比我更清楚。"

宁萌乍愣，喃喃："我做什么了？"

盛哲宁幽幽凝视着妹妹，乌黑透亮的眸子里微微闪着光。

"出车祸那晚，我发现有人跟踪我。正是因为注意力都集中在了后视镜上，这才没有看到突然冲出马路的孩子，这才险酿悲剧。"

宁萌怔住，紧抿着唇瓣不言语。

"其实，这不是我第一次发现被人跟踪了。从上上个月开始，只要我和夏浅在一起，身后就会出现一些奇怪的尾巴。所以我猜——'尾巴们'真正想要跟踪的人是夏浅吧。"

盛哲宁望向脸色泛白的妹妹，"宁萌，还要我继续往下说吗？"

宁萌攥紧五指，咬了咬牙这才昂头，"哥你这么说是怀疑我？证据呢？夏浅天天在外面帮人砍价，说不定是得罪了什么人才被人跟踪调查的，凭什么就单单怀疑我？"

盛哲宁不慌不忙地"嗯"了声："说的没错，无凭无据就怀疑你是挺委屈的。不过宁萌我就想问问你，我出车祸那晚你是怎么想到第一时间给夏浅打电话的？"

宁萌大震，慌乱间就听盛哲宁又道："她应该没有告诉过你她老家在哪儿吧？似乎也从没跟你提起过过年会回老家吧？我就奇了怪了，你听说我在郦城出车祸后是怎么想到让夏浅赶紧来医院的，是谁告诉你她也在郦城的?"

宁萌:"……"事已至此,她还有什么好说的?宁萌默默阖上眼睛,攥紧的手指陡然松开来。

盛哲宁和妹妹摊牌之际,夏浅则正坐在走廊上发呆。慕研今天有台手术,现在还在手术台上没下来,夏浅不好回病房打扰两兄妹,就只能无可奈何地坐在走廊上出神。

等得久了,夏浅便有些犯困。刚阖上眼说养养神,她就觉旁边有人坐了下来,一睁眼才发现何之隽。

"喝吗?"何之隽将手里的速溶咖啡递给夏浅,见对方不接倒也不觉尴尬,复拿回来自己拉开易拉罐拉环。

"真是同人不同命,想想咱们俩那会儿,你总说我想控制你,还因为这个吵了无数架。可现在再看看你和盛哲宁,他让你往东你就不敢往西,他让你在外面乖乖等着你就真的不敢进屋了。"

虽然从头到尾,何之隽都用一种无可奈何追忆往昔的口气在说话,但其话里的讽刺之意夏浅还是接收到了。

夏浅笑盈盈回击:"哎,我这也是没办法,谁让盛家家教严呢?你看看,你家宁萌不也把你调教得很好吗?让你往东你不敢往西,让你滚出去你绝不敢爬出去。"

"你——"何之隽气得瞠目结舌,半晌才点头道,"好好好,你就嘚瑟吧,反正你也没几天好日子过了。知道宁萌为什么火急火燎地赶过来吗?嘿嘿,因为她已经知道了你就是我前女友了。"

闻言,夏浅心里陡然一颤,顿了顿才定下神来。

怪不得刚才一见宁萌,她就觉得浑身不自在,原来问题出在这啊。虽然……乍听到这个消息是挺意外的,但是她怕个腚啊!当初做小三的人又不是她,现在该觉得尴尬的人自然也不是她。她怕什么?兵来将挡水来土掩!

不过,转念想想刚才宁萌的言行举止,夏浅也大致明白宁萌的态度了。

哎,所以说这个世界上没有天上掉馅饼的好事。她虽然没有摊上尖酸刻薄的恶婆婆,却遇上了个刁蛮难缠的小姑子,真真应了那句话——家家都有本难念的经!

"怎么样,心虚了?"这头,何之隽见夏浅不说话,得意扬扬又道,

"呵呵，按照宁萌的脾气她是不会让你和盛哲宁顺顺利利结婚的。说不定现在，她就正在里面让她哥跟你分手。"

夏浅夸张捂住胸口，作出副惊恐的模样来："真的吗？人家好怕怕哦。"话毕，才又板下脸道，"你以为宁萌算老几？她让她哥分手她哥就分手？喊！"

何之隽摇头："你啊，还是太天真，宁萌的手段你见识了不到十分之一。你别看她平时娇滴滴一副傻白甜很好骗的样子，狠下心来那真不是闹着玩的。还有，宁萌和盛哲宁这两兄妹的感情可比你想得深得多了，当年盛哲宁车祸宁萌她——"

何之隽说到一半，突然欲言又止。

"总之一句话，你——没戏。哎，看在咱俩好过一场的份上，我劝你一句，别太贪，趁着现在盛哲宁对你还有感情，好好诈他笔分手费得了。买个房、做个小生意，多好！别到最后弄个人财两空。"

何之隽一面说，一面歪头靠向夏浅。他勾起薄唇，压低的声音蛊惑而暧昧："你如果真要做生意来找我，我刚好手上有个项目……"

夏浅斜睨了眼"魅惑众生"的何之隽，笑笑。她抬头看了眼前方，忽然道："嗳宁萌——"

霎时，何之隽吓得魂飞魄散，像是被电般从夏浅身边弹开，其手上的咖啡也在他"起飞"的过程中洒了一身。

白衬衫配上浓郁的咖啡，那颜色简直不要太好看了。这头，何之隽发现上当，也是气得头顶直冒烟，可他还来不及说话，夏浅就已啐道："活该！"

话毕，便起身径直往外走。

何之隽见状追也不是，不追也不是，只能僵在原地嗷嗷乱叫："夏浅，你就等着吧！不识抬举！你这一辈子就是做弃妇的命！"

夏浅脚步一顿，思忖番，又转身往回走。

见夏浅折身回来，何之隽唯恐她有后招，下意识地往后退了步，满脸警惕道："你想干什么？"

夏浅语气平和："何之隽，我记得你还在《午夜新闻》做主持吧？"

何之隽乍愣，完全跟不上夏浅的思维。他在主持什么节目和今天的事有关系吗？还是说，夏浅想趁机羞辱他一番，过了这么多年还是没混出个名堂？

何之隽琢磨之际，这头夏浅已重新坐下来，幽幽启齿："何之隽，你有没有想过，其实我们两没有必要这么针锋相对。说起来，我们俩的立场是一样的，应该互助互利才对啊。"

立场一样？互助互利？何之隽微微眯眼，这女人怎么翻脸比翻书还快？他衬衫上的咖啡还没干好吗？真以为他那么傻，还上她的当？

"你到底想干什么？"

夏浅眨了眨眼："何之隽，咱们来分析分析，我和盛哲宁分手的话，你能有什么好处？除了不用跟我打交道，似乎也没什么好处了吧？可如果我和盛哲宁结婚、我又肯帮你的话，你觉得，局面又会变成什么样？"

何之隽闪了闪眸子，没有说话。

夏浅循循善诱："盛哲宁不喜欢你不是一天两天了，你迎娶了白富美，没有升职加薪也就算了，居然还被调去了午夜档，其实你心里很憋屈吧？"

何之隽冷笑："你以为所有人都跟你一样，什么都向钱看？我和萌萌是真感情……"

"是是是，您二位是真爱。可背地里，你没少被人戳脊梁骨，说你是吃软饭的吧？可虚名你是担了，其实半点好处没捞着。你难道就没想过，干脆把这虚名坐实了？"

见何之隽紧抿着唇瓣不言语，夏浅就知道鱼儿上钩了，轻咳声接着往下说。

"好处不仅没捞着，还莫名其妙地被调去了深夜档，盛哲宁还处处给你脸色看，我说得没错吧？可如果……你和将来的大嫂一条心，嫂子没事就帮你吹吹枕边风，盛哲宁再看看妹妹的薄面，你觉得调去黄金档还是难事吗？"

何之隽拧眉："你的意思是，让我帮你搞定盛哲宁？"

"这个倒不用了，"夏浅咯咯笑道，"不过宁萌那边有什么举动的话，你悄悄告诉我一声就成！"

何之隽哼了声："这想让我当内奸？"

夏浅正想再多做做何之隽的思想工作，谁料刚才还铁骨铮铮的何之隽话锋一转，就道："这事风险极高，我如果帮你我能得到什么？"

夏浅喷，敢情何之隽从头到尾都不是在纠结当内奸是不是有违道义，而是在讨价还价啊。

夏浅对何之隽的鄙视又上升了一个阶层,但面上还是假装正经地问:"你想要什么?"

"五百万。"何之隽沉声,"如果你能顺利嫁给盛哲宁,就给我五百万。"只要有了这笔钱,关于赌债的窟窿也就能够填上了。到时候买回家里的理财产品,他还能剩一小笔钱。有了这笔钱,再赌一把,说不定他还能翻身……

这么想着,何之隽的神情也变得狠厉坚定,既然要做,就做到万无一失。

"还有,为了以防万一,你得先写张五百万的欠条给我。万一你事后不认账怎么办?"

听了这番话,夏浅简直跪服。五百万?这丫口气还不小啊!!!不过,都聊到这地步,好戏也该正式开始了——

夏浅笑嘻嘻回应:"哪儿还用写欠条?我这不是一直记录着吗?"

何之隽皱眉,"什么?"

夏浅不慌不忙地从包里掏出手机来,在屏幕上按了下,终于笑逐颜开:"看,我这不是一直都录着音吗。"

话音落下,何之隽只觉头顶轰的一声响,这才被惊雷劈得回过神来。

阴谋!赤裸裸的阴谋!从一开始夏浅就是在耍自己,什么联手,什么枕边风都是骗鬼的谎话,夏浅就是想来个鱼死网破!她如果和盛哲宁吹了,她要自己和宁萌也不好过!如果刚才那段录音让宁萌和盛哲宁兄妹听见的话……

想到那个可怕的后果,何之隽只觉浑身汗毛倒竖,颤抖着牙道:"你……"

夏浅弯眼笑得像只狐狸,一边晃手机一边道:"这招呢,还是跟何老师您学的。东施效颦,见笑见笑啊!"

"你把手机拿来!"话音落下,何之隽也已如饿狼般扑了过来——

与此同时,病房内。

盛哲宁也正和妹妹交谈着,盛哲宁恩威并重道:"我把何之隽和夏浅支开,就是给你最后的面子,你好自为之。自己去把那些'尾巴'处理干净,这件事就——"

盛哲宁话刚说到一半,一个小护士就咋咋呼呼地闯了进来。一进入病房,小护士见盛哲宁还闲适地靠坐在床头便跺脚道:"12床,你还愣在这干什么?你女朋友和一个男人打起来了!"

听了这话,盛哲宁和宁萌都大怔,盛哲宁道:"什么?"

"什么什么,"小护士着急,"你快去啊!慕医生也在那,都打成一锅粥了!"

盛哲宁和宁萌赶到现场时,战斗已经结束。但从凌乱的现场以及何之隽已经高肿的右脸、完全睁不开的双眼可以窥见当时战斗的激烈程度。

盛哲宁从小护士们嘴里七拼八凑地知道了事情的原委。

原来,夏浅本来是和何之隽坐着在聊天,可两人说着说着不知道怎么回事就打了起来。夏浅毕竟是女人,两人拉扯没一会儿就落了下风,眼见着人就要被何之隽压在身下之际,慕研慕医生回来了。

慕研从小就是个暴脾气,这个时候看见从小一块玩到大的邻家小妹被男人压在身下哪儿还能忍?上前就是一记左勾拳,再加一记右勾腿,直接将何之隽打趴在地。

如此一来,情势骤变,两人之间的拉扯也瞬间变成了何之隽单方面的挨揍。可就这样依旧没完,围观人群里传着传着,不知道怎么回事就传成了有人医闹。见状,年轻医生们纷纷上前帮忙"阻拦"行凶的何之隽,甚至有勇敢的小护士拿出了平时防身的防狼喷雾剂……

最后还是夏浅和慕研看势头不对,这才将众人拉开。等盛哲宁和宁萌赶到时,何之隽是脸也肿了,腿也瘸了,此时此刻正捂着睁不开的双眼嗷嗷乱叫。

夏浅一见盛哲宁和宁萌还略略心虚,毕竟事儿是她挑起的,是以盛哲宁询问小护士斗殴过程时,夏浅就一直躲在慕研身后,尽量减少存在感。

可该来的迟早还是会来的,听完小护士们的叙述后,盛哲宁清亮锐利的黑眸就直接戳穿了慕研的胸口,射向其身后的夏浅。

"是这样吗?"盛哲宁语调清冷,听得出是动怒了。

夏浅抿唇,正踌躇着该怎么回答,慕研就道:"跟夏浅没关系,人是我揍的,你们有什么直接冲我来。"

宁萌本替何之隽擦着眼睛,听了这话气不打一处出,将手上的纸巾一扔,道:"行啊!那没什么好说的了,报警!"说完,宁萌就真的摸出手机要打110。夏浅见状终于按捺不住,跳出来道:"不能报警!"

宁萌纤纤玉指稍顿,抬眸:"为什么?"

夏浅叹息,还能为什么?总不能她闯了祸,让慕研替她担着吧?兜转间,夏浅在脑子里快速过了遍词,这才道:"其实这事吧,最开始就是我和何之隽言语上有些不和,情绪失控下才动的手。慕医生也是看我一个女人被男人揍,实在不像话,这才出手想把我们俩拉开。可是你懂的,拉扯过程中多而不少会有些碰撞,所以才伤着了何之隽。至于后来的事嘛……纯属误会。"

见夏浅满脸纯良,宁萌呵地冷笑出声:"纯属误会?那之隽脸上这些伤,还有这腿算怎么回事?"

夏浅摸了摸鼻子,嘀咕:"我不都说了嘛,拉扯过程中难免有些碰撞。"

"你——"

夏浅打断宁萌,继续道:"何之隽,我也是为你着想,你再怎么说也算公众人物,去警察局的话你就不怕这事明天被媒体报出来吗?还有,你可别忘了,是你、先、动、的、手!"

闻言,何之隽忽地停止哀号,牙关微微咬紧。

没错,不能去警局……现在,媒体曝不曝光都不重要了,重要的是,夏浅手里有那段录音!如果他违背了她的意思,天知道她会不会"一个不小心"就把录音公布出来。到时候,他才真是别想混了。

这头,宁萌还替老公说着话:"先动的手怎么了?先动的手你们打伤了人也得赔!不仅要赔偿还得道歉,我——"

宁萌话说到一半就感觉有人拉她的衣袖,一回头发现竟是何之隽。何之隽微微虚着眼,摇头:"算了。"

宁萌咋舌:"怎么能算了?老公你的腿都被他们打瘸了。"

何之隽本来就是打落了牙齿往肚里吞,现在偏偏宁萌还哪壶不开提哪壶,登时只气得双眼通红。

"你也知道我腿瘸了,不扶我去看医生还愣在这干什么?"说罢,何之隽便转身一瘸一拐地走了。宁萌石化原地还没从何之隽的震怒中反应过来,隔了半晌这才一边喊着何之隽一边追了过去。

见此情景,夏浅知道这事算是糊弄过去了,心里大石刚落地,就听身后凉薄的声音响起:"呵,夏小姐好本事。"

· 229 ·

夏浅心里"咯噔"一声响，一抬头就见盛总大人正黑脸阴森地瞅着她。呃，她怎么把这位主儿给忘了？

处理完现场的事情，盛哲宁和夏浅没有立即回病房，反倒去了楼下小花园。一路上，盛哲宁都紧绷着脸，半言不发。夏浅就是不动脚趾头也看得出盛哲宁在生气，咳咳，今天是稍微过了点，不管怎么样动手打人还是不对的。

可是何之隽实在是气人，自己也是因为被他揍得摔在了地上才真动了怒。

念及此，夏浅开口："盛哲宁，我知道你在生我气，可今天那种状况我也没办法控制。后来何之隽被揍得那么惨真的纯属意外，要不是因为慕研及时赶到，说不定现在躺在床上的人就是我了。"

盛哲宁本背对着夏浅，听了这话转过身来，挑眉："说完了？"

"嗯，说完了。"夏浅望着盛哲宁，也不知道他把自己带到花园来到底想干什么，想了想，又道，"不过我——"

话未毕，唇已重重地压了下来。夏浅"唔"地抗议了声，然后便迅速沦陷。这是一个标标准准的湿吻，盛哲宁根本没有给夏浅喘息的机会就直接攻城略地。舌头霸道地伸了过来，吸吮、纠缠……最后，趁着夏浅忘情之际，盛哲宁又在夏浅唇间轻轻咬上小口这才心满意足地放开她。

吻罢，夏浅只觉浑身发烫，虽然很不想承认，但她确实有些腿软了。还好的是，此时已夜深人静，没什么人再来逛小花园，加上两人本来就在不显眼的角落，被人看见的概率更是……

咦，等等！这么说起来，难道盛哲宁故意把她带到僻静的小花园来就是为了这个？

夏浅被自己这个假设骇住，抬头还来不及言语，这边盛哲宁已沉声道："记住，以后就算要英雄救美，那个人也必须是我。"

夏浅眨了眨眼，确定自己没有听错后这才呆呆地"啊"了声。所以……盛哲宁刚才一直虎着脸只是因为吃醋的老毛病又犯了？那何之隽——

听夏浅提何之隽，盛哲宁轻拍了拍女朋友的脑袋，淡淡答曰："哦那个啊，打得好。"

听见这个回答夏浅怔了怔，终于扑哧一下笑出声。估计盛哲宁想揍何之隽也不是一天两天了吧？

. 230 .

第二十三章　第一口蛋糕的滋味

翌日清晨，盛总大人终于顺利出院。回家简单收拾番，盛哲宁便表示要带夏浅去个地方，夏浅不知道盛哲宁葫芦里卖的什么药，但还是乖乖上了他的车。原本以为去的地方不会太远，谁料这一走就直接出了郦城，等到目的地时，已是下午两点了。

泊好车，两人下车。夏浅望着山脚一排排卖花圈纸钱的殡葬店就知道这儿是干什么的了。

夏浅望向盛哲宁，拧眉："山上是墓园？"

盛哲宁轻轻嗯了声，这才微微眯眼眺望远处。"我都见过你父母了，也是时候让你见见我父母了。"

两人在山脚随便应付了顿便往山上走，这山也不高，约莫二十来分钟两人就到了墓园。夏浅跟着盛哲宁左拐西绕，老半天才到了其父母坟前。

盛家父母的坟安放在半山腰上的一小山丘上，山丘前有一棵银杏树，掩映着树下的四座坟。夏浅正帮着盛哲宁在父母坟前上香，就见盛哲宁在另外两座坟前也架起了香炉和供果。

在郦城老家，长辈们扫墓时都会给临近的坟墓也上香，示意打扰了他们的休息，尽请见谅。是以此刻见盛哲宁给另外两座坟上香，夏浅也见怪不怪，可谁料盛哲宁一开口却道："爷爷奶奶，爸妈，我带女朋友来看你们了。"

夏浅讶然，"这两个……是你爷爷奶奶？"

她定眼一看，发现旁边坟墓的老爷子果然姓盛，而更令她震惊的是，老爷子老太太离世的年份竟和盛哲宁父母逝世的年份是同一年！所以——

大概是猜到了夏浅的心思，盛哲宁点头："他们都是在同一场车祸中死掉的。"

夏浅呼吸骤停，片刻才听盛哲宁接着说："我好像没和你说过吧？"

"什么？"

"关于那场车祸。"盛哲宁语调平缓，似乎在述说别人故事般娓娓道来，"我那年刚满十八岁，全家人为了庆祝我考上大学商量好出去自驾游。除了宁萌突发高烧，我、爸妈、爷爷奶奶都去了，然后，就发生了车祸。在我们被大货车撞下山崖的瞬间，爷爷奶奶下意识地抱住了我，所以我活了下来，而其他人就……"

夏浅默了默，情不自禁地走过去，握住盛哲宁的双手。她不知道家人对于盛哲宁意味着什么，也不知道那场车祸到底给盛哲宁带来了多大的打击，但夏浅知道，在盛总大人无懈可击的外表下其实藏着一颗比谁都柔软的心。它需要人呵护，也需要人疼爱。

抿了抿唇，夏浅看向四座整齐干净的坟墓，转移话题道："盛哲宁，你说，四位长辈会喜欢我吗？"

盛哲宁勾唇："喜不喜欢不重要，我就是来通知一下他们，这个就是你们未来的儿媳妇和孙媳妇。"

夏浅被盛哲宁的话逗笑，正想捶他，手下却一紧——盛哲宁反握住了她。

"已经走了的阻止不了我和谁在一起，活着的更是如此。"盛哲宁话音落下，夏浅心里当的一下，大脑瞬间短路了。咳咳，果然还是被他看出来了吗？她还以为自己隐藏得很好呢。

其实，自从昨天盛哲宁宁萌两兄妹交谈过后，夏浅就一直想问盛哲宁是怎么打算的。她知道不该怀疑盛哲宁的选择，但昨天何之隽欲言又止的那些话，两兄妹这么多年的相依为命……这些东西，的的确确让夏浅有些动摇了。她很怕盛哲宁一个意志不坚定，两人就分道扬镳。

深呼口气，夏浅道："盛哲宁，你这是在给我吃定心丸吗？"

盛哲宁眼眸深邃，答非所问道："你知道他们四人刚走的时候，我和宁萌到底有多难熬吗？没有时间忧伤，也没有时间回忆，甚至连好好哭一场的工夫都没有。每天需要应付的，就是窥觊我父母遗产的亲戚们，趁势想要夺走盛氏的股东们，还有闲言碎语说我是天煞孤星的无知妇孺们。更倒霉的是，那时候我还因为车祸重创被诊断出肝功能障碍，搞不好就要小命的那种。

"那时候，是宁萌主动提出切一部分肝给我。虽然后来我自己挺过来了,没有真的进行活体亲属供肝肝移植术,但那个时候我就告诉自己,我要一辈子对这个妹妹好。因为没有她,或许我支撑不到今天。"

夏浅:"……"

一阵寒风刮来,直吹得夏浅打了个摆。此刻,她脑子里犹如满屏乱码的电脑,明明思绪万千却又偏偏抓不到半点重点。刚才,盛哲宁不还说没有任何人能阻止他和自己在一起吗?为什么现在又突然说起两兄妹当年相依为命的事?他想要表达什么?又在暗示她什么?今天带她来上坟,真正的目的又是什么?

一时间,夏浅脑子里乱成一锅粥。正手足无措,盛哲宁就又拍了拍她脑袋,柔下声来:"夏浅,我记得是你说的吧?朋友是可以选的,父母兄妹却是与生俱来没得选的。喜欢或者不喜欢,都得纠纠缠缠一辈子。"

"所以?"夏浅声音微微颤抖。

所以真如何之隽所言,老婆是可以换的,妹妹却是一辈子的,盛哲宁在和妹妹交谈过后,决定放弃她了吗?

夏浅正纠结,却听盛哲宁涩笑道:"所以要麻烦你和我妹妹相处一辈子了。"

听了这话,夏浅乍愣,一抬头就见盛哲宁正笃定地看着自己。

"夏浅,对于宁萌这个妹妹我没得选,她和我之间的羁绊也是剪不断的,所以如果让我说为了你和宁萌断绝来往,那肯定是假话。可是另一面,我需要你明白的是,我不是'无脑妹控',我有自己独立的三观和看法,不会因为谁的两三句话就放弃自己的爱人。"

夏浅被他这么一惊一乍,搞得是哭笑不得,无可奈何道:"盛哲宁,你要我是不是?你说的这不是自相矛盾吗?"

"一点都不矛盾。夏浅,我今天带你来就是要告诉你,我认定你了,也只有你。所以不管以后发生什么,你都要记住这一点:我盛哲宁娶定你了。"

闻言,夏浅心底熨烫。看再一回头看着眼前四座整齐的坟墓又有点汗颜。

啊喂,哪儿有人在坟前告白的啊?长辈们都看着呢。不过盛哲宁,你的心意我都收到了。

扫完墓,两人下山再到停车场时已近黄昏。眺远望去,夕阳挂在天际欲坠不坠，染得整片林子都变成了金红色。

　　折腾了一天，夏浅人已经有些疲了，上车没一会儿就打起盹来。迷迷瞪瞪的不知道睡了多久，夏浅就感觉车越开越慢，渐渐的，竟然停了下来。夏浅睁眼，嘟囔道："到啦？"

　　话音落下的同时，夏浅也刚好看到显示屏上的时间：19：47。才开了一个小时，他们来墓园花了整整两个多小时，怎么回去却这么快？夏浅正奇怪，定眼一看车窗外，瞬间明白了。

　　窗外，绿意盎然，古木参天，而在郁郁葱葱的包围下，一座气势恢宏的建筑屹立其中。建筑门匾上赫然写着几个大字：清江长盛国际大酒店。夏浅扶额，搞了半天，他们根本没有往郦城开，反而离郦城越来越远了。

　　夏浅咋舌："长盛国际酒店？这也是你家开的？我们跑这来干什么？"

　　盛哲宁一边熄火一边道："都快八点了，你不饿吗？"

　　哦，原来是吃饭。夏浅恍悟，轻蹙眉头道："可是吃了饭再往回开会不会太晚了？这段山路我们不熟不安全。"

　　盛哲宁取下车钥匙，轻飘飘地留下句"谁说今晚要回郦城"就下了车。夏浅呆住，少时才微微回过神来，所以……盛总大人的意思是今晚要住在这？

　　因为事先不知道要在外面过夜，夏浅趁着盛哲宁点餐之际给老妈打了个电话，简单说明了下情况并表示今晚不回去了。老妈听后在电话那边沉默了老半天，然后说了四个字："注意安全。"

　　夏浅笑："我们住在酒店里，本身就很安全啦，有什么好——""有什么好注意的"几个字还没说出口，夏浅就一噎，僵在原地风中凌乱了。老妈说的"安全"应该、好像、大概指的不是人身安全，而是……

　　夏浅咳咳咳，脸直接涨成了猪肝色。偷偷瞥了眼餐厅里的盛哲宁，确定他没注意到这边后，夏浅这才捂着电话怪叫道："妈，你想哪儿去了！我们是因为山路不好开才住酒店的。"

　　"小样儿。"老妈冷哼声，"真以为你妈是傻子啊？总之还是那句话，注意安全，别闹出人命来！就这样！"说罢，老妈就不管三七二十一地挂断了电话。

　　听到手机那头传来嘟嘟的声音，夏浅抓狂不已。

　　啊老妈你倒是听我解释啊，事情真不是你想的那个样子！啊，你该不会一挂电话就和我爸讨论奇奇怪怪的话题去了吧？老夏同志，你要相信我，我和盛哲宁还是纯洁的男女关系，我们到酒店来开房没有任何预谋，完全就是情势所逼！咳，这么说好像也不太对……至少她是在完全不知情的情况下被带到酒店来的。至于盛哲宁嘛……这个还真不好说。

隔着透明的落地窗，夏浅又偷偷瞄了眼里边的盛哲宁。此时此刻，盛哲宁正轻蹙英眉，认真而龟毛地审阅着菜单，旁边的服务员也不敢催他，只恭恭敬敬地立在一旁。

夏浅咬住下唇，自问：真的是老妈想的那样咩？唔，她为什么总觉得找借口把女朋友带到酒店欲图不轨神马的不太符合盛哲宁的风格？按照他的性格，应该是直截了当地说"夏浅，我们上床吧"才对吧？

想象下盛哲宁认真而严肃地邀请自己上床的景象，盛哲宁噗的一下笑出了声。刚好这时手机又响了，夏浅一看，是方芳。

传闻方芳今年把老何领回家过年了，按理说新女婿上门，方芳这会儿应该忙得脚不沾地才是，怎么有空给她打电话？没得说，肯定是有急事找她。果不其然夏浅一接电话，那头方芳就开门见山道："你什么时候回蔺安市？有活儿。"

夏浅和方芳认识这么多年，就喜欢她这股不客气的调调，当即调侃回去道："哼哼，那得看这活儿有多大，如果佣金高我明儿就回，如果钱少的话，嗯，一年就休这么一次假，急什么啊！"

"呸！"方芳啐道，"你就是认钱不认人的主，不过我同意你的观点，一年就休这么一次假，如果不是大活儿谁愿意大过年的折腾啊？"言下之意，如果不是大业务，你以为老娘会大过年的给你打电话？

夏浅挑眉："说来听听。"

方芳沉吟片刻："荷琳，听说过吧？"

"荷琳……"夏浅微微眯眼，"不就是那个当红炸子鸡嘛，刚结婚那个？"

说起这个荷琳，也真算有几分本事。出道十年一直默默无闻，在电视剧里不是演丫鬟就是演女尸，后来不知道怎么的，凭借一部偶像剧突然说火就火了，连夏浅这种懒得关注娱乐新闻的人都知道这号人物。

方芳嗯了声，道："他们的婚礼是在热浪岛办的。但荷琳的娘家在蔺安市，娘家人就想再在蔺安市补办一场答谢宴，所以，荷琳的经纪人找到我了。"

闻言，夏浅倒抽了口气，少时才笑开："可以啊方芳姐，娱乐圈你也熟啊！啧啧，一个字：牛！我决定了，从今天开始就抱着你的大腿不放了！"

"牛的人是你，"方芳道，"咱们这些平民老百姓哪儿能认识娱乐圈的人啊？是荷琳的经纪人主动找到'砍砍而谈'，又指名点姓要你这个砍价师出马。人家摆明了是冲着你夏大砍价师来的，你说说，咱俩谁抱谁大腿？"

冲着她来的？

夏浅微微拧眉，这就有点怪了。她就算名声再大，也没大到人尽皆知的地步吧？再说了，如果她没记错的话，荷琳这个老公好像还是个富商，会缺办答谢宴的这几个钱吗？居然还请砍价师？

夏浅道："具体细节谈了吗？"

"还没，对方坚持要见了你才肯详谈。"

夏浅越想越奇怪，这头方芳大概也猜到了夏浅的心思，"很奇怪吧？要不是对方经纪人是个女的，我都会怀疑又是一个你的追求者了。不过这个案子到底应不应，还是你自己来决定。"

夏浅叹息："哎，这已婚妇女啊就是和咱们不一样，心机多得吓死个人！你前面说那么多不就是为了勾起我的好奇心，让我去见这个经纪人嘛，最后却冒句应不应随我，喊！你假不假啊！"

这头方心机闻言也"扑哧"一下笑开，娇斥道："滚！什么话都让你说完了，我还能说什么？别跟我这废话，你到底接不接？！"

"接！不接哪来的钱给你和老何凑份子钱？"

"嗯，反正不管怎么样先见见面再说。"

"成！"夏浅咧嘴，"不过你和老何必须付我出场费——管中午饭哈！人均不能低于三百！"

公事谈完，两个闺蜜自然而然地就将话题转移到了私事上。夏浅关心完老何见丈母娘的情况后，方芳话锋一转，冷不丁道："对了，你这电话刚才怎么一直打不通啊？在哪鬼混呢？"

夏浅哦了声："在山里呢。"

方芳果然不愧是女人，当即就嗅出了八卦的气味，贼兮兮道："这么晚了还在山里？短途游？和你家盛总大人？"

最后"盛总大人"四个字方芳几乎扬得飘上了天，夏浅掩饰地咳嗽两声，知道瞒不过方心机，干脆一五一十把今天的事都说了。话毕，夏浅才咬住下唇道："你说……他这是几个意思？"

方芳哼哼："亏你们砍价师还是专攻心理战的，别人这么明显的暗示你都看不出来？先带你去见家长以示对你的认可，然后再带你去吃饭，最后吃你，这不是最经典的套路吗？"

夏浅汗颜："是这样吗？可我怎么还是觉得这不太符合盛哲宁的画风？"

"不管你家盛总大人是日漫风还是 Q 版风，说到底还不是个男人？所有男人在这件事上都一样，没什么两样。"

夏浅还是有些难以置信："是吗？"

"你不信是吧？那咱们来打个赌。"

……

席间无异。饭后，两人就由服务员领着，上了楼。

进入房间后，夏浅绕过客厅，首先映入眼帘的就是一张大大的双人床，床头还摆着两个精致小巧的情侣靠枕。见状，夏浅心里"咯噔"一声响，面上还强装镇定道："就订了这么一间房？"

盛哲宁轻轻嗯了声，云淡风轻道："因为来之前没有给他们打招呼，这过年生意又好，所以就只剩这一间房了。"

就剩这一间房了……

这一间房了……

一间房了……

房了……

霎时，夏浅只觉余音绕耳，不知不觉间又想起刚才方芳说的话来："首先，他肯定只会开一间房，然后跟你说只剩这一间了，今晚只能将就将就。"

【吃掉女朋友】第一步 get √，还真让方芳蒙对了，连台词都一模一样啊！可是盛哲宁，你就算要诱骗能长点心不？这种"孤男寡女出门在外，绝壁只剩一间房"的套路现在就连烂俗小说都不用了好吗？你到底是在侮辱我的智商还是你自己的智商？

念及此,夏浅抬头正想说些什么,盛哲宁就说出了第二句经典台词:"我今晚睡沙发。"

夏浅:"……"

此时此刻,夏浅心里只剩下两字能够准确表达她的心情了:呵呵。

片刻后,盛哲宁还真煞有介事地叫服务员送来枕头被褥,一副今晚真的要睡沙发的架势。可和枕头被褥一块送来的,还有些别的东西——

夏浅背着手,微微眯眼看了看茶几上的红酒和各色零食,歪头:"这是?"

盛哲宁哦了声,道:"刚才吃晚饭的时候服务员说最近新进了一批红酒,看着还不错,就叫他们送上来了。"

夏浅呵呵呵,心里有无数头羊驼奔腾而过。盛总大人,咱撒谎前能不能先打个草稿?既然红酒是服务员在吃晚饭时推荐给你的,干吗当时不点来喝?偏要等到晚上?还有您老不是一直嫌我体重超标吗?大晚上的又是红酒又是蛋糕的,真不觉得打脸吗?

哎,说来说去目的还不是一个——

兜转间,夏浅又想起了方芳的话:"开房后,他一定会点夜宵,夜宵里又一定会有红酒。红酒助兴情更浓,小两口喝喝红酒,聊聊天,然后不知不觉就……哼哼哼,你懂的哈!"

【吃掉女朋友】第二步 get √,夏浅扶额,居然让方芳连蒙对两点。

其实,盛哲宁真有想法,夏浅觉得也没什么好大惊小怪的。大家都是成年人,心理生理互相吸引再正常不过。她也向来赞成"婚前试货"的观点,所以如果盛哲宁真的大方提出那方面的要求,或许、应该、大概……咳咳,她还是会勉为其难同意的。可现在郁闷就郁闷在盛哲宁这股闷骚劲上。

你说你,如果真的不好意思,要委婉地暗示的话,那就好好做功课呀!什么"房间只剩最后一间了",什么"红酒还不错",大哥拜托你想借口前先过道脑子好吗?

夏浅舒出口气,挨着盛哲宁坐下:"您老千金贵体的,今晚真的要睡沙发?"

盛哲宁神色未变,淡淡然:"那能怎么办?不想睡也得睡啊。"话毕,盛哲宁的目光就自然而然地落在了夏浅身上。夏浅望着盛哲宁无奈又无辜的小眼神，当即心里化成一片。

"嘤嘤嘤，不要酱紫。双人床很大很宽，要不咱们一块睡吧？"

——盛哲宁是希望她这么回答吧？嘻嘻嘻，可她偏不遂他的愿！

托腮思忖番，夏浅道："可这沙发实在太窄了，你连身都翻不了，要不这样吧……"夏浅故意说到一半就停了下来，果然见这头盛哲宁黑眸陡亮，满怀希冀地看向她。

很好，鱼儿上钩了。

夏浅勾唇，接着道："要不你还是睡地上吧。"

闻言，盛哲宁脸色骤黑，浑身都开始散发骇人的低气压。这头夏浅恶作剧成功，还觉不过瘾，变本加厉道："哎，要不我再帮你要床毛毯？铺在地上可以暖和些！"

"夏浅！"盛哲宁终于发飙，咬牙切齿道，"你到底会不会疼人？怎么就没想过我们俩一块睡床呢？"

夏浅挑眉，哟嚯，这是撕破脸皮不装了啊？亲，说好的闷骚属性呢？你到底继续闷啊！

夏浅眨眼，继续装傻："可就一张床，我们两个人怎么睡？"

盛哲宁就是情商再为负，这时候也看出来夏浅在故意拆他台了，奈何人已经站在了台子上，夏浅还冷不丁把下台的梯子给搬走了，他只能硬着头皮继续演。

"一人睡一边，中间画条三八线，总行了吧？"

【男人十大谎言之一：我们睡一块，我绝不碰你！】。

夏浅咳嗽两声，总算是输得心服口服，方芳说得没错，不管盛哲宁到底是哪种画风，在这方面男人的借口都出奇的一致。

最开始是：你放心，我们就盖着棉被纯聊天，我绝对不会碰你。接下来就是：我只想抱抱亲亲你，你放心，我就是再难受也决不会欺负你。再然后就是……

想到最后，夏浅脑子里不由自主地浮现出某些限制级画面，脸也开始微微发烫。见状，盛哲宁纳闷："你脸红什么？"

"我哪儿脸红了？"夏浅心虚反驳，"我懒得和你说，先去洗澡。"说罢，就跟做贼似的溜进了洗手间。

夏浅这么一洗，就是一个多小时。洗得慢的原因嘛，一来是膝盖上有伤,不能碰水,夏浅就只能半坐在浴缸沿边小心翼翼地清洗;二来嘛,则是对即将要发生的事情害羞难当,于是乎就这么磨蹭来磨蹭去,居然洗了一个多小时才忸忸怩怩地从洗手间里出来。

洗澡时,夏浅想象过无数种自己出洗手间后可能看到的景象——

盛哲宁坐在床头,衣衫半露,在橘黄色床头灯的映照下,内里的光景若隐若现。他见夏浅出来,便兀自放下手中的书,抬起清亮的眸子拍了拍旁边的位置,柔声道:"来。"

抑或是,房间里点满了蜡烛,星光闪烁中,盛哲宁正仔细认真地切着蛋糕。见夏浅出来,他将手边的高脚杯注满红酒,递到夏浅跟前柔笑开:"要不要来一杯?"

……

可任何一种想象都没有现实来得令人震撼。夏浅出洗手间,只见屋内灯光全熄,除了从窗户外边透进来的微弱月光,四周全是黑乎乎的。而盛哲宁,早已上床睡了……睡了……了……

霎时,夏浅吐血三千尺,连脸上该摆什么表情都不知道了。盛哲宁这是几个意思?等得不耐烦所以先睡了吗?掀桌,有他这么不要脸的吗?其他男人再怎么说,也会准备烛光晚餐或者别的什么浪漫节目先讨女朋友欢心,然后再行事吧?再看看她家盛总大人——

夏浅气得头顶直冒烟,但很快,就调节好情绪迎战。哼哼哼,装睡是吧?玩闷骚是吧?行,她就陪盛哲宁好好玩一场!

夏浅就气呼呼上床,果然如她所料,旁边盛哲宁没有半点反应,依旧背对着她"熟睡"着。

上床十分钟,盛哲宁还是没有半点要"转醒"的意思,夏浅噘嘴,盛哲宁这是要等她主动投怀送抱?也对,别人可是高高在上的盛总大人,怎么能降低身份来主动讨好她呢?行,那咱们就耗着,看谁耗得过谁!

上床二十分钟,那一头还是没有任何动静,反而呼吸越来越绵长。夏浅心里开始微微打鼓,盛哲宁这是什么意思?总不能真睡着了吧?想象着盛哲宁睡着这种可能性,夏浅第一个反应就是:不能忍!

她身为盛哲宁的女朋友,身为一个散发正常魅力的女人,如果两个人同床共枕,盛哲宁却没有半点想法,反而安心地睡着了,她的颜面往哪儿搁?女人的自尊又往哪搁?难道真的是她魅力值不够?

夏浅正纠结着原因，脑子转了个圈又突然镇静下来。不对不对，如果盛哲宁真的没想法，前面的那些事情就说不通了，所以这根本就是个圈套！盛哲宁就是等着她乱了手脚主动跳进陷阱呢。对，一定是这样，所以夏浅别慌，咬牙坚持！！

上床半个小时，夏浅慢慢地开始有些坚持不住了。明明身体已经疲惫得要死，但大脑却异常清晰，各种思绪纷纷涌入脑内，扰得她不得安宁。

一会儿是宁萌对她冷嘲热讽，一会儿是老妈提醒她要注意安全，一会儿又是盛哲宁在父母坟前发誓这辈子认定了她。然后兜转间，不知怎么回事，一句话就突然蹦进了脑子里——

"你怎么知道我还是处女？"

霎时只听噔的一声响，紧绷着的那根弦终于断开了。夏浅蓦地睁大眼睛，背后没由来地出了一身冷汗。

她记得，在外婆家团年时，盛哲宁是在自己和表姐斗嘴时突然出现的。而当时关于处女这个话题，盛哲宁到底有没有听见，夏浅无从得知。那有没有可能，盛哲宁当时听见了这句话，然后以为自己已经……

想到这，夏浅忍不住咳嗽了两声，虽然她和何之隽的确谈过恋爱，但他们根本就没有走到那一步，跟表姐说那句话也完全是自己死鸭子嘴硬。盛哲宁该不会是听到了那句话然后误会她了吧？所以才不肯碰她？

夏浅一面懊恼盛哲宁误会自己，一面又气他直男癌居然介意非处的问题。越想心里越乱如麻，最后终于忍不住，一脚踹在盛哲宁腿上，怒气冲冲道："盛哲宁，你给我起来！！！"

盛哲宁本迷迷糊糊，眼见着欲睡不睡之际却突然被踹了这么一脚，霎时惊醒，下意识地弹坐起来这才反应过来发生了什么事。微压怒气，盛哲宁哑声道："干什么？你疯了！"

夏浅见盛哲宁这样子也稍稍回过神来，顿时后悔不已。咳咳咳，所以说冲动是魔鬼，她怎么突然就脑残了？把盛哲宁踹起来有什么用？总不能二不啦叽地冲他喊自己还是处女吧？

"我……那个——"夏浅"我"了半天也没说出句完整话来，最后干脆一摆手，嘿笑道，"没事没事，那个不好意思哈，我刚才睡迷糊了，说梦话。"

盛哲宁凝视着夏浅不放，显然不信夏浅的话。无可奈何，夏浅只能接着往下编:"你别介意哈,我从小就这样,换了环境就择床,一择床就踹……"

"人"字还没来得及说出口,盛哲宁就已一把托住夏浅的后脑勺,将其猛地拉到自己跟前,然后重重地吻了下去。

这一吻,便一发不可收拾。

不知觉间,两人就已纠缠到一块。夏浅明显感觉到盛哲宁的呼吸变得急促,体温也高得吓人。他的舌在她嘴里肆意撩拨缠绵着,明明显得那么急不可耐,可压在她后脑勺的大掌却没有半点转移阵地的意思。

趁着盛哲宁忘情之际,夏浅悄悄隙开一条眼缝,只见盛哲宁清隽精致的容颜近在咫尺,而此时此刻他正英眉轻蹙,紧闭双眼地吻着她。见盛哲宁这副隐忍至极的表情,夏浅顿时明白过来什么,心底不禁生起阵阵暖意。

盛哲宁的这个吻,虽然急切而激烈,但自始至终,他的身体都保持着端坐的姿势。没有动手动脚,也没有搂搂抱抱,就连这个霸道占有的吻里都带着三分小心翼翼。

看透这一点,夏浅突然觉得自己刚才的担心有些好笑。不论盛哲宁到底有没有听到关于处女的那句话,也不论他到底有没有误会自己不是处女,这些都已经不重要了。盛哲宁爱的是她这个人,要占有的也是她的灵魂和心扉,她是不是处女这一点,对于盛哲宁来说根本就不重要。

不论她是与否,她都是盛哲宁最宝贝最珍贵的女人,所以,此刻他才会如此小心隐忍;所以,才会不愿轻易越雷池半步。

嗯,大概刚才自己也误会盛哲宁了吧?他的确是存着那啥啥的心思,但暗示过后他却不愿勉强。装睡只是假象,真正的目的是他在等——等夏浅给自己一个暗号,一个名为"我愿意"的暗号。

"夏浅……"夏浅思忖之际,盛哲宁也已结束了这个绵长而激烈的吻,抬眸幽幽凝视着她。

光线不甚明朗的屋内,盛哲宁的星眸好似比窗外的月光还亮。一对黑曜石般的眼睛就这么滴溜溜地盯着她,热烈而迫切,分明是在问:可以吗?可以吗?

夏浅咬住下唇,皱了皱鼻子,还是死活点不下头,最后干脆又气又恼地捶盛哲宁一拳,娇嗔道:"蠢!"

这种问题，要她一个女人怎么回答吗？咳咳，虽然平时她都是走糙汉路线，可这种时候她也会害羞的好吗？你要那啥啥就自己赶紧的，干吗那么绅士非等我点头啊！我肯跟你住酒店不就最好的默认吗？能让你上床睡不就是最好的暗示吗？女人口是心非懂不懂？欲拒还迎，你的，明不明白？

盛哲宁用茫然的眼神回答了夏浅的问题：不懂！

夏浅哀号一声，恨不能立马找块豆腐直接砸死盛哲宁得了，长舒口气，干脆拉着被子又重新躺下道："睡觉！"

盛哲宁见状，以为彻底没戏，顿时心灰意冷。耷拉着耳朵刚躺下来，就觉软软一团揽住了自己的腰。刹那间，眼皮就又跳了跳。

这头，夏浅从被窝里伸出个小脑袋来，弯眼笑得像只狡猾的狐狸。她半趴在盛哲宁胸口，点了点他的鼻子，嬉笑道："说你笨吧，你还不承认——啊！"话还没说完，盛哲宁就一个翻身，把夏浅压在了身下。

"你！"夏浅猝不及防吓了个半死，瞪眼正想说些什么，盛哲宁就已俯身下来，以嘴封嘴。感觉到盛哲宁的大手在其颈间游走，夏浅下意识地闭上双眼，气息也开始变得紊乱。

其实，女人并不像男人们想的那般纯洁，偶尔，闺蜜之间也会聊聊那方面的话题。乐颖刚和陈浚在一起时，曾这么形容那件事。彼时乐颖说："第一次吧，其实就女人而言没什么感觉，除了紧张就是尴尬，我当时还笑了好几次场。不过，和喜欢的人在一起做羞羞的事情，那种感觉……嘿嘿，哪怕自己不舒服，看着他开心也很满足。"

骗人！

谁说的没感觉？谁说的除了紧张就是尴尬？为什么她现在浑身发烫，呼吸也越来越急促。而且夏浅明显感觉得到，伴随着盛哲宁的靠近，身体深处涌出愈来愈多的不安分子，它们叫嚣着、嚷嚷着……

盛哲宁也看出了其中的奥妙，反而加大了手上的力度，夏浅羞到双脸通红，想要随便说点什么掩饰自己的慌张，可一开口才发现声音哑得厉害。

"咳，盛哲宁，那个……你觉不觉得空调开得太大了点，有点热。"

"嗯。"盛哲宁用鼻音轻轻嗯了声，附在夏浅耳边极具蛊惑地说，"待会儿会更热。"

夏浅："……"

听着盛哲宁富有磁性的男低音在耳畔响起，夏浅只觉呼吸一滞，血液瞬间凝固了。啊啊啊，她最受不了的就是男人附耳低语啊！简直就是死穴啊有没有？咳咳咳，怎么办怎么办？她现在好像心跳得更快了，手脚也彻底没法动了。那啥，一般言情小说里，女主这种时候都是怎么回应男主的？

盛哲宁看出夏浅的笨拙，失笑出声："刚才踹人的威风劲都哪儿去了？现在怎么脸红得像猴子屁股？"

夏浅微微抬头，只见盛哲宁正半圈着她，用右手着支撑下巴，好整以暇地看着她。那眼神，像是戏谑又像是宠溺。夏浅实在受不了这眼神，咳嗽声，转移话题道："那个……安全装备你准备了吗？酒店应该有吧？"

言下之意——差不多就得了！再调戏老娘，老娘就要翻脸了！赶、紧、进、入、正、题！

一边说，夏浅一边就羞赧地勾住盛哲宁的脖子，正欲往下拉，盛哲宁却突然拦住她，一本正经道："夏浅，我妈和我爸是先上车后补票。"

哈？？

夏浅瞪大眼睛，就差一口把舌头咬下来了，这种时候盛哲宁跟她说这个干什么？总不能性行为之前还必须先了解清楚他家里人的过往吧？

谁料盛哲宁却较上劲了，不紧不慢又道："我妈那时候才刚满二十岁，怀上我后被我外公一顿打，我爸也在宁家跪了三天三夜才得到外公外婆的谅解。他们俩那会儿为了这事没少吃苦，所以很早之前我妈就要我答应她——拒绝婚前性行为。"

夏浅吊着一口气上不来下不去，差点活活给憋死。我去你个蛋！老娘睡衣都脱了，你现在跟我说这个？！

夏浅牙齿磨得噌噌作响，此时此刻连吃人的心都有了。

"盛哲宁，你到底什么意思？！"

去他的拒绝婚前性行为！

你拒绝婚前性行为还死乞白赖地带我来开房；你拒绝婚前性行为还不肯睡沙发；你拒绝婚前性行为刚才还对我又搂又抱，调戏兼诱惑！还有盛哲宁真当她白痴吗？他妈去世的时候，他才高中毕业，试问一个母亲怎么会对刚高中毕业的儿子大咧咧地讲什么婚前性行为？

——盛哲宁肚子里没鬼,打死她都不信!

果不其然,盛总大人轻咳声,又道:"你先别急夏浅,我妈这么要求我,其实也是希望我能对另一半负责。你现在答应嫁给我不就成了吗?"

夏浅愣住,顿时脑子当机无法运行,耳边转来转去都只剩下盛哲宁的最后一句话还在无限循环着——

你现在答应嫁给我不就成了吗?

……

盛总大人好计谋!这么不要脸的点子她怎么就想不到呢?呵呵呵,她就说盛哲宁怎么可能走寻常路,和普通男人一样开房求欢!原来别人一直在这等着她!到时候,肉也吃了,求婚也成功了,再没有比这更棒的计划了!

盛哲宁刚才那话翻译过来不就是说:性行为可以,但你必须要对朕负责。

人才啊!盛哲宁还好不出去骗小姑娘,不然一骗一个准!什么叫一石二鸟,她今天才算彻底见识了。

夏浅冷笑声,咬牙切齿:"盛哲宁,你别得了便宜还卖乖!"话毕,夏浅就欲起身,谁料盛哲宁却压着她不放,又埋下头给夏浅来了个长长的法国湿吻。

原本已平静下来的两具身体又开始慢慢沸腾,夏浅越是挣扎盛哲宁越是抵死缠绵。经过刚才的实习,他已经彻底掌握了夏浅身体的各个敏感点,哪个地方该重些,哪个地方该轻些他都了如指掌,手掌所到之处引起夏浅的阵阵战栗。

唔,真的好舒服,真的好想……夏浅一边紧咬牙关,一边还在做最后的挣扎,哪有这么不要脸的人?居然拿这个来逼婚!可纵然她心里再不满,身体已自己做出了选择……

盛哲宁轻咬住夏浅耳畔,轻轻吹了口气道:"浅浅,你爱我,我爱你这就够了,不要再有任何顾虑。"

"嫁给我,好吗?"话音落下的同时,夏浅也刚好"嗯"的一下哼出声。明明知道夏浅是在呻吟,盛哲宁却装傻地弯眼,"嗯?这么说你是同意咯?"

夏浅弓着身子再说不出半个字,只感觉盛哲宁终于慢慢俯下身来。

长夜漫漫，而甜蜜蜜的二人世界才刚刚拉开帷幕。

因为昨晚闹得实在太厉害，翌日夏浅一直睡到日上三竿才醒。一睁眼，夏浅就见盛哲宁正站在落地窗前，背对着她打电话。

大概起床后洗了个澡，此刻盛哲宁身上还裹着浴袍，浑身遮得严严实实，只露出精壮颀长的小腿。阳光透进来，在地上拉出长长的影子。夏浅半坐起来，托腮好整以暇地欣赏着自己的男人。

宽肩窄腰，翘臀长腿，嗯，自己选男人的眼光还不错！而且通过昨晚的鉴定，盛总大人的持久力和爆发力也异常惊人。唯一郁闷的是，这人毫无节制，在知道自己是第一次的情况下还胡闹了两次才善罢甘休。

想到昨晚的事，夏浅不觉脸红。另一头盛哲宁也刚好打完电话，回头见夏浅醒了，道："刚好，我才订完餐你就醒了，还累不累？"

还——累不累？

听见这话，夏浅耳根子刷的一下烧起来，哼哼哼，算这货还有良心，知道她昨晚操劳过度，所以叫服务员把早午饭送上来。可夏浅扭头看了眼外面舒心又暖身的太阳，转眼珠道："盛哲宁，我们下去吃吧。"

第二十四章 嫁给你？下辈子吧

夏浅不知道其他女人经历这件事后第二天是什么样，但就她自己而言，的确没有言情小说里描述的"疼得完全不会走路""腿软手软浑身都软"等状况。除了有一点点腰酸之外，身体一切如常。是以夏浅也就懒得装娇贵在房里吃饭了，下楼晒晒太阳，呼吸呼吸山里的新鲜空气，多好。

对此方芳给出的评价是：夏浅你果然由内心到身体都是纯爷们儿制造，我敬你是条汉子！

对于闺蜜的调侃夏浅嗤之以鼻，在微信上给方芳发了个鬼脸的表情后就收起手机往餐厅自助区走。清江长盛国际大酒店食物是单点的，但水果和饮料却是免费无限量供应的。夏浅刚走到自助区，正说找两个盘子，一抬头，就和对面戴鸭舌帽的男人不期而遇。

见夏浅盯着自己发呆，鸭舌帽男人拉低帽檐，故作轻松地离开。

见状，夏浅轻蹙眉头，心里愈发狐疑起来。这个戴鸭舌帽的男人，她见过。不久前，夏浅被老妈指挥着出门买调料，在超市里见过这个男人。彼时夏浅穿的羽绒服太厚，一个不小心羽绒服帽子挂掉了柜台上的货品，夏浅转身去捡东西就见这个男人正鬼鬼祟祟地跟在她后面……

如果光是这一次偶遇，夏浅可以理解为自己神经太过紧张，可在那之后，夏浅在街心公园、停车场、临安河畔都遇到过这个男人。如果说，这男人就住在夏浅家附近，经常碰到是巧合，那么现在在离郦城百里以外的酒店里也遇到他，会不会巧合得过了点？

一时间，夏浅心里转过无数种可能，但还是想不通这件事的合理性。所以……自己是被人跟踪了吗？

这个念头一旦在夏浅脑子里生了根，就迅速生根发芽生长开来。如果真是跟踪，这个男人图她什么？自己好像也没美到倾国倾城引人犯罪的地步吧？那难道是委托跟踪？可谁又会煞费苦心，专门派人来监视她这个平头老百姓?

夏浅正思忖着,一张艳丽娇俏的脸蓦地浮现在自己眼前,夏浅倏地倒抽了口气,难道是——

夏浅正出神,有人就在她背后拍了拍,夏浅骇得差点跳起来,一回头才发现是盛哲宁。盛哲宁见夏浅小脸煞白,摸她脑袋道:"怎么了?脸色这么难看?"

夏浅摇头:"回座位再说。"

回到位子上后,夏浅悬着的一颗心还是没能放下,可四处张望了半天,也没再看到鸭舌帽男人的身影。

盛哲宁冷不丁道:"别找了,他已经离开餐厅了。"

夏浅大震:"什么?"

盛哲宁一边切牛排一边淡定答曰:"你是在找那个戴鸭舌帽的男人,我说的没错吧?"

夏浅默了默:"盛哲宁,我好像……被人跟踪了。那个戴鸭舌帽的男人我在我家附近看到过好几次,怎么这么巧我们到这他也来了这。还有——"

还有,细想起来,盛哲宁车祸后,虽然夏浅每天都会发短信告知宁萌盛哲宁最新的伤情,但并没有说过具体的病房房号,可两人却能直端端地找来。再则,何之隽就是再蠢,也不会自掘坟墓告诉宁萌他们两人之间的关系,那么是谁告诉的宁萌?会不会正是刚才的那个鸭舌帽男人?

——细思恐极。

夏浅却并没有把这些话说出口,一来是她没有证据,二来她也不愿在没证实前挑拨盛家兄妹的关系。可这头盛哲宁却接过她的话茬道:"还有什么?"

夏浅呃了下,正踌躇着怎么敷衍过去就听盛哲宁幽幽又道:"不是'好像',是你'真的'被人跟踪了。"

叮的一声,夏浅绷在胸口的弦彻底断开了。盛哲宁将切好的牛排换到夏浅跟前,这才终于抬眸:"你猜得没错,是我妹妹——宁萌。她大概发现了什么蛛丝马迹,所以专门雇人跟踪你,调查你的身份。"

一时间,愤懑、难堪、不解、委屈等情绪统统涌上心头,可偏偏这种时候,夏浅反而气得说不出半个字了。种种思绪混杂在胸中,四处冲撞却又得不到释放。

在这之前,盛哲宁想象过夏浅知道真相后的无数种反应,怒骂、抓狂、摔桌子,甚至于当场打电话和宁萌对峙……但他万万没想到,夏浅会是现在这样的反应。

——平静,平静得反而让人害怕。

"这件事宁萌的确做得过了,任谁都接受不了。这也怪我,从小太惯着她,养成了她这种任意妄为的性格。"

夏浅斜眼盯着盛哲宁,等着他说"但是",谁料盛哲宁话锋一转,却道:"不过你放心,这件事我今天以内就会给你个交代。"

夏浅本来气得头顶冒烟,听了这话忍不住狐疑地看向盛哲宁。盛哲宁像安抚小动物似的摸摸夏浅的脑袋,柔声问:"知道为什么带你来这吗?"

知道啊,诱哄自己顺便逼婚嘛!难道还有别的原因?夏浅眨了眨眼,脑中灵光一闪顿时僵住,难道盛哲宁来这还有一个目的是……

盛哲宁目光微敛:"因为有些事,在城里不方便做。"

捉贼拿赃,捉奸在床。其实盛哲宁的计划很简单,就是要在鸭舌帽男人"工作"的时候来个现抓现办,到时候男人的相机里全是盛哲宁和夏浅的照片,他也抵赖不得。其实这件事在城里也能办,但毕竟对方是自己的妹妹,所谓家丑不可外扬,是以盛哲宁这才将"办案地点"定在了清江县。

想到妹妹的所作所为,盛哲宁头疼地拧了拧眉毛,他不是没有给过她机会。在医院的时候,盛哲宁就义正言辞地要求过宁萌撤掉所有"小尾巴",不过诚如他认识的宁萌,她果然一意孤行,没有听从他的意思。

夏浅喃喃:"你打算怎么做?"

"放心,不会做违法出格的事情。"但威胁恐吓、拳打脚踢什么的,估计难免了。后半句话,盛哲宁没说出口,重新握住夏浅的小手,盛哲宁接着道,"我的人已经跟着对方了,相信用不了多久就会有结果。我刚才已经说过了,会给你一个交代。"

盛总大人三观如此之正,就连亲妹妹犯错也舍得大义灭亲,面对此情此景,夏浅反而不好再说什么。

"盛哲宁我……

"夏浅，你曾经说过的吧？没办法立马答应我的求婚是因为过不了宁萌那关，哪怕我一再地向你承诺会处理好宁萌的事，你还是坚信有些问题需要你独自去面对。我在医院时反复想你当时说的那些话，后来我终于想通了，其实说来说去，就是你从来都没相信过我说的那些话。

　　"你不相信宁萌犯错我真的能做到公平公正，毕竟那是我最亲最近的妹妹。我很气你，偏偏又拿你没半点办法。后来我想想也是，光动嘴皮子承诺有什么用？实际行动比任何承诺都管用，所以，我做了——

　　"夏浅，我要让你亲眼看看，我盛哲宁做出的承诺不是一句空头支票。我更要让你看清楚，虽然我爱这个和我流着同样血脉的妹妹，但我更会保护好我自己的女人。谁也不能伤害我老婆，亲妹妹也不行！"

　　一席话毕，夏浅微微失神，这头盛哲宁的手机却响了。

　　盛哲宁瞥了眼屏幕，接起，直接按了扬声器。霎时，两人就听那头传来陈助理的声音："盛总，事情已经处理好了，以后绝不会再有尾巴出现在夏小姐身边。另外，现在宁萌小姐应该也已经收到消息了。"

　　盛哲宁淡淡嗯了声便挂断电话，再抬头时，刚才还有些阴郁的表情已变得神采飞扬。他挑眉："不知道夏小姐对这份订婚礼物可还满意？"

　　夏浅顿了顿，再顿了顿，终于扑哧一下笑出声。

　　盛哲宁，你也就这点出息，兜过来转过去还是为了结婚这件事啊。而且夏浅注意到，盛哲宁用的是"订婚礼物"这个词，而不是"求婚礼物"，所以……盛哲宁你这是在自我洗脑我昨晚已经答应你的求婚了吗？

　　唔，对方长辈也见过了，肉也吃了，别人的实际行动也拿出来了，如果……这种情况下自己还拒绝，估计盛哲宁会当场掐死她吧？

　　考虑到自己的人身安全，夏浅莞尔，拳头抵在嘴边轻咳声，伸出手痞痞道："拿出来吧。"

　　"什么？"

　　"戒指啊！"夏浅瞪眼，"没戒指你求什么婚？"

　　话毕，夏浅再也扮不下女流氓的样子，反而娇羞笑开，幸福得像个小女人。盛哲宁见状哪儿不明白，立马欢天喜地地摸出戒指盒，打开盒子就将戒指往夏浅的无名指上套。

　　然后，狗血的一幕就这样华丽丽地出现了……

　　盛哲宁小心翼翼地将钻戒往夏浅手掌心的方向推，可天不遂人愿，在指关节的位置，钻戒就死死地卡住了。盛哲宁不死心，再推，钻戒压在皮肉之上，卡得更紧了。

顿时，夏浅瀑布汗。

苍天啊！为什么她的每一步恋爱轨迹都和说好的不一样？

遇到一个神精病似的总裁男朋友她认了，碰上难缠小姑她也认了，被吃光光外带逼婚她还是认了！自己都已经这样了，难道老天爷就不能给她一个正常点的求婚过程吗？钻戒卡在指关节上到底算怎么事？！

这头夏浅正炯炯有神，另一边盛哲宁也已脸黑黑，摆着张扑克脸冷冰冰道："夏浅，你最近到底吃了多少？"

夏浅咦了声。

盛哲宁："我这钻戒是按照你那粗壮无比的无名指尺寸做的，你现在却戴不下，你知道这说明什么吗？"

闻言，夏浅预感不好的想要阻止盛哲宁下面的话，可为时已晚，这头盛哲宁已阴恻恻开口："你——又——胖——了——"

心理伤害-10000000，被戳中死穴的夏胖子毫无还击之力地倒地，吐血三千尺。盛哲宁你大爷！要想老娘嫁给你？等下辈子吧！！！

米罗咖啡厅内，宁萌正和闺蜜杨桦喝着咖啡。

自郦城回来后，宁萌就一直闷闷不乐，杨桦看今天天气不错，就拽着宁萌出来逛街。两人逛得累了，就捡了间路边的露天咖啡厅坐下。谁料咖啡刚端上来，杨桦的手机就响了。

杨桦瞥了眼手机，接起懒懒"喂"了声，可不知道那边说了什么，杨桦当即鼓大眼珠子惊道："什么？！"

杨桦这么一叫，宁萌骇得差点把手上的茶匙都扔出去。见她支吾两声挂断电话后，宁萌这才娇嗔道："什么事啊大惊小怪的。"

杨桦踌躇道："萌萌，是事务所那边来的电话。"

听见"事务所"三个字，宁萌眼皮跳了跳，端起咖啡小啄了口。派去跟踪夏浅的侦探是杨桦介绍的，两人私下里都以"事务所"这样模糊的字眼代称对方。此刻听说侦探给杨桦打电话，宁萌便预感不好，但面上还是稳着。

"好端端的他给你打电话干什么？"

杨桦道："那边说……被人发现了，相机手机都让人给扣下来了。他们也觉得很不好意思，但是确实没办法再继续调查。因为觉得不好直接跟你讲，所以打电话让我转达。"

话毕，杨桦就小心翼翼地观察宁萌的反应。果不其然，宁萌的脸色骤时煞白，眼珠子也定在原地不会转了。

"被人发现了？"宁萌失声，"被谁发现的？他们没说吗？"

"没说。"杨桦摇头，"要不……我再打电话过去问问？"

其实，哪儿还用得着问，十之八九是被当事人逮着了。而且听对方诚惶诚恐的语气，应该是被人警告过了。夏浅不像会恐吓人的样子，那么十之八九里的十之八九——是被盛哲宁发现的。

宁萌显然也和杨桦想到了一块，目光呆滞地望向前方，喃喃："不用了……"

杨桦正欲安慰闺蜜几句，宁萌却突然起身，道："我去打个电话，待会儿就回来了。"

……

给盛哲宁拨通电话的瞬间，宁萌心里转过千个万个念头。其实，她比谁都清楚，越是这种时候越不该给她哥打电话。

沉默，才是这个时候最该做的事情。可她就是忍不住，几乎是下意识地就拨通了她哥的电话。可拨通之后呢？到底该跟盛哲宁说什么，连她自己都说不清楚。而就在她兜转思绪间，电话接通了——

听见那边缄默不语，宁萌只觉喉咙堵得厉害，良久才哑着嗓子喊了声"哥哥"。电话那头，除了轻微的呼吸声还是无人回应，宁萌几乎能够想象电话那边盛哲宁面无表情的样子。

咬了咬下唇，宁萌道："跟踪夏浅的侦探被人发现了，是你，对吧？"

——盛哲宁依旧没有说话，算是默认了。

宁萌深呼口气，幽幽开口："哥，我想不明白……你就那么爱夏浅？以前不管我们两吵得再凶再厉害，如果有人对我不好你都是向着我的，可为什么偏偏这次……那个夏浅就那么好吗？你就非她莫属吗？"

电话那头突然传来一声冷笑。宁萌闻声蓦地怔住，继而就听夏浅凉凉的声音响起："所以呢？你的意思是让你哥为了你换个老婆？"

宁萌脑袋嗡的一声炸响，顿了顿，这才叫出声："夏浅？"她哥的手机怎么在夏浅手上？所以，刚才她说的那些话夏浅都听见了？念及此，宁萌浑身都开始微微打战，咬牙切齿道："我哥呢？！"

夏浅"喊"了声，痞痞地开口："宁大小姐，麻烦你注意你的态度，我不是你雇的侦探，可以任你吼任你骂。还有，本来呢你们兄妹之间的事情我是不想插手的，但既然你刚才都提到我了，姐姐我就点拨你两句——

"其实你一直困扰的，不就是我和何之隽曾经谈过恋爱嘛。嗯，嫂子居然是老公的前女友，的确狗血难看了点。要不你看这样，你把老公换了，这事不就解决了吗？"

"夏浅！"宁萌气得浑身发抖，近乎失态地吼了起来，"你还要不要脸？你一个外人有什么资格对我的婚姻指手画脚？你以为你是谁！"

"说得好！那请问宁大小姐，你要脸吗？你一个外人又有什么资格对盛哲宁的婚姻指手画脚？你以为你是谁！"

"你！"宁萌还是第一次被人打脸打得如此爽快，霎时之间连半句反诘的话都找不到。

正思忖，那头夏浅已沉下声来，道："宁萌，你口口声声说和你哥感情好，可你真的有替你哥考虑过半点吗？你除了不断暗示他，让他为了你这个妹妹放弃自己的感情之外，你还做过什么？什么相依为命、什么兄妹情深，统统都是狗屁！你在我眼里不过是个利用感情绑架达到自己目的的自私女人罢了！你要是真的替你哥着想，为什么从没有想过成全他？祝福他？"

啪啪啪，又是狠狠的几巴掌，直打得宁萌喘不过气来。被戳到痛脚，宁萌也早已是怒不可遏，再顾不得半点形象地大吼起来："你闭嘴！我们盛家的事轮不到你插嘴！夏浅，你别得意，我哥迟早会看穿你的真面目！到时候，我要笑着看你哭！！！"

夏浅呵呵笑开："好啊，不过在那之前，估计得先委屈你哭着看我笑了，亲爱的小、姑、子。"

听见"小姑子"三个字，宁萌脑袋霎时一片空白，皱眉道："什么？"

"听不明白吗？"夏浅嚣张哼哼，"感谢宁大小姐你的神助攻，我已经答应你哥的求婚了。另外，既然我已经是你的嫂子了，以前的事我也就既往不咎了。不过俗话说得好，'长嫂如母'，身为嫂子，有几句

. 253 .

话我也不得不跟你交代一下：你也老大不小了，别还天真地觉得整个世界都围着你转。今天这事是出在咱们盛家，你嫂子我大人有大量，就不和你计较了。可如果下次，你在外面还这么肆意妄为，外人可就未必容得下你了。"

宁萌呵地冷笑，好一个嫂子！好一个既往不咎！这才是她夏浅的真面目吧？看看，刚得到她哥的认可，一只脚才踏进盛家的大门，就开始在她面前耀武扬威了！还以嫂子的身份教训她？她以为她是个什么东西！

宁萌牙齿磨得噌噌作响："不用你教训！我在做什么我比你清楚！夏浅你也别拿这次的事情威胁我，哪怕你就是真的有证据，去告我侵犯隐私权我也照样摆得平！"

"是吗？"夏浅悠悠开口，犹如一阵阴风刮过宁萌身边，直冻得她打战，"宁萌，你今天之所以如此嚣张任性不过是因为你的姓氏，你扪心自问，如果脱离了盛家，你还剩什么？只怕到时候，你失去的第一样东西就是你老公吧？"

话音落下，宁萌便觉血液统统涌上头顶。心头最大的顾虑被夏浅戳中，霎时，宁萌连杀人的心都有了。眼见着她就要发作，啪的一声，电话却被挂断了。

宁萌一口闷气憋在胸间，咽不下吐不出，生生被呕到内伤。她直咬到下唇出血，这才兀自对手机咆哮开："贱人！！！"

而电话那头，除了嘟嘟的机械声，无人回应。

另一边，车内。

夏浅按下挂机键后就将手机随意地丢到了一边，一回头，只见盛哲宁正用余光偷偷瞥着自己。

夏浅叉腰瞪眼："好好开车，看前面的路！我还不想和你在这破山沟里嗝屁！"

盛哲宁接收到老婆指令，果然乖乖收回视线，继续默默开车。

见状，夏浅挑眉："我这么教训你妹妹，心疼了吧？"

盛哲宁乖乖摇头，其实，他何尝不知道正是因为自己对妹妹的纵容才导致了她今天的扭曲性格。可他一直以来都回避着这个问题，懒得深思，也不愿细琢。每次宁萌犯了错误，他采取的态度都是睁一只眼闭一只眼，抑或妹妹做得实在太过了，他就会像今天这样默默帮宁萌擦干净屁股，然后，沉默。

——所以当宁萌今天打来电话时，盛哲宁第一个反应就是无视。他不愿和宁萌撕破脸皮，响鼓不用重槌，他已经做到这样的地步了，宁萌也应该已经明白他的态度和意思。

可就在他准备挂断电话时，旁边一只白皙的玉手却伸了过来，霸气十足道："拿来。"然后，新嫂子夏浅就对小姑子来了个下马威——

念及此，盛哲宁深深舒出口气，忽然觉得这个媳妇似乎比他想象中的还要厉害，自己未来是福是祸焉未知矣！

这头，像是看穿了盛哲宁的心思，夏浅哼哼："盛哲宁，现在后悔还来得及。"

盛哲宁淡淡瞥夏浅眼，轻声："我傻吗？"好不容易才骗到手的老婆，打死他也不放手。

回蔺安市后，夏浅也没半点停歇。翌日一大早，就开始跟进新项目。

按照之前说的，这次的砍价案是当红炸子鸡荷琳的答谢宴，而具体负责洽谈协商的，则是荷琳的经纪人——金研。金妍和老何约好，早上八点半直接在白鹭湾湿地公园门口见。

一路上，夏浅还在琢磨，这白鹭湾湿地公园都出三环以外紧靠临县了，这位金大经纪人怎么约在这么远的地方？而且一般这种商业洽谈，不都是约在公司会议室抑或僻静的茶厅咖啡厅谈咩？这个金妍把地点定在公园是什么意思？

一到公园门口，夏浅就全明白了——

老何和夏浅到公园门口泊好车后，正说给金研打个电话，一个扎马尾、全身运动装打扮的年轻女人就蹬着自行车过来了。夏浅瞥了眼对方也没在意，正说移开目光就听对方朗声道："是何先生和夏小姐吧？"

夏浅和老何俱是一愣，老何怔忪半秒反应过来，忙道："您好您好，您是……金小姐？"

"客气！"年轻女人露齿笑开，"叫我金研就好。"

闻言，夏浅瞪大眼珠子就差掉出来了，这这这……果然自己还是太孤陋寡闻，她还以为娱乐圈的人，不论演员还是经纪人，都是顶着大浓妆、踩着高跟鞋的妖娆打扮呢。

客套过后，老何道："刚才在来的路上，我们看见前面有条巷子，里面全是农家乐茶坊什么的。呃，金小姐看是怎么弄？要不把自行车先寄这儿，咱们开车过去？"

金研抿唇笑笑，将额前的碎发抛开，潇洒道："不用那么麻烦，湿地公园里面有个观鹭亭，那儿就可以喝茶聊天，咱们上那儿聊。"

夏浅一听，登时炯炯有神。公园里是有个观鹭亭没错，但它整整好在湿地公园的最里面，没两三个小时是到不了的好吗？！

老何也和夏浅想到一块儿了，搓手为难道："这个……我们上那儿去聊是没问题。可是金小姐，公园里不给车进啊，我们走过去的话，是不是太远了点？"

"谁说不给车进？"金研挑眉，拍了拍脚下的自行车道，"喏！公园里有专门的自行车绿道，我们骑着去，很快的！"

夏浅和老何面面相觑，相对无言。

这蹬自行车到公园景点区谈案子，两人还真是大姑娘上花轿——头一遭。更悲催的是夏浅以为今天就是正常的商业洽谈，为表尊重，着装上也是标准的 OL 风：矮高跟、小西服外带一步裙。这高跟鞋她都忍了，可穿着包臀的一步裙，要她怎么蹬自行车？！

金研无视夏浅脸上的黑线，指着前面又道："你们放心，自行车我都给你们租好了，就在前面，你们跟我来。"说罢，踩着自行车就又风风火火地走了。

见状，老何满脸尴尬地望向夏浅，挠头："浅啊，现在咋整？"

这骑自行车事小，可如果因此让"盛夫人"漏了春光，盛总大人还不直接切碎了他？念及此，老何又拍了拍大肚子，嘟囔道："哎呀，这都叫啥事。"

夏浅哼哼，什么"这叫啥事"，这不明摆着整她吗？

如果说这位金大经纪人真是厌倦了在会议室里谈业务，想换个环境，那么之前怎么也该告诉老何一声吧？可别人故意瞒了个严实，等着你穿着裙子和高跟鞋来了这才说蹬自行车，说是无心，打死夏浅也不信。

再联系方芳之前说的，这个金研是指名点姓找的她，夏浅就更觉得诡异了。这人到底想干什么？

　　这头，老何见夏浅没反应，正欲唤她，就见夏浅取下脖子上的丝巾，抖平后往腰上一系，立马短裙变长裙。老何震惊之际，夏浅已用随手的皮筋扎好头发，英姿飒爽道："走起！"

　　她还不信了，区区一个自行车还能难倒她夏大砍价师！

　　两人租好自行车进入公园后，金研就扔下了第二计重磅炸弹——

　　三人蹬车进入绿道后没多久，金研就突然停了下来。老何和夏浅正不知所以，一个七八岁的小男孩就骑着自行车从旁边窜了出来，满脸不爽道："怎么这么慢？"

　　金研莞尔，扭头对老何和夏浅介绍道："这是我儿子，金霖可。可可，快叫叔叔阿姨。"

　　金霖可小朋友撇了撇嘴，丢下句"慢死了"，就撇下众人先往前骑了。金研笑笑，倒也没有半点不自在。"小孩子不懂事，两位别介意。"

　　"不会不会。"老何应和着。

　　金研点头，"那咱们就出发吧。"说着，踩下脚踏车，一溜烟也没了影，只剩下老何和夏浅在原地大眼瞪小眼。

　　面对此情此景，金研对这桩砍价案的用心程度两人也已经心知肚明了。搞了半天，别人根本没把这案子当回事儿——不过是陪着儿子来公园亲子游的同时，顺带跟两人聊聊罢了。

　　老何咬牙，"这到底几个意思？嗳，该不会咱们蹬到终点突然冒出无数摄像头，告诉我们这是啥啥真人整蛊节目吧？"

　　夏浅白老何眼，骑上自行车道："走吧。"既来之，则安之，她倒要看看，这个金研到底要搞什么鬼。

第二十五章　旺夫体质

蓝天白云，春风拂面。金灿灿的阳光洒在湖面上，波光粼粼，再加上湖畔时不时飞过的白鹭，不得不说，初春时节在白鹭湾公园来骑骑自行车，晒晒久违的太阳，的确是个不错的选择。

——不过这是基于经常锻炼的基础上。

骑了约莫一个小时，向来能够躺着就决不坐着的老何同志就已经累得气喘吁吁了。再加上公园里多拱桥，每一次上坡简直都要了老何的亲命。夏浅虽然没像老何那样累成狗，但也好不到哪儿去，额头上的汗珠一颗是一颗地往下掉，身上的白衬衫也早已湿透。

两人走到花海梯田景点区，夏浅见有小卖部就停下来买了两瓶矿泉水，一边喝水休息一边向老板打听："老板，这离观鹭亭不远了吧？"

老板咧嘴一笑："不远。"

老何闻言稍稍安下心来，可水瓶刚递到嘴边就听老板来了个神转折，"以你们的脚力，大概再骑个把小时就到了吧。"

老何听这话噗的一下喷出水来，大概急着说话，猛地一下又呛着了。夏浅帮着老何拍了老半天的背，老何这才泪眼婆娑地拉住她道："妹儿啊，浅儿啊，哥这条命怕是今天要折在这了……"

夏浅一听老何这台词就明白了，赶紧止住他道："行行行，下面的都别说了，我一个人去观鹭亭，成了吧？"

老何闻言两眼"噌"的一下放出光来，手握紧夏浅道："老妹加油，哥在精神上支持你！"

夏浅："……"

夏浅又骑了四十来分钟，这才终于到了目的地——观鹭亭。观鹭亭建在湖中央，由栈道弯弯曲曲地延伸到湖中小岛上，这样既可以欣赏湖中美景，又可以近距离地观察白鹭纷飞。

夏浅将自行车靠在栈道外，七拐八拐地走到亭中找到金研两母子时，两人正怡然自得地喝着茶、吃着甜点。金霖可这小胖墩更是拿出switch来，一边打游戏一边往自己嘴里时不时地塞块蛋糕。

嗯，简直惬意到让人嫉妒，夏浅再看了看自己，脸因为发热涨得通红，头发也被风吹得乱七八糟，更纠结的是她腿上还围着条围巾。乍一看还以为她是在某个东南亚国家度假呢，可好死不死，她上面又穿着白衬衫小西服。打扮得不伦不类，夏浅自己也是醉了。

金研倒是见怪不怪，冲她眨眼道："何先生呢？"

夏浅道："他太久没锻炼，实在累得不行，现在在后面且骑着呢！"

金研颔首，也没再说什么，顺手递了瓶红茶给夏浅。夏浅接过红茶的瞬间，心头莫名一颤，某个念头没由来地生了出来：有没有可能……金研是故意让老何和自己蹬自行车的？目的就是故意撇开老何，想和她单独聊聊？

——极有可能！

金研之前就和老何见过一面，看他大腹便便的样子就知道何胖子是受不了这种"环湖酷刑"的，所以金研故意用这种方式巧妙地将他们两人分开。可她这么做的目的是什么？指名点姓要她做荷琳婚礼砍价师的原因又是什么？

夏浅正想得出神，金研已开门见山道："既然何先生没来，我就再把之前的情况说一下。荷琳已经在热浪岛举办过婚礼了，这次回蔺安市呢，就是简单地办个答谢宴，也不会请太多人，宾客都是一些娘家的亲戚朋友。所以荷琳希望一切从简，也不要再有婚礼仪式，新人出来亮个相，简简单单敬个酒就成。"

夏浅越听越不对劲，这些不都是婚庆公司的活儿吗？跟她说有什么用？她只负责砍价啊亲！具体婚礼怎么办，宴席订在哪规格如何都是你们决定啊！

之前，夏浅也遇到过几次乌龙，客户们不清不楚就跑来说一大堆，结果到最后连砍价师是干什么的都不清楚。但现在这个局面，夏浅也不好打断，只能耐着性子听金研讲完，这才道："金小姐，你说的这些可能需要和婚礼策划师沟通才行，我们这边吧只负责砍价。"

"嗯。整个答谢宴流程我们这边也会有老人跟你们对接，你们就负责帮忙推荐酒店、陪家里老人看看喜酒和喜糖，然后等他们敲定了选哪家后你们帮忙全程砍价就行。"

夏浅满头问号,这不还是包含了婚庆公司的活儿吗?

"80%"夏浅正欲解释,金研就打断她道,"我不管你们砍价师平时是干什么的不干什么的,反正我这趟活儿希望你们从头跟到尾。如果你们肯接的话,佣金就按差价的80%来计算。"

夏浅在脑子里快速过了遍金研刚才说的话,按照蔺安市的市价,一般婚宴佣金都是收差价的30%左右。金研提高了50%的佣金大概也是知道这里面还包含了婚礼策划师的工作,也算有诚意了。

可她就是纳闷,金研干吗不直接找个婚礼策划师来操办这些事情?而且荷琳作为当红女星,回老家办个答谢宴居然还要找砍价师,夏浅总觉得怪怪的。明星片酬不都是动辄上千万吗?至于计较这点小钱?

大概是看出了夏浅的心思,金研不紧不慢道:"没关系,你们可以慢慢考虑。"

夏浅启齿,正想说什么电话响了。夏浅接起一看,是盛哲宁的微信。内容简短精干:今晚做饭给我吃。

夏浅横眉竖眼,恨不能当即冲过去掐死盛哲宁。他大爷的!自己辛辛苦苦在外面谈生意,他动不动就要自己做饭给他吃,凭什么!夏浅按下锁屏键,谁料微信却一条接一条地过来,登时只听手机铃声响个不停。

夏浅尴尬不已,正关静音,就听金研冷不丁道:"老公的信息?"

夏浅浅笑:"是。"

闻言,金研眼神蓦地冷下来,阴阳怪气地说了句:"看得出来,夏小姐和先生的感情很好呢。"

夏浅抿了抿唇,后背莫名其妙地起了一身鸡皮疙瘩,啧,这话怎么听起来这么怪?

气氛微微凝结,夏浅的通知铃声却还一直响个不停。这时候,金研倒变得善解人意起来,嗤笑道:"没关系的。你还是赶紧看看微信吧,说不定有什么急事找你。"

夏浅弯眼,依言打开手机,快速浏览完十来条微信后顿时满头黑线。

这十来条信息一般无二,每一条都只简洁地写着一道菜名。从宫保鸡丁到酱香排骨,再从西兰花炒牛肉到可乐鸡翅……整个就一家常菜菜谱!敢情盛总大人这是在点菜呢!而且,最让夏浅炯炯有神的是,最后一条微信只有一个字，大咧咧地写着：你。

盛哲宁的意思是，她才是今晚的压轴菜吗？浮想联翩之际，夏浅的脸也情不自禁地泛红，偏还要在金研面前稳住。按下静音键，又锁了屏，夏浅这才抬眸客套道："真是不好意思。"

金研意味深长地笑开，刨根问底道："你老公找你，是有什么事吗？"

夏浅小愣，一时间抿唇没有言语。

所谓君子之交淡如水，普通朋友之间交往最忌讳的就是打探对方的隐私。金研在鱼龙混杂的娱乐圈里打拼，应该比自己更深谙这个道理才对，怎么会这么八卦打听她家里的事？而且，他们只有一面之缘，连普通朋友都算不上啊！

夏浅莞尔，敷衍道："没什么，都是些家里鸡毛蒜皮的小事。"

金研瞥了眼夏浅，唇角轻轻上扬："能天天为鸡毛蒜皮的事情操心也是种幸福。哪像我们这些人？天天风里来雨里去的，表面看着风光可实际上什么样根本没人关心。家里的老人小孩别说照顾了，就连见上一面都得看档期，理解的说你赚钱也是为了养家；不理解的就干脆说你不孝。"

一边说，金研一边就用纸巾替儿子擦了擦嘴角的饼干碎渣，小胖墩任由老妈摆弄，只管埋头专注地打自己的游戏。

听完金研古里古怪的话，夏浅轻蹙柳眉，越想越觉得诡异。娱乐圈的人都这样吗？动不动就向人大倒苦水，哪怕对方是第一次见面的陌生人？还是说……金研说这些话是意有所指？

夏浅正想着，手机铃声就蓦地大响。

这次，终于不是夏浅的手机了。金研埋首看了眼手机屏幕，冲夏浅道了声"抱歉"，这才优雅无比地走出亭子。接起手机讲了没一会儿，金研就去而复返，夏浅从她急促的脚步和凝重的表情看得出来，应该是突然出了什么麻烦事。

金研道："抱歉，临时有点事我必须马上走，答谢宴的事你们商量好后给我打个电话就行了。"说罢，果然转身就要走。

夏浅咦地喊出声，这头金研也像才想起儿子似的回过头来，为难道："可可你——"

小胖墩大概已经习惯了老妈的无视，没耐烦地挥挥手道："行了行了，你赶紧走。我待会儿自己骑自行车原路返回,然后打车回家。"

"那怎么行?"金研道,"你一个人我怎么放心?"话毕,金研就犹豫不决地看向夏浅。

夏浅不知道金研是不好意思将儿子托付给她呢,还是不放心把儿子托付给她。但事情都到这份上了,她坐视不理怎么都说不过去,只得硬着头皮道:"金小姐要不你看这样,我今天刚好没什么事,就先让可可跟着我,等你那边忙完了再过来接。"

"也只能这样了。"金研咬牙,"麻烦你了,夏小姐。"话音落下,手机铃声又是一阵催命地响,金研再顾不得地走出了亭子,眨眼工夫就没了人影。

陡时,观鹭亭内就只剩下小胖墩和夏浅。夏浅平时和孩子接触得少,一时间也不知道该怎么和小胖墩相处,只得没话找话道:"可可,你妈妈是不是平时工作也这么忙啊?"

小胖墩哼哼两声,颇为老成道:"什么忙工作?一看就是我旧二姨婆和新二姨婆又掐起来了,我妈是去劝架的。"

"什么旧的新的?"夏浅听得稀里糊涂,"你还有两个二姨婆呀?"

小胖墩鄙视地看夏浅一眼,和刚才金研在时听话乖巧的样子判若两人。他皱了皱鼻子,嫌弃道:"你怎么这么笨?连这么简单的道理都不懂。我有两个二姨婆就说明我二姨爷离过一次婚,又新娶了一个嘛。所谓拿人钱财替人消灾,我妈是姨妈的经纪人,姨妈家出事她也就只能去帮忙了嘛。"

夏浅被姨妈姨婆绕得直头晕,但越听小胖墩说话越觉得他神情语气像极了某个人,可一时半会儿又死活想不起到底像谁。兜转间,夏浅倏地又抓住个重点,瞪大眼睛反问道:"你说你妈是姨妈的经纪人,难道你姨妈就是荷琳?"

小胖墩抬起头来,嗤之以鼻:"你连这个都不知道就来和我妈谈生意?事前功课怎么准备的?"

闻言,夏浅一激灵,她想起来了!这小胖墩说话的样子简直和盛哲宁一模一样啊!一样的不可一世,一样的自命清高,啧啧,要不是两人五官长得不太像,她简直都要怀疑这是盛哲宁的私生子了。

不过照小胖墩这么一说,夏浅对答谢宴的事也就大致有谱了,就是不知道她猜得对不对。她正微微理着思路,旁边就突然传来一阵古怪的咕咕声。夏浅咂舌低头,只见小胖墩正闷闷地摸着自己的肚子,很显然,刚才那声音正是这货的五脏庙里发出的。可是,这小胖墩刚才不是一直都在吃吃吃吗?怎么饿得这么快?

这头,小胖墩大概也有些难为情,见夏浅瞪着自己满脸不解,气愤道:"看什么看?没见过小孩子喊饿啊?我正在发育所以才消化得快,你懂不懂?"

夏浅啼笑皆非,点头道:"懂。"

"那你说,咱们今中午去哪儿吃?"

夏浅:"……"

盛哲宁今天心情好到爆表。

今天早上,集团争取了两个多月的某个大项目终于拿下来了。集团上下正商量着怎么庆祝,政府那边又传来消息,长盛酒店被评为了"2015绿色旅游酒店",将与蔺安市的旅游示范项目进行合作发展。

一时间,各种谄媚抱大腿的话不绝于耳。有说他眼光独到的,有说他运筹帷幄的,而面对这一切赞美之词,盛哲宁都笑而不语。他脑子里心心念念的都只有一个念头:这所有的好事都发生在夏浅答应嫁给他之后。

这说明什么?

——说明他老婆旺夫啊!

奖励!必须好好奖励他那聪明能干旺夫又有眼光的老婆!是以盛总大人赶走众人后就开始发短信约老婆晚上一块吃饭。小两口一边吃饭一边商量商量婚礼的各项事宜,然后酒足饭饱后做些两人都爱做的事情……嗯,人生不能再圆满了。

可令盛哲宁没想到的是,圆满之外还有更圆满。临近中午时分,夏浅打电话来说,她已经在家做饭了,问盛哲宁要不要过去。挂断电话后,盛哲宁忍不住唇角上扬。

已经在家做饭了啊!

嗬嗬嗬,看来他家盛夫人已经迫不及待了。果然在尝过一次他的厉害后,这女人就离不开他了。

虽然行程提前了大半天，但似乎一块"睡午觉"也很有意思。于是乎，得意忘形的盛哲宁给自己放了半天假，拎着红酒、鲜花以及某些必不可少的装备后，就直杀老婆家。

然后，所有幻想统统破灭在夏浅家大门打开的一瞬间——

防盗门打开后，盛哲宁没有看到期望中的香香老婆，取而代之的，是一个举着冰激凌正大舔特舔的小胖墩。有半秒时间，盛哲宁以为自己敲错门了，可就在他打算退后一步确认房号时，小胖墩冲着厨房喊了句："小夏，你老公来了。"

盛哲宁："……"

不多时，夏浅果然从厨房里出来，她腰上还围着围裙，手上也握着把锅铲，显然正在炒菜。见到盛哲宁，夏浅咦了声："你还买花了啊？愣在门口干什么？进来啊。"

盛哲宁抱着玫瑰花脸黑如碳，指着小胖墩道："你能先给我解释下，这是怎么回事吗？"

难道今天中午不是两人浪漫约会吗？难道夏浅难得下一次厨不是特意为他一个人准备的吗？难道从一开始就是自己在自作多情吗？还有，这个小电灯泡到底是谁？

夏浅哦了声，正准备介绍小胖墩，就听小胖墩抑扬顿挫道："放心，我不是她儿子。"

夏浅噗的一下被逗笑，正想问问这熊孩子到底都是在哪儿学的这些鬼名堂，就听小胖墩又一本正经道："我是她新交的男朋友。"

盛哲宁与夏浅："……"

小两口呆住之际，小胖墩突然拍掌道："嗷呜！小盛生气了，吃我醋了，是真爱，鉴定完毕。"

话毕，这才老成地拍拍夏浅道："人看着还行，配你够了，放心嫁吧。"

夏浅嘴角抽搐，扶额：谢谢你帮忙鉴定啊，小男朋友。

第二十六　烫手山芋

一顿饭，吃得风平浪静。

饭后，夏浅洗碗，盛哲宁则优哉游哉地坐在沙发上看电视。小胖墩似乎很喜欢盛哲宁，吭哧吭哧地爬上沙发，紧挨着他坐下就开始了十万个为什么。眨巴眨巴乌黑的眼睛，小胖墩道："小盛，你平时都有什么兴趣爱好？"

盛哲宁斜睨眼小胖墩，无言。他刚才叫自己什么？小盛？自他高中毕业以来，还没人这样叫过他。要不是看对方是个孩子，他现在就把这个坏他好事的电灯泡扔出门去！

这边，小胖墩像是感觉不到盛哲宁身上散发的低气压，转眼珠又道："你根本就没有在看电视，对不对？我看书上说过，人在思考或接受讯息时眼珠会下意识地转动，可你的眼珠子都定在屏幕上了，这说明你根本就是在发呆。"

盛哲宁无视小胖墩，继续盯着电视放空大脑。开玩笑，他才不要把难得的假日时光浪费在小屁孩身上，他现在需要做的就是养精蓄锐，然后等这个小灯泡一走，他就能……

"你会玩'农药'和'吃鸡'吗？平时是喜欢竞技类游戏多一点还是 RPG 游戏多一点？给我看看你的手机好吗？我看看你都下了哪些手游。"不等盛哲宁想完，小胖墩就又问。

盛哲宁被缠得实在烦了，冷冷开口说了两个字："不玩。"

小胖墩见盛哲宁摆着张臭脸就知道自己被嫌弃了，撇嘴道："我知道你嫌我瓦数亮，不过你还得反过来感谢我。要不是我，你今天根本吃不到这顿午饭，就更别说约会了。"

盛哲宁好笑，哼道："什么？"

小胖墩鄙夷地瞥盛哲宁一眼，摇头叹息："哎，亏我原本还以为你和我一样聪明，可没想到你连这么简单的道理都不懂。光看你今天带来的两样东西就知道你平时弱爆了，根本就没有半点泡妞的技巧。"

有人说盛总大人笨就已经是冒天下之大不韪了，更何况这话还出自一个七八岁的孩子之口。一时间，盛哲宁来了兴趣，微微眯眼道："哦？说说。"

——说出理由来，朕饶你不死。但若说不出个一二三四来，朕要你尸骨无存！

小胖墩抱胸，摇头晃脑道："你今天带来的两件礼物，一个是玫瑰花，一个是红酒。一看就是跟着电视剧里学的，一没创意二没新意。哎，说来说去，你连送女人礼物最根本的宗旨都没掌握到。其实这送女人礼物啊，礼物本身是什么不重要，重要的是你附属在礼物上的用心和付出。你越是用心，越是在乎，那女人就越是觉得你重视她。所以这送礼物，要么就送贵的，要么就送有创意的，你那两样，哼哼……"

听完这席话，向来以面瘫著名的盛哲宁也忍不住掉了下巴。这臭小子都是在哪儿学的这些？怎么说起来比大人还头头是道？而且，最让自己无法接受的是，他竟然觉得小胖墩说得很有道理。

"怎么样？"小胖墩叉腰，"我说得没错吧？还有，看在我们今天中午同桌吃饭的份上，我再多劝你一句，这花你以后还是少送。我看书上说了，根据调查，97.8%的男人在婚后都极少再送太太花，所以偶尔一次送花给老婆不仅不会让老婆觉得浪漫，反而会引起她们的怀疑和猜忌。另外，婚后的男人突然送老婆花，大多数都是有目的性的，所以久而久之，送花给太太反而变成了某种暗示，会适得其反让女人产生厌烦感。"

闻言，盛哲宁只觉膝盖已被戳烂，甘拜下风道："那你说，到底该送女人什么？"

见盛哲宁终于投降，小胖墩洋洋得意地晃了晃脑袋，嘿笑道："你陪我玩两局吃鸡我就告诉你。"

盛哲宁："……"

于是乎，等夏浅洗完碗再收拾完厨房出来时，就看到这样一幅和谐友爱的画面：阳光斜洒的沙发上，盛哲宁和小胖墩一大一小正蜷在一块，专心致志地打着游戏。因为盛哲宁是新手，小胖墩便在旁边加以指导，一会儿着急得直抓耳挠腮，一会儿又激动得手舞足蹈。面对小胖墩，向来高冷的盛总大人居然也耐心极好，时不时地抬眸询问。

见状,夏浅驻足,就这么倚在厨房门口静静地望着两人。没由来的,某个念头倏地就这么窜进脑子里——或许盛哲宁未来会是个好爸爸。

呼,自己果然还是俗人一个啊,因为马上要成为新娘,所以她也和普通女人一样开始憧憬婚后生活了咩?不过一想到自己和盛哲宁婚后的样子,夏浅又觉得颇为不真实,这大概就是方芳说的患得患失?

正胡思乱想着,夏浅的手机响了。夏浅打开一看,是金研。接起电话后,夏浅就听那边金研略微疲惫道:"夏小姐麻烦你了,我这边事情已经处理完了,你和可可现在在哪儿?"

……

金研开车到时,夏浅和小胖墩已在公寓楼下等着了。见老妈出现,小胖墩又恢复了酷酷的模样,淡淡跟夏浅道了声再见就钻进老妈的车里。这头金研反倒下车,对夏浅颔首道:"今天真是谢谢你了,夏小姐。"

夏浅嗤笑:"你今天实在说了太多个'谢谢'了,没关系的,举手之劳。可可也很听话。"

后座小胖墩闻言也赶忙插嘴道:"就是,吃完饭我还帮忙擦桌子呢,比小盛好多了。"

金研咋舌:"小盛?"

夏浅哦了声,弯眼:"是可可给我老公取的绰号。"

闻言,金研犹如被雷劈中般地僵在原地,手指也情不自禁地微微攥紧。

这头,夏浅和小胖墩都没注意到金研的失态,小胖墩嗯嗯点头道:"小盛实在是太不应该了,居然让你一个人洗碗自己却坐在客厅看电视,我临走的时候已经批评过他了。"

夏浅扑哧笑开,对这个古灵精怪的小胖墩实在是喜欢得不得了,毕竟能哄得盛哲宁干自己不情愿的事情的人实在太少了。俯身又摸了摸小胖墩的圆脑袋,夏浅道:"那真是谢谢你啦,小男朋友。欢迎你下次再来玩。"

说罢,夏浅这才看向金研,启齿道:"金小姐,其实我还有个问题想请教你——"

此时,金研也已恢复了常态,深呼口气道:"你有什么话就说吧。"

"我听老何说,你当初去'砍砍而谈'公司时,点名要我来做这个案子的砍价师。"话至此,夏浅故意顿了顿,这才接着道,"我们认识?"

听了这话，金研将肩上的碎发统统甩到脑后："应该准确点说，是我认识夏小姐，而夏小姐不认识我。"

夏浅拧眉，什么意思？

金研道："夏小姐如果有空的话可以去翻翻你的微博粉丝，其中有一个叫'秋雨'的就是我。我是你的粉丝。"

"秋雨？"夏浅在脑子里搜索了一遍，还是一无所获。她的微博粉丝不多，但因为时常配合各大砍价公司宣传活动，也还是有那么一千来个粉丝。要在这一千多个粉丝里注意到某人的确不太容易，所以，金研是因为关注了她，觉得她专业水平还不错才相中了她？可她又是怎么关注到自己的呢？

念及此，夏浅开口还想再说什么，金研已道："好了，时间不早了，我们就先走了。"话毕，不容夏浅再开口，便兀自钻进了车厢。

夏浅站在原地，一直目送着两母子离开这才缓缓往回走。谁料刚进小区花园就见盛哲宁往外走。夏浅咦了声："去哪儿？不是说下午休假吗？"

盛哲宁晃了晃手上的switch："小灯泡落下的。已经走了吗？我还以为赶得及还给他。"

夏浅接过switch看了看，转了转眼珠，呵地一下笑出声。

重新将switch塞回盛哲宁手里，夏浅道："他这哪儿是落下的啊？你都没看见他在公园时有多宝贝他这玩意儿，怎么可能落下？这鬼灵精是故意在制造下次和你见面的机会呢。"

话说完，夏浅就托腮望向盛哲宁："看不出来啊？我们盛总大人不仅受广大妇女的欢迎，连小孩子都通吃！还故意落下东西让你还，啧啧，整得跟许仙还白娘子雨伞似的。"

盛哲宁难能可贵地没有还嘴，反倒一本正经道："小灯泡大概是太寂寞了。"

夏浅结舌，"寂寞？"

盛哲宁嗯了声："小灯泡跟我说，他平时都住在外婆家。可能是父母都不在身边的缘故，再加上平时围着他转的又都是些婆婆大妈，所以他才一见到成年男人就有亲近的欲望。"

夏浅心里陡然一颤，说不出什么缘由，心里竟然涌出阵阵不安来。

金研的突然出现，小胖墩的早熟和鬼精灵，还有荷琳的答谢宴……这所有的事情似乎正慢慢拧成一根绳，引领着她走向一个残酷的事实。可真相到底是什么，金研又到底为什么会关注自己的微博，夏浅却一无所知。

夏浅正想得出神，盛哲宁就突然道："好了，先不说这些了。下午还有事。"

夏浅眨眼，抬头看向盛哲宁，下午能有什么事？盛哲宁拍拍夏浅的脑袋，柔下声来："既然你已经答应我的求婚了，那咱们定个日子，先去把结婚证领了。"以免夜长梦多。

当然，最后一句话，盛哲宁自然没说出口。

听了这话，夏浅三分羞赧七分甜蜜地埋头，咳嗽声道："我是答应了，可我爸妈还不知道这事……你总得让我先找个时间跟他们说一下吧。扯证什么的，也要选黄辰吉日，那个我也不懂，还得我妈找人算。"

夏浅原本以为，自己这么一说，心急着要吃热豆腐的某人铁定黑脸，谁知盛哲宁却一脸淡定地点点头，嗯道："我也是这个意思，所以我已经给爸妈打过电话了，这周周末就叫陈助理去接他们来蔺安市。"

闻言，夏浅怔了怔，再怔了怔，这才反应过来。啊喂，盛哲宁你管谁叫爸妈？这口改得实在是……太不要脸了！

盛哲宁笑而不语：待会儿你就会知道，比这更不要脸的事情朕都干得出来！

夏浅和盛哲宁干着"更不要脸的事情"的时候，金研和小胖墩已经到家了。小胖墩回了家，一见外婆眼里就再没了老妈，只缠着外婆说东说西，不一小会儿，就又骗着外婆带自己出去买巧克力吃。

这头，金研则满脸疲惫地靠坐在沙发上，神色憔悴。荷琳因为家里后院着火，此刻也正在姨妈这躲难，见表姐这副模样，忙紧张道："怎么了？不舒服？"

金研摇了摇头，又揉了揉太阳穴，这才有气无力道："可可他……见到那个人了。"

荷琳闻言蓦地一下跳起来："那你们——"

金研摆手："他没见到我，应该也暂时不知道可可的身份。"

荷琳见表姐满脸犹豫的模样，顿了顿，轻启红唇："那很好啊，你不是一直都盼着他们父子相认吗？现在虽然两人暂时还不知道对方的身份，但至少见上了。你有没有问过可可，他喜不喜欢那个人。"

"我不知道。"金研头疼地敲着脑袋，"老实说我其实根本没想过要让他知道这个孩子，毕竟当初——"

"你想过！"不等金研说完，荷琳就斩钉截铁地打断她道。

金研怔住，一抬头看见荷琳晶亮的星眸正炽热地凝视着她。

荷琳一字一句道："你不仅想过，还很认真地想过。姐，不要再装作轻描淡写地说什么当初只是个意外了，更不要再说什么生下可可和他没关系。这些话你对外人说说也就行了，在我面前你也要硬撑吗？"

金研死死咬住下唇，再不能言语。

荷琳握紧她的手，语重心长："其实从一开始，我就不相信你的那些话。你不是那种随随便便的女人，怎么可能和男人一夜情？还有，如果你真的不在乎的话，就不会一直关注那个夏浅了，不是吗？你敢说，你这次找夏浅做砍价师，不是在跟自己较劲？你心里明明就是还想着那个人的，对不对？"

金研深深呼出口气来，终道："没错，我承认，我还想着他。可这一辈子，我都不会再原谅他。"

……

翌日下午，夏浅和老何商量了番，就正式接下了荷琳的答谢宴。

其实佣金还是次要的，最主要的是如果夏浅能谈成这桩案子，在圈内的名声也会大大提升。想想多牛，这可是给荷琳谈过砍价案的大师啊。所以纵使这桩案子有许多想不通的地方，夏浅还是没能抵住诱惑，跟对方签订了合约。

然而，等夏浅真正接触到对方，这才明白了个中因由。

原来，金研并不是没有请过婚礼策划师，而是前前后后请了七八个婚礼策划师都被吓跑了。而被吓跑的原因就来自于小胖墩口中的旧二姨婆和新二姨婆。

夏浅回去狠补功课后才知道，荷琳五岁的时候，亲生父母就离了婚。父母离婚后都迅速各自再婚，而跟着爸爸生活的荷琳则几乎是后妈拉扯大的。荷琳曾在采访中也坦言，和后妈母女情深。她小时候身体不好，后妈甚至还流掉了自己的孩子来专心照料她一个人。

而这个后妈,应该就是小胖墩说的"新二姨婆"。另一边,通过方芳的打探,"旧二姨婆"的近况他们也打听到了,这位荷琳的亲妈在三年前就已经离了婚,而这已经是她第三段失败的婚姻了。

试想下,荷琳回娘家办答谢宴,这两人一个是感情深厚的后妈,一个是孤苦伶仃的亲妈,似乎哪一个都无法割舍,又哪一个都不能得罪。那么问题来了,这答谢宴到底该听谁的?谁才算真正的当家老母?

烫手山芋烫就烫在这里!

因为两位老太太老是意见相左,婚礼策划师们纷纷被折腾得退出。最后荷琳实在是找不到婚礼策划师了,金研这才无奈地找到"砍砍而谈",提出让夏浅全权负责这桩案子。

——要求砍价什么的都是假,她们寄希望于夏浅能够摆平新旧两位二姨婆才是真。可正所谓清官难断家务事,饶是夏浅谈判能力超群,遇到这种事情也颇为头疼。

此时此刻,自觉被金研坑了的夏浅就正跟两个闺蜜大倒苦水。

"……你们以为,一个大妈的战斗力是一百,两个大妈在一起的战斗力就是乘以二吗?错!是乘以一万!你们都不知道我最近被新旧姨婆折磨得到底有多惨,她们俩儿是意见不合啊?根本就是见面掐啊!新姨婆如果说红色好看,那旧姨婆铁定说白色好看,反正就是你赞成的我绝对反对,你反对的我绝对赞同,她们俩是超乎想象的有默契哇!"

"什么赞成反对,反对赞成的。"乐颖听得两眼直转圈,"你能说人话不?答谢宴到底定下来没有?什么时候办?会不会有明星到场?还有还有,有记者招待会吗?"

夏浅头摇得像拨浪鼓,最终垂首叹息:"别说什么时候办了,现在在哪儿办都还没定下来。这两天,我光陪两个老太太逛酒店就逛得腿折了。这都快一个星期了,我自己都数不过来看了多少家酒店了,还没定下来!一想到下午又要见两位老佛爷我就头大,我这接的哪儿是砍价的活儿,根本就是居委会大妈的活儿。"

一直没有搭腔的方芳悠悠启齿:"这怎么就不是砍价的活儿了,不过是砍价的对象换了换。"

夏浅应了声。明眼人都看得出来,这桩砍价案要"对付"的不是各个狡诈难缠的商家,反倒是两位新旧姨婆。只要把新旧姨婆的"价"压下来，这桩案子就有希望了。可说是这么说，谈何容易？

夏浅正纠结着，方芳就又道："下午去看哪家酒店？"

夏浅轻咳声，心虚道："长盛酒店。"

"哟！"乐颖一听，当即弯眼乐开，拍闺蜜的肩膀调侃道，"看看，果然不愧是快嫁的人了，什么都想着老公呐！连客户都往老公家的酒店送呢。"

"去！"夏浅白乐颖眼，"我这是正大光明做买卖好吗？再说了，还不知道那两老太太瞅不瞅得上呢！再这么折腾下去，我就快 hold 不住了。"

"哪儿就这么严重了？"方芳将面前的餐盘一推，起身潇洒，"走，带我去会会那两老太太。"

夏浅眨了眨眼，纳闷道："你？"

"怎么？瞧不上姐姐我？"方芳哼笑叉腰，"说起这砍价呢，我的确比不上你和老何，但说起这掐架嘛，我可比你们强上千倍百倍。"

闻言，夏浅眼眸陡亮，对啊！她怎么都给这两老太太搅糊涂了？这掐架管家务事什么的，都是她方御姐的强项啊！

夏浅拍案而起，当即激动道："走着！"

第二十七章　与天斗与地斗都不让与婆婆斗

当天下午,夏浅和方芳就带着新旧姨婆两人去了长盛酒店。秦经理亲自领着四人参观了宴厅和茶坊,又不厌其烦地向两位老太太解释这介绍那,直至二位老佛爷都满意了,这才将众人迎进了会客室。

秦经理现在和夏浅也算老熟人了,进会客室刚坐下,夏浅就给秦经理递了个眼色。秦经理了然于心,眼见服务员给四人倒好茶,便道:"各位,我们酒店的大致情况就是我刚才说的那些了,这里也有各价位的婚宴菜单,你们也可以看看。当然啦,这结婚是大事,两位阿姨肯定也需要再商量商量才能做最终决定。这样,我去找一下之前在我们酒店办婚宴的照片,你们先慢慢商量。"

说罢,秦经理起身就要走。可屁股刚抬离板凳,新姨婆就开口道:"还商量什么呀?我看就这么定了吧。"

夏浅闻言眼眸陡亮,但转瞬间,理智又将她拉了回来:呵呵呵,别傻了,哪儿有不打怪就直接拿奖励的副本?

果不其然,话音落下,旧姨婆便嚷嚷出声:"什么就这么定了?你了解清楚情况没有就张着嘴巴乱说话!周友蕙我可告诉你,这东西可以乱吃,话可不能乱说。"

话毕,旧姨婆理了理头发,又嘀咕了句:"再说了,就算要最终拍板那也轮不到你!"

面对此情此景,秦经理是目瞪口呆,一时之间走也不是,不走也是,就那么撅着屁股僵在那里。这头,方芳虽然没有秦经理来得惊讶,但也目不转睛地盯着新旧姨婆。

夏浅恨不能仰天长啸,你们终于知道老娘这两天过的是什么日子了吧?这两位老太太是从头吵到尾,半刻都不得安生啊。你们就等着吧,她们俩这才刚刚开始!

果不其然,旧姨婆王成凤话音刚落,那头新姨婆周友蕙就倏地叫嚷开："你说轮不到谁？！"

因为她这一嗓子来得太突然，屋内的人都吓了大跳。王成凤更是瞪直了眼，可还不等她反应，周友蕙就"噌"的一下站起来，厉声道："我是琳琳的妈妈、荷家远明媒正娶的妻子，琳琳的婚事如果轮不到我说话，那就没人可以说话了！"

王成凤也来了劲儿，跳起来呸道："你是琳琳的哪门子妈妈？你搞清楚，她是从我肚子里出来的。她的婚礼当然由我说了算！我看这长盛酒店就不怎么样！除了堂子漂亮点还不如前天看的那家黎园呢。别人黎园可是半开放式酒店，有湖有草坪，风景可比这好多了！"

"半开放式酒店？"周友蕙冷笑开，"说得好听！不就是一农家乐吗？你让琳琳在农家乐办答谢宴，是要笑掉人大牙吗？还有你也真好意思说琳琳是你生的，我问你，你除了生她之外，有没有好好带过她？琳琳小时候发高烧到四十度，老荷打电话让你来看看，你在干什么？你在和男人鬼混！你什么时候管过女儿？也就这两年，你看琳琳出息了，回来耀武扬威……"

王成凤被踩到痛处，声音提高八度反驳道："你个第三者！你好意思和我说管女儿？你自己也不想想，当初是谁害得我们好好一个家被拆散，又是谁怂恿着老荷抢走我女儿！我管女儿？呵呵，你是想让我回来看你们两个狗男女恩恩爱爱吗？我呸！

"还有你睁着眼睛说瞎话，说什么当初是因为照顾琳琳才去流产的，呵呵呵，你真以为我傻啊？那分明是你自己保不住！这就是报应！你拆散别人家庭的报应！活该你一辈子生不出孩子！"

——女人一翻旧账就意味着一场大战的正式开始。

果不其然，王成凤说完这话，周友蕙就咬牙切齿地扑了上来，一副要和对方同归于尽的架势。夏浅三人见状紧忙上前，又是劝又是拽，这才将两人拉开。最后秦经理又将王成凤"请"到了另一间会议室休息，这才算安生。

一番折腾下来，夏浅早已是大汗淋漓，另一边秦经理也是满脸愁容，捂着手臂上的抓痕苦笑道："这下可好了，晚上回家还不知道怎么跟老婆解释。"

夏浅愧疚不已，连连道歉，又允诺过段时间请他吃饭后这才将秦经理也打发走了。

秦经理一走,方芳就捂嘴笑开:"这秦经理装得倒还挺煞有介事。这被挠几下就能跟老板娘同桌吃饭,多值当的买卖。他表面愁得小眼眯成一条线,说不定心里早乐开花了。"

"去!"夏浅挥拳头,"都这时候了你还有心思开玩笑。"

"我怎么就是开玩笑了?"方芳盈盈启齿,"你敢说,他不知道你和盛哲宁的关系?"

夏浅舒出口气道:"秦经理知不知道我和盛哲宁的关系我不知道,我只知道,如果今天再劝不好这两位老佛爷,这事就别想成了。你看,今天都动手了!要再这么下去,指不定哪天就出点事。"

夏浅揉了揉发胀的太阳穴,转眼看向方芳。

"怎么样方御姐?你围观也围观了,来龙去脉也了解得差不多了,倒是帮我分析分析呀!怎么样才能让这两老太太和平相处?"

"和平相处?"方芳冷笑,"你见过小三和正室和平相处的吗?"

"那怎么着?总不能这答谢宴不办了吧?"

"急什么?"方芳斜睨眼夏浅,缓缓道,"今天这事吧,倒让我想起个故事。"

"啥?"

"你应该听过的。"方芳娓娓道来,"说是两个女人争一个孩子,都说是孩子的亲生母亲。县官就让两个女人同时拽住孩子的手,谁把孩子拽过去了谁就算赢——"

"其中有个女人看孩子被拉扯得哇哇直哭,心疼得放了手,最后县官就把孩子判给了这个放手的女人。因为永远都是亲妈心疼孩子啊……"

闻言,夏浅头顶的小灯泡骤亮。对啊,只有亲妈才会心疼孩子。这新旧姨婆不一直都争着荷琳心目中"亲妈"的位置嘛。这就是切入口!

夏浅将想法跟方芳一说,方芳便拍了拍其肩:"嗯,孺子可教也。照这么发展下去,不出三月你就可以出师勇斗恶婆婆了。"

夏浅:"……"谢谢你啊,可惜我婆婆去得早,没得斗。

两人一番合计后,就又将新旧姨婆聚到了一块。因为刚才的事情,两位老太太再碰面后脸色都极为难看。夏浅唯恐场面再次失控,清了清嗓子开口道:"两位阿姨,咱们刚才可都先说好了哈,暂时放下个人恩怨,现在——只谈关于荷琳小姐答谢宴的事情。"

见两人都平静下来,夏浅这才接着道:"刚才我也已经跟金研金小姐通过电话了,荷琳小姐下个月就会进组拍新戏,所以答谢宴的事情不能再拖,必须在这个月内举行完成。而且考虑到答谢宴后人容易疲惫,所以我的建议是最好这个月中旬就举办答谢宴。换言之——咱们这个星期就得先把酒店定下来,这样后面的事情才有时间操办。"

闻言,两位老太太都互看了眼,默不作声。

夏浅有模有样地拿出记事本,"按照现在的情况,两位分歧比较小的酒店就只有长盛酒店和黎园两家。我们今天就商量商量,最终给个结果,当然,在开始谈之前咱们可说好了,只谈答谢宴的事情!"

这一次,两人反倒都没了言语,一个抱胸一个埋头干坐着。

这种情况,夏浅倒是没猜到。"得,你们二老不说话,我就替你们总结总结好了。这黎园呢,环境好菜品也有咱们蔺安市本地的特色,缺点一个是离市区太远,二一个是酒店内部没有迎宾的地方,到时候新郎新娘只能站在大门口迎客。长盛酒店呢,环境方面不错,酒店也上了五星,婚宴大厅也够气派,可就是机麻包间给得比较少。王阿姨不满意的就是这一点,我没说错吧?"

听见自己被点名,王成凤咳嗽声:"是呀,我管他什么长盛短盛,哪怕它就是六星又有什么用?刚才那个秦经理也说了,机麻包间最多只能给到三十间。三十间够干什么的?我那些亲戚朋友个个都是麻将高手,别人来就是为打麻将的,光是我的朋友少说就有四十桌打麻将的,再加上其他亲戚,包间根本就不够!"

听了这话,周友蕙稳不住气了:"这是女儿结婚,又不是麻友聚会,真不知道请那么多酒肉朋友来干什么!"

王成凤挑眉:"哟!我的就都是酒肉朋友,你们的就都是真朋友?"

两个老太太一言不合,又叽叽歪歪地争执起来。这局面夏浅也早就料到了,叹息地看了眼两人,便转头瞥向方芳。方芳颔首,示意已收到讯号,接下来就看你夏大砍价师表演了。

夏浅:堕落啊堕落,从没想过有一天谈判对象会是两位老太太。泪目。

夏浅一面腹诽,一面便开始默默收拾皮包,待将笔和记事本都放进包内,她一起身,方芳就恰到好处地喊出声:"夏老师,你去哪儿?"

王成凤和周友蕙亦是一愣,停止争执齐刷刷地看向她这边。夏浅本已装作要离开的样子,这时又转过身来,装模作样地给两个老太太鞠了个躬。

"抱歉了两位阿姨,我想,这单子我是没法接了。我这就去给金小姐打电话,说我不干了。"

王成凤和周友蕙面面相觑,周友蕙率先反应过来道:"哎呀小夏,瞧你说的,我们这不是正商量着吗?你别急,咱们有话慢慢说。"

王成凤听了这话也拉着夏浅往回走:"就是就是,你先坐下!"

见两人忙里忙慌的样子,夏浅直笑到肠子打结,偏偏面上还要装作一本正经的样子,煞是辛苦。其实,她哪儿有不知道的,这两位老太太根本就不是舍不得她,而是害怕再吓跑她回去挨骂。

如此这般,这般如此,两位老太太这才下了矮桩,一再挽留。

夏浅板着脸,一本正经道:"不好意思两位阿姨,我也知道这样半途而废给你们带来了很多困扰,但我确实已经尽力了,就这样吧。"话毕,夏浅转身就往外走,这头方芳也伴装着急地跟着往外追。

夏浅走到门口,方芳一把拉住她,开始了完美演绎。

"夏老师,你这样说走就走不是砸咱们'砍砍而谈'的招牌吗?至少,你也说清楚为什么要走吧。"

听了这话,两位老太太犹如找到了救星,忙点头道:"就是就是。"

夏浅扮作一副大义凛然的样子:"好,既然事情都到这步了……"一面说,夏浅一面就看向王成凤,目光陡然变得凌厉。

"王阿姨,在我请辞之前,我就想问你一句,你真的有替你女儿考虑过吗?"

王成凤一愣,咋舌:"什么?"

夏浅心里微微打鼓,但面上还是镇定自若:"其实从第一天开始陪你们看婚礼我就发现,你们两人从头到尾考虑的都是自己。大厅不够档次,没面子,不行。饭菜不合蔺安市本地人的胃口,宾客会怪罪没面子,不行。麻将包间不够,麻友们玩得不尽兴,没面子,不行。

"可你们谁为荷琳考虑过哪怕丁点细节?王阿姨你有没有想过,如果真的酒店定在黎园,是,你的麻友们是包间够了,你是有面子了,可你想过荷琳要在大门口迎宾有多辛苦吗?这段时间正在倒春寒,她要在

· 277 ·

风里足足吹三个多小时才能进酒店。而且那段时间,她需要不断地补妆、接待客人、走来走去。还有最关键的是她站在大门口,记者们就可以肆无忌惮地抓拍,甚至会遇到疯狂的粉丝发生突发情况,她到时候会很难熬,你想过吗?"

周友蕙闻言哼哼了声,表示赞同。

其实,谈判桌上,打破僵局的最好办法就是"各让一步"。夏浅先咬住王成凤不放,不是为了帮着周友蕙打压对方的气势,而是为了各个击破。

眼见王成凤泄气,夏浅反过来就又握住了周友蕙的手,一脸语重心长。

"荷琳小姐已经在热浪岛办过隆重而浪漫的婚礼了,她其实完完全全可以不用再办这场答谢宴。正是因为她考虑到你们二位的心情,所以才提出哪怕再辛苦也要在娘家再办一场答谢宴。女儿这么孝顺贴心,替你们二位着想,二位是不是也应该放下彼此之间的恩怨,替荷琳小姐想想?"

此感情底牌一亮,周友蕙当即闭嘴,不再跟王成凤吵吵了。

这头,王成凤也被说得心虚,软下三分语气道:"我也不是说非得在黎园办,只是这个长盛酒店……好好,就算我少请点朋友,那他们给的三十桌包间也太少了点嘛。"

夏浅一听这话就知有戏,当即放下半颗心来。

说起来,这事也不全怪王成凤。这蔺安市是全国出了名的"麻将之都",蔺安市民好打麻将,婚宴上自然而然也少不了这项娱乐活动,偏偏长盛酒店的茶坊生意好得不得了,哪怕没有婚宴,每周周末茶坊也是人满客满。

是以为了维护茶坊的长期客户,长盛酒店对于婚宴的客户都只肯提供三十个麻将包间,之前夏浅给长盛酒店拉来的团购客户里就有不少人吐槽这一点。还好后来夏浅在这附近找到三间茶坊,她推荐客户们在这几家茶坊去另定麻将包间这才将这个问题解决掉。

此时夏浅听王成凤这么一说,就知道她其实已经松口了,只要解决好麻将包间的问题,这事也就八九不离十了。念及此,夏浅正欲开口向两人推荐附近的茶坊就听方芳冷不丁开口:"王阿姨您放心,这茶坊的事,夏老师可以帮忙协调,再帮你们多订二十个包间。"

夏浅犹如盯怪物般盯住方芳，磨牙霍霍：大姐！你到底知不知道自己在说什么？！我怎么帮他们协调？！你说话到底有没有经过脑子啊？

方芳接收到夏浅的腹语，眨眼回应：淡定亲，你怎么又忘了，你可是这长盛酒店的老板娘啊！多要二十个包间还不是手到擒来的事情？

夏浅翻白眼，去你的老板娘！去你的手到擒来！你们不知道她家盛总大人是吃牛板筋长大的啊！他那死倔死倔的牛脾气你们没见识过吗？这人别人向来都是公事公办，就连亲妹妹办婚宴都死活不肯打折更何况她这事？

不成，这招绝对不成！

夏浅启齿就要开口，方芳却突然拽住她，附耳道："夏浅，你是真傻还是假傻？别跟我说已婚妇女那招必备技能你还没学会。"

夏浅皱眉，"什么必备技能？"

方芳叹息一声，怒其不争地在其耳边轻轻道："枕边风啊！"

夏浅：！！

方芳道："回去给你家盛总大人吹吹枕边风，还怕这二十个包间要不来？"

夏浅："……"咳咳，怎么办，这一招她好像还真不会。

晚上，夏浅和盛哲宁出去吃饭。吃完饭后，盛哲宁照例开车送夏浅回家。路上，夏浅纠结又纠结，最终还是开口道："咳那个盛哲宁，我好像还没去过你家吧？"

根据方芳老师教导的"枕边风技能指南"第一条，此技能必须在舒适安静的环境内施展。对方越放松，释放技能后的效果就越明显，所以夏浅想来想去，能让盛哲宁最放松的地方应该就是他家了吧？

可突然提及去他家，夏浅唯恐盛哲宁起疑，说完这话后面上虽然淡淡的，实则手心里早已攥满了汗。

这头，盛哲宁斜睨眼夏浅，声音蛊惑："你确定要去我家？"

夏浅咳咳咳，脸瞬间涨得通红。

盛哲宁这话翻译过来不就是说：你确定要去我家吗？我可提前警告你，我家可是龙潭虎穴哦，去了可就走不了，不到朕满意为止决不让你下床哦！

. 279 .

想到前晚两人才在一起那啥啥过，夏浅连耳根子都烧了起来，但再转念一想新旧姨婆，一咬牙道："确定啊！谁怕谁啊！"

话音落下，黑色的轿车就在原地调了个头，朝反方向缓缓驶去。车内，盛哲宁一边开车一边斜勾唇角道："夏浅，你别后悔。"

……

到家后，夏浅简单参观了下盛哲宁的豪宅就被唆使着赶紧去洗澡。夏浅一面鄙夷某人赤裸裸的目的一面还是乖乖去洗澡。泡澡的过程中，夏浅又第二次犯了难。

"枕边风技能指南"第二条：为顺利迷惑敌人，必要时刻可制造点小惊喜。至于惊喜的内容嘛，方老师指点曰：投其所好就行。所以……盛总大人的喜好到底是哪一种呢？此时此刻，摆在夏浅面前的有三个选项——

请听题：洗完澡后，她可以穿着（　　）出去。

A. 她自己的内衣内裤

B. 浴巾

C. 盛总大人穿过的白衬衫

选A吧，好像没什么创意；选B吧，怕自己的麒麟臂暴露；至于C嘛，咳咳，貌似男人喜欢女人穿自己的衬衫是因为宽大的衣衫反而能衬出女人体态的娇小？可是夏浅看了看自己168的身高，似乎怎么都跟"娇小"二字挂不上钩。

犹豫来犹豫去，似乎三个选项都不太合适，夏浅正抓狂到不行，只听门把手咯的一声响，门就这么打开了……打开了……打开了……

望着门外只下半身裹了条浴巾的盛哲宁，夏浅瞠目结舌，她记得，自己进浴室后明明有锁门的啊，盛哲宁是怎么打开的？

像是知道夏浅在想什么，盛哲宁抱胸道："夏浅，这是我家。"

这、是、我、家。

嗯，这句话翻译过来大概就是说，这里的每扇门每扇窗户都是朕的，朕怎么可能没钥匙呢？所以，她锁门这种行为完全就是掩耳盗铃啊！念及此，夏浅正欲吐槽两句，一抬头就见盛哲宁已取下浴巾，大大方方地也坐进了浴池里。

见状，夏浅紧张得往后缩了缩，瞪眼："你干什么？"

盛哲宁与夏浅面对面坐着，舒展长腿，慵懒地将手臂靠在浴池边上："看不见吗？泡澡。"话毕，又满脸无辜地看向夏浅，一副"家里就这么一个浴池，我能有什么办法"的委屈表情。

夏浅叹息，得，她没制造出惊喜，盛哲宁倒先给她送惊喜来了。ABC 都没得选了，那接下来该怎么办嘞？兜转间，夏浅脑中灵光一闪，就赶快凑到盛哲宁跟前道："盛哲宁，我给你按摩吧？"

"枕边风技能指南"第三条：情势陷入僵局无法进展之时，可使必杀技——按摩！

这按摩也不是普通的按摩，它要求既能让对方舒服放松，但又不至于松到完全睡着，缓解疲劳之余还要有那么点小撩拨、小刺激方能达到目的。

彼时，夏浅对于方芳的这个说法诚实地评价了四个字："呵呵，不懂。"

方芳怒其不争道："说简单点，就是等按摩到一定程度，你家盛总大人浑身肌肉都放松了，你再进行内三角按摩。主要的几个穴位就是府舍、冲门、急脉和阴廉。"

……

今天下午，夏浅偷偷上网百度了一下方芳说的几个穴位，最终掩面表示：果然已婚妇女尺度大。不过根据网上的评论，方芳诚不欺她，这个内三角按摩的确蛮受广大男同胞们喜爱的……

思忖间，夏浅已经捏完了盛哲宁的肩膀和腰，想了想，还是壮着胆子往下摸。可还没找到第一个穴位点，夏浅就听哗啦一声，盛哲宁抓住了她的水下色爪。

被当场抓住，夏浅是又囧又汗，正踌躇着怎么圆过去，头顶就传来低沉的男声："夏浅，你是不是有什么事要跟我说？"

夏浅嬉皮笑脸抬头："没有啊，我能有什么事？"

盛哲宁脸色微沉："再给你最后一次机会。"

事已至此，她还能说什么？撇了撇嘴，夏浅咳嗽："如果真要说吧，是有那么一件小事，我想让你……呃，去给总店茶坊的负责人打个招呼。"

盛哲宁挑眉，示意她继续。

夏浅转了转眼珠，故意与盛哲宁肩并肩靠坐着："那个，是这样的，我最近有个婚宴客户想要多订几个包间。"

"多订几个?"

夏浅弱弱地答:"二十个。"

盛哲宁皱眉:"婚宴在周末?"

夏浅继续弱弱点头:"嗯,婚宴在周末。"

盛哲宁抱胸思忖一番,这才平静道:"夏浅,以你对我的了解,你觉得我会答应吗?"

一听这话,夏浅就知道彻底没戏了。以盛哲宁的牛脾气,怎么可能帮她开后门?奈何她还是不甘心,干脆学着电视剧里的女主抱着盛哲宁的胳膊就不撒手,一边左右摇晃,夏浅一边就捏着嗓子撒娇:"盛总大大,你再考虑考虑嘛,就帮人家一个小忙好不……"

话说到一半,夏浅自己先受不了了。甩开盛哲宁的胳膊,夏浅恢复本性地咆哮道:"我去!不帮算了!"

盛哲宁挑眉,一副好整以暇的模样:"不演了?"

夏浅愤愤地恨盛哲宁一眼,起身离开浴池,拿浴巾胡乱裹住身体后,这才破罐子破摔道:"你爱帮不帮,老娘也不稀罕了!你以为这是在帮我吗?明明就是我在帮你们长盛酒店好不好?这麻将桌数少的问题也不是一天两天了,我带来的客户都在反映这个问题,一些散客也在说这事,可你们酒店从来就没想过解决这事、满足客户需求,反而一副二大爷的拽样子,拽给谁看啊?!"

盛哲宁微微眯眼望向裹着浴巾的夏浅:"茶坊的情况你是知道的,我们有部分长期客户,几乎每周都来捧场。如果给婚宴客户太多的包间,那就势必流失部分喝茶打麻将的长期客户,这样做根本就是得不偿失。如果你是茶坊经理,你会怎么选?"

夏浅气不打一处出,俯身望着水里的盛哲宁,咬牙:"盛哲宁,你有没有听过一句话呀?"

盛哲宁被眼前的一对波涛汹涌搞得血脉偾张,失神良久才咂舌道:"什么?"

"事是死的人是活的!有你们那么蠢的吗?非要在长期客户和婚宴客户里面做选择。小孩子才做选择题,那个包间那么大,多放两张麻将桌要死啊!"

"在包间里多放两张麻将桌？"闻言，盛哲宁稍稍拧眉，用鼻音嗯了声道，"好像是个办法。"

听见这话，夏浅犹如在黑暗中看见曙光，当即恢复笑脸，狗腿地蹲在盛哲宁面前继续洗脑："是啊。其实，客户根本就不在乎有几个包间，只要麻将桌够了，他们也就满足了。长盛酒店的包间我看过，包括小包间面积都挺大的，再加上两桌麻将，中间用屏风一挡，完全不成问题。这样一来，客人也满意了，茶坊还能多赚点，多好！"

见夏浅的一对小兔子在自己面前晃来晃去，盛哲宁的心早已飘到十万八千里外，偏偏面上还装作一本正经地说："方法是好，可采购麻将桌、屏风又是一笔钱。"

夏浅咬住下唇，正思忖用什么理由说服盛哲宁不要心疼成本，就觉胸前湿凉一片。夏浅微愣，蓦地低头就见某人的色爪已经伸进了她的浴巾里。

"你——"

夏浅话还没说完，盛哲宁的另一只色爪也已伸了过来。搂着自家老婆一边亲亲爱爱，盛总大人一边柔声："浅浅，你刚才不是说要给我按摩吗？才按了一半怎么能走？"

夏浅又好气又好笑："不想按了不行吗？"

"接着按。"盛哲宁命令，"只要按得朕满意，我明天就去让他们进麻将桌。"说着，盛哲宁就牵着老婆的手，慢慢伸进了水里……

第二十八章　阴晴不定的他

在夏浅的枕边风攻势下，包间的难题终于圆满解决。最后在新旧姨婆的合计下，终于将答谢宴定在了本月18号。酒店定下来，其他七七八八的小事就简单多了。夏浅只用发挥正常水平，砍砍价，磨磨嘴皮子，"压榨"哭各大商家就行。

眼见着这桩买卖差不多成了，夏浅正悄悄乐呵，没想到一不留神就得罪了金主金研。

说来话长——

这晚夏浅和盛哲宁正商量着后天夏爸夏妈到蔺安市后的行程，门铃就突然响了。夏浅看了眼墙上的挂钟，都已快十一点了，这么晚了谁还会跑来？打开门一看，小两口俱是一怔，门外站着的不是小胖墩又是谁？

小胖墩身上穿着蜘蛛侠睡衣，脚上则套着双恐龙形象的棉拖鞋，一看就是临时从家里跑出来的。此时虽已至初春三月，但晚上的气温还是蛮低的。小胖墩被冻得鼻头发红，眼睛也明显因为哭过而变得水肿，偏偏他面上还装作一副满不在乎的样子，一进门就操着手道："小夏，你上次说过的，欢迎我再来玩，所以我又来了。"说完，就一副领导视察的模样东看看、西摸摸。

夏浅撇嘴，得，这小胖墩都这副德行了还死撑着不肯说实话，也不知道这股子傲娇劲儿是跟谁学的。念及此，夏浅就睨了眼旁边的盛哲宁，盛哲宁只当看不见，凝视着小胖墩道："你怎么来的？"

"我自己有零花钱，打车来的。"说着，小胖墩就又扯了扯耳朵，眨眼道，"对了，我上次好像把switch落你们家了，小盛，你看见了吗？"

夏浅嘶了声，奇道："我早就把switch还给你妈妈了啊，你不知道？"

话毕，夏浅登时反应过来。咳咳咳，照这情形看来，铁定是金研嫌儿子玩游戏玩得太过，拿到switch后干脆藏起来了。

这头小胖墩闻言，果然变得激动起来，瞪大眼睛嚷嚷道："我不知道啊！你什么时候还她的？"

夏浅正不知该如何回答，盛哲宁就已实打实地说："上个星期。"

小胖墩霎时呆住，表情受伤到不行。这头盛哲宁却还变本加厉道："你上次不是说喜欢大黄蜂吗？我还专门给你买了个大黄蜂限量手办让夏浅一块捎给你，你也没收到？"

小胖墩犹如跌入深渊，脸上连表情都不会摆了。

"盛哲宁！"夏浅咬牙，拽着盛哲宁的衣袖示意他别再刺激小胖墩，可为时已晚，小胖墩扁了扁嘴，就开始抽抽搭搭地哭起来。

"……她凭什么扣我的东西？侵犯我隐私！手机没了呜呜，PS4也被砸了呜呜……现在就连最后的switch都没保住呜呜……我要和她断绝母子关系，打倒独裁主义！打倒女希特勒！呜呜……小夏、小盛，你们反正还没生，干脆就捡我这个现成的拖油瓶当儿子好不好呜呜……"

这都什么跟什么？夏浅笑到肠子打结，细细询问下才大致拼凑出一个事情经过来。

今天小胖墩的学校举办周年庆活动，小胖墩却没去，反倒在游戏厅待了一天。他在外面玩得倒是不亦乐乎，接到学校电话的金研和小胖墩外婆却急得直跳脚。一家人连带上荷琳、新旧姨婆、七大姑八大婶……全家总动员地在外面找孩子找了一整天，小胖墩外婆见孩子找不着，还急得昏厥过去两次。

结果众人回家一看，小胖墩已经自己回来了，正坐在客厅一边吃零食一边玩PS4。金研见状当场就火了，连高跟鞋都没换，直接冲进客厅就砸了PS4。砸完PS4后金研还觉不解气，又将儿子房间里所有的游戏机、手机、电脑、卡带、手办统统砸了个稀烂。

小胖墩还是第一次看他妈发这么大的火，当场吓得脸色煞白，连句囫囵话都不会说了。

这头外婆又是心疼小外孙，又是心疼家里的东西，也出言阻拦。谁料这么一开口反倒火上浇油。金研斥责小胖墩会变成今天这样完全出自母亲的溺爱，老太太闻言当场也恼了，大骂金研不负责任，说当初死活要把孩子生下来的是她，现在不管不顾的也是她。老太太又一把鼻涕一把泪地说自己在外面被人戳脊梁骨也就算了，回了家女儿还嫌弃她孩子带得不好……

. 285 .

夏浅听到后面，终于顿悟小胖墩为什么这么早熟了。

在那样的家庭环境里出身，耳濡目染，其实小胖墩内心深处也有很多不为人知的酸楚吧？所以他才会自嘲说自己是拖油瓶，所以才说要和金研断绝母子关系。大概在小胖墩潜意识里，是自己连累了妈妈吧？

叹息声，夏浅想问问小胖墩的爸爸在哪儿，但话到了嘴边终究还是没能说出口。摸了摸小胖墩的脑袋，夏浅转移话题道："就算这样，你也不能就这么跑出来吧？你也不想想你突然跑丢了，你妈妈有多担心。"

"她……担心什……么呀？"小胖墩泣不成声，"就、就是她……让我滚、滚的……"

原来，金研和小胖墩外婆吵得不可开交之时，小胖墩出于下意识想要保护外婆，于是冲金研大吼，说她还是不在家的好。本来嘛，老妈不在时，他想干什么就干什么，外婆也成天乐呵呵的，没事打打小牌，和新二姨婆跳跳广场舞什么。可妈妈回来后，不准他干这不准他吃那，现在就连外婆也被她气哭了。

小胖墩这话本没什么恶意，只是想单纯地吐槽"妈妈回家后的各种不自由"，可这话落到金研耳朵里却变了味。金研当即暴跳如雷，二话不说就将小胖墩拽到了门外，再将门一关就让他滚……

说到这，小胖墩舌头已经转不动了："她居然让我滚呜呜，我真成拖油瓶了呜呜……"

一直沉默不语的盛哲宁呵笑："小胖子你搞错了，有人要的孩子才叫拖油瓶，你这种已经没人要了的吧，嗯，应该叫流浪的熊孩子。"

"盛哲宁！"夏浅简直没法忍，这都什么时候了，他还有心情调侃小胖墩，再这么说下去指不定这孩子将来有什么童年阴影。将盛哲宁拉到一边，夏浅就耳提面命让他别再刺激小胖墩，谁料盛哲宁闻言又呵的一下笑出声。

"别操心，这熊孩子精着呢。"

"哈？"

"看不出来吗？"盛哲宁挑眉，"他来你这的目的，就是好让你给他妈妈通风报信。"

夏浅一愣，这么说起来，好像……还真有这种可能！按照普通小孩子的心性，如果真被父母赶出家门，一般都是去家附近的游乐园或者游戏厅吧？再不济也是去吃大人平时不让吃的甜食或点心，可小胖墩却"千里迢迢"打着车来找她，细想起来，的确是有那么点可疑。

盛哲宁赞许："这么小就会找台阶下，以后长大了情商不是一般的高啊。"

夏浅："……"

金研驱车赶到夏浅家时，已过凌晨。

夏浅原本以为，小胖墩再次失踪，金研铁定着急疯了，可谁料再见金研时，夏浅却大跌眼镜。

向来打扮素净的金研今天竟然穿了条热情似火的大红色紧身长裙，脚上则踩着十来厘米的恨天高，齐腰长发也统统放了下来，卷成大波浪披散在背后。不知道的，还以为金研这是来走红地毯的。

夏浅只见金研仪态万千地从车上下来，又悠哉游哉地走到她跟前，这才颔首道："不好意思夏小姐，可可又打扰你了。"

夏浅莞尔，以示没关系，心里却说不出是个什么滋味。

如果金研只是在她面前装淡定的话，她还能够理解，可她那妖娆万分的打扮怎么解释？脸上的浓妆又怎么解释？那白皙剔透的肤色以及娇艳似火的红唇都表明了这妆是不久前新画的，所以，在知道儿子在她家后，这个当妈的居然还不紧不慢地化了个浓妆才姗姗出门？

——这是一个母亲的正常反应吗？

彼时小胖墩说金研将他推出门、让他滚时，夏浅还抱着三分怀疑，觉得小胖墩夸大其词，可现在看来……

夏浅正微微失神，这头金研已率先开口道："时候也不早了，我还是赶紧把可可接走别打扰你们两口子休息才是。你们在几栋？我们上去吧。"

夏浅眨了眨眼，笑道："好。"

话毕，夏浅就在前面引路，而金研则在后面亦步亦趋地跟着。

穿过花园，两人进入单元楼便准备上电梯。等电梯之际，金研又摸出小镜子理了理头发，那模样，半点不像准备接孩子回家的母亲，反倒像会情人的忐忑女人。

见状，夏浅的火气噌噌直往上冒，想要说些什么又觉自己没有立场。

. 287 .

正纠结犹豫,只听叮的一声,电梯来了。

金研悠悠走进电梯,一回头,才发现夏浅还站在原地不动,情不自禁蹙眉道:"怎么了?"

夏浅深呼吸再深呼吸,还是觉得忍无可忍,终道:"金小姐,你先出来,我有话对你说。"

金研不禁一愣,但还来不及言语夏浅就已转身出了电梯间。无奈,金研也只能跟着出来。两人刚在花园里站定,夏浅就启齿道:"金小姐,我知道我有点多管闲事了,下面的话也可能不中听,在这里先向你道个歉,但我必须得说。"

金研声音清冷:"你想说什么?"

夏浅呼出口气:"可可已经把今天的事都告诉我了。我知道,你一定是因为太担心所以才发这么大的火,可是这深更半夜的把一个七八岁的孩子就这么赶出家门实在是太不安全了。还有,我不知道你发现没有,其实可可是个特别聪明的孩子,很多事情他不说出口并不代表他不知道,所以你看以后是不是别动不动就对孩子说'滚'什么的。大人之间吵架也别当着他的面。可可今天来就一直说自己是拖油瓶连累你们之类的话……"

话至此,夏浅见金研的脸色已铁青,忙缓和语气道:"我知道我说这些话挺招人烦的,怎么教育孩子每个人都有自己的方式,别人没有指手画脚的权利。我只是想告诉你,可可今天其实并不是因为贪玩才逃学的。他说学校的周年庆活动要求父母同时出席,然后一家人上台表演。他不知道怎么跟你说这事,因为他……"

夏浅咬住下唇,正思忖着措辞,这头金研就接过话茬道:"因为他没有爸爸。"

夏浅蓦地一愣,抬眸就见金研正幽幽凝视着她,眼神说不出的冰冷刺人。

金研冷笑声道:"他是这么跟你说的,对吧?不,不是他说的,是我、我妈,我们每个人都这么对他说的。说他没有爸爸,说他一生下来就只有我这个妈妈。可这还不够吗?他吃的穿的玩的,哪一样比别人差?是!我承认我是陪他的时间少,可我那是为了工作,为了赚钱养他、养这个家,他还想怎么样?还要我怎么样!"

夏浅见金研情绪激动，忙道："金小姐，你先别这样，我跟你说这些只是想——"

"你想？"不等夏浅话说完，金研又是一声冷哼，"你有什么资格想？你生过孩子吗？做过母亲吗？知道做一个未婚妈妈需要面对多少闲言碎语和压力吗？夏浅，你什么都不懂，什么都不知道，你凭什么想当然地批评我？"

听了这话，夏浅心里顿时五味杂陈。她承认，这事她做得是挺圣母的。装键盘侠上下动动嘴皮子简单，可真要独立抚养一个孩子长大，其中所遇到的问题和险阻是她无法想象的。

——既然如此，那当初就该想清楚啊！当初没有考虑清楚，凭一时冲动就把可可这条生命带到这世上来，现在又叫苦连连说自己这样那样说说说个腚啊！得，反正这圣母她已经当了，那索性就圣母到底！

夏浅清了清嗓子，正声："我是没当过妈妈，可既然你生了可可那就该照顾他陪伴他。孩子不是东西，哦，一段恋情结束了，留个纪念品，没事想起了就拿出来看看。可可是活生生的人！他会笑会哭会长大，我不管你当初是不是一时冲动生下了他，可既然生下了就该对他负责。就别说他是什么拖油瓶或者让他滚之类的话了。"

话音落下，金研怔了怔，少时才蓦地笑出声。

她轻声道："说得没错，可是我执意生下来的，我有义务负责到底，那可可的爸爸是不是也该对这个小生命负责？"

说罢，不等夏浅回答，金研就鬼魅笑开，话锋一转道："夏小姐，你不是一直很奇怪我为什么会认识你吗？呵呵，那是因为我一直都关注着你啊……"

闻言，夏浅心里"咯噔"一声响，不好的预感在身周渐渐蔓延开。

金研这话什么意思？她又为什么要在谈及可可的这当口突然提起这个？夏浅心绪不宁之际，这头金研就又诡异开口了："我说的不是微博的'关注'，而是用心用眼的'关注'。早在有微博之前，我就一直看着你，你的空间、校内、博客……我都收藏着。就像一只见不得光的老鼠，总在黑暗里悄悄地注视着你、注视着你们……"

毛、骨、悚、然！

——这是夏浅听完金研这席话的第一反应。尤其在这光线不明的昏夜里，配上金研这阴恻恻的表情，简直可以直接去拍惊悚片了！

夏浅下意识地往后退了步，咽口水道："你到底是谁？"

金研："我是谁不重要，重要的是可可的爸爸是谁。呵！说起来，这个人夏小姐你也认识——"

话说到这，金研故意卖关子地顿了顿，这才一字一句道："他就是你老公。"

转瞬间，一阵寒风刮来，只吹得花园里的枝叶颤颤巍巍。夏浅定在原地默了默，再默了默，终斩钉截铁道："不可能！"

这简直就是开国际玩笑嘛，小胖墩怎么可能是盛哲宁的种？

"金研金小姐，我不知道这中间到底出了什么误会，但我可以明确地告诉你，你搞错了！可可不可能是我老公的孩子。"

金研大概没料到夏浅知晓"真相"后会是这种态度，愣了愣，这才冷笑开："夏浅，我到底该说是你太单纯还是他太会撒谎，你觉得我有必要拿这种事情骗你吗？"

夏浅道："我既不傻也不单纯，而我老公也没撒过谎，我刚才已经说过了，金小姐你搞错了，我老公不可能有私生子。"

金研张嘴就要反诘，夏浅见状忙摆手道："等等、等等，我们在这争来争去一点意义都没有。这样，如果金小姐你坚持的话，我现在就把我老公叫下来，你们当面对峙，OK？"

闻言，金研抿了抿唇，神情莫名有些复杂。夏浅只当她默认了，掏出手机道："我这就给他打电话，你等等。"

"不用了。"夏浅话音刚落，两人就听单元门口的大石柱后传来低沉的男声。夏浅闻言背脊倏地一僵，回头乍看，来者不是盛哲宁又是谁？

盛哲宁迈开长腿，大步流星地走到夏浅跟前，默默牵起她的手，这才回头看向金研，毒舌模式开启："金小姐，咱俩素未谋面，你却说可可是我的。所以，你是学圣母玛利亚靠意念怀的孕吗？"

这头，金研见到盛哲宁亦是惊讶万分，瞠目结舌半晌这才看向夏浅："他……这位是你老公？"

"是啊。"

金研噎住，她埋首顿了顿，再抬头时已换上副公事公办的笑容。

"嗨嗨，刚才跟两位开了个小玩笑，吓到了吧？这位……夏小姐的先生，真是不好意思。因为刚才我和夏小姐起了点争执，本来是想说这话逗逗她，缓和缓和气氛的。谁知道您刚好也在听见了，真是见笑了。"

盛哲宁和夏浅："……"

夏浅在心底默默叹息声，自己都替金研觉得累。这么牵强的理由亏她想得出来，不过金研愈是这样，这事就愈是不对了……

夏浅正思忖着，金研就转移话题道："可可还在楼上吧？呃，时候也不早了，我们还是赶紧上去，我把可可接走，你们二位也好休息。"

说着，金研就不由分说地往电梯间的方向走。可人刚走没两步，盛哲宁就冷不丁道："可可的爸爸是何之隽吧？"

"咯噔"一声，一直紧绷着的某根弦突然断开了。

听见这话，金研脚步骤停，犹如断电般石化原地一动不动。夏浅亦是呼吸一滞，惊得手足无措。盛哲宁分析得没错，如果小胖墩的爸爸就是何之隽的话，一切事情就都解释得清楚了。

大概出于什么误会，金研以为她和何之隽还没有分手，就这么把她当作假想敌地关注了起来。而自己在微博空间之类的公共平台又很少提及私人的事情，所以金研才会顺理成章地认为她的老公就是何之隽。

而且细算可可的年龄，他出生之时自己和何之隽正念大学，那时候两人的确还保持着恋人关系。所以……何之隽当时不仅脚踩了她和宁萌两只船？还有金研这第三条船？

一时间，夏浅凌乱了、抓狂了、彻底给何之隽跪了。

夏浅上前一步，急忙道："金研，这是真的吗？可可的爸爸……是何之隽？"

金研依旧保持着背对两人的姿势，过了半晌，她才转过身来，甩了甩大波浪的长发，嗤笑开："这怪冷的，咱们还是换个地方说话吧。"

这一换，就换到了附近的茶楼。三人坐定后，金研率先开口道："夏小姐，有件事我必须先跟你确认一下，你是不是和何之隽谈过恋爱？"

夏浅颔首："嗯，他是我前任，不过毕业那年我们就分手了。"

金研微怔，少时才扯出丝苦笑道："难怪……"

见金研这副怅然若失的模样，夏浅就知道自己猜对了。看来这么多年来，金研还真一直把她当作"何之隽的女友、老婆"而痛恨着，所以才有了这诸多的乌龙。

恨一个人恨了这么多个日日夜夜，到头来才发现自己居然恨错了人。这感受铁定不好过，夏浅正踌躇着说点什么缓解缓解气氛，金研就轻吁一声，娓娓道："我和何之隽是在九年前认识的，那时候，你们刚读大一。"

　　夏浅一听这话，就知道金研要开始讲故事了，屏息凝神地盯着对方。金研一边转动着手上的茶杯，一边，思绪也渐渐飘回了九年前——

　　"那时候我刚好辞去了银行的工作，打算在家休息一段时间再找工作。闲着也没什么事，就天天打网游。也正是因为那款网游，我认识了何之隽。"

　　话至此，大概是回忆起了当初彼此相识时的种种美好，金研莞尔浅笑番，这才接着往下说："我们俩天天一块下副本、做任务，加上同在一个公会，很快就熟了。那时候我因为工作上的一些事情很难入眠，哪怕后来已经离开了银行，也还是睡得不踏实。那段时间，何之隽就整夜整夜地陪着我刷 BOSS、找材料，用 YY 跟我聊天、唱歌、讲笑话……

　　"也是在那个时候，我知道他是乡下来的孩子，因为不够自信没办法跟同学们打成一片。他自卑、寡言、存在感低，也是从那个时候开始，他就一直喜欢你。

　　"那会儿他经常跟我讲你是如何爽朗大方，如何明艳动人，又是如何招人喜欢。他说你就好像一个太阳，走到哪儿都有阳光和笑声，用今天的话来说，你就是他心目中的女神。"

　　夏浅瞠目结舌，乖乖，没想到自己曾经在何之隽眼里这么高大上过？呵呵，又有什么用呢？还女神呢，女神又怎么样？别人最后不照样劈腿？

　　夏浅正念想着，这头盛哲宁却忽然哼地一下出声。闻到空气里浓浓的醋味，夏浅急忙转移话题："后来呢？"

　　金研道："后来，我就鼓励他追求你，教他怎么讨女孩子欢心，可以说我是看着你们俩走到一块的。"

　　夏浅咳咳咳，恨不能立马夺门而出。大姐，你看不出我家盛总大人脸已经黑得快分不清五官了吗？你闻不到方圆两里以内都酸得让人掉牙吗？你再这么回忆下去我今晚就别想活了！

　　夏浅正觉胆战心惊，这头盛哲宁就冷不丁道："每天打开水、送早饭、占位置，还有生病的时候换着花样地熬粥，这些，都是你教的吧？"

　　金研点头："是的。"

盛哲宁抱胸看向自家老婆，傲娇昂头。那意思再明白不过——看见没有？你曾经引以为感动的那些东西都是别人教何之隽的！他对你根本就没用心过，那坨狗屎根本就没法和朕比！

夏浅晃了晃脑袋，自动略过这个话题："那个……可可还在家里等着，待会儿他醒了要是看见我们还没回去就不好了。咱们说重点，说重点！呵呵。"

大概也看出了夏浅的尴尬，金研喟叹声，接着往下道："这女人啊，也真是矛盾而奇怪的动物。我当时一面帮你们撮合一面心里又不好过，我明明知道自己比何之隽大了六岁，可我还是忍不住对他动心。后来，我就故意慢慢疏远他，他大概也感觉到了，偶尔在游戏里碰到也不会再密我聊天。原本我以为，也就这样了。可后来有个游戏里的朋友过生，我去参加生日宴会，刚好，那天何之隽也在。"

说到这，金研深呼了口气，故作轻松道："后面的事我不说你们也大概猜到了，那晚我们都喝了很多酒，然后就去开了房……呵，说来也是我自欺欺人，那时候他跟我说已经和你分手了，我居然也信了。直到某次我开车去学校接他，看见他和你手牵手去打饭才知道一切都是我一厢情愿。

"我本来就比他大，彼此的世界观、价值观根本无法统一，再加上这件事我才彻底明白过来，何之隽大概只是把我当一个长期发泄情欲的对象吧？所以那时候我就痛下决心和他断了个干净，又跟着表妹荷琳去了首都发展。不过，事事总有些意外等着你……"

"你当时已经怀了可可？"夏浅接着金研的话往下讲。

金研点头，聊起儿子神色也舒缓下来："我到了北京才发现怀了孩子，因为我的子宫状态不好，医生建议我把孩子留下来，不然流产可能造成终生不孕。后来我一个人关着门想了一周，还是决定把孩子生下来。对家里人，则谎称可可是我和男人一夜情怀上的。"

听完这个长长的故事，夏浅感慨万千。

一时间懊恼自己没搞清楚情况就指责别人金研不负责任冲动生下孩子；一时间又对何之隽恨得咬牙切齿，原来他早在宁萌之前就已经出轨了，只是她自己够蠢，居然没发现！！

兜转间，夏浅才想起一件最为重要的事情来。

"何之隽知道可可的事情吗？"

金研摇头："其实，我从来就没想过让何之隽知道可可的存在。刚才也是因为情绪上了头，这才一时冲动说了出来。咳！关于之前的事情我也向你道个歉，因为以为你还和何之隽在一起，所以可能对你的态度都不太友好。对不起。"

夏浅抿了抿唇，道："没事。"

……

第二十九章　欢迎加入已婚妇女的队伍里

送走金研两母子，小两口没有立马上床睡觉。夏浅站在客厅中央，望着沙发上的盛哲宁幽幽道："盛哲宁，这事你怎么看？"

盛哲宁挑眉，笑得阴阳怪气："你觉得我该怎么看？"

夏浅默，虽然盛哲宁面上古井不波，但听他这语气，字里行间还是透着三分寒气。渣妹夫不仅曾劈过腿，居然在外面还有个私生子！这个事换作谁谁也接受不了吧？估摸明天一大早，盛哲宁就会叫妹妹出来，然后把这事告诉她。

夏浅深呼口气，壮着胆子把自己的想法说了出来。"盛哲宁，这事你能不能先别告诉宁萌？"

盛哲宁抬头，星眸里满是凉意。夏浅挨着盛哲宁坐下，这才接着往下说："你先别发火，听我把话说完再发表意见。

"第一，我是觉得哪怕何之隽人品再烂再不好，这事也得先听听他的说法再下定论。咱们老祖宗不是也说过'兼听则明偏信则暗'吗？他再怎么说也是当事人，发言权总是有的吧？

"第二，金研这个人我们不了解，这事又太大，总不能她说什么我们就信什么吧？而且你冷静下来想想这事，其实整件事还有很多值得推敲的地方。金研一边说从来没想过让何之隽知道可可的存在，可一边却找到我做答谢宴的砍价师。她找到我的时候，可是一直以为我是何夫人。你敢说她接近我没有半点别的目的吗？"

闻言，盛哲宁的眼眸渐渐变得深邃，显然也察觉到这个问题。

见盛哲宁脸色稍霁，夏浅轻咳声，继续洗："我分析这可能有两种原因。第一，就是金研虽然嘴上不承认，但其实她对何之隽并没有完全死心，对这份感情也还抱着那么丁点希望，所以她才会在暗中时时刻刻的关注着我这个'何夫人'。第二，就是她另有所图，最恶劣的猜想就是她对何之隽恨之入骨，想要借可可的由头拆散何之隽现在的家庭。"

盛哲宁微微眯眼，还是没有吱声。

夏浅接着说："而且你发现没有？金研今晚可是盛装而来，因为什么？因为她以为今晚会遇见何之隽。还有，其实她明明不用把所有的事情都告诉我们，可她却事无巨细地说了，那有没有一种可能，她其实是想借我们之口让宁萌知道这件事？目的就是报复何之隽，害他离婚？

"咳，如果……可可真是何之隽的种，那这一切还好说。可如果不是呢？咱们在没调查清楚的情况下就把这件事告诉宁萌了，岂不是正中金研的下怀？"

盛哲宁醍醐灌顶，满脸都写着：老婆大人英明，我怎么没想到？！

见状，夏浅知道说服盛哲宁成功了，终于呼出口气来："所以我的意思是，看能不能先单独见一见何之隽，看他怎么解释。另外，还得让可可和何之隽去做个亲子鉴定，这才是最真实准确的。"

盛哲宁瞥夏浅眼，沉声道："给你一天时间。"

夏浅比了个OK的手势，正盘算明天怎么跟何之隽讲，就听盛哲宁又哼哼两声："我这是给你面子。"

面对盛哲宁这种傲娇又幼稚的行为，夏浅都已经习以为常了，只嗯了两声敷衍。谁料她话音刚落，盛哲宁的手就搭上了她的肩膀。登时，夏浅惊若木鸡，什么？都这种时候了，难道盛哲宁还有那啥啥啥的心情？

她一抬头，就见盛哲宁的脸近在咫尺。对方一边抚着她耳边的碎发，一边声音也腻得能死人。

"浅浅，虽然今天我气个半死，但有一件事我还是很高兴。"

夏浅茫然歪头："什么啊？"是说她遇事不乱，能帮他冷静分析利弊吗？

"刚才，我都听见了。金研说可可是我的儿子时，你一口就回绝了。"

盛哲宁轻扬唇角，眉宇间满是嘚瑟自傲："浅浅，你能这么信任我，我很高兴。"

闻言，夏浅默了默，再默了默，终于"扑哧"一下笑出声。盛哲宁不明所以，只盯着老婆不说话。少时，夏浅才拍了拍盛哲宁的肩膀道："我当然相信你啊！你第一次和我开车的时候可是连油门和刹车都分不清的人，怎么可能会有私生子？"

油门，刹车……

在夏浅隐晦的比喻下,盛哲宁瞬间回忆起了某些难以磨灭的耻辱,登时怄到脑出血。

"夏浅!"

夏浅弯眼笑开,哎呀,以前总是被盛哲宁气到跳脚,现在终于掰回一句,心情真是格外舒爽呢嘻嘻嘻!

翌日,夏浅就联系了何之隽出来见面。可不知道是被自己耍怕了还是因为别的什么原因,何之隽明明已经答应了出来,临到头却还是放了夏浅鸽子。夏浅在咖啡厅等了何之隽一个下午始终不见其踪影,打他手机也关机,最后只得悻悻而归。

盛哲宁对此表示:你已经尽力了,下面的事交给我来处理就好。

夏浅估计,以盛哲宁雷厉风行的性格,接下来估计会直接让何之隽和小胖墩去做亲子鉴定。如果鉴定结果出来小胖墩不是何之隽的孩子那还好说,可如果是的话……

想到那个可怕的结果,夏浅深呼口气,一时间也不知道是该替宁萌高兴还是难过了。虽然能让宁萌看清何之隽的真面目是好事,可知道真相后又该何去何从,这真心是个问题。

夏浅看得出来,宁萌对何之隽是真爱,不然她也不会宁肯背着小三的骂名也要把这坨狗屎抢过去。可私生子的事一旦被捅破,宁萌这段美满婚姻也就算彻底破灭了。离婚抑或原谅,都难以抹去那条已裂口的伤痕。

所以在听金研道出真相后,夏浅的第一反应就是不能轻举妄动,说到底还是希望给何之隽一个喘息辩解的机会,可惜别人根本就不领自己的情,啧!

念及此,夏浅忽然又有点生自己的气,呸!让你淡吃萝卜闲操心,别人两口子的事关你什么事啊!

夏浅凑到盛哲宁跟前:"盛哲宁,你说,我最近是不是有点事儿妈啊?"

盛哲宁正在看杂志,听了这话连头都懒得抬,只淡淡嗯了声道:"已婚妇女都这样。"这句话衍生开来,大概就是说:

幸福的已婚妇女们不愁吃不愁穿只用负责貌美如花偶尔也是会无聊的,所以关心关心东家长西家短,没事就替别人家媳妇孩子操操心也是能够理解的。

——事儿妈不是病，但我这有药，你吃吗？

——恭喜你，已成功加入"已婚妇女"的队伍。

想到最后一层意思，夏浅翻白眼哼哼："你才已婚妇女，你全家都是已婚妇女！"

盛哲宁抬眸："那不还是你吗？"言下之意，我的全家就是你啊！

夏浅噎住，彻底败下阵来。果然毒舌不是一天两天就能练成的，革命尚未成功，同志仍需努力哇！正恹恹然，夏浅就觉头被拍了拍，乍一抬头就见盛哲宁正目光轻柔地凝视着她。

盛哲宁轻扬唇角，柔声："我知道，你做这些都是为了我。如果宁萌过得不好，我毕竟是她哥哥，心里肯定也不好受。你是因为这样才竭尽全力想把这件事的伤害降到最低，对吗？"

夏浅抿唇，埋首无言。

盛哲宁又摸了摸老婆的脑袋，安抚道："放心吧，我会处理好这件事，保证不影响我们俩的婚事。至于你嘛……为了不让你再闲操心，给你布置个任务。"说罢，盛哲宁就将杂志移到夏浅跟前，指着其中一套衣裳道，"我看过了，所有春季新款里，Chanel的这套衣服最适合你。小坎肩遮膀，腰带藏肉，短裙挡腿。颜色也是永远不会出错的黑色，我外公外婆会喜欢的。"

闻言，夏浅满头黑线。

小坎肩遮膀，腰带藏肉，短裙挡腿。和着按您老的意思，我就没能见人的地方了是吧？既然这么嫌弃老娘有肉，那你就去找个瘦的啊！还有老是毒舌胖这个梗，你就不怕读者嫌烦掉粉吗？

念及此，夏浅运了口气正欲反诘，就忽然抓住其他重点："等等等等，你刚才说……你外公外婆喜欢是什么意思？"

盛哲宁臭脸："夏浅，你不要跟我说你忘了你爸妈明天来蔺安市商量我们的婚事！"

"这个我知道啊，"夏浅点头，"可是外公外婆是怎么回事？"

盛哲宁顿了顿，云淡风轻道："哦，既然是商量婚事嘛，双方长辈总得见个面认认亲家，所以明天我外公外婆也会来。"

夏浅：！！

闻言，夏浅张了张嘴，再张了张嘴，这才终于惨叫出声："那你怎么不早说？！"她还只剩下大半天时间，要她怎么够时间买衣服做头发化妆护肤外加准备见面礼？

呵呵呵，盛哲宁，你够狠！

翌日下午，两家人在长盛酒店见面吃饭，夏浅才明白个中原委。

出乎夏浅的意料，盛哲宁的外公外婆并没有想象中的清傲严峻，除了外公略显寡言些，整体就是两个平易近人的老头老太太。外婆见了夏浅更是欢喜得不得了，拉着她就不肯放手，又是将戴了十几年的玉镯送给夏浅当见面礼又是拽着她说悄悄话。

至此，夏浅才明白是怎么回事。

原道，自盛哲宁父母、爷爷奶奶离世后，外公外婆就将两个孩子接到了自己家里照料。

因为女儿女婿的离世，军人出身的外公将所有希望都寄托在了外孙盛哲宁身上。盛哲宁念完大学后，外公自觉外孙历练不够，擅作主张联系了部队，要将盛哲宁送进部队去当兵，盛哲宁却死活不肯，说去当兵完全就是浪费时间，他的时间异常宝贵，都是拿来赚钱的。

外公向来视钱财如粪土，他本来就不喜欢女婿浑身铜臭气，原本以为女婿不中意，但外孙还可以加以塑造，谁料一向看重的外孙长大成人后还是这样，当即气得跳脚揍人。

就这么，爷孙两人的关系降到冰点，至此老爷子见一次盛哲宁就找一次鞭子，渐渐的，盛哲宁也就懒得回宁家了。外婆实在想孙子时，也是在外面和盛哲宁见面。

这次盛哲宁和夏浅结婚，盛哲宁原本也没打算叫外公外婆，最后还是老太太知道了这事，劝说孙子一定要叫上他们。

老太太说到这叹了口气，缓缓道："……这结婚是大事，咱们做长辈的怎么能不来呢？如果我们不出席，你知道的说咱们家这两头牛都是倔脾气，不知道的还说我们不懂事呢，你说是不是，亲家母？"

夏妈妈眼睛眯成一条线，对老太太道："瞧您说的，怎么会呢？今天你们二老能来我们就很开心了。哎，说来说去也都是为了他们小两口，我们家夏浅啊，什么都好，就是脾气冲说话不经脑子，以后外婆您还要多教导她才是呢！"

"不会不会，"外婆笑着又拍了拍夏浅的手，"这孩子我看着就喜欢，懂事得体，落落大方。再说我孙子的眼光，我信得过！"

夏爸爸本来就喝了两杯小酒，听老太太表扬自家女儿，也嘚瑟了，扬扬得意道："那是！你们也不看看是谁生的，哈哈哈！"

……

圆桌这边，其乐融融。

老爸老妈说着夏浅小时候的趣事，老太太则时不时地逗趣两句。而圆桌另一边——则冻已经快掉渣了。盛哲宁和其外公各吃各的，你夹菜来我喝酒，你喝酒来我喝汤，反正就是互不搭理。但有一点两人确实默契，那就是都黑着一张包公脸。

可怜夏浅坐在中间，左边身子沐浴在温暖如春的阳光下，右边则经受着酷风寒雨的拷打。抖了抖半冷半热的身子，夏浅心里默默吐槽，再这么待下去，她不发烧才怪！

于是乎，新媳妇夏浅思忖番，举起酒杯主动出击。夏浅冲老爷子甜甜笑开："外公，初次见面，这杯酒我敬你。"

老爷子举杯，淡淡抿了口。

见状，夏浅满意弯眼，很好，酒喝了，就代表至少老爷子不讨厌她这个人。

夏浅在心里打了遍腹稿，拿出平时砍价谈判的劲头来，侃侃又道："因为第一次见外公，我也不知道您喜欢些什么，所以就买了些人参蜂胶之类的营养品，本来想送老人这些铁定没错。可现在看来，真是半点用处都没有！瞧瞧外公您这身体硬朗的，脸色比我们年轻人还好呢！"

所谓见人说人话，见鬼说鬼话，这投其所好借此放松对方的警惕是砍价学里的第一课。老年人半只脚已经踏进棺材，关心感兴趣的话题无非就是身体、身体和身体。是以夏浅这么一拍老爷子的马屁，老爷子当即脸色就和缓了下来。

第二步，就是打开老爷子的话匣子了。

夏浅见老爷子面上有了笑意，急忙凑上去去问："刚才外婆跟我说，外公你今年已经七十七了？"

老爷子呵呵笑开，用手比了个数字"八"道："已经七十八了。"

实然，外婆刚才跟夏浅说的就是七十八岁，可夏浅却故意说错，给老爷子开口纠正的机会，这样一来二往，两人就闲聊开了。

夏浅道:"外公,您真的一点都看不出七十八了,头上也没几根白头发,您平时都是怎么锻炼的,跟我们说说,我们也好学着呀。"

老爷子咧嘴:"人老了,能怎么锻炼?不外乎打打太极、爬爬山。"

"原来这样。"夏浅颔首,极其自然地用手肘碰了碰旁边的盛哲宁,"嗳,咱们周末也去爬山吧?我听说牧马山上新开了一个马场,咱们去骑马好了!唔,不过唯一麻烦的是还得再请教练教骑马。"

听了这话老爷子哈哈笑开,难掩骄傲之情道:"他会骑马。想当年,他骑马还是我教的。"

太好了!猜、对、了!

其实打第一眼起,夏浅就猜到宁老爷子是个练家子了,这么大岁数还步态轻盈,精神矍铄不说,最难得是浑身一丝赘肉都没有。再加上刚才外婆说"老爷子一见外孙就要找鞭子",夏浅就在猜,既然老爷子爱锻炼,家里又有鞭子,会不会是骑马爱好者?

嗯,算她运气好,还真让她蒙对了!更惊喜的是,原来盛哲宁的骑术就是老爷子教的!夏浅急忙顺着这个话题往下道:"真的吗?那他刚学的时候有没有摔过跤?"

回忆起从前,老爷子满是感慨:"摔跤倒没有,不过有次遇到只马突然发了性,把他吓得哟……我把他从马背上抱下来时脸都吓白了。"

闻言,一直都不愿加入聊天队伍的盛总大人终于忍不住了,斜眼道:"哪儿那么夸张?我只是被颠得有些反胃而已。"

老爷子呵呵两声,凑到夏浅跟前悄悄揭短道:"下来没一会儿就哭啦,发誓说再也不拔马毛了。"

夏浅噗的一下,差点把酒喷出来:"敢情说了半天,是因为盛哲宁你自己手贱去扯别人马毛,所以马才发性的呀?"

盛哲宁终于绷不住了:"我当时只有八岁!你们八岁骑马试试?"

"十岁的时候不也吓哭过吗?"老爷子继续卖外孙,"你还记得吧?那次你迷路了……"

如此一来二往,爷孙俩还当真慢慢聊开了。虽然两人依旧是你一句我一语地斗嘴,但这边的氛围总算融洽了许多,连另一边的外婆也频频侧目。

夏浅悄悄冲外婆比了个OK的手势,以示让其宽心。外婆见状,看夏浅的目光又慈爱上了三分。

眼见这顿饭终于热闹起来,包间的门却突然"咔擦"一声响,有人推门进来了。夏浅原以为是服务员上菜也没在意,谁料正拿筷子夹菜就听门口传来爽朗的笑声:"外公、外婆!"

夏浅筷子一滑,菜掉在了碗边。

她抬头一看,门口站着的不是宁萌两口子又是谁?

第三十章　不欢而散的饭局

宁萌和何之隽一来，包间里的气氛就不大对劲了。

夏浅不知道这两口子的用意，当着老辈子们的面又不好发作，一时间只能坐在座位上干瞪眼。这头夏爸夏妈一见何之隽，也当即拉了下脸来。唯独外公外婆不知就里，见小孙女和孙女婿不期而至，便欢天喜地地招呼两人坐下。

很显然，宁萌比盛哲宁更得外公外婆宠爱。

她一坐下来，外婆就拉着她问东问西，这头老爷子也招呼着服务员加碗筷。好一番折腾，外婆才向夏爸夏妈介绍道："亲家公亲家母见笑了，这是我小孙女，萌萌，那个是她老公，何之隽。"

夏爸夏妈闻言尴尬到了极点，笑也不是，不笑也不是。倒是这边何之隽够无耻，厚着一张脸皮道："叔叔阿姨好，初次见面请多关照。"

听了这话，夏浅呵呵呵，初次见面？亏他说得出口！当初她爸妈来C大看自己，何之隽没少跟着蹭吃蹭喝吧？现在反倒成初次见面了！

夏爸夏妈大抵心思和夏浅差不多，此时见何之隽这副人模狗样的假正经相都黑下脸来，夏爸爸更是念起当年种种，直恨得噌噌磨牙。外婆察觉出异样，茫然地瞅了瞅夏家父母，笑开："亲家公亲家母，这是……怎么了？"

话音刚落，宁萌银铃般的笑声就在狭小的包间炸开："外婆看不出来吗？之隽和夏姐的爸妈是旧相识啊。"

此话一出，夏浅算是听明白了。眼前这就是活生生的例子啊！她考虑盛家和宁萌的颜面，直至今日都没有跟爸妈说何之隽是她未来妹夫的事，结果别人两口子倒是自己上赶着来了。合着她不宣传，宁萌两口子自己也要跳着脚喊"我们是奸夫淫妇"。

得！自己给他们脸他们不要，那她还有什么好怕的？真以为当着长辈的面她就不敢爆发？老娘今天就暴脾气一个给你们看看——

夏浅起身就欲言语，谁料屁股刚抬离板凳手心就一热，盛哲宁悄悄握住了她的手。与此同时，夏浅就听盛哲宁冷冷道："招呼打完了吧？打完可以走了。"

外公见状以为两兄妹又闹别扭了，轻咳声，拿出大家长的风范威严道："胡说什么？都好好坐下给我吃饭！"

宁萌扬了扬唇角，一边款款坐下一边道："哥哥真是狠心，有了嫂子就忘了妹。再怎么说，你结婚双方长辈见面也是大事，我作为你的亲妹妹来参加宴席也不为过吧？"

说罢，宁萌话锋一转，又道："不过，哥哥的心情我也能理解，毕竟之隽和嫂子曾是那样的关系，大家坐在一块吃饭难免尴尬。"

外婆听出端倪，皱眉问："之隽和小夏是什么关系？嗳，萌萌，你刚才说亲家公亲家母和之隽认识又是怎么一回事？"

宁萌开口正欲作答，这头盛哲宁就蓦地厉喝出声："宁萌，你闹够没有？！"

因为这声来得太过突然，众人都骇了大跳，宁萌更是吓得震了震身子这才回过神来。

刚才……那声咆哮是哥哥发出的吗？向来儒雅得当对谁都轻言细语的哥哥刚才居然吼她？当初哪怕她任性到闯进办公室打断董事会开会，都舍不得苛责她半句的哥哥今天居然为了那个女人吼她？

一时间，委屈、难过、恼怒等等情绪统统涌上心头，宁萌含泪吼回去："没有闹够！我就是要让所有人都知道夏浅不是什么好东西！她虚伪、谄媚、巧言舌辩、圆滑奸诈，正是因为这样，哥哥你才会被她迷得七荤八素！我要是今天不来参加这个认亲宴，不揭穿这个狐狸精的真面目，就这么让你们订了婚那才真是晚了！"

夏老爸一听这话，暴脾气当场上头，拍案而起作势就要去和宁萌理论。

夏老妈见状赶紧拉住老伴，但嘴上却明显偏向老伴道："老夏，真喝傻了呀？！怎么着？狗咬了你一口，你还想反咬一嘴毛吗？别人都这么说咱们了，咱们还有什么好说的呀？咱又不懂畜生的话，跟他们解释了也白搭，走！"

话毕，夏老妈就霸气地拽着老伴往外走，一面，又冲夏浅使了个眼神，嚷嚷道："走啊！干什么？想留在这当狐狸精啊？"

· 304 ·

外婆见状当即慌了，一时拉夏浅也不是，跑过去拦夏爸夏妈也不是，只急得在原地跳脚，"哎呀亲家母、亲家公，留步啊留步！"

老爷子也是始料未及，转身正欲吩咐外孙去拦住夏爸夏妈，盛哲宁就已经大步流星地跨到二老跟前，挡住门冲两人鞠了个躬，彬彬有礼道："伯父伯母，我没料到今天我妹妹、妹夫会来砸场，这是我事前工作做得不够，我向二老道歉。但是我真诚地希望二老留下来，吃完这顿饭，好好商量我和夏浅的婚事。来闹的是我的妹妹，这点毋庸置疑，但夏浅嫁的人是我不是宁萌，如果您二位今天就这样走了，岂不是正中我妹妹的下怀？"

这一番话，说得入情入理。夏爸夏妈闻言登时愣在原地有些犹豫，但两人还是抹不开面子当真往回走，是以夏老妈回身对着夏浅又喊了一嗓子道："你还愣着干什么？走啊！"

这时候，夏浅反倒平静下来了。哪怕看到何之隽站在角落幸灾乐祸的那鸡贼样，她心里也泛不起半点涟漪。长舒口气，夏浅这才双手撑着桌子站起来，镇静道："宁萌，谢谢你。"

宁萌抬头凝视夏浅。

夏浅勾了勾唇，接着往下说："还是第一次有人说我是'狐狸精'，嗯，能做个祸国殃民妖媚娇艳的狐狸精我还是挺满足的，谢谢你这么看得起我的容貌和情商。不过话都说到这个份上了，这顿饭铁定是没办法再往下吃了，我走是肯定的，但走之前有些话还是由我来解答好了——"

夏浅抬头望向外公外婆，清明的眸子对上二老，不卑不亢道："外公外婆，刚才你们不是问我和何之隽到底是什么关系吗？呵，我和他啊，准确来说曾经是恋人关系。"

"什么？"外婆大跌眼镜，另一边外公也讶然地吹胡子瞪眼。

夏浅莞尔，接着往下说："那时候我和他是大学同学，受不了他的穷追猛打，就这么在一起了。这事儿我爸妈也知道，他们来蔺安市玩时也见过何之隽，所以刚才宁萌才会说他们是旧相识。不过，这段感情在毕业前夕就无疾而终了，原因嘛……呵！是因为何之隽出轨，他勾搭上了低年级的学妹。而这个学妹正是咱们的宁萌宁二小姐。"

话毕，夏浅就抱胸冷眼盯着宁萌，与此同时，众人的目光也齐刷刷地集中到宁萌这边。霎时，夏浅只见宁萌脸色一阵青，一阵白，手指也紧紧攥住裙角，当真是不作不死的典型代表啊！！

外婆显然对于发生的这一切消化不良，咋舌道："萌萌，之隽，这、这到底怎么回事啊？"

一直没言语的盛哲宁走到外婆和宁萌跟前："好了，有什么以后再说。何之隽，你先带着萌萌回去。"

夏浅明白盛哲宁不想家丑外扬，站在原地也就没再往下说，外公外婆也默许了盛哲宁的意思，没再吱声。何之隽何等奸猾，见此情形就知大势已去，走到宁萌跟前就欲将她搀起来。谁料他刚触到宁萌的手指，宁萌就一个甩手怒气冲冲地站了起来。

"对！我是第三者！"宁萌瞪着夏浅，咬牙切齿，"关于这段黑历史，我认了！我抢之隽是我不对，可夏浅，你又能光彩到哪里去？你做的那些好事他们又知道多少？"

她光明磊落，又有什么见不得人的？呐，盛哲宁你可看清楚了哈，我可是见好就收没为难你妹妹，是她死咬着我不放，那就别怪我不客气了！

夏浅勾唇："我做什么了？"

"够了！"见两个女人越说越不像话，外公不怒自威，"萌萌，你现在立马给我离开！不许再闹！"

"我没闹！"宁萌歇斯底里地喊出声，与此同时，断了线的泪珠也大滴大滴地打下来，她想不明白，为什么夏浅一出现，曾经爱她宠她的人都纷纷倒戈相向。

宁萌抽泣道："你们以为我想这样吗？如果……夏浅真的和哥哥安安分分地过日子，我会来闹吗？是她……是这个女人不要脸！一面和哥哥商量着结婚，一面还偷偷约之隽出去见面！！"

话音落下，屋内骤然寂静，一屋子人震惊地掉下巴的掉下巴，瞪眼睛的瞪眼睛，夏浅站在原地，只觉如芒在背。原来如此啊，原来昨天何之隽原本答应了赴约，又突然放她鸽子是因为被老婆发现了？这真是……乌龙啊！

咳咳。这宁萌也真是的，至于因为一个赴约就脑洞大开吗？出去见面就一定是偷情？夏浅默了默，拍掌道："哎呀，说了半天就是因为这个？你误会啦，我找何之隽是因为工作上的事情。我有个朋友的公司想招主持人，我这不——"

"你少撒谎！"不等夏浅说完，宁萌就打断她道，"夏浅，你纠缠之隽的次数还少吗？他给你的钱，七七八八加起来也快有一两百万了吧？"

夏浅呆住："什么？"

宁萌从包里翻出一大堆照片摔在桌上："外公外婆，哥，你们都自己来看看！夏家最近不仅新买了辆SUV，在老家还买了个小洋房！光是装修加家电就得花不少钱吧？"

夏浅拿起那些照片粗粗浏览了番，果然是她爸妈在老家装修房子的情景，另外，还有两张她爸妈开着新车上下车的照片。见状，夏浅气得手都颤了起来，什么叫死性不改？眼前现成的就是！

她还以为，被盛哲宁那么一通说教，再加上慕研给何之隽的那顿胖揍，这两口子能长点记性，可宁萌还是我行我素！不找人调查跟踪夏浅？行啊！别人改跟踪她爸妈了。

夏爸夏妈也凑过来看照片，见状奇怪咦道："这些照片是哪儿来的？我们没拍过啊？"

夏浅眼神冰凉地盯着宁萌，一字一句道："你凭什么调查我家？"

实然，她家最近的确是换了新车，爸妈又在老家买了房，可这关盛家、关宁萌一毛钱关系啊！这些钱都是她爸妈这些年辛辛苦苦攒下来的！原本夏爸夏妈的意思是，这钱留着给女儿当嫁妆，但夏浅和爸妈商议了番，说自己手上还有些钱可以做嫁妆，就让他们二老将这笔钱拿去自己投资。

老人家能懂什么投资？两口子合计来合计去，觉得最踏实可行的理财还是买房，于是这才在郦城新城区买了个电梯公寓。夏浅去年因为盛哲宁和宁萌的两个案子赚得略狠，手头宽裕，就又支助了爸妈一笔装修费，所以，这样都有错？这样都要向盛家打报告？

宁萌昂首道："如果这些钱是你自己的，当然没关系，可这些钱都是你讹之隽的！"

"什么？"夏浅简直觉得在听天方夜谭。

这头，盛哲宁也听不下去了，声音冻人："你胡说什么！"

宁萌咬牙："哥，我说你被她迷得七荤八素吧，你还不信！自从你们交往以来，夏浅就三番五次地找之隽拿钱，以他们之前的关系威胁之隽！之隽没办法，前前后后给了她差不多一百来万。这样的女人，你相信她是真爱你吗？她图的都是盛家的钱！"

夏浅："……"这话信息量实在是太大，夏浅一时半会儿竟有点反应不过来。她找何之隽拿过钱？这事她自己怎么不知道？何之隽倒是挺会往她身上安锅啊。

这头，何之隽也没料到宁萌会突然爆出这件事来，霎时也有点慌。

"呃，咱们先不说这事——"

"为什么不说？"夏浅一看何之隽的神情就大概猜到来龙去脉了，"何之隽，你说我前前后后找你要了百来万，那这么多钱往来总该有银行记录吧？你把记录找出来，对对银行账号是不是我的！"

何之隽结巴："对、对银行账号有什么用？你那么狡猾，早想到今天了吧？所以当初给我的都是你朋友的账号。"

夏妈接过话茬："行啊，那就把这个朋友的账号找出来，我们自己去查！"

闻言，何之隽只觉眼底阵阵发黑。

他哪儿去找什么朋友的账号，那些钱都被他拿去还赌债了。而且，金额也不是宁萌知道的一百万，而是三四百万。当时在伊豆半岛，他也不过拿夏浅当幌子，没承想宁萌这时候突然提起这茬来。

不能再这么对峙下去了，再这么下去，他非穿帮不可。

何之隽转移话题："先别说钱的事，你先说清楚昨天为什么约我出来！你不是说有朋友要招主持人吗？好啊，你现在就给她打电话对峙，按公放键让大家都听听！"

这一次，夏浅真的愣住了。想不到啊想不到，何之隽还学会举一反三了，啧！不错，真不错！可是，关于到底该怎么回答这个问题，夏浅却微微有些犹豫，从刚才盛哲宁的态度可以看出来，他还是不愿意家丑外扬的。

妹妹是小三的事尚且如此，就更提私生子了。而且，现在外公外婆都在场，这么一说出来，不仅盛家颜面扫地，搞不好两位老人家血压一高，晕过去都说不准。所以关于昨天的真正意图，她不能说。

偏偏这头，何之隽还嚣张到不行："说啊！你倒是说说你找我想干什么？"

夏浅紧抿唇瓣，不发一言。虽然没有抬头，但她依旧能感受得到众人炽热的目光。那目光中有不解、有猜忌，也有厌恶……呵呵呵，她这才真是蠢到家了，此时此刻，夏浅恨不能立马扇自己两耳光：让你以后再多管闲事！让你以后再当圣母！

夏浅纠结抓狂之际，旁边的盛哲宁突然长舒出口气来。

闻声，夏浅心里"咯噔"一声响，像是有预感地抬起头来，果不其然就见盛哲宁目光清冷地凝视着何之隽道："何之隽，这是你自己做的选择，别后悔。"

何之隽愣住之际，这头盛哲宁也已转头看向宁萌，启齿娓娓道来："宁萌，昨天夏浅去找何之隽是我授意的。之所以背着你悄悄找他，本来是想给他一个辩解的机会，不过现在看来，他不需要了。"

宁萌皱眉："哥你到底想说什么？夏浅讹之隽钱的事情你知道？"

盛哲宁冷笑声："第一，我的女人还看不上你家何之隽那点碎钱，你最好查一下这钱是不是给了外面什么不清不楚的人。第二，宁萌，你当真是一婚傻三年，你老公在外面有个私生子你不知道吗？"

你老公在外面有个私生子你不知道吗？

有个私生子你不知道吗？

你不知道吗？

知道吗？

……

夏浅扶额，盛哲宁，你对自己亲妹妹都这么毒舌真的好吗？

这顿饭吃到最后，自然不欢而散。

夏爸夏妈虽然对宁萌的事怄个半死，但对未来女婿的处理态度还是满意的，最终在两家人的协商下，将领证的日子定在了下个月的初七。双方长辈的意思，小两口扯完证后也别拖，跟着就举办婚礼。是以，夏浅一面筹备着荷琳答谢宴的事情，一面也开始慢慢做婚礼的准备工作，一时忙得脚不沾地，对于宁萌和何之隽后来的事情她也就不得而知了。

关于这件事，盛哲宁也是缄口不提，夏浅也懒得再问。可没想到最后，夏浅还是从旁人嘴里知道了宁萌和何之隽的后续剧情——

话说荷琳答谢宴当天，新旧姨婆居然出奇地配合，两人不仅没有吵架丢女儿的脸，反倒是双双上台给一对新人送戒指，感动得荷琳泪流满面。

· 309 ·

夏浅在台下看着这一幕，正感慨，就听旁边金研冷不丁道："听说了吗？他们在闹离婚。"

夏浅扭头瞪大眼睛地看着金研，结舌："你是说荷琳和她老公……"

察觉到自己词不达意，金研失笑，摇头道："我是说何之隽和他老婆。"

夏浅哦了声，心头的大石刚刚落地就又陡然悬起，失声道："你说谁？"

话音落下，夏浅就见金研勾唇苦笑开："他老婆宁萌……来找过我了。"

夏浅紧抿唇瓣，一时间也不知该如何应答，过了好半晌才猜测道："她要求去做亲子鉴定？"

"没有，"金研叹息声，道，"什么都没有。她只问了我和何之隽在一起的时间，还有一些细节就离开了。"话至此，金研低头看了看自己的手，沉沉又道，"她说……我和何之隽在一起时，正是她和何之隽暧昧之时，也就是说，那时候何之隽不仅和你在谈恋爱，还和宁萌勾搭着；时不时地，还要出校和我聚聚。呵！可真够忙的。"

想起之前种种，夏浅冷下脸来："她和何之隽在一起的那一刻开始就该想到今天。既然何之隽能劈一次腿就能劈第二次腿，狗是改不了吃屎的。"

"是啊，"金研缓缓舒出口长气，"宁萌自己也说这大概就是报应。所以做不做亲子鉴定对她来说都无所谓了，事实证明从一开始，何之隽对她就不是一心一意的，所以她说会起诉离婚。"

知道这个结果，夏浅心里五味杂陈，似乎也没有想象中那么高兴。原本她还以为，当自己真听到这出八卦的结局时她会欢喜，没想到此刻她却是无限感慨。

这大概就是真的放下了吧？

默了默，夏浅看向金研，犹豫道："那何之隽……"

金研浅笑："我知道你想问什么，我承认最开始对何之隽还抱有一丝希望。哪怕我们不能终成眷属，但孩子毕竟是他的，我以为当他知道可可存在的时候，会惊讶会彷徨，但最终他会担起一个做父亲的责任。其实，我并不求他做什么，只要能偶尔陪陪可可，让可可真切体会到爸爸的存在我就满足了。可是……"

金研停顿一番，仰天苦笑："夏浅你知道吗？知道真相后，何之隽一次都没联系过我，一次都没有！我也想骗自己说他找不到我的联系方式，可既然宁萌都能找到我更何况是他？他大概是怕我和可可缠着他，所以故意躲着我们吧？这样也好……至少这次，我是真的死心了。"

听完这席话，夏浅的心情也随着金研落到谷底，深呼口气，夏浅启齿正想说些什么台上就突然响起雷鸣般的掌声。

夏浅抬头一看，原来新旧姨婆已经发完言准备下台了。与此同时，夏浅的手机也微微震动了下——有短信进来了。

夏浅点亮屏幕一看，柳眉登时紧锁。

第三十一章　我的砍价女王

趁着金研不注意，夏浅偷偷溜出了宴会厅，三步并两步地走到大堂就见何之隽已经坐在大堂咖啡厅等自己了。

这头，何之隽本端着咖啡正准备喝，见夏浅来了急忙搁下杯子，起身浅笑开："夏浅，我听台里同事说荷琳今天在这办答谢宴，就猜你肯定也在。嘀嘀，还真让我猜准了。"

"找我干什么？"夏浅一看何之隽那张脸就觉得恶心，也亏得他脸皮厚，都闹到这地步了还敢来长盛酒店，就不怕遇到熟人？

"我手上有个案子想找你……"何之隽说到一半这才想起夏浅还站着，忙道，"你先坐！"说罢，就又招手叫服务员过来点餐。

夏浅实在受不了何之隽装模作样的样子，留下句"没兴趣"转身就走。何之隽见状急了，起身嚷嚷道："事成我给你二十万！"

夏浅脚步倏地滞住，何之隽这是转性了？居然开口就是二十万，她倒要听听什么活儿这么好赚。

这头，何之隽见夏浅没再往外迈步，以为她动了心，轻咳声说："只要你同意，我可以先给你两万定金，立马！"

夏浅挑眉，示意何之隽继续。何之隽道："你……大概也知道了，萌萌要和我离婚。"

夏浅"喊"了声，颇为不给面子地啐道："活该！"

何之隽闻言也不恼，竟然还顺着夏浅的话往下说："是，我是活该！是自作孽！可是那都是以前的事情了，自从和萌萌结婚后，我对她真的是一心一意，我怎么知道会突然冒出来个孩子？可萌萌现在根本不听我解释，说必须离婚。"

说到这，何之隽微微犹豫，才接着开口："夏浅，我觉得你在医院时说的话很对，其实我们没必要针锋相对。正所谓宁拆一座庙不毁一桩婚，我和萌萌要是真离了，她天天赖在盛家，缠着盛哲宁，你也不好过，不是吗？"

夏浅懒得跟何之隽两个兜圈子，干脆也学着盛哲宁的样子，两个字两个字地往外蹦："重点！"

何之隽："我要你帮我劝萌萌别离婚，事成后我给你二十万。"

"什么？"夏浅简直不敢相信自己的耳朵。

"你不是砍价师吗？谈判技巧什么的你比我熟，如果你能再让盛哲宁给宁萌施施压，这事应该没什么难度吧？"

说罢，何之隽想了想，才又接着说："如果……实在不行，宁萌还是坚持要离婚，你看能不能激一下她，让她放弃婚内财产净身出户。把我们名下的那套婚房留给我。不论离婚还是不离婚，只要这两个方案中的一个能成，我都算你砍价成功。"

夏浅幽幽凝视着何之隽，只觉自己好像从来不认识这个人。她只怕自己再待下去，连今早的早饭都要吐出来了。

夏浅起身就走，何之隽见状忙拦住她："别走啊，你是不是嫌少？我现在手上没有太多钱，如果真的事成我可以——"

夏浅抬头，何之隽只见对方神情阴厉，噎得登时说不出话来。

"何之隽，你听听你刚才说的话，钱钱钱，每一句都离不开钱。你是什么时候开始变成现在这样的？我原本以为，你这人除了自私点、卑鄙点，至少还存着基本人性，对宁萌也是有真感情的，可现在看来……呵！"

话说完，夏浅就转身离开。

眼见着夏浅的背影渐渐远去，何之隽也一屁股跌坐在椅子上。

是啊，到底是从什么时候开始他的眼里就只剩下了钱？是从那次同事拉他去赌场开始，还是那次要债的人堵上门开始？

可是，他没办法不处处提钱处处想着钱，因为一而再，再而三地进行网赌，他的债务也如滚雪球般越滚越大。

他不是没想过上岸，上次偷偷赔掉家里的部分理财产品后他就发誓不再碰这玩意，可每次对方给他发来邀请信息时，他又控制不住自己的手指。每次都会有个声音在耳边轻轻对他说："就这么一局，一局……"

只要这一局翻盘了，他就可以拿回所有输掉的钱，就可以在萌萌面前证明自己，就可以让那个该死的盛哲宁高看自己一眼！

可每一次，他都被人死死地按在水里，挣扎窒息。翻盘？根本就是天方夜谭。

现在，萌萌也因为私生子的事要跟自己离婚了，各个债务也已经迫在眉睫了，老天这是真要把他逼上绝路吗？

就像听见的何之隽的心声，这时，他的手机也乍响。

何之隽一看，是台里对他多加照拂的老前辈，忙接了起来，稳定情绪道："喂，钟老师……"

话才刚起头，那边就已劈头盖脸地责骂起来："你最近都在干什么？为什么网贷的人会给我打电话？还说你欠了他们几百万。你……你是要气死我吗？我本来还说趁着这台里周年庆提提帮你调节目的事情，现在你闹出这样的事情，且先看工作保不保得住吧？"

"什么？"何之隽犹如掉入冰窖。可还不等他细问，对方就已挂断了电话。随之而来的，还有源源不断的微信、QQ——

同事、亲戚、朋友都在询问他同一件事：他怎么会欠下了高额网贷。看着那些幸灾乐祸的、关切的、八卦的信息，何之隽只觉眼底阵阵发黑。

完了，一切都完了。

催债的人早就威胁过他，要是他再不还款就要向他所有亲朋好友揭穿自己亡命赌徒的真面目。看来，他们已经行动了……

何之隽正浑身冒冷汗胳膊就被什么东西戳了戳，当即吓得跳了起来。

"哈哈哈，胆子好小！"何之隽被银铃般的笑声拉回思绪，定眼一看，原来是个七八岁的小胖墩用手上的飞机模型戳了他下。

小胖墩睁着忽闪忽闪的大眼睛，咦道："叔叔，你胆子好小哦。"

何之隽这时候哪儿心情理这些，皱眉正想赶走小胖墩，小胖墩就歪头又道："你刚才在和小夏说话，你认识小夏对吗？"

何之隽拧眉："小夏？"

"对啊。"小胖墩点头，"就是夏浅嘛，她老公是我好哥们儿，就是小盛啦，你认识不？"

何之隽反问："你认识盛哲宁？你是谁？"

小胖墩咯咯笑开："我？我叫可可啊！"

小胖墩仔仔细细打量番何之隽，嘟嘴又道："咦，我怎么觉得好像在哪见过你？"

托腮思忖一番,小胖墩豁然开朗,拍掌激动道:"啊!我知道了!你是那个那个电视台的节目主持人!哎呀,我妈妈可喜欢你了,每次都要看你的节目,还一边看一边哭呢!"

"看我节目哭?"何之隽狐疑,"你妈妈是?"

"我妈妈叫金研,你认识吗?"

闻言,何之隽顿时心乱如麻。金研?难道这孩子就是——

何之隽再细细端详小胖墩的五官,是了,这孩子的身份毋庸置疑。虽然小脸是胖了点,可细看着孩子的眉眼,这挺翘的鼻梁,分明就是自己小时候的翻版。

默默望着小胖墩,何之隽似乎又回到了童年时光。那时候,他可没这小胖墩这么胖,瘦瘦小小一只,总被同学们欺负。

那时候他们都骂自己什么?

"瘦猴子""穷鬼""瘸子的儿子,滚出学校去"……

那时候的自己,总可怜兮兮地缩在角落,用尽力气蜷缩成一团。他告诉自己没关系,没关系,总有一天自己会出人头地,总有一天他会让这些欺负他的人都对自己毕恭毕敬。

几年前,他以为自己真的做到了。

他是电视台前途无限的主持人,他拥有漂亮得体的女朋友,他出入高档场所,与上流人士谈笑风生。他以为自己已经成为小时候梦想的那种人,可原来到头来,什么功成名就,什么风光无限都是一场梦啊。他这样的人,似乎根本就不该存活在这个世上。

幽幽看着眼前的孩子,自己小时候的脸渐渐与之重叠,何之隽有些失神地呢喃:"是啊,你就不该活在这个世上,你就不该——"

说着说着,何之隽看小胖墩的眼神就变得狠厉起来。

……

听说小胖墩失踪消息时,夏浅和盛哲宁都已经睡下了。

半睡半醒间,夏浅接起电话就听那边金研亟亟道:"夏浅,可可有没有去你家?"

夏浅细问下才知道,原来答谢宴过后,金研和家人才发现可可不见了。原本以为只是小孩子贪玩,又躲在哪个角落打游戏,可众人将酒店翻了个里三层的外三层,又把附近的游戏厅、网吧都找了个遍,依旧一无所获。

电话那头，金研的声音明显已带着哭腔："他以前就算再怎么贪玩，一到天黑就知道回家，可今天已经这个点了……"

"你先别急，"夏浅一边安抚金研一边穿衣服下床，"他上次跟我说过他们学校后门好像有个洞，小孩子可以直接通过那个洞进到学校里边，我现在就开车过去看看。你也接着找。如果再不行，咱们就报警！"

又交代了两句，夏浅便挂断电话，正说掀被子下床，一扭头，见盛哲宁也已经坐起来了。她刚才声音不小，再加上盛哲宁就睡在她旁边，不被吵醒才怪。夏浅启齿正欲说"你接着睡"，这头盛哲宁就直截了当道："不去学校。"

夏浅嗳了声，还没反应过来，就听他接着往下说："我和你一块去长盛酒店，看监控录像。"

两人到长盛酒店总部时，安保部的经理李鑫已经在大堂等着他们了。夏浅第一次觉得"老公是霸道总裁"棒棒哒！

虽说报警的话，警方也有权利调取酒店的监控录像查看小胖墩的去向，但这么一来二往花费时间太长。可酒店是自家开的就不一样了，直接招呼一声，想怎么看监控录像就怎么看！

根据金研的描述，两人预计小胖墩是在答谢宴开始后才离开酒店的，于是刻意调取了中午十二点之后的录像查看。饶是如此，工程量还是颇大，夏浅白天本来就忙了一天，这会儿看监控录像看了一小会儿就觉头晕脑涨。

盛哲宁见状心疼，拍了拍老婆的肩膀："你去休息，我来看。"

夏浅摇头，正想说不用，帮忙调取录像的安保人员就咦了声，道："盛总，你看是不是这个小孩？"

闻言，小两口齐齐伸脑袋看向屏幕，陡时，又瞬间黑下脸来。录像上，蹦蹦跳跳走出酒店门口的的确是小胖墩，可让两人没想到的是，牵着小胖墩的高大男人他们也认识——是何之隽。

与此同时，何宅——

宁萌刚在床上躺下就听外面传来钥匙转动的声音。知道是何之隽回来，宁萌披上件外套就出了卧室。

自从闹离婚以来，两人就分了居。可长久这么拖着也不是办法，是以这会儿见何之隽回来,宁萌就想着跟他聊聊,最好能劝得动他在离婚协议上签字。

可当她来到客厅,只见何之隽正摆弄着沙发上的什么东西,屋里也漆黑一片,只有窗外的盈盈月光照进来。

"你在干什么?"

"啊,萌萌啊。"见宁萌突然出现,何之隽也吓了大跳,忙站起身来,"我回来的动静太大,吵着你了吧?没事,我这就收拾收拾去书房。"

宁萌没搭理何之隽,转身就欲去开灯,何之隽见状急了,忙拉住她道:"萌萌!我都说了,这里你别管,回房去!"

"你到底在干什么?放开——"宁萌听了这话越发起疑,挣脱何之隽的束缚就三两步地凑到了沙发前。这次,饶是她高度近视也看清了,沙发上的"东西"竟然是个人!

望着沙发上熟睡的小男孩,宁萌倒吸了口凉气:"这、这是谁家的孩子?"

何之隽额发遮着眼睛,声音沉沉:"你不早就知道了吗?这是我和金研生的那个私生子。"

宁萌有瞬间的呆滞,半跪下来,一边拍可可的脸一边唤他。可不知为什么,无论宁萌怎么呼唤,对方都没半点反应。哪怕睡得再熟,也不该唤不醒吧?除非是……

"你给他吃了什么?他为什么——啊!"宁萌回头质问何之隽,可话说到一半就被眼前的一幕吓得尖叫,与此同时,人也连带着往后退了几步。

这边,何之隽手握着尖锐的匕首,语气倒是淡淡的。

"你放心,我不会伤害你。我只是……呵,萌萌,今天你也收到催债的电话了吧?我没活路了,同事、朋友、亲戚都已经知道我是个赌鬼,电视台的工作也保不住了,你也要跟我离婚……"

"我只是想,离开的话就把这孩子一块带走好了。我不想他再走我的老路,从小遭人嘲笑唾弃。就因为家世不好,永无出头之日……既然这样,还不如现在就结束的好。"

"之隽,你在胡说些什么?"见何之隽这副绝望轻生的样子,宁萌也微微心疼起来,当即红了眼眶,"我是恨你跟别人有了孩子,还瞒着

· 317 ·

我出去赌钱,可就算这样,也不至于去死啊。你先把刀放下好不好?我们有话慢慢说。"

宁萌一边说着,一边就缓缓靠近何之隽。

可脚刚刚迈出去半步,何之隽就歇斯底里地喊出声:"难道我还有活路吗?所有人都在看我笑话,所有人……还有我借的那四五百万,那些放高利贷的人是不会放过我的!你要我怎么办?光着屁股再回老家去求我姐吗?

"宁萌我受够了,这样的日子我一天也不想再过了。你以为我为什么去赌?因为我想证明自己,我想证明给你看!不靠你娘家我也一样能照顾好你,一样能让你不降低生活质量地活着。你想买包就买包,想去几星级酒店就去几星级酒店……"

"之隽——"宁萌从没听过何之隽的这些心里话,心里也微微泛起了酸。

这头,何之隽也已带了哭腔:"……我想让你那高高在上的哥哥看看,我不是为了钱才和你在一起。我是真的爱你的,你知道吗萌萌?"

"我知道,我都知道。"

"你不知道!"何之隽举着匕首,神情也变得微微扭曲,"你们除了身世比我好,还有什么?你们凭什么看不起我?"

"我没有我没有……"宁萌头摇得如拨浪鼓,"我从来都没有看不起你过。之隽你别这样,我求你。真的没有什么大不了的,一切都可以从头来过,就算丢了电视台的工作,你——你还有我啊。"

"你?"何之隽停止哭泣,抬头凝视宁萌,"你还愿意留在我身边?"

"是。"宁萌点头哽咽,"只要你好好活着。孩子暂且不提,欠债的事咱们再想办法。我手上还有一两百万散钱,加上家里的基金、股票怎么着都够你还钱了。实在不行,不是还有房子嘛。"

何之隽微微迟疑:"真的?"

"真的。"

闻言,何之隽缓缓放下刀,可又在瞬间重新举起来:"不行,我怎么知道你是不是在骗我,你你你必须拿出证明来!"

宁萌被逼得也快要崩溃了:"你要我怎么拿证明啊?"

话音落下,何之隽的眼中骤然闪过一道光,声音也变得低低沉沉:

"你……现在就把钱给我。"

顿了顿,又强调道:"只要你把钱给我了,我就信你。"

宁萌微怔,看着何之隽这样子忽然有些起疑。

他这兜来兜去最后还是回到"钱"字这个原点上了啊。该不会是,今晚从一开始就是何之隽在演戏吧?

是了,如果他真要带着孩子自杀,哪儿不能自杀,什么时候不能自杀,偏偏回到家里来自杀,还偏偏让她看见。这从头到尾根本就是一个局!

何之隽就是要用这种方式让自己心软,然后达到拿钱的目的。

"怎么样?"这头,何之隽还满怀期许地看着宁萌。

宁萌心寒,但看着他手上寒光森森的匕首还是不敢当场戳穿他,只得接着演戏道:"好,我给你。你自己去我的梳妆台里找吧,最里面的盒子里有张银行卡,里面有两百万。"

"好,我这就去拿!"说着,何之隽就急忙进了卧室。

待听见何之隽的脚步声消失,宁萌这才"噌"的一下从沙发上跳起来,转身就往外跑。此刻她身上还穿着睡衣,但也顾不了那么多了,逃命要紧!

可就在她开门的一瞬间,身后却突然传来一阵呼噜声。

宁萌骇得浑身毛孔张开,缓了缓神这才想起这是沙发上熟睡的小男孩发出的。深呼口气,她转身就欲离开,可左脚明明已经迈出大门,身体却死活动不了了。

虽说何之隽自杀什么的都只是在演戏,但他现在情绪极度不稳定,如果狗急了跳墙,待会儿出来又发现自己已经逃跑的话,会不会真拿这孩子撒气?

想到那把明晃晃的匕首,宁萌一口银牙咬碎,挣扎一下,终回过头来……

何之隽在卧室一番寻找也没找到宁萌说的银行卡,只能再回到客厅。他本说问问宁萌是不是记错了,可他一到客厅就被眼前的景象震住了。

房门大敞着,而宁萌正费力地拖着可可往门外走。原道,宁萌虽然下定决心带可可一块离开,但她本来就瘦弱,再加上刚才的一番惊吓,此刻无论如何都扛不动这小胖墩了。最后情急之下,宁萌只能将可可放在地上往外拖拽。

宁萌原本正费力地拖着,眼见就要到大门口了,却听见何之隽的脚步声,亦吓得怔住。是以一时间,两人一个站在玄关口,一个僵在门口,都没作声。

过了半晌,何之隽这才缓缓走到宁萌跟前,看看她煞白的小脸,再瞅瞅地上死猪般的可可,诧然道:"萌萌,你在干什么?"

闻言,宁萌掉头就往外跑。谁料这边何之隽却快她一步地奔过来,拽住她的头发就往回拖。宁萌惊恐万分,可还没来得及出声,啪的一声,脸就被火辣辣地扇了下。

"贱人!居然敢骗我!"打出这巴掌,何之隽只觉无比解气,干脆将宁萌推倒在地,骑在她身上,一边扇耳光一边骂,"我对你这么好,你要什么就给你什么,可老子现在一出事你就要离婚!呸!还什么爱我,都是骗鬼的鬼话!说!钱到底在哪?!"

宁萌哭号不止,偏偏越挣扎何之隽扇得越厉害,最后,何之隽觉得扇得不过瘾,又开始改用拳头。宁萌哭得上气不接下气,只觉立马就要晕过去,却突然听见一熟悉的女声尖叫道:"何之隽你在干什么?!!!"

何之隽正撒气撒得欢快,听见头顶的声音一抬头,顿时吓得魂飞魄散。

门前站着满脸讶然的夏浅,而她身后,不是盛哲宁又是谁?这头,盛哲宁眼见何之隽竟然对妹妹拳打脚踢,眼眸一凛,握紧拳头就要上去。何之隽慌不择路,捡起地上的匕首就直接比在了宁萌的脖子上。

"别过来!不然我杀了她!!!"

见状,夏浅的心瞬间提到了嗓子眼儿,深呼吸道:"何之隽,你别乱来!"另一边,盛哲宁也骤然停住了脚步,紧抿唇瓣一言不发。

夏浅舒出口气,故作轻松道:"何之隽,你先放松、放松。没什么事是解决不了的。"

"没什么解决不了?"何之隽呵笑,歇斯底里地吼道,"什么都解决不了才是!什么都没有了……既然要死那就一起死!"说罢,何之隽比在宁萌脖子上的匕首就又往里伸了伸,宁萌忍不住尖叫出声。夏浅可以清晰地看到,她的脖子上已被划出了狰狞的小口。

"你别紧张!"夏浅道,"说来说去你不就是想要钱吗?这还不简单?你还怕他们盛家没钱?"

闻言,何之隽神情稍稍松懈,但下一秒,又立马警惕地勒紧宁萌。

"闭嘴!你别以为我不知道,你说这些都在骗我!我拐了可可,现在又挟持了宁萌，根本就不可能再挽回。我不想坐牢，既然这样还不如一块死！"

夏浅一口银牙咬碎，在心里不断地提醒自己镇静、镇静。越是这种时候越是不能慌，其实想想也没什么大不了，就当是一场谈判。没错，就和平时的砍价谈判没什么两样——

念及此，夏浅呼出口气，逼着自己放松下来。

无疑，现在谈判已进入僵局，要突破僵局倒是简单，但让夏浅纠结的是，突破僵局之后该怎么办？

价格谈判里，突破僵局后，讲究个出其不意，在对方刚松弛的心理状态下突出奇招，继而一举攻下谈判。可眼下，她哪儿去找什么奇招？如果没有奇招攻下何之隽，她安抚何之隽又有什么用？

夏浅正急得如热锅上的蚂蚁，手心忽然一热，她一转头就看见盛哲宁正看着自己。

见夏浅看向自己，盛哲宁又坚定地点了点头。这一刻，夏浅也说不清为什么，就是不需要任何言语和手势，她就是明白了盛哲宁的意思。

——他就是那个奇招。而自己，只要想办法配合他打破僵局就好。

整理番腹稿，夏浅启齿道："何之隽，我们都让一步好不好？"

何之隽抬眼看夏浅。

夏浅故意慢下两拍，少时才接着道："只要你想，有什么不可挽回的？可可是你儿子，你带他出来玩，怎么会叫绑架？还有，你现在就放下刀，那就不叫挟持了，最多算个家暴，所谓清官难断家务事，家暴这种事连派出所都不会过问。"

听了这话，何之隽果然动心，犹豫番咬牙道："可我怎么知道你是不是在说谎？！"

夏浅举手："你先别急别急，我这不是话还没说完嘛。我刚才已经说了，咱们各让一步，只要你肯放开宁萌，盛哲宁立马给你准备车和钱。四十万。"夏浅故意把价钱压得低，果然话音刚落，何之隽就上钩了。

瞪大眼睛，何之隽怪叫道："四十万？你们打发叫花子吗？！"

夏浅比了个六的手势："那就六十万，不能再多了。"

"夏浅！！！"何之隽被彻底激怒，"这不是砍价谈判，你们没资格和我讨价还价！"

——僵局彻底打破。何之隽开始在乎钱多钱少了,那也就表示有得谈了,接下来,就看盛哲宁的奇招了。

夏浅正想着,旁边一直缄默不语的盛哲宁就冷不丁道:"宁萌,现在知道后悔了吗?"

此话一出,在场的其余三人都齐齐怔住。

夏浅纳闷地盯住盛哲宁,狐疑皱眉。现在这种情形,只有力劝何之隽才可能化险为夷,可盛哲宁为什么要……

想到一半,夏浅灵光一闪,脑子里顿时浮现出一行字来:调虎离山之计!对,盛哲宁一定是想借和宁萌说话转移何之隽的注意力,虽然兵行险招,但也确实成功概率最大,只是,不知道宁萌能不能接收到她哥的讯息。

念及此,夏浅突然想起什么,故意将长发挽到胸前,又刻意地摸了摸发尾。

早在夏浅帮宁萌砍价之时,两人就曾约定过一系列的小暗号。挽头发是撤离,摸发尾是要求对方配合演戏。只是不知道过了这么久,宁萌现在又处于过度惊吓的状态下,还能不能记起这些小暗示。

摸完头发,夏浅抬头,只见宁萌眼眸清澈地凝视着她。GOOD!看她这眼神应该是明白了。

盛哲宁接着往下说:"哪怕到今天这地步,你还要我帮他解决赌债的事情吗?"

宁萌抽了抽气,果然无比配合道:"不论怎么说,他也是孩子的爸爸啊……"

听了这话,何之隽果真震住,讶然道:"孩子?什么孩子?"

夏浅配合着两兄妹演戏,佯装惊讶道:"你还不知道吗?宁萌怀了你的孩子啊。"

何之隽彻底呆掉:"真的?"

"真的。"宁萌抽泣道,"之隽,你放过我吧……"

何之隽想了想,哈哈笑出声:"你们以为这样,我就相信了?哈哈哈,要真怀了也没关系,我们一家三口一起下地狱!!"

话音落下,盛哲宁用鼻音哼的一下冷笑出声:"也好。这样的话也不用还陈哥的高利贷了。"

何之隽定住，过了会儿才道："你怎么知道陈哥？"

盛哲宁邪邪勾唇，启齿道："何之隽，你怎么这么蠢？你还看不出来吗？你一直都被我玩弄于股掌间。那个陈哥，是我派去的。"

何之隽："你……什么意思？"

盛哲宁道："你这个人实在太孬种太惹人厌，我不能留你在我妹妹身边，可我妹妹对你死心塌地，要想拆散你们总要找点你的错处不是吗？所以，我找人带你去赌场，又让你先赚点小钱尝点甜头，最后才让你输个精光，逼不得已去借高利贷。"

听了这话，何之隽已经浑身发起抖来，咬牙道："你……"

盛哲宁抱胸接着说："啊对了，那个陈哥是不是教你回来骗萌萌的房子？还说已经帮你找到了买家？哼，那个买家就是我。你根本就不配住我们盛家的房子！连给我提鞋都——不——配——"

在盛哲宁的刺激下，何之隽瞳孔微微放大，最后，终于受不了地站了起来，举起匕首一边往盛哲宁这边冲一边嚷嚷："盛哲宁，老子和你拼了！！！！！"

"盛哲宁！"这头，夏浅看得心惊胆战。谁料盛哲宁却轻轻往边上一闪，何之隽就冲了出去，眼见失手，已失了理智的何之隽折身就要回来再刺盛哲宁，可他还没来得及回头，几个警察就从楼梯间冲了出来，三下五除二地把何之隽制服住了。

原来，早在看到监控录像时，盛哲宁和夏浅就报了警。盛哲宁因为担心宁萌，和夏浅先来一步，而警察也随之赶到。

见尘埃落定，夏浅终于松下一口气，走到宁萌身边蹲下，正说查看查看她的伤势，宁萌就猛地一下扑进夏浅怀里，像孩子般哇哇大哭起来。不远处，盛哲宁看着生命中两个最重要的女人相拥的画面，情不自禁地舒出口气来。

事后，何之隽因为故意伤害罪、绑架罪等罪名被关押了起来，具体的审判结果还没下来。远在老家的姐姐何之秀知晓事情后倒是给夏浅打过几次电话，打一次哭一次，说来说去无非是让夏浅帮忙劝劝宁萌云云。

夏浅没办法跟何之秀解释清楚刑事案件和民事案件的区别，最后干脆看见她的电话号码就不接了。但最终夏浅还是于心不忍，又偷偷给姐姐夫汇了笔钱。何之秀当初为了供弟弟读大学，早早辍学出来打工也是不易,可惜不曾想,最后却培养出个钻进钱眼子里的白眼狼。

小胖墩身体也没什么大碍,根据检查,何之隽只是给他吃了安眠药,小家伙睡上一觉就又生龙活虎了。但现在让他唯一苦恼的是,因为宁萌抱不动他的事情让金研大为感触,现在正逼着儿子节食减肥。

唯一让人揪心的,还是宁萌——

自从那件事后,宁萌一直都消沉萎靡,说是睡着了就会整夜整夜地做噩梦。最后还是其闺蜜杨桦出了个主意,说要带宁萌去她英国的舅舅家散散心。两人最终定好出发的日子,正是夏浅和盛哲宁领证这天。

这天一大早,夏浅和盛哲宁就去了民政局,拍照、做体检、准备各式资料外加填申请表……等他们做好所有准备工作再到办事大厅时,才发现人山人海。咳咳,看来老妈选的黄道吉日果然是好日子,居然这么多人选在这天结婚!

能怎么办?排号等呗——

等待过程中,夏浅坐在铁椅上无所事事,瞥了眼旁边正闭目养神的盛哲宁,咳嗽道:"咳,那个……宁萌今早出发前给我发了条微信。"

盛哲宁连眼都没睁,淡淡嗯了声,无所谓道:"说的什么?"

"她说,让我照顾好你,又说你脾气拗,让我让着你点。"

其实,宁萌说的不止这些,她在微信里的最后一句话是这么说的:"我虽然感情上还是接受不了你即将成为我嫂子,但我想了想,似乎还真只有你才能治得了我哥,这大概就是别人说的恶人自有恶人磨吧。预祝新婚快乐。谢谢你,对不起。"

彼时看到这条微信,夏浅简直哭笑不得。

什么叫恶人自有恶人磨?说得好像她特泼特凶似的。不过懊恼之后,夏浅心里又陡觉轻松不少,那句"谢谢你,对不起"已经表达宁萌对她的所有态度了。虽然未来见面可能还是会有尴尬,但我祝福你和哥哥,也谢谢你当时来救我,关于曾经的事,我只能道声对不起。

呼,这就够了,她满足了。她和宁萌都不是白莲花,未来需要再慢慢磨合也挺好,只要摆脱了何之隽,就她好我好大家好。

夏浅正想着,盛哲宁冷不丁道:"其实当时,我说的有一句话是真的。我们查出何之隽在外面欠了高利贷后,宁萌真的求过我,说虽然要离婚,但毕竟夫妻一场,让我帮他解决掉这件事。"

闻言，夏浅顿时唏嘘不已。

所以，如果何之隽不那么自私自利，甚至动歪脑筋绑架小胖墩的话，这件事是可以解决的。可他一再地走极端，一再地将人往坏处想，终于走上了不归路。不得不说这才真是报应啊！

念及此，夏浅又想起件事，托腮踌躇番，终于还是问了出来："话说，你怎么知道借高利贷给何之隽的那个人叫陈哥？"唔，当时还说什么为了让何之隽离开宁萌，故意设计陷害之类的，说得真真儿的。要不是她了解盛哲宁的为人，都真的相信了好吗？

盛哲宁斜夏浅眼，毒舌症复发："这么简单的道理都想不通？我派人调查何之隽，发现他欠赌债又借高利贷后就知道详情了。"

夏浅："……"

无缘无故又被盛哲宁教育一顿，夏浅郁闷到死，偏偏又找不到话反诘，正抓狂，盛哲宁的手机响了。

盛哲宁接起电话，一不小心按到了免提，是以夏浅就听一甜美的女声道："盛先生您好，您上次在我们店里定制的钻戒因为工作人员的失误，把其他客户的戒指寄给您了。后来我们发现这个疏忽后，已经将您定制的那枚戒指重新寄给您了，请问您收到了吗？"

闻言，夏浅登时愣在原地，不说话了。求婚当天，某人的某些言语再次回响在耳畔。

"夏浅，你最近到底吃了多少？"

"我这钻戒是按照你那粗壮无比的无名指尺寸做的，你现在却戴不下，你知道这说明什么吗？"

"你——又——胖——了——"

……

——所以，她其实是被冤枉的？根本就不是她长胖了，而是盛哲宁搞错了！他居然分不清自己定制戒指的大小，拿别人的钻戒跟她求了婚？

夏浅怔忪之际，这头盛哲宁已迅雷不及掩耳之势地挂了电话。知道事情败露，盛哲宁也颇为下不来台，正思忖说些什么，前台就叫到他们的号了。盛哲宁喜出望外，轻咳声，对着夏浅道："走吧，到我们了。"

说罢，盛哲宁就去拉夏浅，一拉，没动；再拉，还是没动；再再拉，盛总大人黑脸了。

.325.

"夏浅,你干什么?"

"道歉!"夏浅叉腰毫不示弱,"盛哲宁,这件事根本就是你不对,你知不知道当时给我造成了多大的精神打击?道歉!你如果不道歉,我今天坚决不结婚!"

盛哲宁龇牙:"别闹!"

"我不管,道歉道歉!"

两人拉扯间,旁边已有人偷偷朝他们这边偷瞄了。而另一边,柜台也开始放第二次喊号了。盛哲宁一时之间急得汗都下来,终于服软道:"对不起。"其语速之快,语音之低,简直不能为人所听。

夏浅挑眉,"什么?没听清。"

盛哲宁呼出口气,满脸无奈道:"老婆,对不起。这样总可以了吧?"

闻言,夏浅见好就收,终于起身款款走向柜台。在背对盛哲宁的瞬间,夏浅终于情不自禁地弯眼笑开。嗯,领证前就给了盛总大人一个大大的下马威,真是好兆头呀!

盛哲宁你给我等着,看结了婚,本女王怎么一步步把你变成盛忠犬!

(全文完)

新年番外集

【番外一 抢红包】

又到一年一度新春佳节,终于又到抢红包的时候啦。

某天晚饭后,盛哲宁正在书房看书,就听夏浅在客厅魔障地狂笑开:"哈哈哈哈,发了发了!赚大发了!!"

盛哲宁出书房,就见老婆正抱着手机兴奋得手舞足蹈。盛哲宁随口问了句:"抢到多少钱这么开心?"

夏浅两眼还在发绿光,激动道:"三十!整整三十块啊!这是我抢到最大个儿的红包了!哈哈哈哈!不枉姐又是提升网速又是换手机。哎呀不和你说了,微信下一波红包又要来了。"话毕,夏浅就再次全身心投入到抢红包的热潮中,完全没注意到老公铁青的脸色。

——为了区区三十块钱,他的女人居然能高兴成这样,她最近是有多缺钱?

翌日,夏浅卡里就多了笔五位数的进账,留言只有简单的两个字:红包。

翻译过来即是说:缺钱就说,老公给你买买买!他的女人,怎么能为钱这种小事而伤神呢?哼!

夏浅:"……"看来抢红包的乐趣,土豪大人是无法理解的。

【番外二 发红包】

除夕夜,伴随着抢红包的热潮,亲戚朋友之间也开始了互送红包。夏浅一边看春晚,一边在微信上给朋友们挨个送拜年红包,结果刚在闺蜜群里发了两百块红包,乐颖就叫开了。

乐颖发语音道:"嗳嗳,这点钱就把我们打发了?"

方芳附和:"就是!夏浅发的红包我都懒得往里点,去!夏浅,把你家土豪大人叫来给我发红包。"

花妹:"求土豪红包求土豪大红包!"

向来不在群里发言的陈浚也乐了,起哄道:"对对,叫你家老公来给大家发红包哟!我的手指已经蠢蠢欲动了。"

老何发了个点赞的表情,也嚷嚷开:"妹儿啊,哥昨天在微信抢你们长盛酒店的红包,连毛都没抢到一根,这心正伤着呢!你快让盛总大人私下给我们发点,弥补下心灵上的创伤!"

闻言,夏浅瞥了眼旁边岿然不动的盛哲宁,咳嗽:"盛哲宁,怎么大过年的,你这手机也没见响过啊?"

盛哲宁挑眉,满脸不解:"为什么过年手机必须响?"事实上,为了好好陪老婆过除夕,盛总大人早就关机了。

夏浅见拐弯抹角不行,干脆开门见山地将自己的手机递到盛哲宁面前:"你看,他们都嚷嚷着要让你发红包。要不……你就当次散财童子呗?"

盛哲宁对钱向来不敏感,这种发红包的小事他一般都不会拒绝。果然,闻言盛哲宁就打开了手机,按照夏浅的指示点进微信群开始发红包。红包一发,群里当即炸开了锅。

乐颖率先激动叫开:"啊啊啊,谢谢土豪老板,这红包是我有生以来收得最大的一个!"

话毕,没两秒钟,乐颖又道:"咦?原来我还以为是我人品爆发,抽了个大红包!原来大家的红包都是四位数啊……"

夏浅一听"有红包"三个字,瞬间呆住,忙打开"红包详情"查看,差点当场晕过去。只见屏幕上赫然显示着——

何必胜 200 元

乐颖 200 元

方芳 200 元

陈浚 200 元

花妹 200 元

夏浅:"……"盛哲宁,你这是每个人都发了200吗?发个红包而已,需要这么拼吗?

夏浅目瞪口呆之际,微信又是接连几声响,夏浅忙打开一看,只见群里又多了七八条信息。

盛哲宁发出红包，祝福大家新年快乐，恭喜发财！

陈浚：啊啊啊，红包又来了，兄弟姐妹们抢！

方芳：已领。低调炫红包。

乐颖：我去！你们还是不是人，都不通知我们两口子就先抢了啊！

陈浚：老何！！老何抢了这么多！！！

老何：哈哈哈哈！谢谢盛老板，谢谢夏浅，我受伤的心灵彻底恢复了。

花妹：作为本群唯一一只单身狗，没有桃花运我也认了，为什么财运也不如你们！！

乐颖：啊啊啊，不行，我今天受的刺激太多，必须去朋友圈晒一下我的土豪闺蜜！

……

夏浅看到这已经看不下去了，将手机往沙发上一摔就咆哮道："盛！哲！宁！"

还在发红包的盛哲宁闻言轻轻嗯了声，抬头："怎么？难道这个微信红包不是这么玩的？"

"不是不是这么玩的，只是你——"夏浅话还没说完，她的手机铃声又大响。夏浅拿过手机一看，是老爸。

夏浅接起来，还来不及说话，就听那头老爸道："哎呀闺女，这大过年的，你们小两口有心了，只是这钱也太多了。还有……你们包这么大的红包，别的亲戚知道了不好，我跟你妈一直都说盛哲宁就是个小客栈的老板，你这……"

老爸话说到一半，电话就被旁边的老妈抢了过去，老妈一接电话，立马就是一顿劈头盖脸的骂。

"你个死孩子！你在群里显什么显？财不外露！财不外露！这话你结婚前我跟你说了多少遍？你怎么就听不进去呢你这……"

夏浅无视老妈后面的话，颇为绝望地看向盛哲宁："你又对我们娘家的微信群干了什么？"

盛总大人挑眉，还是那副理所当然的样子："既然要发红包，你们家里的人当然也不能少。不过考虑到是亲戚，毕竟比朋友更亲一层，红包自然是每个人都有。"

夏浅闻言吐血三千尺，还来不及发声，手机短信又是一阵乱响。夏浅深呼吸又深呼吸，觉得这次哪怕看到再劲爆的消息也麻木了，可当她真正看完短信，还是不可遏制地崩溃了。

"盛哲宁！"夏浅跳脚咆哮，"你对我的卡做了什么？为什么刚刚银行短信提醒我我卡里少了几千块？！"

"哦，"盛总大人淡定答曰，"我没有绑定银行卡，所以发红包当然是刷你的卡。"

听了这话，夏浅欲哭无泪，当机的脑子里只剩下一句话不断循环往复着——

发红包当然是刷你的卡……

呵呵，让红包什么的都见鬼去吧！

【番外三 收红包】

骤失四万块钱，夏浅肉痛不已。再听到手机响，更是心惊胆战，最后索性关了机。

世界是清静了，夏浅的心也拔凉拔凉了。整整四万块啊！她得再接多少个砍价案子才能赚得回来？就被她家败家爷们儿这么轻轻松松地花出去了。

念及此，夏浅怨念地瞪了盛哲宁一眼，谁料盛哲宁却不慌不忙地拍了拍夏浅的脑袋，"知道错了？"

夏浅咋舌："我错了？"你大爷的说反了吧？到底是谁错？！

盛哲宁抱胸："夏浅，你自己好好回忆回忆，从一周前开始，你每天除了抱着手机抢红包，盯着电脑抢红包，什么时候认真看过我？"

夏浅噎了下，说不出话来。所以，盛哲宁这是在吃手机和电脑的醋？

"你其他时候这样也就算了，大年夜还抱着手机不放，该不该罚？"

夏浅顿悟，下一秒，又忍不住跳脚抓狂："就算要罚，也不该罚那么多钱啊！整整四万块啊！说没就没了啊！！！"

盛哲宁挑眉："谁跟你说这几千块没了？"

夏浅眼眸陡然睁大，难道还有转机？盛哲宁奸笑颔首："这几千块，只是暂时放在你亲戚朋友那里，让他们帮忙保管下。"

夏浅道："怎么说？"

盛哲宁轻轻揽住老婆，大手悄无声息地滑进她的毛衣里。一边动手动脚，一边又将嘴凑到夏浅耳边："傻瓜，'怎么说'不行，要看'怎么做'。你不是一直说想要孩子吗？有了孩子，红包自己就加倍回来了。"

好计谋！不过等等，嗳，她什么时候说过想要孩子了？关于孩子的问题她还没想好啊！

"盛哲宁你放开！啊……你真是——"

"嘘！老婆你听，钟声响了。"

"新年……快乐。"

"嗯，快乐。我们去床上接着快乐。"

"滚！"

"不喜欢吗？那在沙发上快乐也——"

"……闭嘴啊混蛋！"

婚后甜蜜番外集

【番外一 所谓情趣】

盛总大人没事就拿夏浅的体重说事,这是众所周知的。其实,以夏浅168的身高,120斤体重真心不算胖,但盛哲宁就是乐于拿老婆的身材开涮。

婚礼前,小两口去定制婚纱店选婚纱,夏浅连试几件婚纱都不太满意。最后老板娘灵机一动,推荐了款一字肩的婚纱让夏浅试穿,果然夏浅一穿上瞬间光彩夺人。这款衣服不仅修身收腰,而且在镁光灯的照耀下,显得格外高挑明艳。老板娘和店员们见状,也在旁连连称赞好看。

是个女人,在这个时候都希望得到老公的认同。于是乎,夏浅娇滴滴地转过身来,冲盛哲宁粲然一笑:"好看吗?"

说罢,夏浅就欲再扭扭腰,摆个娇媚的POSE好好让盛哲宁惊艳一把。谁料,她的手还没搭上腰呢,就听这边盛哲宁沉闷道:"夏浅,你知道你为什么穿这件婚纱比其他几件都好看吗?"

夏浅呆立,啊了声,还来不及反应,这头盛哲宁就道:"因为这款一字肩遮住了粗壮无比的麒麟臂。"

这款一字肩遮住了粗壮无比的麒麟臂……

遮住了粗壮无比的麒麟臂……

粗壮无比的麒麟臂……

麒麟臂……

臂……

话音落下,婚纱店内霎时寂静无声。老板娘和三名店员傻眼,过了半晌,老板娘才反应过来,呵笑解围道:"哈哈哈,盛先生真会开玩笑。盛太太,你们的感情真好呢!"

好你大爷!

夏浅气得肺炸，至此狠下心来减肥。一来是为赌口气；二来也确实想要在婚礼上更好地展现自己。所谓功夫不负有心人，两个月后，夏浅足足掉了二十二斤，成功回归两位数体重。

　　乐颖和方芳见状都自叹弗如，老何更是再见夏浅时，打趣道："美女，你哪位啊？"

　　夏浅以为，从此以后，自己再没软肋让盛哲宁吐槽了，但事实证明，她还是太年轻了——

　　某日，夏浅在淘宝购物，无意买到条破洞的裙子。夏浅和店家协商退货，店家却一副"你爱咋咋的"的态度，气得夏浅直跳脚。盛哲宁见状，安抚老婆道："你这不算什么。我还买过伪劣产品，到手后直接缩水了一个型号。"

　　所谓你过得比我惨，我就……宽心许多啦。听了这话，夏浅果然没那么气了，但转念一想，盛哲宁最近好像没买过什么东西缩水了啊？

　　夏浅狐疑询问，盛哲宁搭眼睨住老婆的胸口，抱胸道："从C变成了B，我说错了吗？"

　　夏浅结舌，原来……盛哲宁说的那个伪劣产品就是她啊！呵呵！

　　再有一次，盛哲宁陪着老婆去逛街，夏浅看中一条裙子，试穿下异常满意。服务员见状在旁也忙不迭地推荐道："姐，真的不骗你，你穿这裙子特别合适，特别显胸！"

　　闻言，盛哲宁突然噗地一下笑出声，叹息道："夏浅，想哭吗？"

　　两人领证时间长了，夏浅也习惯盛哲宁的尿性了，当即无视对方，转身就让服务员去开单子。这头服务员还来不及迈步，盛哲宁就又道："你现在也只能靠衣服'显'胸了。哎，你要再这么减下去，连B都保不住了。"

　　夏浅："……"

　　再有一次，小两口甜蜜完之后，盛哲宁拥着夏浅道："这周末，我陪你去买内衣吧。"

　　夏浅咦了声："我的内衣很多啊，干吗还买新的？"

　　盛哲宁沉默片刻，这才道："你真的觉得以前C罩杯的内衣还合适你现在的孟获大草原吗？"

　　精神伤害+100，物理伤害+200。

　　闻言，夏浅当场吐血暴走，去盛哲宁大爷的！怎么好端端的，她的胸就变成孟获大草原了？亲，你还敢夸张点吗？要是她这都叫大草原，那 A 罩杯的妹子们就直接凹进去了好吗？还有盛哲宁你敢不敢要点脸，当初嫌她胖的人是他，现在嫌她胸小的也是他！！你妹夫的你倒是去找一个瘦下来还胸大肤美的妹子啊！

是可忍孰不可忍！

夏浅这次狠狠爆发，彻彻底底地怒了。见老婆炸毛，盛哲宁这才意识到事态的严重性，软下语气安抚道："不就逗逗你吗，怎么说生气就生气了？"

夏浅喷火："有你这样逗老婆的吗？你见过谁这么跟自己老婆逗乐的吗？"拿别人的短处毒舌吐槽，这分明就是人身攻击嘛！

听了这话，盛哲宁满脸不解，女人不是都说斗嘴毒舌什么的超有爱吗？为什么他老婆就不喜欢呢？念及此，盛哲宁很认真地想了想，这才向老婆解释道："夏浅，我以为这叫情趣。"

夏浅："⋯⋯"呵呵呵，看来盛哲宁的情商哪怕充值也救不回来了，这叫情趣？去你的情趣？！

【番外二 所谓软肋】

自从上次被羞辱平胸过后，夏浅就一直盘算着找机会复仇。不好好奚落下盛哲宁，这货就不知道长教训！

但要想复仇，就得先找到盛总大人的软肋，可夏浅观察来观察去，这货还真没有能让人下嘴的地方。盛哲宁注意着装举止，从不出糗闹笑话。身材方面，这货也健壮高挑，哪怕再忙，每周都坚持去三次健身房。饮食方面也极为克制，哪怕那方面，咳咳，也让夏浅很满意。

所以，盛总大人根本就没有软肋，要从何吐槽起？

眼见着夏浅就要绝望放弃之际，却发生了件小事。

这周末，小两口回盛家探望外公外婆。自从两人结婚后，外公和盛哲宁人的关系逐渐破冰，渐渐的，两爷孙见面也不再斗嘴吵架了，偶尔还能坐到一块下下棋什么的。

这天，外公和盛哲宁在楼顶下棋，夏浅无聊，就和外婆翻着以前的影集玩。两人正看着，突然一个东西就掉了出来，夏浅捡起来一看，竟然是个作业本。

夏浅眨眼:"这是?"

外婆接过作业本,又抬老花镜看了看,这才咧嘴道:"哎呀,这是小盛小时候的作文本。"

咦咦咦,盛哲宁小时候的作文本?闻言,夏浅兴趣陡生,亮着眸子就翻开了作业本,一目十行地浏览完,再抬头时,夏浅已满头黑线了。

这是、这是什么狗屁不通的玩意儿啊!

作文内容很简单,其实就是讲某年某月某日,老师带着一群孩子去摘樱桃郊游的故事。看得出来,彼时的盛哲宁为凑字数很不容易,通篇光是"樱桃"这个词就反复出现了46次之多。其中还不乏引用名诗名句,例如:"故人西辞黄鹤楼,烟花三月摘樱桃","山重水复疑无路,老师带我们摘樱桃","竹外桃花三两枝,春江水暖摘樱桃"等等。

夏浅见状,直笑到挺不起腰,要不是因为在外婆家她还要注意形象,她恨不能现在就满地打滚。黑历史啊黑历史,没想到无所无能威风八面的盛总大人小时候作文居然烂成这个样子?

外婆在旁见了,也弯眼道:"小盛啊,从小就聪明,什么数学化学,一概不在话下。就唯独这语文,哎……他爸妈是打也打了,教也教了,别说好好写作文了,他连说个话都是颠三倒四的。他们小学老师还曾怀疑过他有语言障碍,让咱们带着去看医生,嗨!后来还是他妈妈想了个办法,让他说话尽量以词语代替,实在没办法用单个词语代替了。万事都在脑子里打个腹稿,想清楚了再说。"

闻言,夏浅瞠目结舌。原来,盛哲宁的二字箴言技能是这么来的?这真相真是……一阵心酸难过之后,夏浅心底又泛起点点涟漪。她转了转眼珠,陡时有了主意。

当晚,小两口回家后,夏浅就在超市里买了樱桃,趁着盛哲宁看文件的时候,将一箩筐樱桃送进了书房。对于老婆送零食这件事,盛哲宁本来也没放在心上,谁料夏浅刚进樱桃递到他面前,就着魔似的朗诵开来。

"啊!樱桃,你为什么要叫樱桃?你温暖如冬天的太阳,美丽如春天的花朵,我赞美你!歌颂你!"

盛哲宁记忆超群,一听这话就想起这是自己小时候写的作文,当即黑下脸来。奈何纠结了半天,也想不起反诘的话来,最后只能灰溜溜地出了书房。

终于扳回一局,夏浅心里不要太爽,但光是这么点点小胜利,夏浅怎么可能满足,就此放过盛总大人呢?

翌日,夏浅就故意买了苦瓜,两人吃晚饭时,夏浅一边给盛哲宁夹苦瓜一边就道:"嗳盛哲宁,听说你小时候很爱吃苦瓜啊?"

盛哲宁抬头,眼眸幽幽地看着夏浅。他的预感告诉他不好,很不好。

果不其然,夏浅一开口就道:"听说你小时候你妈逼着你写作文,如果不好好写就让你吃生苦瓜。后来你居然哭着求着说要吃生苦瓜,因为实在写不出来。噗——"说到这,夏浅再次笑到肠子打结,而这边盛哲宁的脸色已经跟苦瓜一个色了……

至此之后,盛哲宁再不敢随意吐槽老婆的胸了,更是谈樱桃色变。一旦发现家里出现樱桃,盛哲宁就提心吊胆,摆着张苦瓜脸愁眉不展。通过此软肋,夏浅完胜,彻底压制住毒舌的盛总大人。

哼,小样儿,老娘还治不了你?

【番外三 好老公都是比较出来的】

所谓距离产生美,夏浅和盛哲宁住在一块后,才发现盛哲宁的诸多恶习。比如晚睡啦、咖啡成瘾啦、工作起来就不要命啦、严重洁癖加强迫症啦……这些都还是小事,最最奇葩的是,盛哲宁总是副大爷样,吩咐夏浅干这干那,还提出 N 多无理要求。

这天盛哲宁表示想要换汽车脚垫,让夏浅买。夏浅在淘宝东挑西选,好不容易选出款让盛哲宁过目后,对方表示:颜色太深。

夏浅又换了款,盛哲宁又表示款式太老。如此这般,这般如此折腾了七八款,盛哲宁不是嫌弃别人材质不好,就是做工太差,最后夏浅直接火了,丢下句"买你大爷"就离家暴走。

出了门后,夏浅也无处可去,干脆约了方芳和乐颖出来喝咖啡吐槽。谁料她到咖啡厅刚坐下,还来不及开口,对面乐颖就拍桌子哇哇道:"杀千刀的!废人!"

对于这种情形,夏浅和方芳已经见怪不怪了。方芳叹息道:"说吧,你家陈浚又犯什么错了?"

乐颖噌噌磨牙："不是他,是他那个作死的妈!我就不明白了,我上辈子造了什么孽才能摊上这么个婆婆,你知道他妈又作什么妖吗?她居然让我们两口子把……把亲热的日子和时长记录下来,然后发给她!说什么有个算命先生算得特别准。"

闻言,夏浅噗的一下喷出来,"你婆婆还能再奇葩点吗?"

"你也觉得奇葩是吧?"乐颖倒抽气,"可就这么奇葩的事情陈浚居然答应了!!还说什么是他妈单纯,让我让着点她……你说这……"说到最后,乐颖已经气得说不出话了。

见状,夏浅同情之余不免又生出三分侥幸来。

咳咳咳,虽然她家盛哲宁是挺烦人的,但还好的是她不需要和公公婆婆相处。虽然小姑难缠了点,但盛哲宁也能直接搞定,她连手都不用出了。从这方面说起来,她这个老公还是不错的。

这头,方芳安慰乐颖两句,话锋一转又道:"你啊,就知足吧。你婆婆再怎么兴风作浪,至少陈浚还是顾着小家的。洗衣做饭,拖地抹屋,除了家务全包,还给你当免费司机。嗳你再看看我家何胖子,那叫一个邋遢。只要我离开家半天工夫,他就能把屋子搞得乌烟瘴气。衣服裤子乱扔不说,最气人的是,上周他有只袜子死活找不到了,后来你们猜猜我在哪找到的?"

乐颖眯眼:"床底下?"

方芳摇头:"车里。"

闻言,夏浅再次喷咖啡:"车里?怎么会在车里?"

方芳冷笑:"别人堵车时嫌脚出汗不舒服啊,就脱了只袜子,然后就忘在车里了。"

话毕,方芳叹了口气,幽幽道:"我啊现在简直就是头大,平时在公司帮他处理公事就算了,回了家还要给他当免费保姆。借用乐颖的话,我也想不明白了,当时我是脑子进了水还是打了铁,怎么就会答应嫁给他呢?"

听了这话,夏浅默默呷了口咖啡,又默默地放下杯子,对盛哲宁的气又消了三分。

唔,那货讨厌归讨厌,但家务方面真是没话说。因为强迫症加洁癖症,盛哲宁的所有东西永远都规整如新,袜子、衣服、剃须刀都有它们应有

. 337 .

的位置，从不乱扔乱放。清洁方面就更是没话说了，房子每天都被清理得"blingbling"闪光。最疯狂的时候，盛哲宁甚至要求夏浅进一间屋就换一套衣裳：睡衣只能在床上穿；家居服只能在卧室和客厅使用；至于在外面穿的衣服？呵呵呵，它们连进入厨房的资格都没有，回家就必须立马换掉！

所以，家务方面常常是盛哲宁反过来嫌弃夏浅。而夏浅除了被吐槽外，根本就不用做家务。和老何比起来，这方面盛哲宁的确做得蛮好的。

这头乐颖闻言还是不服气，又道："顾家有什么用啊？自从准备要孩子之后，我家陈浚就死抠死抠的，这也不准我买，那也不许我逛。啊啊啊，我都一个月没买新包包了啊啊啊！"

夏浅抿唇，咳咳，这方面好像盛哲宁也很贴心……信用卡随便刷，家里也是她管账，偶尔还会嫌弃自己买的东西太便宜。

方芳道："再怎么抠门，陈浚也是天天看着你陪着你啊，哪儿像老何，天天和那群酒肉朋友出去喝酒。"

乐颖噘嘴："他哪是陪我？回家第一件事就是开电脑打游戏。要是你敢在他下副本的时候骚扰他，别人就立马凶给你看！"

夏浅托腮沉思：唔，盛哲宁既没有狐朋狗友也不会沉迷游戏。下班后，他们小两口要么一起看看电影看看书，要么就出去逛街购物。这么说起来，盛哲宁的确比大部分男人都好……

这头，夏浅正念想着，就听方芳咦了声，道："对了，夏浅，你刚才在微信里说叫我们俩出来要吐槽什么来着？"

闻言，夏浅默了默，再默了默，终呵笑道："没事，你们接着聊。"咳咳，跟两个闺蜜老公一比较，似乎盛哲宁也蛮好的。

果然，好老公是比较出来的。

【番外四 论忠犬养成计划】

最近，盛总大人发现他和夏浅之间出现了可耻的"插足者"。

晚上下班回家——小胖墩在他家。

周末加班回家——小胖墩在他家。

休息日好不容易睡了个懒觉起床——小胖墩还在他家！

最极品的是，某晚盛哲宁应酬完回家，头晕脑涨地想泡杯茶醒酒，却死活找不到家里的茶叶放在哪。小胖墩见状，居然轻车熟路道："茶叶在厨房上面最左边的柜子里。另外你如果想要找醒酒药的话，在楼下书房书柜里。"

盛哲宁：！！

这到底是他家还是小胖墩家？怎么小胖墩比他还熟悉家里的情况？虽然……小胖墩今年年仅八岁，但他也算半个男人了。半个男人天天在自己家晃悠，还围着他老婆转来转去这种事谁能忍？于是盛哲宁忍无可忍道："你怎么天天在我家？"

小胖墩理所当然道："因为放假啊。难得我有空就多陪陪小夏。"

盛哲宁挑眉，夏浅到底是谁老婆，怎么这话听着这么别扭？盛哲宁下逐客令道："你现在就可以回去了，夏浅不需要人陪。"

"当然需要！"小胖墩嘟嘴反驳，"这女人就跟花朵一样，如果男人不常常陪着她，给她买衣服买包包、逛街看电影，她们就会枯萎的。"

闻言，盛哲宁锁眉深思，说起来……他还真有一段时间没有好好陪夏浅了。因为最近太忙，他不是在加班就是在加班的路上，偶尔得了空也是补眠再补眠。不过他老婆很乖很懂事，知道他在忙工作半句怨言都没有。所以枯萎什么的，应该不可能吧？

这头盛哲宁正念想着，小胖墩就接着道："当然啦，也未必真的枯萎。这个男人不给她浇水晒太阳，还有别的男人来浇水施肥嘛！"

盛哲宁：！！

一语点醒梦中人！此时此刻盛哲宁才意识到事情的严重性，陪！必须得陪！明明努力赚钱就是为了享受，总不能本末倒置让别的男人钻了空子吧？凑巧七夕节将至，于是乎，盛哲宁在百忙之中挤出了半天时间，又嘱咐陈助理安排了餐厅和电影，琢磨着这周末好好陪自家老婆。

可天不遂人愿，七夕节这天，盛哲宁盛情邀请夏浅后，得到的答案却是——拒绝。

望着面前的两张VIP电影票，夏浅咳咳："不好意思哈，我之前不知道你今天会休假，所以约了别人了。"

盛总大人拉下脸来，"谁？"

话音落下，门铃声也恰到时机地响起。夏浅开门后，盛哲宁就见到了此时此刻最不想见的一张脸——小胖墩。很显然，小胖墩今天是刻意打扮一番后才来。白衬衫、黑西裤，头发也用摩丝打理得光亮整洁，最可恨的是，这熊孩子还是捧着硕大一束玫瑰花来的。

将玫瑰花递给夏浅后，小胖墩有模有样道："鲜花配美人，知道你今天过节，特意买给你的。不用谢！"

夏浅闻言莞尔一笑，丢下句："你等等，我换了衣服就来。"然后就捧着玫瑰花美滋滋地上楼了，全程完全无视自己老公。

见状，小胖墩火上浇油道："小盛，你不要挣扎了，小夏今天铁定是跟着我走的。唔，如果你实在太无聊我也可以勉强让你跟着我们，不过就是有点麻烦，儿童套餐我订的是两人份……"

然后？然后就没有然后了。夏浅换好衣服后，果真带着小胖墩欢天喜地地出了门，全程再次当自家老公透明。而盛哲宁也只能眼巴巴地盯着"别的男人"明目张胆地拐走自己老婆。

眼见着一大一小嘚瑟离去的背影，盛哲宁默默咬牙，不就是玫瑰花加儿童套餐嘛，有什么了不起？小胖墩你给朕等着！于是乎，被激怒的盛哲宁第二周再接再厉，再次邀请老婆出去约会。

不过这次，盛哲宁吸取教训了，玫瑰花加礼物，一样不落！为了确保计划万无一失，盛哲宁又提前跟夏浅说好了时间这才预定了餐厅和电影票，简直浪漫贴心到没有朋友。

盛哲宁原本以为，这样就可以赢回老婆了，谁料天再次不遂人愿，两人正准备出门时，小胖墩又来了……

这次，小胖墩倒没有带花来了，反而带来了一书包的……卷子。一进屋，小胖墩就垂头丧气道："暑假已过半，可我的作业还一点都没动。好多题外婆也不会，我只有来问你了，小夏。"

夏浅为难道："可是，我们今天有事要出去。"

小胖墩何等精灵，看了眼夏浅手上的玫瑰花，顿悟道："你们要去约会？"

盛哲宁揽住老婆，傲娇宣告主权："知道了还不走？"

小胖墩无视盛哲宁，揉了揉眼睛，满脸委屈道："好吧。好孩子不可以打扰大人约会，这个我懂……就让我自生自灭完成不了作业被老师骂死被老妈打死吧……"说罢，小胖墩就抬眸用水汪汪的大眼睛无辜凝视夏浅。

夏浅"呃"了下，无奈看向盛哲宁："要不盛哲宁——"

不等夏浅说完，盛哲宁就黑脸道："我拒绝听下面的话。"

夏浅摊手："算了呗，约会什么时候都可以有，小胖墩如果暑假作业做不完回家真的会挨打的。"

听了这话，小胖墩连忙跑来抱住夏浅大腿，忙不迭点头道："就是就是，小盛你行行好，还是把小夏让给我吧，我没有小夏真的不行，完全活不下去啊呜呜。"

闻言，盛哲宁彻底暴走，很想回击句："你活不下去朕就活得下去吗？这是我老婆我老婆！没老婆我才是真的不行！"可话都到嘴边了，盛哲宁仅剩 0.01 的傲娇和理智还是阻止了这话说出口。

于是，小胖墩 VS 盛哲宁，盛哲宁再次毫无悬念地完败。

经历这次惨败后，盛哲宁吸取教训再吸取教训，第三次约会，不仅鲜花礼物有了，也提前和老婆预约了，最主要的是，盛哲宁还明确向夏浅提出，不能再因为任何人放他鸽子。

原本盛哲宁以为，这样就稳操胜券了，谁料天再次不遂人愿——周末夏浅加班。

因为手上的谈判案出了点问题，夏浅不得不临时到对方公司开会改谈判方案，这么一折腾就是一整天。其间盛哲宁打了无数次电话，夏浅都表示"还没弄完"。

盛哲宁倒也不发火，就这么从下午两点一直等到晚上八点，眼见着两人约定的电影即将开场，盛哲宁又给老婆打了最后一通电话。

夏浅纠结道："不好意思啊盛哲宁，这边还有点小细节没搞定，今天的饭和电影，估计都没戏了。"

电话那头盛哲宁沉默半响后道："那我来接你吧？"

夏浅闻言浅笑勾唇，简直受宠若惊啊有没有？什么时候开始，盛总大人居然也学会体贴人接送上下班了？！心里虽然美到死，但夏浅嘴上还是道："不用啦，你难得休息就在家好好待着。"

听了这话，盛哲宁也没再说什么，可一个小时后，夏浅就收到盛哲宁的语音信息。他表示，自己已经在她楼下了，让老婆忙完就直接下来。

夏浅见状正乐得找不着北，就有外卖小哥上来送海鲜粥，说是一位姓盛的先生给大家点的。

和夏浅一块做方案的小芸一听就猜到是盛哲宁,一脸羡慕嫉妒恨地看向夏浅道:"夏姐,你这命也太好了吧?盛总大人有钱又帅也就算了,没想到居然还这么忠犬!一会儿一个电话也就算了,居然还给你送粥来!哎呀呀,简直是一刻都离不了你的节奏哇!哎,真是花样虐狗!"

夏浅难掩得意之情,勾唇道:"哪儿啊,忠犬什么的都是慢慢调教出来的。"

旁边另一个妹子闻言立马探过头来,咦道:"怎么调教忠犬老公?求攻略!"

夏浅笑而不语,一边喝粥一边悄悄给小胖墩发了条信息,信息是这么写的:计划成功,感谢配合。

小胖墩秒回道:恭喜成功,巧克力拿来不谢。

收到小胖墩的回复后,夏浅这才收了手机,回答妹子道:"其实也没什么攻略,找个忠犬榜样让他跟着学就是了。"

……

与此同时,浑然不觉被老婆算计的盛哲宁还在车里痴痴地等着自家老婆,而他手里,还拿着新鲜出炉的蟹黄包。一想到待会儿老婆吃到蟹黄包的幸福表情,盛哲宁就忍不住弯了眼。

嗯,这是浅浅最爱的点心,她待会儿吃了一定会很开心很满足,然后表扬朕夸奖朕,真是想想就觉得好幸福呀汪!

——忠犬计划就此达成,盛忠犬以后要再接再厉哦!汪!

【番外五 真相帝】

别人都说"女儿是爸爸的小情人",盛哲宁却把自家女儿形容成"小冤家"。至于原因嘛,就在于潼潼时不时地就要当次真相帝,并且专戳老爸的底。

举个例子,某晚饭后,夏浅正抱着女儿看电视,盛哲宁就要求老婆去煮咖啡。夏浅吃饱正犯困,推辞道:"自己去。"

闻言,盛哲宁想都没想就恬不知耻道:"我煮的没你的好喝。"

夏浅呵呵呵,两人都老夫老妻了,自己怎么可能被这种糖衣炮弹迷惑？念及此，夏浅正欲开口反驳，旁边只有三岁的潼潼就哼哼了声，奶声奶气道："爸爸懒。"

——什么"我煮的没你的好喝"，分明就是爸爸自己懒得动弹！潼潼一个不小心就真相帝了。

见女儿一脸嫌弃表情地盯着老爸，夏浅默了默，终于扑哧下笑出声。而就在夏浅笑得人仰马翻之际，盛哲宁也早已黑了脸，第N+1次怀疑抱错了孩子。

潼潼不给老爸面子已经不是一次两次了，上上个月也是如此——

上上个月，夏浅和盛哲宁因为一些小事吵架，一怒之下，夏浅就带着女儿住进了书房。盛哲宁左思右想，最后来了出苦肉戏——大半夜装胃疼。发现老公"生病"后，夏浅一边喂盛哲宁吃胃药，一边啐道："看你以后还敢不敢晚上喝咖啡！"

嗯，其实嘛，夫妻本来就是床头吵架床尾和，再加上盛哲宁别扭惯了的性子，抹不开面子道歉，装个胃疼什么的——借此机会向老婆求和也没啥。夏浅和盛哲宁生活久了，也懒得去追究他是真不舒服还是假不舒服，正说顺水推舟给老公个台阶下，旁边潼潼却认真道："爸爸装病，羞羞！"

听了这话，夏浅当场笑喷，盛哲宁却真的开始胃疼了。

事后，虽然盛哲宁如愿以偿跟老婆和好如初，但女儿爱扮真相帝的阴影却无论如何都挥之不去了。为此，盛哲宁是日防夜防，就防着女儿冷不丁又戳自己的老底，但所谓怕什么来什么，盛哲宁日夜防守，一个不留神还是着了女儿的道。

话说某个周末，夏爸夏妈到盛家来看小乖孙，见女婿竟然在练毛笔字，惊呆不已。夏妈道："好端端的怎么练起毛笔字来了？"

盛哲宁正想冠冕堂皇地答"陶冶情操"，女儿潼潼就跑过来，快人快语道："因为李叔叔会，爸爸吃醋醋。"说罢，刺溜一下又跑得没了影。

见状，盛哲宁终于忍无可忍，扔下毛笔字就去抓逃跑的小冤家，而旁边的夏浅早已笑得满地打滚。

夏妈一问，这才知道个中原委。

原道，最近隔壁搬来个新邻居姓李，是个大学老师。夏浅见李老师毛笔字写得不错，盘算着潼潼再大一点也可以练，于是就跟李老师多聊了两句。谁知道,这一聊不打紧,某人的醋坛子却彻底打翻了。

哼哼哼,不就是个穷酸大学老师吗?有什么了不起!不就是会写几个破毛笔字嘛,朕也可以!

于是乎,傲娇又不肯服输的盛总大人就这么开始了漫漫习字之路。夏浅看在眼里好笑在心里,但面上也懒得阻拦,你爱练就练呗。嗯,如果盛哲宁真的练得出来,以后给女儿找毛笔老师的钱也省了。至于吃醋的事情嘛,夏浅也就和盛哲宁心照不宣了,谁知道最后潼潼又真相帝了一把……

听完来龙去脉后,夏妈定了定神,总结曰:"所以说,出来混,欠的债迟早是要还的啊。"

夏浅挑眉,盯着花园里嬉闹不已的父女轻轻勾唇。可不是?所谓山不转水转,盛哲宁,你当初是如何毒舌吐槽我的,现在我女儿就如何加倍毒舌吐槽回来,你就好好享受吧,嘻嘻嘻!

生子番外集

一

故事还得从乐颖家宝宝出世开始讲起——

话说这年春天,乐颖家的宝宝小汤圆伴随着漫天飞舞的樱花降生了。身为首席干妈,夏浅第一时间就赶往医院,然后在看见小汤圆的一瞬间就惊呆了。

妈呀,这孩子一看就是乐颖的翻版嘛!两母子简直就是复制粘贴。

"其实我们还是像爸爸啦,"乐颖笑嘻嘻地指给夏浅看,"你看,这嘴巴和下巴有没有很像陈浚?"

"岂止?"方芳也在旁搭腔,"这小子皱眉不耐烦的样子才和他爸一模一样。"

说着,小汤圆就"超给面子"地开始皱眉哭。夏浅一瞧,嗯,这小鼻子小嘴巴,还真像极了陈浚抓狂赶服装设计稿的样子,当即乐得哈哈大笑。

月嫂把孩子抱出去哄后,三人也就坐下来闲聊。

聊着聊着,方芳冷不丁用手肘撞了撞夏浅,"欸"道:"到底有没有计划了啊?"

夏浅一听这话就知道方芳又在花样催生,直接啐回去:"滚滚滚,你现在怎么跟个老妈子似的,见面就催生,比我妈还烦。"

乐颖歪头:"对啊,说起来,你爸妈也没催你生?"

"怎么没有?"一提这话题,夏浅就忍不住叹气。自从自己和盛总大人结婚以后,两位老人就变着法子地催他们要孩子,比当年催婚有过之而无不及。

今天是突然给你发两张小奶娃的萌照,明天是给你发题为"三十岁后女人生产的十大危害"的毒推送新闻,见面也是各种叨叨叨,简直就是要把人逼疯的节奏。

乐颖微微沉吟:"别的不说,岁数大了不好生这一点倒是真的。你们看看我就知道,整个孕期又是孕吐又是便秘的,之前就拖了拖地居然就见红了,还在医院保了半个月的胎。可咱们孕妇群里那些二十来岁的小姑娘,我的天啦,别人挺着五六个月大的肚子骑自行车都没问题。"

方芳点头,手搭上夏浅的肩:"压榨女性生育价值那套咱们不搞,如果你真决定这辈子都不生我从此就闭嘴。可如果你还是想要一个……早生早解脱,越往后拖你的身体越吃不消。"

正说着,月嫂就抱着已经熟睡的小汤圆回来了。夏浅望着那张既像爸爸又像妈妈的小脸,心下莫名地动了动。

当夜,当小两口准备进行某项日常活动时,夏浅就制止了盛哲宁开床头柜抽屉的动作。

盛哲宁微诧:"怎么,不想吗?"

夏浅头摇得像拨浪鼓,纠结了半天这才道:"呃,盛哲宁,要不今晚就别戴套了吧。"

盛哲宁英眉一拧,觉出不对劲来:"什么意思?"

"什么什么意思,"夏浅装傻,"我们结婚也一年多了,我觉得可以适当往下一个副本发展了。"

"你想要孩子?"闻言,盛哲宁的眉毛皱得更紧了,"之前你不还说不急吗?夏浅,是什么让你突然改变了主意?"

是什么让自己改变了主意啊……

夏浅转眼珠思忖,其实关于这一点,她自己也说不清。可当她看到小汤圆那张胖嘟嘟的小脸,恍惚间又像是看到了乐颖、恍惚间又像是见到了陈浚的时候,她就微微心动了。

想象着将自己的样子和盛哲宁的样子同时刻在一张脸上,将两个毫无血缘的人融合在同一个生命体内,夏浅就觉得神奇而美好。

可夏浅的这些感受还来不及告诉盛哲宁,对方就已起身裹好睡袍,从"诱惑模式"为"说教模式":"夏浅,你要孩子我不反对。不过我希望你在做任何决定前都先了解清楚再做决策。首先一个,你了解过中国孕产妇的死亡率是多少吗?你知道在怀孕的过程中可能遇上妊娠高血压、高血糖、羊水栓塞、产后大出血这些问题吗?"

夏浅汗颜："这些都是意外情况啦，哪儿就这么容易……"

"好，"盛哲宁打断她，一脸认真，"就算这些情况都不会发生，孕吐、便秘、失眠、抽筋，以及孕晚期的耻骨分离和漏尿水肿，你都有一一了解过吗？"

"欸，耻骨分离？还、还漏尿？"呃，她一直以为，怀孕最多像电视剧里演的那样，前期吐一吐而已……怎么这些，乐颖和方芳都没跟她说过？

"岂止？"盛哲宁抱胸眯眼，"知道顺产可能会造成下体撕裂吗？知道剖宫产总共要切开八层吗？剖宫产后还会被护士强力按压肚子，还得插尿管、烤紫光灯……"

"停停停！"夏浅听到一半，已经开始觉得头疼肚子疼浑身疼了，可她就是纳了闷——

"你一个大男人怎么这么懂？就好像你生过孩子似的。"

"领证那天民政局不是发了本《优生优育指南》吗？我就略看了看。哦对了，我之前还刚好看过一个剖宫产手术的视频，要不现在找给你看看。"

说着，盛哲宁就作势真的要解锁手机。夏浅早被他一番言论吓得打了退堂鼓，现在哪儿还有胆子看什么视频，忙嚷嚷开："我不生了还不行吗？"

话毕就背对着盛哲宁躺下来。

可这头夏浅正生着闷气，身后就伸过来一只色爪。色爪的主人对着其耳朵微微吹气，蛊惑引诱："夏浅，虽然孩子我们是不生了，但生孩子的过程还是可以多体验体验的。"

"……滚！"

二

经盛哲宁这么一吓，夏浅本来就不怎么坚定的心说动摇就动摇了。可有句话怎么说来着，人算不如天算——一个月后，夏浅的大姨妈没有来。

眼看着大姨妈拖延了一周又一周，夏浅终于坐不住，出门买了早孕试纸。

按照乐颖和方芳两位过来人的说法，测早孕什么的得用晨尿最为准确。可心急如焚似夏浅，根本等不了明天早上。晚上一到家，就急匆匆拆用了试纸。

于是五分钟不到，夏浅就以肉眼可见的速度见试纸上现出两条杠来……

知道中招，夏浅第一件事就是去找"罪魁祸首"。

当她打开书房门时，只见盛哲宁正埋首在众多文件中，显然还在工作。见老婆进来，盛哲宁微微抬头："有事？"

"呃，没事。就是通知你一声，我可能怀孕了。"

话音落下，盛哲宁脸上倒是没什么表情。

夏浅唯恐某人"贵人多忘事"，又提醒道："你还记得吧？上个月中旬你去参加晚宴，回来还把我吵醒了。后来……咳咳，总之都怪你，最后没来得及戴套……"

想到那晚盛哲宁胡闹又霸道的样子，夏浅就忍不住瞪眼。她将验孕试纸递给盛哲宁。盛哲宁对着台灯看了半天，最后才轻轻"嗯"了声，脸上依旧古井无波。

一时间，夏浅差点以为自己幻听。然后呢？这就完了？？怎么听他老人家这口气，就跟讨论明天上不上班差不多。

夏浅正欲吐槽，这头盛哲宁就举着杯子又道："去帮我倒杯水来。"

夏浅习惯性地接住杯子，习惯性地出门，直到把杯子续满水这才回过神来。擦，这算哪门子事？！

她现在不是头痛胃痛或者拉肚子，而是怀孕了！盛哲宁这人没反应也就算了，居然还指使孕妇端茶送水！人干事？

夏浅气鼓鼓地重回书房，正想斥责冷血无情的盛总大人，对方就又轻飘飘地说了句："我已经预约好了省妇幼的汪教授，明早你就别去工作了，我陪你去做检查。还有，今晚别吃夜宵别喝冷饮，早点睡。"

听完这话，夏浅这才扑哧一下笑出声。盛哲宁，你表达感情的方式要不要这么含蓄？

翌日一大早，小两口就直奔省妇幼。

结果毫无悬念：HCG 值 12986，活体单胎，可见胎心胎芽——按照月经周期推算，这孩子都有七周大了。

对于这个结果，夏浅毫无准备。更让她没准备的是，当天中午回家，她就吐了个一塌糊涂。

看着老婆憔悴的样子，盛总大人脸沉沉，一面替对方拍背，一面还不忘用余光瞟夏浅的肚子。

夏浅分明能感觉到，那目光不是人类看亲生幼崽的目光，而是看仇人的目光……

趁着擦嘴的工夫，夏浅试探问："你是不是不太想要这个孩子啊？"

盛哲宁默，少时才启齿："我只是不想你太辛苦。"

夏浅微怔。

"还记得我之前跟你说过的话吧？其实我会去翻那本《优生优育指南》并非偶然，而是我们两一办完婚礼我就想到要孩子的事。可后来了解完怀孕到生产的全过程后，我就打消了念头。"

夏浅心底熨烫，她千算万算怎么也没算到盛哲宁今天拉了一整天的臭脸居然是在担心自己。有这么个爱自己的老公，夫复何求啊！

"不过，既然现在孩子已经来了……"盛哲宁幽幽盯住夏浅，这才接着往下说，"我就把决定权交给你，是去是留我都尊重你的选择。"

闻言，夏浅一颗悬着的心终于落下来。

她揽住盛哲宁，弯眼："别人来都来了，就是缘分嘛。盛哲宁，我们留下这份缘分好不好？"

"好。"

三

就这样，在夏浅的争取下，宝宝留了下来，取乳名"小吱"（因为属鼠）。

小吱一到，夏浅也开启了她吐啊吐的悲惨人生。闻着油烟会吐；吃得稍过荤腥会吐；最夸张的是，夏浅只要喝了烧开超过4小时以上的白开水也会吐。

好不容易熬过了孕早期，孕吐刚走，便秘又接踵而至。便秘稍得到缓解，尿频、小腿抽筋又找上了门。

这孩子妥妥是盛哲宁亲生的——毕生都以折磨她为人生目标，夏浅鉴定完毕。

虽然孕期艰难，但好在宝宝一直都健健康康，NT、早唐、中唐、无创……一系列检查下来，小吱都顺利通关，直到卡在了大排畸[1]。

大排畸的 B 超结果显示，胎儿手脚偏小两周左右，不排除发育迟缓的可能。听到这个结果，夏浅犹如当头一棒，当即白下脸来。

汪教授安慰她道："你先别紧张，现在的情况是，不排除发育迟缓可能的同时，也不排除胎儿是遗传了父母矮小的基因。"

夏浅咋舌："可我和我老公个子都不矮啊。"

汪教授微微沉默："先考虑做羊穿吧，你回家和你爱人商量商量。"

关于羊穿，夏浅是久仰大名。简单说来，羊膜穿刺手术就是拿根针戳进孕妇肚子里，取羊水检测胎儿的各项染色体。因为这项检查能精准地查出宝宝的各种问题，从而被医院和孕妇们视作排畸的金标准。

但问题就在于，这个"金标准"是有创手术，不排除术后感染、胎儿流产的风险。也正因此，汪教授才会让夏浅回家和盛哲宁商量商量。

可果断如夏浅，决定来个先斩后奏，她一甩肩上长发表示："不用商量了，麻烦帮我尽快安排手术。"

下午，夏浅就顺利地躺在了手术台上。宝宝全程也很乖，蜷缩成一团一动也不动。夏浅几乎没怎么感觉到疼痛就被告知手术已结束。

然后，伤口被贴创可贴，开车回家。

直到晚上盛哲宁下班回来，夏浅才告诉他，自己做了羊穿手术，可能需要在家休养几天。

盛哲宁震惊："怎么这么大的事也不提前跟我说一声？还自己开车回来？"

"真没事，"夏浅摆手，"那感觉还没抽血疼。而且我是想着，现在这情况只能做羊穿才能查明原因。跟你商量来商量去，再另约时间去医院还得耽误几天，不如趁着今天下午有空位就赶紧做了。"

夏浅话虽说得轻松，但当老妈得知此事后，还是从郦城老家赶了过来。至此，家里的阿姨都得靠边站，老妈的汤汤水水正式上线。

饶是夏浅一再表示营养师不许她喝肉汤，做完羊穿后也没必要吃这些补身体，老妈还是我行我素，每天大油大荤地忙活着。

---

[1] 孕期必做的一个检查，主要排查胎儿是否有畸形等问题。

这天，见桌上又摆了一大锅乌鸡汤，夏浅直接扣碗表示自己不饿。

"不饿？不饿那也得吃啊。"老妈一边替夏浅舀汤一边振振有词道，"正所谓一人吃两人补，现在哪儿还由得你？再说了，我这汤也不是给你熬的，是给我宝贝外孙熬的。"

"可是医生说——"

"医生说，"老妈不满地截住夏浅的话头，"你现在怎么天天都是'医生说'？那医生说的能全信啊？他们除了吓你还能干什么？你要相信我，老妈可是过来人，这乌鸡汤啊是最补人的。小盛你说，对不对？"

眼见被丈母娘点名，一直默默埋头吃饭的盛总大人也不得不站队。将汤碗递到夏浅跟前，盛哲宁道："多少还是喝点吧，毕竟是咱妈的心意。"

夏浅："……"

"对了嘛。"见女婿给自己撑腰，老妈也是一双眼睛成了条线，"这里面的肉也得吃光啊。这孩子长得小就怪你这当妈的，一天到晚这个不吃那个不吃，这孩子怎么长得好？"

话音落下，夏浅握筷子的手也蓦地握紧。可最终，她还是没有发作，只起身默默回了卧室。

少时，盛哲宁也跟着进了卧室。见夏浅抱着抱枕坐在床上发呆，盛哲宁直截了当地问："没事？"

"没事啊，我能有什么……"话未毕，夏浅的声音就已经哽咽，眼眶里的泪水也已氤氲得看不清面前盛哲宁的样子。

一时间，心里的委屈、难过、恐慌统统爆发了出来，直堵得她说不出话来。其实，宝宝现在这个状况她不是不担心，一想到羊穿报告得一个月后才能拿到她就心急如焚。

孩子已经有胎动了，每天都在肚子里活蹦乱跳的，一会儿踢踢小腿，一会儿抻抻小手。她不敢想象如果报告真的有什么问题自己需要面对什么样的结果。拿掉？可那时候他已经快八个月了，自己怎么能够！怎么忍心！

所以，从做羊穿开始，她就一直绷着，装作没事人的样子。这样子，不仅骗过了所有人，也骗过了自己。她不断地安慰自己没事没事，宝宝就是有点个子偏小，绝不是什么发育迟缓或者畸形。

可就是这样自欺欺人的谎言，却被老妈一句话打得七零八落。

——一天到晚这个不吃那个不吃,这孩子怎么长得好?

——这孩子身形有问题,都是你不好好吃饭造成的。

——你这个妈,一点也不负责任。

……

夏浅咬住下唇,任由泪水被盛哲宁擦了又流下来,流下来又擦。

她嘟囔着:"我尽力了,真的尽力了。"

那些以前闻着味儿就想吐的牛奶,那些噎得自己胃疼的鸡蛋鸭蛋鹅蛋,还有每天早中晚大把大把的营养药、害自己便秘的钙片……为了孩子她都在逼自己吃。

听说咖啡对孩子不好,曾经视咖啡为命的夏浅也戒了。为了不刺激肠胃,曾经无辣不欢的夏浅,火锅串串烧烤冒菜也戒了。

可就这样,还是有人不断指责你不好好吃饭,所以才导致孩子长得不好。而最气的是,每次自己被老妈道德绑架时,盛哲宁都不帮自己说话,反倒还向着老妈劝她。

一想到这,夏浅就委屈到不行,干脆像孩子般哇哇大哭起来。

"好了,"盛哲宁半哄着将老婆拥入怀里,"是我疏忽了,都是我的错,原谅我好不好?"

高高在上的盛总大人难得服次软,可夏浅尤觉不解气,干脆直接在盛哲宁肩上狠狠咬了口。

自己伪装了多年的女汉子形象啊,就这么生生地在这货面前崩塌了。

"以后不管我是对是错,在外人面前你都得帮着我。"

"好,都听你的。不过,你妈算是外人吗?"

"盛哲宁!"

四

也不知道盛哲宁是怎么跟丈母娘沟通的,总之第二天,老妈就打包回了郦城。

老妈走了,夏浅也终于不用再被逼着吃各种高油高脂的汤汤水水,接下来的问题就是等羊穿报告了。

所幸这时候某家购物平台刚好在搞"砍价节",即平台每天推出

20-30种商品，任由顾客砍价。砍价成功者不仅可以购买到商品，月末还能参加他们"砍价节"的现场砍价比赛。

夏浅就每天都沉浸在"砍砍砍"的快乐中，也算暂时转移了等报告的焦虑情绪。

月末，夏浅凭借着超强的砍价功力，毫无悬念地收到了"砍价节"比赛的入赛邀请函。

考虑到自己一职业砍价师跟业余选手们同台打擂胜之不武，夏浅就婉拒了。可奇怪的是，对方活动平台表示，就算夏浅不参加比赛也一定要到现场来看看。

夏浅最开始还觉得纳闷，可这周末到现场一看，瞬间懂了。

该购物平台将比赛现场弄成了集市模样，每个移动摊车前都摆着琳琅满目的商品。比赛选手们就自由地在摊车前讨价还价，而所有移动摊车的广告牌下，都有着这么一行小字：本活动由长盛集团独家赞助。

长盛集团……夏浅有点囧。

她是说怎么每天的砍价商品里都有婴幼儿用品呢，现在看来，是盛总大人为了吸引自己故意放的烟幕弹啊？还好她没答应参加比赛，不然主办方会不会直接给她封个内定冠军啊？

这头夏浅正汗颜，那边两个主办方的小姑娘就不知怎么认出了夏浅来，乐颠颠地跑过来打招呼。

扎马尾的小姑娘道："您就是盛太太啊？幸会幸会。您都不知道，我们公司里的人都好羡慕你。最开始我策划这个活动时，同事领导们都说我疯了，根本不会有商家和投资者支持。可后来我们就遇到了盛总，他二话不说当天就找人跟我们磨合同细节。那时候我还以为是我的策划案有多吸引人呢，结果后来陈助理才跟我说，是因为盛太太您喜欢杀价，盛总为博美人一笑才一掷千金呢！"

夏浅头顶冒出一长串的省略号。

博美人一笑，一掷千金……咳，怎么说得她跟红颜祸水似的？可就她现在这三层下巴，大腹便便还手肿脚肿的样子，朋友你看有半点祸国殃民的样子咩？！

打发走小姑娘后，盛哲宁也刚好停好车过来。

夏浅幽幽看盛哲宁一眼，"刚才有人把你比作周幽王，把我比作褒姒。"

"嗯。"盛哲宁听了这话倒是没什么反应,只牵着夏浅的手缓缓往前走。

夏浅抓狂:"我说,咱是不缺钱,可咱们下次能不能别搞这种把戏。再这么玩下去,家里就是有金山银山也迟早被你败光啊啊啊!"

"不会败光,"盛哲宁目视前方,"这次这个'砍价节'不仅没有亏钱,反倒还小赚了一笔。再说了,你倒是跟我说说,不这么搞怎么搞才能帮你缓解产前焦虑?除了杀价砍价占小便宜,请问你还有别的兴趣爱好吗?"

夏浅吐槽不能,正欲反驳就又听盛哲宁道:"不过细想想,还好你的兴趣爱好是砍价。如果你喜欢的是打游戏,我找人现开发一个游戏也来不及。"

夏浅无言。

小姑娘说得没错,盛哲宁就是不带脑子出门的周幽王!

五

在"砍价节"强力转移下,夏浅就这么恍恍惚惚地过了一个月。

最后羊穿报告拿下来,结果显示染色体无异,宝宝一切正常!反倒是因为这个月老妈的大补特补,夏浅的体重超标了。

在营养科的监督下,夏浅就这么开始了每天"清汤寡水"的孕晚期生活。一转眼就到了孕 37 周。

孩子已经足月,这也就意味着小吱终于要出新手村了。为了陪老婆生产,盛哲宁刻意将去帝都出差的日子提前了半个月。

可盛哲宁前脚刚上飞机,后脚夏浅就觉肚子阵阵发紧。憋到晚上去医院一看,连急诊医生都吓了一跳:"你在干什么?这都开两指了还在四处乱蹦跶,想生在大马路上吗?"

于是,紧急住院、入待产室。

因为夏浅已开两指,汪教授很快就安排了麻醉师过来打无痛。翌日清晨,夏浅就顺顺利利地诞下一个女婴,六斤六两。

宝宝刚生出来,就被医生抱到了夏浅肚子上。夏浅微眯着眼,左看右看,这手脚也不短嘛。至于样子,皱巴巴得倒真像只小耗子,只是那托腮睡觉的小模样,咦,她好像在哪儿见过?

生产完后,宝宝被送去了新生儿科体检、洗澡,已累到虚脱的夏浅也被推回了病房,狠狠地补了个眠。

虽说累极了,但这一觉夏浅睡得并不踏实。一会儿梦见自己还在产房声嘶力竭的生产,一会儿又梦见小吱掉在地上,"噌"的一下就变成了个大女孩,举着手上的卷子道:"妈,我这回又考了39。"

说罢,还笑嘻嘻地推了自己一把。

兜兜转转间,夏浅似乎又看到了盛哲宁,他半搂住自己的腰才使得自己没摔下去。夏浅正想说"谢谢",却见对方皱眉道:"夏浅,你又重了。"

夏浅气得站直了身体,这才发现自己竟然回到两人第一次见面的罗曼咖啡厅。盛哲宁还是她第一次见的那个样子:西装笔挺、五官深邃。

夏浅生气地冲着盛哲宁大吼:"你知道生孩子有多痛吗?"

对面的盛哲宁不语,夏浅猛地一睁眼就见盛哲宁正坐在病床旁。

"醒了?"盛哲宁低声,"现在还有没有哪儿不舒服?"

夏浅摇头,"看过宝宝没有?"

盛哲宁颔首"嗯"了声,这孩子来得也突然,生得更突然,总是打得他措手不及。不过更让他措手不及的是——

盛哲宁想了想,认真道:"夏浅,咱们商量一下,下次再发生重大事件你能不能先通知我,然后再发朋友圈?"

夏浅闻言怔了怔,这才想起呃……好像生完孩子后自己貌似是忘记通知盛哲宁了。不过忘记通知孩子她爸不要紧,朋友圈必须晒一波啊。

于是彼时的夏浅一边忍着侧切的疼痛,一边就给宝宝来了人生第一照。美图秀秀调色、裁剪,配图发朋友圈,完美!待做完这一系列,夏浅这才把手机丢给老妈,呼呼大睡。

想象着陆地那头,盛哲宁突然收到一大堆恭喜祝贺的微信和电话,再一搜老婆的朋友圈……嗯,那感觉应该很微妙吧?

"不是微妙,而是有种喜当爹的感觉。"

夏浅看着盛哲宁那一脸大便样,噗的一下笑出声。因为身体抖动牵扯到了伤口,一时又疼得连连倒抽气。

隔了好一会儿,夏浅才缓过劲来。盛哲宁一边替她擦额头的冷汗,

· 355 ·

一边又道:"不过,看过那孩子后我就打消这个念头了。"

打消什么念头?夏浅脑子顿了下,这才想起盛哲宁说的是刚才喜当爹那个话题。

"她胸口有颗痣,和我胸口痣的位置一模一样。"

"嗯,眼睛和嘴巴也像你,长大了又是一只小狐狸。"盛哲宁幽幽说完,抚摸着夏浅的额头,"名字我在回来的路上想好了,叫盛夏,夏浅的夏。"

"盛夏?"夏浅重复了一遍宝宝的名字,突然眼眶就有些微微发热。

她终于、终于将自己的生命和盛哲宁的融合在了一起。这段孽缘,怕是这辈子都纠缠不完了。

a)